SE EU MORRER ANTES DE VOCÊ

Universo dos Livros Editora Ltda.
Rua do Bosque, 1589 - Bloco 2 - Conj. 603/606
Barra Funda - São Paulo/SP - CEP 01136-001
Telefone/Fax: (11) 3392-3336
www.universodoslivros.com.br
e-mail: editor@universodoslivros.com.br
Siga-nos no Twitter: @univdoslivros

ALLISON BRENNAN

SE EU MORRER ANTES DE VOCÊ

São Paulo
2011

UNIVERSO DOS LIVROS

Diretor-Editorial: Luis Matos
Editora-Chefe: Marcia Batista
Assistente-Editorial: Noele Rossi
Tradução: Cristina Tognelli
Preparação: Fernanda Duarte
Revisão: Julio Domingas, Marina Constantino
Arte: Camila Kodaira, Francine C. Silva e Stephanie Lin
Capa: Zuleika Iamashita

Dados Internacionais de Catalogação na Publicação (CIP)
(Câmara Brasileira do Livro, SP, Brasil)

B838m Brennan, Allison.

Se eu morrer antes de você / Allison Brennan; [tradução de Cristina Tognelli]. – São Paulo : Universo dos Livros, 2011.
480 p. – (Coleção Love me to death)

Tradução de: Love me to death

ISBN 978-85-7930-277-0

1. Ficção. 2. Policial. 3. Suspense.
I. Título. II. Série.

CDD 813.6 22

AGRADECIMENTOS

Eu não teria conseguido escrever este livro sem a bondade de peritos dispostos a responder a uma infinidade de perguntas: algumas normais, outras, definitivamente, fora do comum. Provavelmente, tomei algumas liberdades em relação aos fatos, mas me esforcei para manter a essência e a verdade intactas.

Às autoras Terry Spear e Kathy Crouch, pelas informações sobre a Força Aérea Americana; aos dois soldados da base *Travis Air Force*, por permitirem que eu os questionasse sobre a Força Aérea; aos Ravens, entre treinos da SWAT na base aérea MacClellan (vocês sabem quem vocês são!); à SaVern Fripp do Instituto Médico Legal de D.C., que graciosamente respondeu aos meus e-mails repletos de imaginação; e à minha amiga de longa data, Dora Kingsley, transferida da Califórnia para Georgetown.

Um agradecimento especial à Academia do FBI de Sacramento e aos seus antigos alunos por aguentarem minhas perguntas, e meias-voltas, durante nossa visita a Quantico, sede do FBI, e Georgetown; especialmente ao dedicado agente especial encarregado, Drew Parenti, e ao agente especial e representante da mídia do FBI, Steve Dupre, que se juntaram a nós e fizeram as coisas acontecerem. Agradeço pelo tempo e paciência, mesmo com as minhas dúvidas mais estranhas.

Também quero agradecer especialmente aos voluntários e aos funcionários do Centro Nacional de Crianças Desaparecidas e Exploradas, que despenderam tempo para guiar nosso grupo em um *tour* detalhado.

As histórias podem ser escritas por uma só pessoa, porém são produzidas por muitas. A equipe da Ballantine é, de fato, excepcional nesta indústria. Em todas as etapas, da edição à escolha da capa, da propaganda à comercialização, tenho sorte por ter essa incrível equipe por trás dos meus livros.

Gostaria de agradecer especialmente a Scott Shannon, Kate Collins e Gina Watchel pelo apoio e entusiasmo. Eu ficaria em falta se não mencionasse meu agente Dan Conaway da *Writer's House*, que tomou as rédeas com visão e classe.

Onde qualquer um de nós estaria sem o amor e o apoio incondicional dos nossos amigos e familiares? Toni, Rocki e Karin, vocês ficaram ao meu lado nos bons e maus momentos, e eu não sei o que dizer, pois *obrigada* me parece tão inadequado. Que tal se eu pagar a rodada na próxima vez em que nos encontrarmos?

Meu marido Dan, que segura as pontas quando os prazos ficam curtos, obrigada por entender as longas horas de trabalho e a minha mente sempre em outro lugar. Meus filhos, obrigada por ser quem são, mantendo-me centrada no que verdadeiramente importa e, ocasionalmente, obrigando-me a parar com tudo só para jogarmos um pouco. E, claro, minha mãe; eu não estaria aqui sem ela!

Finalmente, aos meus leitores, que amam os Kincaid tanto quanto eu. Obrigada pelas cartas e e-mails e pelo entusiasmo pela série de Lucy. Espero que gostem das histórias tanto quanto eu aprecio escrevê-las.

O que se estende atrás e na frente de nós carece de importância, se o compararmos com o que está em nosso interior.

Ralph Waldo Emerson

PRÓLOGO

Uma semana antes

Essa era a grande chance para Roger Morton – a *única*, na verdade – de sair do país e recriar a vida a que estava acostumado. Tudo por causa de uma caixa de joias baratas.

A marina estava fechada àquela hora da noite, mas Roger ainda assim se manteve nas sombras ao caminhar em direção às docas. Ele havia escolhido aquele lugar por ser aberto e plano, assim poderia ver quem se aproximasse. Naquela noite, a marina estava deserta, e os barcos cobertos eram uma lembrança dos dias quentes. As luzes de segurança nas docas iluminavam pouco; o nevoeiro estava denso demais para se ver o outro lado do rio Potomac.

Enfiou as mãos nos bolsos da jaqueta de couro, desejando ter um casaco mais pesado. Estava frio demais. Mal podia esperar para colocar as mãos no dinheiro e sair daquela cidade miserável. Já havia escolhido um lugar na América do Sul. Mesmo depois de seis anos na prisão, ele tinha contatos. Uma vez com o dinheiro, estaria feito.

Seis longos anos atrás das grades. Seu advogado dissera-lhe que tivera sorte por se livrar tão facilmente depois da tentativa de assassinato de uma agente federal e do crime de estupro. "Seis anos em uma prisão federal era ter sorte?" Havia delatado tudo, dito tudo o que os policiais queriam ouvir, admitido tudo... Bem, *havia deixado de lado* o detalhe crucial de ter matado um dos deles. Ele achou melhor manter esse fato em segredo. De qualquer modo, os federais não tinham nada contra ele, nenhuma arma, nem testemunhas, nada. Fora muito fácil acusar outra pessoa por esse crime.

Seis anos de sua vida perdidos. Por *cooperar*.

Tudo havia mudado enquanto esteve na prisão, e ele não era um tolo que passaria a vida cuidando de carros por uns trocados. Não enquanto soubesse como fazer dinheiro de verdade. Do tipo que o levaria à antiga vida, do tipo que comprava liberdade. Na prisão, sua vida ficou estagnada. Agora tinha a chance de recomeçar.

Adam havia dito que Roger era o tolo. Bem, Adam estava *morto*... E quanto isso o tornou *o esperto*?

Roger aproximou-se com cautela do ponto de encontro do outro lado da doca seca. O vento vindo do Potomac estava tão úmido que ele desejou ter escolhido um bar para fazer a troca. A não ser pelo fato de que ele não podia ser visto em seus antigos lugares de preferência. Precisava ficar no anonimato. Fazer a troca em terreno neutro. Obviamente, havia deixado sua parte da barganha no hotel. Não podia sequer pensar em permitir que seu sócio lhe passasse a perna. Primeiro pegaria o dinheiro, depois contaria onde encontrar as joias. Não era idiota: policiais eram patifes, e Roger não desconsiderava a ideia de que aquilo fosse uma armadilha. Mas antes havia pesquisado o cara, exigindo ver um pouco da ação prometida na sociedade da sua nova empreitada. Ele não poderia ser policial...

Roger deliciou-se com os arquivos digitais de mulheres sendo traçadas de todos os modos. Algumas eram atrizes experientes; outras, drogadas desesperadas por um troco para pagar a próxima dose. Algumas das gravações, as melhores, em sua opinião, eram de garotas que não sabiam que estavam sendo filmadas.

Prostitutas amadoras. Roger sabia do potencial desse mercado, praticamente salivava sobre os dólares que ganharia. Pornografia por si só não era ilegal, mas o dinheiro se encontrava nas sutilezas: câmeras escondidas, adolescentes menores de idade, estupros fantasiosos.

Quando esse tipo de dinheiro estava envolvido, ele sabia que não devia apresentar a mercadoria sem receber o pagamento primeiro. *Todo* o dinheiro. Tinham tentado enganá-lo no dia anterior, mas descobriram bem rapidinho que não estavam fazendo negócio com um novato. Adam fora um cretino, mas lhe ensinou os truques do negócio. Só que agora, com Adam a sete palmos, Roger não teria de acatar ordens ou ficar com apenas um pequeno percentual da jogada. Era ele quem cuidaria do site, bancaria os custos, e seu novo sócio providenciaria as gravações de sexo. Divisão meio a meio. Roger estava confiante de que o dinheiro jorraria como água; havia aprendido com Adam como gerenciar os cartões de crédito dos clientes e enviar o dinheiro para contas no exterior. O melhor de tudo: sem Adam por perto, Roger não teria mais que se preocupar com o tipo de filme que fez os federais irem atrás deles na primeira vez. Caso Adam não tivesse perdido a cabeça estrangulando as mulheres com quem transava, eles nunca teriam sido pegos. Estupro era crime, mas assassinato era outra história.

Tudo o que Roger precisava era de algum dinheiro para iniciar a operação no exterior. Pouco importava que estivesse em liberdade condicional; fugiria e nunca mais poria os pés nos Estados Unidos. Para isso, precisaria de muito mais dinheiro do que conseguia trabalhando cinquenta horas semanais na oficina de seu primo, trocando óleo dos carros. A princípio, exigira 20 mil para os custos iniciais, mas quando eles mostraram interesse na antiga caixa de joias de Adam, Roger dobrou o valor.

Os seus contatos haviam aprovado os jogadores envolvidos, mas ainda assim ele não tinha gostado de nenhum dos pontos de encontro por eles sugeridos; o risco de ser flagrado por uma câmera de segurança era grande demais. A marina foi sugestão sua. Isolada, mas perto de tudo e, melhor, sem câmeras, poucos esconderijos e nenhuma testemunha. Estava se arriscando, mas a recompensa potencial valia a pena. Além do mais, ao usar seus contatos antigos, foi ele quem localizou os caras, e não o contrário. Vinha se mantendo no anonimato desde que saíra da prisão seis meses antes.

Preferia morrer a ter de voltar para lá.

Notou a aproximação do seu novo sócio. O homem vestia jeans, uma jaqueta preta e um boné dos Yankees, conforme sua descrição. Roger olhou ao redor, não viu mais ninguém e esperou que o homem se aproximasse.

– Ei – Roger disse casualmente, avaliando-o.

– A caixa? – a voz do homem era rouca, como se tivesse fumado dois maços diários de cigarro durante décadas, ainda que não cheirasse a tabaco.

– Trouxe meu adiantamento? – Roger estava à espera de alguma armadilha, como, por exemplo, que ele dissesse explicitamente que o dinheiro seria usado para montar um site de pornografia ilegal, mas o cara não entrou em detalhes. Um acordo poderia significar qualquer coisa em um tribunal. Sim, claro, ele estava na marina na calada da noite – uma pequena transgressão – e poderia, tecnicamente, ser mandado de volta para a prisão até pelo menor deslize. Mesmo assim, eles não podiam pegá-lo em nada grande...

– Quero a caixa de joias e tudo o que deveria haver dentro dela.

– Quero o dinheiro primeiro – o cara o considerava um idiota?

A mão de Roger foi para a pistola que estava na cintura quando, tenso, viu o homem colocar a mão no bolso. Mas não precisou usar a arma. Seu novo sócio entregou-lhe um envelope.

Roger fechou a cara.

– Um pouco fino para 40 mil. Não foi isso o que combinamos.

– Você devia ter trazido a caixa.

– Você devia ter me dado metade do combinado ontem. Que tipo de sociedade é esta se você não cumpre a sua parte?

– Abra. Você vai entender.

Com cuidado, mas curioso, Roger abriu o envelope e retirou um papel dobrado. No meio do papel, havia uma foto. Uma adolescente muito bonita de cabelos longos e negros e olhos castanhos grandes e provocantes o fitou na luz tênue.

Seus instintos fizeram-no reagir antes mesmo de reconhecer a garota morta, mas não rápido o bastante. Roger deixou o envelope e a foto caírem para sacar a arma, mas o homem foi mais veloz, chutando seu pulso em um golpe de caratê. Na luz tênue da doca seca, pela primeira vez, Roger viu nitidamente o rosto do homem.

Outro fantasma do seu passado.

– Eu bem que queria ser o responsável pela bala na sua cabeça – o homem disse, antes de desferir um soco que fez Roger cair de cara no chão.

Uma dor forte lhe disse que o nariz estava fraturado. Engoliu uma golfada de sangue espesso.

Tossindo, Roger tentou se levantar, mas o traidor o chutou com a bota de bico de aço três vezes entre as pernas. A dor excruciante congelou-o. Aquilo era muito pior do que a vez em que foi estuprado na prisão. E lá ele teve a chance de se vingar. Dessa vez não havia tal possibilidade. O pânico e a autopreservação surgiram com a dor quando ele tentou se levantar, só para ser derrubado novamente.

– Senhor Morton – a voz bem-educada não pertencia ao seu agressor.

Roger não ouvira a aproximação desse outro homem, e a ideia de que dois ou mais homens estivessem ali o fez estremecer ao tentar se levantar uma vez mais.

A bota em seus testículos não deixou que ele visse mais nada. Ele quase não ouviu o deslize da 9 mm.

– Eu gostaria que isso fosse mais doloroso mas, neste caso, a rapidez é mais importante do que a satisfação pessoal em vê-lo sofrer. Arda nos quintos dos infernos, desgraçado.

Roger Morton estava morto antes mesmo de registrar o som do disparo.

UM

Dias atuais

Brad Prenter pensava que se livraria da cadeia, mas Lucy Kincaid remediaria isso.

Ela olhou o relógio do computador e franziu o cenho. Já eram quase seis horas e havia prometido ao irmão, Patrick, que não se atrasaria para o encontro depois de ter cancelado os planos deles para jantar duas vezes na semana anterior.

– Vamos, vamos... – murmurou ao dividir a tela em seis pequenas janelas de salas de bate-papo para monitorá-las simultaneamente. – Você apareceu todos os dias às cinco esta semana. Por que está atrasado?

Pelo canto do olho, Lucy viu a diretora do grupo PMC (Prioridade para Mulheres e Crianças), Frances Buckley, aproximar-se. Fran havia se aposentado do FBI há nove anos, depois de ter trabalhado para o departamento por 25 e, apesar de ter setenta, aparentava ser uma década mais jovem. Depois que Lucy começou a trabalhar como voluntária no PMC há três anos, Fran logo se tornou sua mentora. Escrevera uma carta de recomendação entusiasmada para o processo seletivo de Lucy no FBI e a ajudara a se preparar tanto para o exame escrito quanto para o oral. E nas três últimas semanas

Fran a ajudava a lidar com a ansiedade – em breve, ela saberia se havia ou não passado para a fase seguinte do processo de recrutamento.

Lucy não se permitia pensar em ser rejeitada. Mesmo assim, sabia que o processo poderia levar meses, e não saber o resultado era frustrante. Nos últimos seis anos só pensou em se tornar agente do FBI. Tudo o que fez – como a dupla formação em Psicologia e Ciência da Computação, os estágios no Senado e no Departamento de Polícia do Condado de Arlington e agora no Instituto Médico Legal, os trabalhos voluntários em escolas e no PMC – foi calculado para que ingressasse no FBI. Ela tinha esperanças de que os selecionadores vissem o que ela havia aprendido e como isso seria benéfico ao departamento.

Fran apoiou uma mão nas costas da cadeira de Lucy.

– Tique-taque. São seis horas, Lucy.

– Só mais cinco minutos. Prenter ainda não está on-line e ele sempre aparece no fim da tarde.

– A vida passa. E você não pode ficar aqui a noite inteira esperando por ele. Você também tem uma vida, sabe? Não tinha planos para jantar com seu irmão hoje?

– Sim, mas...

– Lucy, Prenter ainda estará por aí amanhã.

– Ainda tenho um tempinho – Lucy disse. – Mais vinte minutos e ainda consigo chegar ao Clyde's às sete horas.

– Se correr até o metrô.

– Corro rápido – ela sorriu para Fran, deliberadamente mostrando uma covinha solitária.

A mulher mais velha balançou a cabeça, mas retribuiu o sorriso.

– Vou puxar a tomada se você ainda estiver aqui às seis e quinze.

Essa não era uma ameaça vazia; Fran já desligara a luz de propósito antes. Lucy jurou que obedeceria antes de se virar para as agitadas salas de bate-papo.

O PMC tinha computadores seguros, tão seguros e não rastreáveis quanto os do FBI, onde investigavam a exploração sexual de mulheres e crianças. Quando agrupavam provas em número suficiente para identificar a vítima ou o agressor, entregavam os arquivos para o FBI para investigações adicionais.

Além desse objetivo inicial, o PMC rastreava agressores sexuais em liberdade condicional. Segundo a lei, criminosos com histórico de agressão sexual eram obrigados a se registrar na polícia local depois de livres e a cada mudança de endereço.

Todavia, dependendo do Estado, cerca de metade dos agressores sexuais obrigados a fazer o registro nunca o faziam ou não voltavam a se registrar após uma mudança. Essas pessoas em liberdade condicional estavam mais propensas a cometer outro crime sexual, portanto, eram alvo do projeto de rastreamento do PMC. Frequentemente, por serem criaturas com hábitos, esses homens faziam leves modificações em seus perfis na internet, mas ainda visavam aos mesmos tipos de mulheres e crianças e acreditavam que, por terem se mudado de cidade ou Estado, não seriam descobertos. Se dependesse somente da força policial, esses predadores poderiam estar certos, conseguindo se safar. Não havia tempo nem homens suficientes para rastrear cada criminoso não registrado.

Para sua dissertação de mestrado, Lucy havia demonstrado que, enquanto a maioria dos predadores sexuais podia normalmente modificar o comportamento após cumprir a pena, essas mudanças eram superficiais. Eles ainda podiam ser identificados por rastreadores cuidadosos que cientificamente descobriam as atividades passadas do agressor: o modo como eram capturados atrelado às vítimas preferidas, que raramente se alteravam após o encarceramento. A pesquisa de Lucy demonstrou que esses homens ainda podiam ser localizados mesmo depois de mudanças de endereço ou de identidade na internet. Após a formatura, ela continuou a desenvolver seu banco de dados a fim de incorporar todas as informações conhecidas, além de uma escala psicológica que levava a mudanças menores de comportamento. Quanto mais informações ela juntasse, mais poderoso e eficiente seu sistema seria.

Grupos como o PMC podiam usar recursos próprios e externos para identificar os predadores conectados à rede e, em caso de ser um criminoso em condicional, era muito mais fácil mandá-lo de volta para a prisão se ele violasse as regras da liberdade condicional. O banco de dados de Lucy, embora ainda em fase de testes, fora crucial ao encontrar e rastrear os criminosos que estavam em regime aberto mais propensos a cometer novos crimes, resultando em mais de uma dúzia de prisões até aquele momento.

Nas últimas duas semanas, Lucy vinha trabalhando em um criminoso em particular, Brad Prenter, um estuprador condenado que havia recebido a condicional depois de cumprir apenas metade da pena. Normalmente, o PMC visava a predadores que caçavam crianças e que mudavam de cidade depois de receberem liberdade condicional, mas Prenter era um caso especial. Ele usava *ecstasy* líquido feito em casa – o *Boa noite, Cinderela* – em seus encontros. Misturado com álcool, o *ecstasy* líquido era particularmente perigoso. A vítima que o mandara para a cadeia, uma caloura de uma universidade da Virgínia a quem ele conhecera por ser professor assistente na aula de Química, conseguiu enviar uma mensagem de texto para uma colega de quarto após começar a se sentir mal. De outro modo, Prenter teria se livrado desse crime.

Durante a investigação que antecedeu o julgamento, as autoridades descobriram que Prenter era suspeito pelo estupro de outra garota em sua cidade natal, Providence, em Rhode Island, mas não havia provas suficientes para que ele fosse a julgamento por esse crime. Ele dera uma dose tão alta da droga à vítima que ela permaneceu em coma. Devido a uma investigação lenta – a polícia não fora chamada imediatamente porque o hospital não havia encontrado evidências de sexo forçado e não fez testes para detecção de drogas desse tipo –, Prenter teve tempo para se livrar do seu laboratório caseiro.

Havia provas circunstanciais de que Prenter tinha em vista outras vítimas na internet. Ele as encontrava, drogava, estuprava, depois as deixava em casa. Ao acordarem, as mulheres não se lembravam de nada. O único motivo pelo qual o nome de Prenter apareceu em outra investigação foi porque o amigo de uma vítima a vira com ele na noite em que ela foi violentada.

Mas, mesmo nesse caso, não houve provas físicas e a vítima não se lembrava de nada. A casa e o carro de Prenter foram vasculhados, porém os investigadores não encontraram sinal de *ecstasy* líquido.

Duas semanas atrás, o ramo de pesquisa do PMC identificou o perfil de Prenter on-line e descobriu que ele morava no nordeste da Virgínia. Ele havia se registrado como agressor sexual e recebera permissão para frequentar a George Washington University. Como ele tinha se cadastrado em um site de encontros, Lucy se inscreveu fingindo ser alguém que preenchia os critérios de Prenter: uma universitária *mignon* e loira que gostava de correr, de rock e de shows. Pouco importava que Lucy fosse alta e morena, sua função era atraí-lo para um local público onde ele teria a oportunidade de quebrar a condicional bem diante da força policial. Isso havia funcionado várias vezes durante os três anos de trabalho no PMC, e Prenter já mordera a isca. Lucy só precisava puxar a linha.

E quando ela conseguisse concluir seu plano? Um dos policiais voluntários do PMC algemaria Prenter e o mandaria de volta à prisão.

A justiça seria *plenamente* feita. Ele cumpriria a pena completa.

Por muito tempo ela se sentiu impotente. Mesmo com os treinos de defesa pessoal, sua educação, seus sonhos, Lucy sentia que precisava fazer *mais*. Seu estágio com o senador Jonathon Paxton no Comitê Judiciário fora interessante, mas quando ele a apresentou a Fran, do PMC, isso mudou a sua vida. Lucy estava muito mais forte, era uma pessoa muito melhor pelo trabalho feito no PMC. Ela quase acreditava que era uma mulher normal, comum.

Até mesmo seu irmão Patrick admitira, na última vez em que se falaram, que Lucy voltara a ser quem era.

Talvez não exatamente *como* antes. Já não era a adolescente ingênua de seis anos atrás, que confiava com facilidade em qualquer um e se considerava invencível. Mas, finalmente, livrara-se de boa parte da dor e da raiva. Um pouco de raiva e de ultraje pelas injustiças do mundo a mantinham focada no que era importante. Salvar os inocentes. Deter os criminosos. Sua motivação interior era tão forte que, mesmo que não ingressasse no FBI, encontraria outra função na Justiça Criminal. Poderia ir para a faculdade de direito e se tornar promotora pública. Ou se unir à força policial. Ou, ainda, fazer faculdade para se tornar psiquiatra especializada em vítimas de crimes.

Contudo, o que queria era estar na força policial de ponta no ciberespaço.

Criminosos como Prenter, mesmo na segurança do anonimato da sala de bate-papo, deixavam-na fisicamente nauseada, mas era para um bem maior e, com isso, ela aprendia mais sobre os crimes no ciberespaço do que na sala de aula.

Lucy cumpriu o seu papel atraindo Prenter, fez-se de ingênua e sexy, nunca sugerindo um encontro, mas sempre lhe dando oportunidades. Uma vez, ele perguntou se ela não queria marcar um encontro, mas ela recusou. Se facilitasse demais, ele farejaria um policial por trás daquilo. E se o caso fosse a julgamento – algo muito improvável, já que ele era um criminoso sexual registrado em condicional –, o PMC poderia testemunhar que Prenter teve diversas oportunidades de se afastar, mas que perseguiu ativamente a vítima em potencial.

Na segunda vez em que ele a convidou, ela recusou de novo, dizendo-se ocupada, mas deu indícios de que estava interessada. Ela nunca havia sugerido um encontro, porque o PMC seguia as mesmas regras da polícia: não dava chances para pleitear uma armadilha. Era o mais passiva que conseguia, ainda que desse sinais ao pervertido de que ele poderia fazer sexo com a pessoa atrás do outro computador.

Às 6h10, o computador de Lucy emitiu um sinal: aka_tanya havia recebido uma mensagem particular de bradman703.

bradman703: vc tá aí?
aka_tanya: sim, meio que. estudando. kkk.
bradman703: vc tá livre hj?

O pulso de Lucy acelerou.

aka_tanya: tenho prova importante.
bradman703: e amanhã?
aka_tanya: onde?
bradman703: vc escolhe.

Mesmo Prenter estando em condicional e Lucy não sendo uma policial, aquela conversa chegava a uma zona cinzenta. Lucy preferiria que Prenter escolhesse o local.

aka_tanya: ñ sei. algum lugar legal. perto do fx.
bradman703: Firehouse?

Lucy revirou os olhos. Não era de frequentar bares, mas todos com menos de 30 sabiam que o bar perto de Fairfax ficava cheio de gente animada. Muita bebida, música alta, lotação máxima. Não era um lugar para se conversar; definitivamente era um lugar para paquerar. Era perfeito para homens como Prenter, e perfeito para uma operação do PMC.

aka_tanya: blz. q horas?
bradman703: 8?
aka_tanya: ☺

Lucy sorriu com seus botões ao inserir o *emoticon*.

Fran disse da porta:

– Dez, nove, oito...

– Eu o peguei! – ela exclamou assim que enviou uma mensagem se despedindo de Prenter, dizendo que precisava estudar.

Depois, enviou a transcrição da conversa para seu e-mail particular, saiu das salas de bate-papo que estava monitorando e desconectou-se. Enviou uma mensagem de texto para o policial Cody Lorenzo:

Prenter vai esperar 'aka_tanya' no Firehouse Grill, às oito, amanhã.

– Pegou Prenter? – Fran olhou por cima do ombro dela. – Ótimo.

– Espero que sim. Cody tem 24 horas para arrumar tudo. Prenter escolheu o lugar e a hora – espontaneamente, abraçou Fran. – Finalmente sinto ter conseguido alguma coisa!

– Já faz um tempo desde a nossa última vitória, mas não conte com os ovos antes...

– De a galinha botar. Eu sei – mas nada diminuiria o bom humor de Lucy. Agora ela tinha algo para celebrar com o irmão. Olhou rapidamente para o relógio. Tinha de se apressar. – Eu bem que gostaria de estar presente quando Cody o prender.

– Lucy, você conhece as regras – Fran proibia qualquer um de se envolver no trabalho de campo, mesmo que de longe.

– Eu sei, eu sei – Lucy desligou o monitor, pegou o casaco e o cachecol debaixo da mesa. – Ficarei satisfeita em ler o relatório de Cody – não tão satisfeita quanto se pudesse ver a expressão de Brad Prenter quando descobrir que havia sido flagrado, mas tem de bastar.

Um movimento na entrada chamou a atenção de Lucy. Fran voltou o olhar para lá ao mesmo tempo em que ela.

– Jonathon – Fran sorriu. – Chegou cedo.

– Você trabalha demais, Fran – o senador Jonathon Paxton beijou-a de leve no rosto. – Olá, Lucy.

Lucy escondeu o sorriso. Não era de se admirar que Fran a quisesse fora do escritório no horário! Ela tinha um encontro, embora Fran não categorizasse suas saídas ocasionais com o senador como sendo *encontros*. Ela dizia que era só trabalho, mas Lucy tinha esperanças de que seus dois colegas favoritos acabassem juntos.

Lucy levantou-se e abraçou o senador.

– Eu não sabia que você estava chegando.

– Fran e eu temos muito a discutir antes de sábado à noite. Você vai à arrecadação de fundos, não?

– Claro – disse ela automaticamente, embora não quisesse ir. Faria tudo para apoiar Fran e o PMC, mas nunca gostou de eventos públicos de grande porte. Seu irmão Patrick havia prometido acompanhá-la, mas fora designado para uma missão fora do Estado. Como não voltaria a tempo, Lucy teria de ir sozinha.

– Vejo os dois mais tarde – disse ao vestir o casaco e ajustar a bolsa sobre o ombro.

– Precisa de carona? – Fran perguntou.

– O metrô fica só a três quadras – Lucy disse –, mas obrigada.

Ela saiu do PMC e enfrentou o ar frio. Adorava caminhar e não se importava muito com a temperatura baixa, embora sentisse falta das temperaturas mais amenas e do sol do sul da Califórnia.

Puxou o cachecol para cobrir as orelhas e o pescoço e caminhou rapidamente em direção ao metrô.

O frio arrepiou os pelos do seu braço, como se tivesse ouvido o arranhar em uma lousa. Disse para si que era o frio intenso, mas sabia que não era isso – era a conhecida sensação de estar sendo observada. Fingiu tossir e virou de lado para observar diretamente as pessoas caminhando ao seu redor, o trânsito na rua, os fregueses de um restaurante do outro lado. Um homem passou, acenou à guisa de cumprimento e seguiu em frente.

Ela suspirou frustrada consigo por estar ficando paranoica. Há seis anos não conseguia se livrar da sensação de estar sendo observada, de que as pessoas sabiam pelo que ela havia passado e que, de algum modo, culpavam-na pelo seu destino. As sensações diminuíram com o tempo, mas Lucy duvidava de que um dia sumiriam completamente. Seu passado sempre a perseguiria, não importava o que fizesse.

– Engula essa – sussurrou baixinho.

"Você está prestes a colocar um estuprador na cadeia. Tem muito por que celebrar."

Com isso em mente, continuou até a estação do metrô, sempre ciente das pessoas que a rodeavam.

DOIS

Depois de dez anos na Força Aérea Americana, o agente especial Noah Armstrong dava e recebia ordens sem pestanejar, mas, mesmo assim, achou estranho ser chamado à sede do FBI para uma reunião às sete da noite com o diretor-assistente Rick Stockton. Além do horário, pareceu-lhe estranho a secretária de Stockton não lhe dizer o motivo do encontro. Estava curioso, mas não preocupado. Não conseguia pensar em nenhum caso passado ou atual que merecesse a atenção do alto escalão – e ele nunca foi dado a especulações.

Noah passou o crachá de identificação pela abertura da recepção no térreo do Edifício Hoover. A recepção estava fechada, porém o vigia noturno cuidava da verificação das credenciais. O prédio era uma fortaleza protegida por vidros à prova de balas. Só para subir, era preciso passar por múltiplos níveis de segurança. Depois de liberado, foi fácil chegar ao último andar, já que o expediente havia se encerrado.

Quando Noah saiu do elevador, reconheceu o doutor Hans Vigo, instrutor de ciência comportamental e diretor-assistente em Quantico, a instituição de treinamento do FBI.

Doutor Vigo estendeu a mão.

– Agente Armstrong, obrigado por vir após o expediente. Rick se atrasou em uma reunião, por isso vou adiantando o assunto.

Ele apertou a mão do doutor Vigo.

– Problema algum, senhor. Eu entendo.

– É bom voltar a vê-lo. Você era da turma 713 ou 714, certo?

Noah assentiu.

– 714, senhor.

– Não me canso de ouvir elogios quanto ao seu trabalho no departamento, mais recentemente no caso dos assassinatos de Anápolis.

Noah levantou uma sobrancelha, surpreso em saber que alguém na posição do doutor Vigo se preocupasse com um típico assassinato em massa. Normalmente, o FBI não se envolveria nos assassinatos executados por um empregado descontente, no entanto, o incidente aconteceu dentro de um prédio federal e tanto o atirador como as vítimas eram funcionários do governo.

Por mais que admitisse que seu treinamento militar o tivesse ajudado a se destacar – tornando-o mais do que um mero agente competente –, Noah não entendia por que sua ficha chamaria a atenção do diretor-assistente.

– Obrigado, senhor.

– Por favor, me chame de Hans. Não gosto muito dessas formalidades.

Noah seguiu Hans pelo corredor deserto. Todas as portas estavam abertas e as luzes desligadas. Havia duas pessoas em uma pequena sala de reunião, parcialmente visíveis pela persiana entreaberta. Contudo, a sede normalmente abarrotada estava praticamente vazia.

– Café? Água? – Hans ofereceu.

– Não, obrigado, senhor.

Hans virou no fim do corredor e abriu a porta do escritório de Stockton. Fechou-a após entrarem, indicando a Noah que se sentasse à longa mesa no canto da sala bem organizada. Em seguida, tomou a cadeira em frente à dele.

– Temos uma investigação extremamente delicada e gostaríamos que você cuidasse dela, Noah.

– Sim, senhor.

– No sábado pela manhã, um empregado do estacionamento da Washington Sailing Marina, na margem da Virgínia do Potomac, encontrou um corpo. A vítima foi alvejada uma vez atrás da cabeça. Não havia documentos, mas as digitais confirmaram que se tratava de Roger Morton. Recebi essa notícia pela manhã.

O FBI não lidava com homicídios corriqueiros. A curiosidade de Noah aumentou.

Hans disse:

– Morton foi libertado da prisão federal de Oregon há seis meses, no dia 1º de julho – Hans abriu o prontuário e passou a foto da prisão.

Morton tinha a expressão endurecida, parecida com a de muitos criminosos violentos, o meio-sorriso dizia a Noah que o único remorso dele era o de ter sido apanhado.

– Este caso é delicado – Hans continuou – por dois motivos. Primeiro, a natureza dos crimes de Morton. Ele era o braço direito de um assassino cruel que geria pornografia tanto legal quanto ilegal, especializando-se em vídeos de sexo on-line. A maioria dos crimes de Morton foi cometida a mando do seu chefe, Adam Scott, que foi morto durante um confronto com agentes federais.

O caso soava familiar, mas Noah não sabia por quê.

– Há quanto tempo foi isso?

– Há seis anos, em junho. Conhece a história?

– Eu ainda estava na Força Aérea. E nem me encontrava no país naquela época.

– Scott cobrava dos seus espectadores virtuais para que o vissem violentar e assassinar as vítimas, ao vivo, na internet.

Agora Noah se lembrava.

– O caso foi discutido na aula de crimes cibernéticos em Quantico.

– A agente que localizou Scott em seu esconderijo fez avanços incríveis em rastrear informações na internet. Muitos dos seus protocolos foram integrados à nossa unidade de crimes virtuais. O motivo pelo qual esta investigação é delicada – Hans continuou – deve-se ao fato de Morton ter sido assassinado bem perto daqui. Tiramos o caso das mãos da polícia local; todas as evidências estão sendo despachadas para o laboratório do FBI. Tradicionalmente, pela localização do crime, a jurisdição seria nossa, mas é normal que deixemos a polícia cuidar de homicídios comuns.

Pelo visto, aquela situação não era comum.

– Como parte do *sursis** de Morton – Hans informou –, ele não poderia ficar a menos de 16 quilômetros de alguém envolvido no caso, incluindo as vítimas e as famílias. A última vítima dele mora em Georgetown, bem como um dos agentes envolvidos em sua captura.

– Vítima?

– Ele era um estuprador em série.

– E só pegou seis anos? – Noah mostrou-se confuso. – As diretrizes quanto às penas pedem que...

Hans interrompeu-o.

– Não houve julgamento. Foi feito um acordo – ele deslizou o prontuário em direção a Noah. – Isto está selado, não é público. Fiz uma cópia para você, mas não preciso lhe dizer como estas informações são sigilosas. Morton foi preso quando Scott ainda estava solto. Em troca de indulgência, Morton nos deu informações que nos levaram até Scott, o que resultou em vidas salvas. Além disso, ele forneceu os dados bancários e os documentos financeiros da operação de lavagem de dinheiro de Scott. A indústria do sexo

* Dispensa do cumprimento de uma pena, no todo ou em parte. (N.T.)

legal gera uma pequena fortuna, mas que não chega aos pés do montante gerado pela indústria ilegal.

Noah abriu a pasta de Morton, guardou a foto e passou os olhos pelo resumo enquanto Hans continuava a informá-lo sobre o caso. Um nome saltou das páginas.

– Kate Donovan – levantou os olhos dos papéis. – Aqui diz que ela não era agente, mas instrutora dos crimes virtuais, correto?

– Donovan estava suspensa na época da prisão de Morton – Hans disse. – Tenho outra agente vindo para cá para te ajudar. Ela pode auxiliá-lo a preencher as lacunas porque fez parte da investigação original.

– Desculpe perguntar, mas por que vai trazer outra agente para a investigação quando Donovan, que também estava envolvida na investigação original, mora aqui? – Quando Hans não respondeu de imediato, Noah concluiu: – Acredita que Donovan esteja envolvida no assassinato de Morton?

– Não, – Hans respondeu rápido – mas sou amigo íntimo de Kate e da família dela. É por isso que você está encarregado deste caso e não eu. Morton pode ter sido assassinado por inúmeros motivos. Contudo...

Noah concluiu o pensamento dele:

– Uma bala atrás da cabeça sugere execução. Castigo.

– Exato.

Noah examinou o relatório do médico legista.

– Ele foi torturado antes de morrer?

– Nariz fraturado, pulso direito machucado. O legista acredita que ele tenha quebrado o nariz quando o assassino empurrou o rosto dele no chão. No entanto, alguém o chutou repetidamente na região genital enquanto ele estava deitado. Com tanta violência que, caso não tivesse morrido, teria perdido pelo menos um testículo.

Noah mudou de posição na cadeira.

– Morton era estuprador. Isso me parece vingança.

– Superficialmente falando.

"Mais do que superficialmente", Noah pensou, mas continuou lendo o arquivo.

– Seu último endereço registrado fica em Denver. Sabe quando ele se mudou para D.C.?

– Só recebemos o caso hoje de manhã – Hans disse. – Não sabemos mais do que você e do que há nos registros de Morton. Rick Stockton gostaria de ter falado diretamente com você, a fim de explicar a natureza delicada deste caso. Ele espera discrição e diligência. Você se reportará diretamente a mim, e eu manterei Rick informado. Qualquer permissão, o que precisar da promotoria do Estado, mandados, interrogatórios, acessos, você terá. Se precisar ir a Denver, já está autorizado. Tudo o que precisar, considere aprovado. Só me mande um e-mail me informando.

– Entendi – eles deviam acreditar que alguém do departamento estivesse envolvido, já que se esforçavam tanto para não usar os caminhos tradicionais. – Mais alguma coisa?

– Precisa saber que uma das vítimas de Morton foi a cunhada de Kate Donovan, Lucy Kincaid. Ela mora com Donovan e o marido dela, o doutor Dillon Kincaid. Lucy não sabe do acordo de prisão de Morton e, até onde eu sei, tampouco sabe que ele já tinha sido liberado.

– Kincaid? – Noah encarou o diretor-assistente. – Como na companhia de segurança pessoal RCK, Rogan-Caruso-Kincaid?

– Esses são Jack e Patrick, irmãos da vítima. Kate se casou com Dillon, um psiquiatra forense e consultor civil do FBI – Hans inclinou-se e observou Noah. – Você tem algum relacionamento com os Kincaid?

"Não com os Kincaid."

Impassível, ele disse:

– Não, mas tenho acompanhado o interessante progresso da empresa – a RCK era conhecida por contornar a lei, tendo acesso a informações que Noah suspeitava que estavam aquém do acesso de uma companhia de segurança privada, o que o levava a imaginar quantos agentes federais lhes passavam dados.

Por mais que tivesse considerado a investigação do assassinato de Morton um campo lodoso, o envolvimento potencial da RCK tornava tudo ainda mais suspeito. Especialmente a parte *Rogan* da RCK.

– Tem alguma pergunta? – Hans disse.

– Preciso dos arquivos da investigação, os forenses, tudo o que tiver a respeito de Morton. Onde ele cumpriu pena, termos do acordo e do *sursis* – Noah fez uma pausa. – E dados de como contatar Kate Donovan. Acho melhor ir até a casa dela. Para manter a discrição – olhou para Hans. – E seria melhor se o senhor não comentasse isso com ninguém até que eu tenha a chance de interrogá-los.

Hans concordou.

– Mas não demore. Por mais que tenhamos tomado conta do caso, os Kincaid e a RCK têm muitos amigos em muitos lugares. Tenho certeza de que ninguém sabe ainda, ou alguém teria me ligado, mas já estou antecipando um telefonema.

*

Lucy estava no metrô fingindo ler um livro. Não era culpa do autor se a leitura não a prendia. Em qualquer outro trajeto, ela estaria completamente absorta pela história cheia de ação e aventura, mas naquela noite só conseguia pensar que um estuprador voltaria para a prisão. Quando o trem diminuiu a velocidade ao se aproximar da estação Foggy Bottom, ela enfiou o livro na bolsa e fechou-a rapidamente, sem nem pensar; era um antigo hábito de autodefesa.

Ladrões visam a presas fáceis. Não seja uma.

Levantou-se e manobrou na direção das portas, ansiosa em se encontrar com o irmão. Patrick partiria na manhã seguinte, ausentando-se por duas semanas, para a Stanford University, onde trabalharia em um sistema de segurança para o laboratório novo. Só fazia um mês que ele morava em D.C.; ela estava apenas se acostumando a ter a presença reconfortante dele em sua vida, e ele já estava indo embora.

Assim que as portas deslizaram, ela saiu junto à multidão de passageiros. Indo na direção das escadas, sentiu a nuca formigar com a conhecida sensação de estar sendo observada. Inconscientemente, retesou-se e tropeçou, esbarrando em uma executiva à sua frente.

– Desculpe – disse automaticamente, mas a mulher nem olhou para trás.

Uma tensão dolorosa começou na base do crânio, espalhando-se rapidamente pelo corpo; o coração disparou como se ela estivesse correndo uma maratona. Quando alcançou o topo das escadas, ela tentava combater um ataque de pânico.

Você está dentro do metrô! Claro que as pessoas estão olhando para você!

Entretanto, era mais do que um simples relance; alguém estava com os olhos cravados nela. Maldição, não havia passado por isso trinta minutos antes? Quando isso terminaria?

Com a mão trêmula, pegou o spray de pimenta ao mesmo tempo em que pensava no quanto aquilo era ridículo. Sua visão estava embaçando. Obrigou-se a respirar fundo.

Inspire e expire. Continue em frente, ninguém a está observando, você está bem. Está tudo bem.

Mirou a saída mais próxima e calmamente seguiu para as escadas. Para longe dos olhos que ela não via.

– Lucy...

Ela girou para enfrentar a voz e recuou ao mesmo tempo, tropeçando em uma maleta ao lado de um executivo que falava ao telefone.

Cody Lorenzo segurou-a antes que ela caísse de costas no chão.

– Alguma coisa errada? – ele perguntou, com o rosto de policial perturbado olhando de um lado para o outro.

Ela empurrou-o.

– Você estava me seguindo?

– Eu vi quando você saiu do trem. Eu a segui porque...

– Era você – ela respirou fundo e fechou os olhos, esfregando as têmporas até que toda a tensão voltasse para trás da nuca. Pelo menos agora ela conseguia pensar. – Não faça isso.

– O quê?

– Não me encare!

– Não tive a intenção.

Ela balançou a cabeça. Não era justo com Cody, mas ela não conseguia se livrar do medo. Ela nunca seria normal!

– Pensei que alguém estivesse me seguindo. Desculpe... – murmurou.

Ele esfregou o braço dela.

– Eu deveria ter ligado. Acabei de sair do trabalho e vi sua mensagem, pensei que poderíamos jantar juntos para comemorar.

Discretamente, ela desvencilhou-se da mão dele.

– Lamento, mas vou me encontrar com Patrick para jantar. Que tal em outro dia?

– Claro. Posso acompanhar você?

– Não vai sair do seu caminho?

– Não muito.

Ela cedeu, ainda que não se sentisse muito à vontade. Conhecera Cody por meio do PMC e namoraram por quase dois anos antes de ela terminar a relação. Trabalhar com um ex-namorado nos projetos do PMC era uma coisa; socializar com ele era outra completamente diferente.

Ele segurou-a pelo cotovelo para conduzi-la para fora da estação até a noite gélida. Estremecendo, ela fechou ainda mais o casaco e subiu o colarinho para proteger as orelhas. Nascida e criada em San Diego, Lucy ainda não estava acostumada ao inverno da costa leste.

– Vai nevar hoje – Cody disse.

– E você sabe disso porque o homem do tempo está sempre certo?

– Porque nasci e me criei em Maryland. A primeira nevasca vai cair antes da meia-noite.

– Você parece contente com isso...

Ele sorriu ao cruzarem a rua e virarem na avenida Pensilvânia em direção a Georgetown. Cody parecia e agia como um tira: tinha ombros largos e perfeita condição física, movia-se em um balanço arrogante proveniente tanto do medo como da autoconfiança. Ele tinha uma bela aparência cubana e bons modos que faziam com que a mãe de Lucy falasse sempre de seus dotes, mas também tinha um quê de indomado que fazia com que Lucy apreciasse a sua companhia. Um dia pensou que o amava, mas ela não sabia o que era o amor. Só sabia o que o amor não era.

E não era Cody Lorenzo.

Quando rompeu com ele, a família sofreu mais do que Cody. Os dois separaram-se amigavelmente, mas Lucy sabia que Cody queria reatar. Ela não.

– Bom trabalho com Prenter – Cody disse enquanto caminhavam.

– Ainda não o prendemos – ela replicou. – Acha que o juiz vai aceitar? Parece que eles preferem dar segundas, terceiras e quartas chances hoje em dia.

Cody sorriu sem humor.

– Cinquenta por cento de chance... Embora tenhamos tido mais sucessos recentemente.

O estômago dela contraiu-se. Cinquenta por cento.

– Se ele tiver *ecstasy* líquido ou qualquer outra droga, isso aumenta nossas chances.

– Espero que sim. Se ele estiver voltando ao passado, vai continuar agindo do modo como conseguia sucesso. Posse de uma droga usada em estupros dificulta o perdão até do mais benemérito dos juízes. No mínimo, Prenter vai passar uma noite na cadeia.

– Belo consolo.

Cody parou de andar e Lucy virou-se para fitá-lo. Ele parecia zangado.

– Farei tudo o que puder para que ele cumpra todos os cinco anos, Lucy. Prometo.

– Eu sei... – Lucy ficou preocupada com o amigo. – Você está bem?

– Estou. Um pouco frustrado talvez. Atendi a um caso de violência doméstica hoje que me deixou assim – ele olhou por cima do ombro dela, imerso em um mundo próprio, com os olhos carregados de dor e frustração.

– Cody?

Ele balançou a cabeça, sem querer tocar no assunto, e ela disse:

– Lembra-se do que me disse um dia quando não consegui evitar que uma adolescente se encontrasse com o namorado virtual? – Lucy fizera amizade com uma garota de treze anos na internet, embora isso contrariasse as diretrizes do PMC. Ela fez tudo o que pôde para evitar que a garota cometesse os mesmos erros que ela havia cometido seis anos antes. E fracassara.

Cody virou-se para Lucy, fitando-a intensamente enquanto ela falava.

– Você disse: "Não podemos salvar a todos, por isso temos de fazer o que podemos, quando podemos." Isso mudou a minha vida, me fez ter fé em alguma coisa de novo. Nós fazemos o que podemos. No PMC e no trabalho.

O olhar intenso dele deixou Lucy pouco à vontade. Talvez devesse ter permitido que Cody sentisse raiva e frustração, em vez de tentar animá-lo. Não queria que ele se entusiasmasse, pensando que poderiam reatar. Ela sorriu, apertou a mão dele, soltou-a e voltou a andar.

– Vou me atrasar para o jantar com Patrick – disse.

– Vou cortar pelo meio do parque para chegar à minha casa.

Ela parou de andar e olhou para trás.

– Tem certeza?

– O Clyde's fica a poucas quadras. Eu só queria ver se você estava bem com esse negócio do Prenter, e claro que você está. Você é uma mulher incrível, Lucy – ele deu um passo à frente e a beijou no rosto. – Vejo você no sábado, na arrecadação de fundos do PMC.

Cody virou para a trilha que passava no meio do parque Rock Creek e levantou a mão em despedida antes de desaparecer. Ela caminhou rapidamente na direção do Clyde's, já um pouco atrasada.

Lucy ainda tinha aquela estranha sensação de estar sendo observada. Olhou por sobre o ombro, mas ninguém remotamente suspeito estava por perto. Parou, olhou em todas as direções, já que os postes da rua forneciam ampla luminosidade. As únicas pessoas paradas eram as que estavam esperando o farol fechar. Ninguém precisa *observá-la* especificamente.

Respirou fundo e sentiu o ar frio esfriar seus pulmões e sua mente. Obrigou essa sensação a se afastar, como havia aprendido seis anos antes, quando o sentimento de estar sendo observada nunca a abandonava, dia e noite, em um lugar público ou estando sozinha no quarto.

Funcionou. Sorriu e continuou na direção do restaurante, onde seu irmão, sem dúvida, já devia estar irritado por ela fazê-lo esperar.

TRÊS

Fazia menos de 24 horas desde que Noah Armstrong havia sido incumbido do caso de homicídio. Cada pergunta que se fazia levava-o ao dobro de dúvidas.

Fiel a sua palavra, Hans Vigo entregara todos os arquivos a respeito de Morton, que teve de se defender de duas acusações de estupro e da tentativa de homicídio de um agente federal, mas as diretrizes mandatórias de sentença foram jogadas pela janela. Scott havia sido morto ao tentar escapar, e tudo o que eles tinham era a palavra de Morton de que havia entregado tudo. Por mais que Noah entendesse a necessidade de um acordo, aquele parecia muito suspeito. Seis anos era pouco tempo pelo que ele fez, sem falar nas dúzias de outras acusações desconsideradas. Vidas estiveram em jogo, mas ao que tudo indicava, os investigadores deixaram o desespero tomar conta. E desespero leva ao erro.

Morton havia sido liberado da prisão por meio de um *sursis*, o conceito federal de liberdade condicional. Os termos da suspensão da pena eram rígidos: ele não poderia sair do Colorado, onde estava empregado na oficina automotiva de um primo, nos limites de Denver. Ele não poderia portar uma arma, entrar em negócios para adultos – como *sex shop* ou clube de *strippers* –, envolver-se em nenhuma de suas atividades prévias, legais ou ilegais, de pornografia, nem se comunicar com nenhum dos antigos parceiros ou tentar contatar suas vítimas. Qualquer violação o levaria direto de volta para a prisão.

A nova parceira de Noah no caso era a agente especial Abigail Resnick, uma veterana que trabalhava há dez anos no departamento; ela começara em Washington, mas havia sido transferida para Atlanta cinco anos antes. Abigail estava na casa dos trinta, era eficiente e se mudara para o cubículo ao lado do de Noah. Ela parecia satisfeita por retornar a D.C. Abigail tinha um ligeiro sotaque, mas Noah não achava que fosse sulista; mais se parecia com alguém de Boston.

Abigail desligou o telefone em sua mesa temporária – onde já havia se acomodado – e girou na cadeira antes de se recostar com um sorriso.

– Então Morton voou do Aeroporto Internacional de Denver no último voo, no dia 5 de janeiro, chegando a Dulles às 5h40 da manhã do dia seguinte. De acordo com o oficial da condicional, Morton precisava se apresentar na primeira e na terceira quartas-feiras de cada mês para se submeter a uma inspeção. A última vez em que o oficial o viu foi no dia 5, às 4h30 – finalmente, Abigail levantou os olhos cintilantes do papel. – Meu palpite é que ele saiu da reunião e foi direto para o aeroporto. Ele comprou o bilhete pela internet, usando a identidade e o cartão de crédito do primo, que jura não ter dado permissão para que Morton fizesse isso.

Noah balançou a cabeça.

– Difícil provar, mas podemos mandar dois agentes para sacudir o primo e ver se ele não tem nenhuma surpresa escondida nos bolsos.

Abigail fez uma anotação mental.

– Monica Guardino lidera o esquadrão de colarinho branco em Denver. Ela está familiarizada com a suspensão da pena de Morton e está a caminho do apartamento dele neste instante.

– Morton tinha passagem de volta?

– *Não*. Só de ida, de Denver para Dulles. Não há nenhuma reserva no nome dele nem no do primo. Ele pode ter conseguido uma identidade falsa aqui ou em Denver.

Será que Morton havia planejado voltar para Denver? Ou pretendia se esconder? E por que em D.C.? Seria uma parada temporária antes de fugir do país? Embora tivessem bloqueado todas as contas no exterior, direcionando-as para o governo, eles não tinham como ter certeza absoluta. E por que agora e não assim que saiu da prisão? Por que esperar seis meses?

– Alô? – Abigail disse, batendo no tampo da mesa. – Alguém aí, Armstrong?

– Desculpe, eu só estava pensando.

– Pense em voz alta, amigo. Somos parceiros, lembra? – os olhos dela arregalaram-se em um aviso.

Ele estava acostumado a trabalhar sozinho, mas Abigail tinha razão.

– Só estava me perguntando o que ele planejara em D.C, e se essa parada era permanente ou apenas temporária antes de fugir do país.

– Ele precisaria de um passaporte falso. O primo não tem passaporte.

– Não é impossível – Noah disse. – Verifique o Departamento de Estado e veja se existe algum pedido pendente com o nome e a identidade do primo.

– Pode deixar – Abigail anotou. – Reli o relatório da autópsia. O corpo de Morton foi encontrado às 7h00. O legista determinou como sendo às 23h00 a hora da morte dele. Na sexta à noite.

– E câmeras de segurança?

– Nada. Eu pensei em ir até lá, só para dar uma olhada no lugar, ver onde a vítima foi encontrada, mas a polícia local fez uma averiguação detalhada quando foi chamada. Li os interrogatórios dos funcionários da marina. O último turno saiu às 5h30. Depois do assassinato, verificaram os barcos e o estoque, mas disseram à polícia que nada foi roubado ou quebrado.

– Pegadas? Provas?

– Nada. O chão é de concreto. Estamos abaixo de zero, sabia? – balançou a cabeça em desgosto. – A roupa de Morton foi levada ao FBI para tentarmos encontrar provas. E não foi encontrado nada com ele: documento, chave de hotel... nenhuma chave, na verdade. Pode ser que ele não tenha levado nada, ou que o assassino o roubou.

– Por que ele faria isso? O crime parece ter sido motivado por vingança, baseado no ataque à genitália de Morton.

– Mas ainda assim é uma execução. Não há vingança em uma única bala atrás da cabeça.

Noah pensou nisso.

– Morton deve ter sido surpreendido por trás.

– Seria difícil isso acontecer; você viu as fotos da cena do crime? É aberto, bem perto do rio, próximo da doca seca.

Noah havia olhado as fotos.

– O assassino poderia estar se escondendo entre os barcos. Eles ficam guardados bem juntos uns dos outros.

– Mas o corpo de Morton foi encontrado em uma área livre.

– O que sugere um encontro.

Abigail assentiu.

– Mas nenhum carro foi encontrado. Estamos verificando as locadoras de automóveis e os hotéis de beira de estrada.

– Ele poderia ter ido com alguém. Não há sinais de ele ter sido arrastado ou de luta indicando que ele tenha sido largado lá ou se metido em uma briga.

– Por que na marina?

– Por conveniência. Mas não foi para desova do corpo, pois as evidências indicam que a vítima foi alvejada no local em que foi encontrada.

– Tenho um analista ligando para os hotéis, a começar pelos próximos a Dulles, seguindo até D.C. Se descobrirmos onde Morton estava hospedado, talvez tenhamos uma ideia melhor do que ele planejava.

Noah olhou para suas anotações.

– E se ele ameaçou sua última vítima? Ou Kate Donovan, a agente que o pegou? Talvez ela o tenha matado em legítima defesa.

Abigail meneou a cabeça.

– Se Morton ameaçou Kate ou Lucy Kincaid e foi morto como resultado, elas têm uma causa.

– Pode ser. Apesar de que se tivesse sido um tiro justificado, ela teria se apresentado.

– Você não conhece Kate Donovan.

– Bem, logo vou conhecer. Vamos até a casa dela hoje à tarde.

Abigail suspirou.

– Não é o tipo de conversa que me agrade.

– Por quê? Se ela for inocente no assassinato de Morton, precisamos saber.

– Ela é muito protetora em relação à cunhada. Você sabe o que aconteceu com Lucy Kincaid?

– Li o arquivo.

E não foi nada agradável. Lucy Kincaid havia sido sequestrada e mantida como refém em uma ilha perto da costa do Estado de Washington. Por quase dois dias, ela foi repetidamente estuprada por Morton e outros dois homens não identificados no arquivo, antes de ser resgatada pela agente Donovan e alguns outros. O que tornou esse crime ainda mais hediondo foi que as agressões foram mostradas ao vivo pela internet e milhares de pessoas pagaram para assistir. Pior, elas votaram dando sua opinião sobre como Lucy deveria morrer.

Noah já havia visto muita tragédia em sua carreira, tanto na Força Aérea quanto no FBI, mas nunca soube de nada tão doentio quanto isto: pessoas pagando altas somas para assistir a uma adolescente ser violentada e assassinada.

– Trabalhei no caso e vi alguns trechos do filme – Abigail disse. – Adam Scott e Roger Morton quase destruíram a família inteira. Enquanto Kate investigava pela internet, Scott preparou uma armadilha. Um dos irmãos de Lucy, um policial de San Diego, foi com eles e quase foi morto. Ele precisou ser submetido a uma cirurgia cerebral e ficou em coma por dois anos. Depois que resgataram Lucy, Scott manteve outro irmão como refém e torturou-o enquanto ela era forçada a ouvir. Preparou, inclusive, a explosão da casa dele.

Somente vagas referências a esses eventos foram mencionadas no relatório. Noah disse:

– O relatório diz que Lucy Kincaid matou Adam Scott.

– Lucy estava sob uma pressão enorme. E só tinha dezoito anos.

– Ela disparou a arma seis vezes. Estava sob tanta pressão que surtou? Talvez ela nunca tenha se recuperado.

– Você não estava lá; nem eu. A situação era péssima. Um irmão em coma, o outro refém, e o bastardo a ameaçou dizendo que mataria a família inteira caso ela não fosse com ele. E – Abigail acrescentou – pelo que ouvi, ela se saiu bem depois disso. Está determinada a ser agente do FBI.

Noah fitou Abigail, surpreso com tal informação.

– Nem por sonho eles vão permitir que uma vítima como Lucy Kincaid entre no departamento.

– Por que não?

– Obviamente ela ficou traumatizada além da conta. Psicologicamente, ela...

Abigail levantou a mão para silenciá-lo e disse:

– Espere um minuto. Você nem a conhece – puxou uma pasta de dentro da gaveta. – Não tenho como acessar todos os arquivos dela, pois estão sendo analisados pelo comitê de seleção, mas ela passou no teste escrito com louvor. Tem duas graduações: Ciência da Computação e Psicologia, com mestrado em Psicologia Criminal, tudo isso em Georgetown. Ela trabalhou por um ano no departamento de polícia de Arlington e tem certificados até não poder mais: defesa pessoal e voluntariado em busca e resgate com créditos em mergulho; além disso, ela participou da equipe da natação da escola e da faculdade, poderia ter se qualificado para as Olimpíadas, mas decidiu não participar.

– Você a admira.

– Pode apostar que sim – Abigail piscou. – Depois de tudo pelo que ela passou, ela tocou a vida. Só porque uma mulher foi estuprada não significa que tenha de carregar esse estigma pra sempre, que isso tenha de limitar as suas opções.

– Eu não sugeri nada disso, só disse que para ser agente do FBI é necessário ter certo distanciamento. Eu questiono se alguém que tenha sobrevivido a um trauma físico e psicológico desse nível consiga lidar com alguns dos casos que recebemos.

– Verdade. E quanto aos soldados?

Ele se retesou.

– O que têm eles?

– Bem, você vem de uma carreira militar, certo? Dez anos na Força Aérea? Esteve em combate. Provavelmente matou o inimigo. Perdeu amigos, não? Homens e mulheres que considerava como irmãos.

– Isso é completamente diferente. Fomos bem treinados para servir nas Forças Armadas e para enfrentar perdas humanas.

– E o que eu estou dizendo é que alguns soldados provavelmente não lidam bem com esse tipo de trabalho também. Outros sim. Algumas vítimas de estupro jamais se recuperam do ataque sofrido, mas a maioria encontra um modo de levar uma vida relativamente normal e bem-sucedida em uma variedade de profissões, inclusive como agente do FBI.

– Desculpe, não tive a intenção de...

– Só estou deixando claro que existe um estigma atrelado ao estupro que é difícil de eliminar, e não só para as vítimas. Quando nos encontrarmos com Lucy, trate-a como qualquer outra pessoa interrogada.

– Ou suspeita?

Abigail respirou fundo.

– Ou suspeita.

QUATRO

Às quintas-feiras, Lucy não trabalhava no PMC, por isso ela foi direto para casa, à tarde, depois de terminar seu turno no IML. Ela subiu as escadas da estação do metrô e um vento gélido envolveu--a. Estava grata por não estar nevando, mas bem que ela gostaria que a temperatura estivesse alguns graus mais alta. Ao término da caminhada de um quilômetro e meio entre a estação e a casa que dividia com Dillon e Kate, estava úmida por conta do ar carregado e dos poucos flocos de neve que começaram a cair ao seu redor.

Ao passar pela porta, ouviu Kate conversando na sala de jantar. Quase a chamou, avisando de sua chegada, quando ouviu uma voz masculina desconhecida.

Lucy avançou silenciosamente pelo corredor sem saber o que a aguardava. Não gostava de surpresas, nem de visitantes inesperados. Através das portas duplas abertas, ela viu Kate sentada em uma pose rígida ao fim da longa mesa de jantar, e uma mulher e um homem em roupas sóbrias de trabalho sentados de frente um para o outro; a mulher estava de costas para Lucy. Pelas roupas e postura, Lucy deduziu que aqueles eram policiais federais. Viu a arma da mulher na cintura e os arquivos sobre o tampo da mesa diante do parceiro dela.

Lucy captou o olhar de Kate assim que passou pela soleira. Preocupou-se. Kate era mestre em se manter impassível, então algo a aborrecera bastante para que ela demonstrasse suas emoções.

Os dois agentes olharam para Lucy, e ela endireitou a espinha. Havia algo no ar; aquilo não era simplesmente uma conversa amigável. Seria a respeito de Dillon? Sentiu o lábio inferior estremecer antes de mordê-lo e temeu que algo tivesse acontecido ao irmão enquanto ele esteve na Penitenciária Federal Petersburg, onde tinha ido entrevistar um preso do corredor da morte. Mas não conseguiu perguntar.

Kate disse:

– Lucy... – mas, em seguida, perdeu-se nas palavras.

Isso nunca acontecia com Kate. Mas ela não estava chorando; não podia ser com Dillon. Não podia ser. Alguém de quem ela gostasse? Ou talvez não se relacionasse a ela. Aquilo era uma reunião do FBI. Não tinha nada a ver com ela ou com a sua família.

– Vou deixá-los à vontade para trabalhar – Lucy disse. – Estarei lá em cima.

O homem levantou-se e acenou, cumprimentando-a. Ele devia ter mais de 1,80 metro, os cabelos tinham um estilo conservador e o queixo era quadrado.

– Sou o agente especial Noah Armstrong. Esta é minha parceira, Abigail Resnick. Lucy Kincaid?

– Sim, sou eu – olhou do agente Armstrong para a agente Resnick. O cabelo dela era loiro, uns dois tons mais escuro que o de Kate, estava preso em um longo rabo de cavalo, delineando os traços bem marcados do rosto. – Isto se refere ao meu processo seletivo?

Noah Armstrong pareceu surpreso.

– Não.

– Oh. Então precisam de mim para alguma coisa? – ela olhou para Kate, mantendo o rosto impassível, ainda que seus instintos lhe dissessem que havia algo muito errado.

Por favor, que não seja Dillon. Nem Jack. Tampouco Carina. Ninguém que eu amo! A família significava mais do que qualquer outra coisa, mas todos exerciam funções perigosas. Policiais. Mercenários. Investigadores particulares.

– Sente-se, por favor – Armstrong disse.

Lucy não queria se sentar; queria saber por que aqueles dois agentes estavam na sua casa, por que Kate parecia tão preocupada a ponto de não parar de arrumar o cabelo atrás da orelha, e o que tudo aquilo tinha a ver com ela.

Tirou o casaco, colocou-o no encosto da cadeira e sentou-se na ponta oposta à de Kate. Tirou as luvas e procurou manter a expressão neutra. Notou que os olhos de Kate não estavam vermelhos, portanto era possível que ninguém que amasse tivesse se ferido.

O agente Armstrong disse:

– Roger Morton foi alvejado e morreu na última sexta-feira.

Lucy piscou repetidas vezes, completamente confusa e surpresa. Roger Morton estava morto. Deixou que a novidade a absorvesse. A base do crânio formigou quando a vergonha a acometeu, não pela lembrança do que Morton lhe fizera, mas pela sua exultação pela morte dele.

– Por que o FBI deve dar essa notícia pessoalmente?

– Estamos investigando esse assassinato, senhorita Kincaid.

Lucy olhou para Kate, que mantinha os lábios contraídos. Estava claro que Kate queria dizer alguma coisa, mas não sabia se podia.

A apreensão de Lucy aumentou com a sua confusão.

– Não vejo como eu possa ajudá-lo em sua investigação, agente Armstrong. Asseguro-lhe que jamais visitei esse homem na prisão. É costume interrogar as vítimas de um condenado?

– Em tais circunstâncias, sim.

– Devo ter perdido alguma coisa, porque há anos não vou ao Oregon; na verdade, só fui uma vez em uma viagem com a família e eu devia ter uns nove anos.

– O senhor Morton foi assassinado na Washington Sailing Marina.

Ela sabia que não tinha ouvido errado. Sua voz não passava de um sussurro, como se tivesse ficado sem ar, ao dizer:

– Na Alexandria?

O agente Armstrong assentiu.

– Ele recebeu a suspensão da pena em 1º de julho.

Lucy fitou o agente, que a observava atentamente. Detalhadamente. A sua pele aqueceu-se quando a realidade a assolou.

– A pena foi suspensa? – a voz saiu entrecortada.

Roger Morton havia sido libertado? Isso não podia estar certo. E fora para D.C.? Estaria à sua procura? Para feri-la mais uma vez? Para estuprá-la?

Não! Você não permitiria que ele se aproximasse de novo. Você é mais esperta agora. Sabe se defender. Ele não pode feri-la. Ele está morto.

– Você não sabia?

– Se eu sabia? – sua mente seguia rapidamente em múltiplas direções: Morton libertado, Morton em D.C., Morton assassinado. Seu corpo estremeceu, mas ela não percebeu, era como se estivesse ao lado, assistindo à conversa do lado de fora. Viu o tremor nas mãos, porém não se tocou que eram as suas.

Olhou para Kate. A cunhada não conseguia disfarçar a dor e a culpa no olhar. Lucy percebeu que Kate já sabia da libertação precoce de Morton.

– E você não me contou? – ela perguntou, deixando que a raiva dominasse a dor. A dor viria da traição, do medo e dos arrependimentos, mas ela queria estar sozinha nessa hora. Ela precisava estar sozinha para se proteger.

– Eu sinto muito – Kate disse. – Eu queria contar, Lucy, mas na época, há seis anos, quando fizemos o acordo, você estava... – ela deixou a frase sem conclusão.

Lucy sabia exatamente como estava seis anos antes. Desconectada de tudo e de todos enquanto lentamente procurava entender e aceitar o que lhe acontecera durante as horrendas horas em que esteve aprisionada por Adam Scott e Roger Morton. Ela havia contado tudo para Patrick porque ele estava em coma e não a olhava com pena, medo ou preocupação. Ele não lhe dizia para que comesse, dormisse, conversasse com algum profissional. Foi o único modo que ela encontrou para lidar com a situação. Certos dias, ela nem saía do quarto dele, preferindo a respiração cadenciada do irmão aos sussurros preocupados que preenchiam todos os cantos da casa, aos amigos e parentes, todos preocupados com ela. Por ela ter sido estuprada. Por ela ter sido humilhada na internet. Por ela ter matado um homem e não ter demonstrado remorso.

– E depois? Quando ele foi solto? – ela fez uma pausa. – Seis anos atrás... Como sabia que ele seria solto em seis anos?

– Ele estava sob *sursis* – o agente Armstrong a corrigiu. – Os termos do acordo com Morton estabeleciam que ele fosse libertado em seis anos sob *sursis* e com severas restrições para o resto da vida, inclusive a proibição de contato com qualquer vítima. Na verdade, ele estava proibido de deixar o Colorado sem permissão do...

Lucy bateu a mão no tampo da mesa, assustando tanto os agentes quanto a si. Pouco se importava com as restrições impostas a Morton; ele havia sido libertado. A verdade queimava seu estômago como ácido borbulhante. No fundo de sua mente, uma voz lhe dizia que aquilo não podia estar acontecendo, que aquilo não era verdade, mas ela abafou a fraca emoção da negação. Aquilo *estava* acontecendo e ela teria de enfrentar tal situação.

Seu comentário foi dirigido a Kate.

– Seis anos? Pelo que ele me fez? Pelo que fez com as outras? Com a sua parceira? *Seis anos?* E você concordou com isso? Sem me contar, naquela época ou mais tarde, quando ele foi solto?

– Eu não queria aceitar esse acordo, mas não foi uma decisão só minha. Havia vidas em jogo! A sua. A de Dillon. Adam Scott havia deixado bem claro que ele não escaparia sem levá-la junto. Morton entregou Scott e a Empreendimentos Trask, contas bancárias, gravações... Não tivemos escolha.

– Há sempre uma escolha. Mas seis anos? Por que não sete? Dez? Ou um? Por que mandá-lo para a prisão já que ele foi *tão cooperativo*?

Não tivemos escolha.

– Dillon sabia... – Lucy sussurrou. O ar escapou dos pulmões e ela mal conseguia respirar. Todos sabiam. Menos ela.

Levantou-se trêmula, pousando as mãos na mesa para se sustentar. Não desmaiaria. Não teria um ataque de pânico. *Não choraria.*

Precisava sair dali.

– Vou para a casa de Patrick – disse, sem olhar para ninguém. Não queria ver a piedade nos olhos deles, ou pena por ela não ter sabido, por ter sido tratada como uma criança imprevisível. No fundo sabia que a família só queria protegê-la, mas ignorância não era proteção.

– Eu levo você – disse Kate.

– Não. Vou a pé – respondeu, enquanto pegava o casaco e o vestia.

– Está nevando.

– Preciso de ar fresco – virou-se e perguntou ao agente Armstrong: – Por que Morton estava em Washington?

– É isso que estamos tentando descobrir – ele disse. – Senhorita Kincaid, entendo que precise de um tempo, mas temos que conversar.

Ela concordou.

– Amanhã.

– Viremos de manhã...

– Não. Eu vou ao escritório.

Kate começou a dizer:

– Lucy, não acho que...

Lucy virou a cabeça na direção da cunhada.

– Não me importo com o que você pensa, Kate. Não agora – ela soou cruel, a voz saiu ríspida e desconhecida. Mas aquele era o único modo de manter a compostura. Virou-se novamente para o agente. – Regional de D.C.?

– Sim – ele entregou-lhe um cartão.

Lucy guardou-o no bolso e encarou o agente, que não demonstrava piedade... O corpo dele estava firme, rígido, revelando que fora militar. Sua postura era como a de seu irmão Jack, em uma pose pronta para atacar, disfarçada de casual. Tudo nele era um contrassenso, o que destacava ainda mais seus olhos azuis, muito claros.

– Amanhã de manhã – ela repetiu e depois se virou, saindo da sala.

CINCO

A casa de Patrick – que também abrigava o recém-inaugurado escritório da costa leste da Rogan-Caruso-Kincaid – ficava a apenas seis quarteirões da casa de Lucy, em uma rua estreita perto da rua M, entre a embaixada de um país menor do que o estado de Rhode Island e uma residência. Não era longe, mas entre a neve e o vento gelado, a caminhada pareceu mais longa que a feita todos os dias do metrô até a casa.

Ela apertou a campainha e esperou, tão fria e molhada por fora que o calor da traição havia diminuído, sendo substituído por tristeza e incerteza. No fim, teria de se sentar e conversar com Kate e Dillon sobre essa questão de a manterem de fora quanto ao assunto Morton, bem como sobre seu assassinato. Não naquela noite, porém; não quando a dor dos segredos guardados era tão vívida que ela mal conseguia manter o passado trancado.

Morton esteve *ali*, em D.C. No seu lar. Mesmo com a violência do distrito e a taxa de criminalidade, ela sentia-se segura porque sempre dava passos proativos. Tinha amigos e família. Tinha um trabalho e um futuro. Mas ele esteve *ali*. E se o tivesse visto? E se ele tivesse ido a Washington por sua causa? Para feri-la novamente, talvez? E se ele tivesse pretendido atingir Dillon, Kate ou o resto da família?

Sentiu o estômago revirar e a pele aquecer. Oscilou o peso do corpo nos pés e apoiou a mão na maçaneta para se equilibrar. As mãos estavam vermelhas por conta do frio; havia deixado as luvas na mesa de jantar. Esse esquecimento a fez hesitar ao olhar para as mãos trêmulas.

A porta abriu-se e ela endireitou-se, pois não queria que Patrick a visse naquele estado.

Porém, não foi Patrick quem atendeu à porta.

– Sean.

Sean Rogan sorriu com metade da boca, revelando as covinhas. Lucy perguntava-se desde a primeira vez em que o vira se ele ensaiava esse ar charmoso e travesso no espelho.

– Parece desapontada. Não está feliz em me ver?

– Não, eu só... Sim. Desculpe. Patrick está? – sua voz demonstrou pânico. Maldição, precisava se controlar! Não queria desmoronar diante de Sean. Mal o conhecia.

Não queria desmoronar de jeito nenhum.

Em um piscar de olhos, a postura de Sean mudou por completo, indo do flerte à seriedade.

– Pensei que soubesse que ele foi para a Califórnia hoje cedo.

Com pôde se esquecer disso? Não havia mais ninguém em quem ela confiasse que soubesse de toda a história. Para onde iria? A única opção era voltar para casa.

– Lucy, você está tremendo – Sean segurou-a pelo braço e puxou-a para dentro, fechando a porta atrás dela.

Ela tentou se desculpar por incomodá-lo, mas as palavras não saíram. As bochechas queimaram com o calor da casa, lembrando-a de como ela estava fria.

– Está congelando...

Ela tentou desabotoar o casaco, mas os dedos estavam duros e adormecidos. Sean esticou a mão e rapidamente desabotoou e tirou o casaco por ela, jogando-o no mancebo perto da porta.

Franziu o cenho ao ver as mãos vermelhas de Lucy, e as prendeu entre as suas. Ele vestia somente jeans e uma camisa polo branca, mas seu corpo parecia uma fornalha. O calor das mãos dele era tanto uma benção quanto um sofrimento para Lucy. Ele levou as mãos dela à boca e assoprou ar quente, e a franja, um pouco mais longa, caiu por sobre um olho.

– Eu sinto muito, Lucy, eu deveria ter atendido à campainha da primeira vez.

– Eu só toquei uma vez. Vim andando.

– Veio andando?

– Não é longe.

– Da casa de Dillon e Kate? Fica cerca de um quilômetro daqui e, pior, você não está adequadamente vestida – os olhos azul-claros avaliaram-na enquanto ele esfregava as mãos dela. – O que aconteceu? Você está bem?

– Eu... – a boca tremeu. *Não, não, não!* Não queria chorar diante de Sean Rogan, não dele, do sócio do seu irmão. Nem de ninguém. Deveria ter ido para o quarto. E por que foi até ali?

Você esqueceu que Patrick estava viajando.

– Preciso ir – ela disse.

Sean ignorou a declaração e puxou-a pelo corredor até o fundo da casa, onde a lareira imensa, que tomava quase a totalidade da parede, ardia. Ele acomodou-a ali.

– Isso deve aquecê-la.

Sem conseguir falar, ela assentiu, desviando o olhar. O fogo estava quente demais, mas ela se sentou e ficou observando as chamas, controlando-se para não chorar.

Por favor, Deus, não me deixe desabar agora.

Sean se afastou e Lucy começou a respirar com mais facilidade. Conseguiria conter as emoções, encontraria um modo de trancar o passado no lugar a que pertencia e depois chamaria um táxi.

Queria tanto conversar com Patrick. Talvez essa fosse a resposta: voar até a Califórnia.

Certo. Sairia do emprego, do trabalho voluntário, faltaria à arrecadação de fundos do PMC no sábado. Fran ficaria desapontada. Lucy não fugia de nada. Não havia fugido seis anos antes quando o que mais desejou foi desaparecer, e não faria isso agora. E pelo quê? Não corria perigo, só estava imersa nas mentiras contadas pela família. Estava sem energias naquela noite, mas no dia seguinte recobraria suas forças.

Olhou para a cozinha, onde Sean estava de costas, dando-lhe um mínimo de uma bem-vinda privacidade. Não queria jogar conversa fora com ele, não importando o quanto o considerasse atraente, tampouco queria explicar o que a levara a caminhar no meio de uma tempestade noturna para visitar o irmão – que estava trabalhando a 4 mil quilômetros de distância dali.

Lucy esfregou as mãos diante da lareira e tentou não pensar no que Sean achava da sua loucura. A última hora, desde o instante em que entrou em casa e viu os dois agentes do FBI falando com Kate, deixara-a exaurida e ela não conseguia parar de tremer.

Sean trouxe duas canecas e entregou-lhe uma delas.

– Isto vai aquecê-la por dentro.

– O que é? – ela olhou dentro da caneca. Pedacinhos de *marshmallow* flutuavam. – Chocolate quente?

– Quando Patrick nos levou para jantar no mês passado, lembrei-me de como gostou da mousse de chocolate. Isto pode não ser tão saboroso, mas espero que sirva.

Lágrimas rolaram pelo rosto de Lucy e ela fechou os olhos. As mãos dela tremiam, e Sean pegou a caneca, deixando-a na lareira, perto da dele.

– Lucy... – ele passou os braços ao redor do corpo dela e ela recostou-se.

Quanto mais ela lutava contra as lágrimas, mais seu corpo tremia.

– Desabafe – Sean afagou seu cabelo. – Está tudo bem, Lucy, você está segura aqui.

Segura. Ele sabia. E por que ainda se surpreendia? Não era segredo; ela só não tocava no assunto. Mas ele trabalhava com Patrick, portanto, era claro que sabia do passado dela. Não era um grande segredo, só não era algo discutido abertamente.

Algum dia ela conseguiria escapar do passado? Seis longos anos e ele a seguiu até D.C., até sua nova vida.

Seguiu? Não, não era isso. Seu passado era parte da sua identidade assim como o seu futuro. Não conseguiria escapar dele porque o que acontecera seis anos antes moldou cada decisão tomada desde então, as grandes e as pequenas, quer ela percebesse isso ou não.

Um soluço que não tinha nada a ver com ela vibrou em seu peito e Sean trouxe-a para mais perto dele.

– Eu... – ela começou, depois parou. Respirou fundo várias vezes, esfregou os olhos com a mão direita, engoliu a desculpa que se formou automaticamente nos lábios. Ficou pasma por não se sentir envergonhada em chorar diante de Sean. Nem o conhecia tão bem. Mas talvez fosse melhor assim. Sua família sofreria, e diria-lhe que tudo terminaria bem. E em sua mente ela sabia que superaria aquilo, que encontraria um modo de perdoar Kate e Dillon, pois era isso o que as famílias faziam: perdoavam.

Mas não naquela noite, talvez nem no dia seguinte, porque naquele momento as coisas não estavam bem. Ela sentia como se seu coração tivesse sido arrancado do peito – o coração que confiava na família para protegê-la.

– Lucy, estou aqui se você quiser conversar. Mas não precisa, se não quiser – Sean disse.

Ela concordou, repousando a cabeça contra o peito dele e fechando os olhos. Agora que as lágrimas tinham parado, ela se concentrava em respirar normalmente. Sean tinha cheiro de sabonete, de uma marca desconhecida, com um toque de loção pós-barba.

De repente, e muito intensamente, Lucy deu-se conta de que Sean não era seu irmão. Por que não se sentia desconfortável por ser abraçada por um belo desconhecido? Ele não era um completo estranho, ela já o vira várias vezes desde que Patrick se mudara da Califórnia para D.C., mas, de algum modo, aquilo parecia algo mais íntimo, mais pessoal. Um homem que agora a atraía, embora ainda não admitisse.

Alguma coisa mudou dentro dela, e Lucy afastou-se de Sean, sentindo frio. Naquele instante, não teria como lidar com tudo o que haviam lhe contado mais os sentimentos que vinham crescendo desde que conhecera Sean. Uma coisa de cada vez.

Sorveu um gole do chocolate quente, grata por ter algo com o que ocupar as mãos.

– Estou melhor.

– Que bom – ele pegou a caneca e também bebeu. – Quentinho.

– Está uma delícia – ela disse. – Importa-se se eu ficar mais um pouquinho? Não quero atrapalhar. Só não quero voltar para casa agora.

Ele inclinou a cabeça e disse:

– *Mi casa es su casa.*

Sean observou-a atentamente, pesando suas opções. Queria que ela contasse o que a havia feito fugir de casa e enfrentar uma tempestade. O que a deixara tão transtornada? Uma coisa, porém, Sean sabia fazer: interpretar as pessoas. Lucy falaria quando estivesse pronta, mas se a pressionasse, ela se fecharia. Podia se dar ao luxo de ser paciente porque não tinha dúvidas de que eventualmente ela se abriria com ele.

Sorveu mais um gole de chocolate quente pensando em encorajá-la a fazer o mesmo. Seguiu o olhar dela passeando pela sala remodelada.

– Gostei do que fizeram aqui – ela disse. – Vocês ampliaram a sala, não?

– É. Derrubamos a parede que separava a varanda interna da sala de estar e reforçamos o telhado.

Ela sorriu.

– Ficou confortável. E agora podem aproveitar esta incrível lareira até mesmo lá da cozinha.

Se ela queria jogar conversa fora, Sean não via problemas, faria o que fosse preciso para deixá-la à vontade. Conduziu-a pela casa, mostrando as outras alterações feitas, e os elogios sinceros dela o fizeram admirar o espaço com outros olhos.

A campainha tocou duas vezes e Sean franziu o cenho. Ele quase conseguiu fazer com que Lucy relaxasse e a interrupção deixou-a tensa novamente.

– Fique aqui – ele disse, esfregando o braço dela. Olhou rapidamente em sua direção antes de deixar a sala. Exceto pela apreensão nos olhos, Lucy disfarçava bem as emoções.

Ele passou a mão nos cabelos ao seguir para a porta da frente e olhar pelo olho mágico. Uma loira magra de casaco preto e cachecol tremia na soleira.

Kate Donovan?

Só encontrara Kate uma vez, quando ela e Dillon o convidaram para jantar na casa deles logo depois que ele e Patrick abriram a filial da RCK na costa leste. A única coisa que faria qualquer pessoa sair de casa em uma noite como aquela era uma emergência. E, pelo estado de Lucy, ela era essa emergência.

– Eu diria estar surpreso – Sean disse ao abrir a porta.

– Então Lucy está aqui? – ela entrou e disse baixo: – Lembrei que Patrick estava fora da cidade logo depois que ela saiu, e precisei me livrar dos agentes.

– Agentes? – ele perguntou.

– Ela não lhe contou? – Kate endireitou-se e calou-se. – Preciso conversar com Lucy.

– Se ela quiser – a única coisa que Sean sabia sobre o que havia aborrecido Lucy era que ela não queria ir para casa. Mas agora havia até agentes do FBI envolvidos?

Todos sabiam do sonho de Lucy de se tornar agente do FBI, mas Sean não acreditava que ela se aborrecesse a ponto de sair, sem luvas, no meio daquela noite nevosa, caminhando quase um quilômetro, caso tivesse o emprego negado. Ou que tremesse tanto a ponto de ele temer que ela se partisse ao meio. Ele entenderia a raiva, mas não as lágrimas, não a dor física que viu no rosto dela quando ele a levou para dentro de casa.

Kate encarou-o.

– Desculpe, Sean, mas isto não é da sua conta.

– Lucy permitiu que fosse da minha conta quando apareceu na minha soleira.

– Para ver Patrick e não você.

– Qual é o seu problema?

– Eu não tenho problema algum, Sean, só estou tentando proteger minha cunhada.

Sean não tinha ouvido a aproximação de Lucy até ela dizer:

– Me proteger?

Kate avançou na direção dela.

– Eu sinto muito, Lucy, a respeito de tudo, mas você não pode...

Lucy balançou a cabeça no instante em que Kate começou a falar e interrompeu-a.

– Não me diga o que eu não posso fazer, não agora.

– Você não vai falar com Noah Armstrong sem um advogado. Eu vou com você e...

– Não – Lucy virou-se e seguiu na direção da sala novamente. Kate seguiu-a, acompanhada por Sean. Lucy ficou de costas para eles, olhando a lareira.

Kate, então, disse para Sean:

– Sean, diga a ela que ela não pode falar com o FBI sem um advogado ou alguém que zele pelos interesses dela!

Sean levantou uma sobrancelha.

– Você disse que isso não era da minha conta.

– Mas que droga! Isso não é uma brincadeira!

Lucy virou-se e enfrentou Kate.

– Isso mesmo, não é uma brincadeira. Você mentiu para mim. Teve inúmeras oportunidades para me contar sobre o acordo, mas não o fez. Nem me contou que Morton havia saído da prisão!

– Eu disse que lamento muito, mas...

– Mas? – Lucy balançou a cabeça. – Mas você só estava *tentando me proteger*? A ignorância não oferece proteção!

Morton. Sean ficou paralisado, esforçando-se para não demonstrar raiva. Sabia muito bem quem era Roger Morton. Sabia tudo a respeito do sequestro e do estupro de Lucy no dia da formatura da escola.

– Ele está fora da prisão? – Sean perguntou.

Kate levantou a mão para silenciá-lo e ele começou a se irritar.

– Sean...

– Com o devido respeito, Kate, mas segurança é a minha especialidade.

– Morton morreu – Lucy disse. – Ele saiu da prisão há seis meses e ninguém me contou! – apontou um dedo na direção de Kate. – Eu tinha o direito de saber. Ele esteve *aqui*!

Sean tinha milhares de perguntas a fazer, mas não naquela hora. Ele cruzou a sala e parou diante de Lucy.

– Lucy, você pode ficar aqui pelo tempo que precisar.

Kate disse:

– Essa não é a questão. Sean, você sabe que ela não pode falar com o FBI sem um advogado.

– Por que o FBI quer falar com ela?

– Morton foi assassinado na marina do outro lado do Potomac – Kate informou. – Também tive de responder às perguntas deles, considerando-se a minha história com o maldito. Fui com Dillon para Richmond na sexta-feira passada, depois voei de volta no domingo à noite e Dillon ficou em Petersburg a semana inteira. Seremos liberados assim que Noah verificar nossos álibis.

Lucy arfou:

– Eles não podem acreditar que fui eu quem o matou!

– Duvido, você foi bem convincente demonstrando que não sabia da soltura dele, mas, Lucy, eu sei como o sistema funciona. Por que responder a um interrogatório quando você não tem nada a ver com o homicídio? Eles só vão forçá-la a dar respostas que você não tem.

– Pare – disse Lucy. – Pare de tentar me proteger. Sabe de uma coisa, Kate? Entendo o que fez Dillon esconder a verdade de mim. Até mesmo o resto da família. Não acredito que eles tenham parado de me enxergar como uma vítima.

– Isso não é verdade...

– Mas – Lucy interrompeu – você? – meneou a cabeça. – Eu esperava mais da sua parte. De todas as pessoas, você foi a única que não me mimou. Você apoiou minha escolha de carreira, levou-me para as aulas de tiro e me ensinou tudo o que sabia. Sempre foi franca comigo. Pelo menos era isso o que eu pensava. Agora já não sei no que acreditar. Quantas outras vezes você mentiu para mim ou escondeu informações? Justificou-as... De que forma? Tudo o que consigo concluir é que pensou que eu fosse desmoronar. Quando importava de verdade, você pensou que eu não fosse suportar.

– Não...

– Então por que não me contou?

Kate não respondeu. Sean apoiou uma mão nas costas de Lucy. Ela tremia de raiva.

– Por quê? Maldição! – Lucy exigiu saber.

Kate tinha lágrimas nos olhos.

– Eu não queria que você soubesse como estragamos tudo! Ninguém deveria ter concordado com aqueles termos, mas estávamos desesperados. Era uma corrida contra o tempo e o maldito sabia disso. Erramos feio, mas não sei se poderíamos ter agido de outro modo. Se não tivéssemos conseguido a informação naquela hora, Adam Scott poderia ter conseguido matar Dillon e tomá-la como refém de novo. Eu não sei. É fácil duvidar, mas eu lhe digo uma coisa: Dillon não sabia do acordo de cooperação até tudo se concretizar. Não o culpe. Isso vai acabar com ele.

As lágrimas corriam pelas faces de Lucy, e Sean passou os braços ao seu redor para apoiá-la. Ela encostou-se nele.

– Mas depois você contou para Dillon? Ele sabia, não sabia?

Kate confirmou.

Lucy balançou a cabeça e andou, quase correndo pela sala. Kate enxugou as próprias lágrimas e encarou Sean. O que ele havia feito para merecer a raiva dela? Ele estava do lado de Lucy.

– Farei com que ela chegue a salvo em casa – ele prometeu.

– Preciso explicar...

– Agora não. Dê espaço a ela, ok?

Kate esfregou as têmporas com os dedos e concordou.

– Conte-me o que aconteceu.

– O maldito tinha de ficar no Colorado. Veio para D.C. na semana passada e acabou com uma bala na cabeça.

– Execução?

Ela não comentou.

– O corpo foi encontrado no sábado de manhã. O FBI pegou o caso ontem, quando a polícia identificou o corpo e percebeu que ele havia violado os termos da condicional.

A mente de Sean percorreu os possíveis cenários. Kate pareceu notar o caminho dos pensamentos dele e disse:

– Fique fora disso, Sean.

Ele não respondeu. Claro que não ficaria fora daquilo. De certo modo, o homicídio de Morton afetava seus negócios. Patrick era seu sócio e Lucy era irmã de Patrick. Isso tornava o caso do seu interesse e nada do que Kate dissesse o deteria. O fato de ela ter tentado mostrava que ela não o conhecia.

– Levo Lucy para casa mais tarde – ele disse. – Mas um conselho: acho que ela não quer ouvir nem desculpas nem explicações. Eu ficaria fora do caminho dela, deixando que ela mesma processe isso tudo, ou vai acabar cavando um buraco ainda mais fundo.

SEIS

Brad Prenter olhou o relógio de pulso. Tanya estava atrasada.

Ele não gostava disso. Ela já o havia irritado com sua indecisão. Sua vida era ocupada e ele havia chegado na hora marcada, por que ela não podia agir do mesmo modo? Um a zero.

Olhou ao redor do bar lotado, com a raiva remoendo suas entranhas. Todos esses rapazes, na maioria estudantes universitários, rindo, jogando conversa fora, ostentando a liberdade. Ele já fora como eles.

Quando sua vida se tornara uma droga? Fora aquela vadia, Sara Tyson. Ela o acusara de estupro. Como se ele precisasse estuprar uma mulher para se dar bem. As mulheres o desejavam. Sempre fora assim, sempre seria. Ele vinha de uma família abastada; sempre pagou os jantares, as bebidas, até mesmo shows e peças teatrais (e nem eram os assentos mais baratos). Ele era atraente, tinha um bom corpo e era ótimo na cama. As mulheres com quem transava sempre o elogiavam. Até mesmo Sara, mas de repente ela perdeu a cabeça quando a colega de quarto entrou e os pegou de quatro. Ficou maluca de vez e disse que foi o álcool que a fez agir daquela maneira. Asneira. Se a colega de quarto não fosse tão puritana, ele teria conseguido convencer Sara a não denunciá-lo por estupro.

Foi a palavra de Sara contra a sua. Todos a viram pendurada nele na boate. A polícia nem conseguiu provar que *ele* misturara o líquido X na bebida dela. Seu advogado disse que ele sairia numa boa, que nenhum juiz no mundo o deixaria ir a julgamento.

Mas a maldita mensagem que Sara mandou para a amiga acabou com ele, e depois Maggie apareceu dizendo que ele fez o mesmo com ela e o maldito juiz acabou cedendo.

Cadela mentirosa.

Dois anos e quatro meses. Na *prisão*. Ele não conseguiu terminar o último semestre e agora estava de volta à faculdade, mesmo já tendo 25 anos, quando deveria estar trabalhando na corretora do pai, ganhando uma bela grana em vez de viver do mísero fundo de pensão. Tudo porque a vadiazinha da Sara não queria que as amigas soubessem que ela era uma safada.

Brad olhou de novo para o relógio. Oito e quinze.

– Droga, onde é que ela está? – se ela tivesse desistido, ele ficaria possesso.

Ela já tinha mudado o lugar do encontro em cima da hora e, por pressentir que ela era instável, ele checou seus e-mails pouco antes de sair, mas ela não havia mandado mais mensagem alguma cancelando ou dizendo que se atrasaria.

Vadia.

O barman aproximou-se e apontou para a caneca de cerveja vazia. Brad entendeu e disse:

– E uma dose de uísque – bem que ele precisava depois do bolo que levara.

– Más notícias?

– A garota com quem vou me encontrar está atrasada – Brad reclamou.

O barman serviu a dose.

– Aquela que você conheceu na internet?

Brad tinha se esquecido de que já tinha conversado com o cara antes, quando chegara todo excitado para se encontrar com Tanya. Tão excitado que chegara antes da hora marcada.

– Você precisa ver as mensagens que ela mandou para mim. E as fotos... Se ela for tão animada ao vivo, vai ser uma noite daquelas.

Tanya não havia mandado foto nenhuma, exceto a do perfil. Tampouco foi explícita nas mensagens, mas Brad sabia ler nas entrelinhas. Por que outro motivo ela marcaria um encontro se não fosse para fazer sexo? Era por isso que esses sites da internet serviam. Conversa vai, conversa vem, até que a garota concordasse com um encontro ao vivo, para depois ir para uma cavalgada.

– Espero que ela apareça, cara.

Era melhor mesmo.

Brad olhou ao redor de novo. Um monte de casais e grupos. Grupos de gays, outros de garotas. Só precisava esperar. Logo, logo a hora ia chegar.

Pôs a mão no bolso e apalpou o frasco com seu líquido X especial, feito em casa. Só para relaxar a garota. As meninas gostavam desse jogo. Dois, três encontros dando corda, brincando com o homem. Excitando-o, depois dizendo não quando ele escorregava uma mão nas pernas delas. Elas sempre diziam sim no terceiro encontro, mas por que ele tinha de esperar tanto tempo? Estava cansado disso e, depois da prisão, ele estava farto desse tipo de joguinho estúpido.

Brad tomou a dose de Jack Daniels em um gole só, saboreando a queimação provocada pelo uísque descendo pela garganta. Observou a multidão. Um casal se desentendia na porta. Ele observou, e o rapaz gritou o nome da menina; Brad não conseguia entender o que eles diziam, depois o rapaz saiu. A garota, uma loira, de uns 21 anos – a menos que tivesse identidade falsa –, olhou para o namorado em estado de choque. Enquanto Brad observava, ela tomou todo o drinque de uma única vez, girou sobre os calcanhares em saltos reluzentes e caminhou diretamente até o balcão do bar, parando ao lado dele. Ela sorriu para o barman e apoiou o copo.

– Mais um, por favor.

Brad talvez nem precisasse do líquido X para relaxar essa aí.

– Oi – ele disse.

Ela fitou-o, analisando-o, mas agiu como quem não quer nada.

– Oi – ela olhou para os fregueses e suspirou.

– Seu namorado foi embora?

– Ele *não* é meu namorado. Não mais.

– Azar o dele.

– *Exato* – ela balançou a cabeça para enfatizar.

O nome dela era Ashley, ela estudava administração de empresas na GWU. Um *tédio*. Conversaram um pouco e Brad imediatamente percebeu que ela queria transar. Ele viu isso nos olhos escuros dela, no modo como ela lambia os lábios, na maneira como os mamilos ficavam quando trocavam no fino suéter preto.

Alguém empurrou Ashley por trás e ela pressionou o corpo todo em Brad. Ela sorriu, um pouco nervosa. Brad era experiente o bastante para saber que ela teria de estar completamente embriagada para sair com ele sem um incentivo. As universitárias achavam que pareciam menos vulgares se precisassem ser convencidas a transar com um desconhecido. *Eu nunca faço isso... Nunca durmo com um cara no primeiro encontro... Eu nunca...*

Tudo um monte de besteira.

Brad só apressaria o inevitável. No dia em que saiu da prisão, pagou uma prostituta, mas não faria mais isso. Estava contando com Tanya e logo ele se acertaria com ela. Ela se arrependeria de tê-lo deixado esperando.

Tinha bastante experiência em colocar drogas nas bebidas das garotas com quem se encontrava. Ficava um pouco mais difícil com os barmans olhando, mas em um bar cheio como aquele, seria bem fácil, sem problemas.

Ela disse alguma coisa que ele fingiu não ouvir por causa do barulho. Ela inclinou-se.

– Você também é da GWU?

Ele balançou a cabeça.

– American U.

– Graduação?

Era onde ele *deveria* estar, mas por causa daquelas vadias, dois anos da sua vida haviam sido roubados. Ele mentiu e disse:

– Direito.

Ela ficou impressionada.

– Uau. Eu só estou no terceiro ano. Ainda não sei o que quero fazer, mas há muitas opções em D.C. com um diploma em administração, não acha?

Enquanto ela falava, ele aproximou o drinque dos lábios, tomou um gole e, quando abaixou o copo, usou um dedo para apertar o frasquinho de líquido X que estava pressionado contra o copo. Diversas gotas caíram na margarita dela, que ela segurava na altura do peito. Mesmo se ela estivesse olhando para a mão dele, não conseguiria ver nada. E se percebesse as gotas caindo em seu copo, poderia pensar que era a condensação vinda do copo dele.

– Você tem muito tempo para decidir – ele disse. – Agora precisa se divertir. Afinal, está na faculdade.

Ela sorriu e deu um gole na margarita.

– Você tem toda razão.

– Quer sair um pouco?

– Está um gelo lá fora.

– Eles colocaram aquecedores no pátio externo. Está quente demais aqui.

– Está bem – ela disse e deu um sorriso radiante, bebericando um pouco mais do drinque.

– Quer outro? – Brad perguntou.

– Estou bem assim, não quero ficar bêbada! – ela deu uma risadinha.

Tarde demais para isso.

Brad conduziu-a para trás, a mão esfregava o ombro dela.

Estava gelado demais, mas a neve tinha parado de cair e os aquecedores a gás diminuíam um pouco o frio. Ashley colocou o casaco, porém, e disse:

– Tem certeza de que não está com frio?

– Não – ele mentiu. Não pretendia ficar muito tempo ali.

Havia algumas pessoas do lado de fora, não muitas; a maioria só saía para fumar rápido antes de entrar novamente. Brad viu a loira terminar o drinque e escondeu o sorriso. Ela oscilou um pouco, e ele amparou-a com o braço na cintura dela.

– Ops – ela disse com uma risadinha.

Eles se beijaram e ela congelou. Ele não deixou que essa primeira reação o detivesse porque conhecia as mulheres. Elas sempre faziam esse jogo. Ele subiu a mão pela blusa dela para apertar um seio... Deus, a sensação era incrível. Ele a queria ali, naquele momento, mas a levaria até o apartamento. Ou pelo menos até o carro. Não, maldição! Estava com o Porsche. Ela o chuparia antes de levá-la para casa para o serviço completo.

Já estava excitado, mas pensar na boca dela nele o fez gemer. Ele pressionou o corpo contra o de Ashley só para ela saber exatamente o que tinha em mente. Ela poderia dizer não e ele a deixaria. Sorriu ao mordiscar o lábio dela. Ela jamais diria não. Ele praticamente sentia a droga correndo pelas veias dela. Ashley estava excitada e faria qualquer coisa. Ele estava pronto para qualquer coisa.

– Vamos – ele disse.

Ela hesitou.

– Não sei. É tudo tão rápido...

– Vamos. Só uma chupada. Não vou fazer nada que você não queira que eu faça.

Ela não disse nada, seu rosto mostrava confusão e ele pegou-a pela mão, conduzindo-a pelo portão dos fundos do bar pelo beco. Havia estacionado no meio do quarteirão da saída dos fundos e em cinco minutos a língua dela estaria fazendo o que ele mais queria...

– Ashley!

Brad hesitou, depois continuou andando. Não queria entrar em uma briga, mas, raios! Não deixaria que a vadia voltasse para o namorado estando pronta para ser traçada.

– Ashley, mas que merda!

– É o meu namorado – ela disse com a fala arrastada.

Merda, merda, merda.

Ele parou e virou-se.

O pentelho que abandonou a loira menos de uma hora antes não tirava os olhos dele, mas disse:

– Ashley? O que está acontecendo?

– Vá embora – ela disse.

Brad logo viu que o namorado era inofensivo.

– Você foi embora, ela quer ir comigo.

– Não mais, camarada – o pentelho disse.

O maxilar de Brad contraiu-se e ele falou para Ashley:

– Quer ir com ele?

– Não.

– Não quero nenhum problema, – Brad disse para o outro – mas a princesa aqui não quer ir com você.

– Ashley, – o rapaz disse com voz séria – você vem comigo agora ou eu conto sobre a identidade falsa para o seu pai.

– Como que é? – Brad disse.

– Ela tem dezessete anos.

– De jeito nenhum – Brad soltou o braço da moça e olhou para ela. Ela não tinha cara de dezessete anos, mas... Ele não tinha certeza. Pouco se importava com a idade dela, afinal, tinha idade o bastante para transar, mas a situação estava complicada. O namorado poderia identificá-lo.

– Ashley? – ele perguntou.

Ela fez bico, mas não disse nada.

Brad quis estrangulá-la.

– Pode ficar com ela – disse empurrando a vadia na direção do namorado. – Maldita provocadora.

– Palhaço – Ashley disse, mas Brad ficou sem saber se ela falava com ele ou com o namorado, e pouco se importava.

Queria um corpo quente para trepar, para fazer exatamente o que ele queria que ela fizesse, e agora precisava encontrar uma prostituta porque masturbação nem pensar!

Mal ouviu Ashley discutindo com o namorado ao seguir pelo beco até o carro. *Maldita provocadora chave de cadeia.*

SETE

Eu sou o professor. Sou o mestre. Sou o guardião da verdade, da justiça, do modo americano de ser.

Silenciosamente, meu riso corta a noite enquanto espero, observando a casa às escuras. Super-homem? Sim, sou um super-herói. Faço o que nenhum outro homem tem coragem de fazer.

Educo as fêmeas, o quanto essas criaturas fracas, vazias e estúpidas podem ser educadas.

As fêmeas me enojam.

Coisas patéticas e pérfidas, elas mentem com a mesma facilidade com que respiram. O cabelo delas raramente é da cor que Deus lhes deu. As cores falsas que adornam o rosto delas são o testemunho físico das mentiras contínuas. As joias no pescoço, nas orelhas, nos dedos, diamantes e safiras e ouro, captam a luz e brilham, mas nada disso se compara à beleza simples de uma gema perfeita.

A máscara que as fêmeas usam é a mentira. Quando se veem no espelho, elas mentem, até para elas próprias. Quando olham para mim, mentem. Com os olhos, com a boca, com as mãos.

Elas mentem com o corpo. Mentem com as palavras, com os dedos, com os pensamentos. As mulheres se consideram invencíveis, acham que podem fazer o que bem quiserem, que podem atrair os homens com suas falsidades e truques e depois nos escravizar. Nós sempre damos, damos, damos... Dinheiro, casa, carro, joias. Elas tomam, tomam, tomam e as mentiras se avolumam.

Sou o guardião da verdade. Eu exponho as falsidades, uma a uma, até que elas aceitem a verdade. Até que elas se ajoelhem e obedeçam.

Elas fazem isso para que eu viva. É o sacrifício final do amor. O castigo pela traição.

Eu observo e aguardo porque sou paciente. A casa está às escuras de novo. Cheguei tarde esta noite, mas agora tenho tempo para esperar. Observar. Esperar. Tique-taque. O tempo passa. Meu tempo é desperdiçado. Meses de tempo desperdiçado! E pelo quê?

Minha raiva cresce, é real, um ser vivo que me atormenta. Enche-me de calor que tanto é temido como é bem-vindo.

Ela acha que eu não sou nada.

Considero deixar o anonimato do meu carro, caminhar pelo jardim e esperar por ela. Quando ela chegar, vou cortar sua garganta.

Minha visão se escurece e por um momento não enxergo nada. Quero que ela entenda que as ações dela têm consequências. Não posso educá-la se ela estiver morta.

Luzes cortam a noite densa, enevoada e indistinta. O carro diminui a velocidade, para.

Lucy Kincaid está em casa.

Meu coração bate forte, depois salta no peito. Ela não está só.

Ela está com um homem.

A fêmea que me enganou está na entrada de carros com um homem.

Ela é uma cadela traiçoeira. Mas ninguém tem a minha paciência. Ninguém tem a minha habilidade.

Lucy Kincaid será a minha próxima aluna.

Se minha única transgressão me ensinou uma coisa, foi nunca agir impulsivamente. Não vou pegá-la agora.

Sou um planejador meticuloso, todos os detalhes são ensaiados, melhorados, aperfeiçoados. Por anos tal organização me fez bem. É o testemunho da minha consistência o fato de eu ter sido atraído somente uma vez pelo gênero mentiroso ao agir rápido demais.

Ela faz um jogo perigoso, chamando minha atenção com seus hábitos lascivos e mentirosos para me atrair. Eu sou muito mais esperto do que uma mera fêmea, porém.

Vejo o homem sair do carro, abrir a porta e acompanhá-la até a entrada.

Quero matar os dois, embora ela provavelmente tenha mentido para ele assim como mentiu para mim, aquela vadia.

Contudo, não posso me dar ao luxo de cometer erros, preciso controlar esse impulso poderoso. Respiro o ar noturno e frio de janeiro enquanto minhas mãos se agarram ao volante. A paz recaiu sobre minha alma.

Enxergo a verdade. Sou o guardião da verdade.

O homem sai e eu considero a possibilidade de entrar para confrontá-la.

Mas preciso me preparar para a vadia – e isso significa cuidar de assuntos inacabados.

Saio de Georgetown e dirijo por quarenta minutos até minha casa. Ou o que deveria levar quarenta minutos se não fosse por este tempo horrível. Quanto mais demoro, mais frustrado fico. Porque minha aluna me espera.

Finalmente chego à casa.

Caminho pela neve recém-caída e destranco a porta da frente da casa que adoro. O cheiro familiar me faz sorrir; o plástico que protege o chão, o aroma remanescente do bacon de hoje de manhã, a lavanda das flores secas que vovó pendurou em todos os cantos... As flores se foram, mas o perfume permanece.

Minha casa. Meu santuário.

Eu ando e as tábuas de madeira rangem a cada passo em um som reconfortante. Abro a porta do porão e acendo a luz. Ratos correm pelo chão sujo em movimentos leves e ligeiros que também são conhecidos. A fêmea grita, se é por causa dos ratos ou da luz pouco me importa.

A escada é nova. Precisei reconstruí-la quando dois degraus ruíram na semana em que retornei, depois de ter ficado afastado tanto tempo. Pouco mudou nesta casa. A escada. O porão. E claro, a jaula.

Ela está sentada em um canto da grande jaula, os braços segurando as pernas, o queixo apoiado no joelho. Ela não consegue ficar de pé, mas pode ficar sentada, o que acho uma grande generosidade da minha parte. E há espaço para que ela se arraste e até se estique, pois a jaula mede trinta metros por quinze.

Ela me fita com olhos arregalados de medo. Medo e não desafio, bem como deve ser.

– Estou pronta para minha aula, professor – ela diz.

Pena que tenha de morrer para dar lugar à nova aluna. Ela só precisou de três dias para aprender a maneira adequada de me cumprimentar pela manhã. Ela está comigo há 27 dias e eu tenho, ou tinha, grandes expectativas a respeito dela.

Talvez eu possa mantê-la por um pouco mais. Um dia? Dois?

Pego a chave e a coloco na fechadura. Ela se retrai ao som da trava destrancando, mas não se mexe até eu dizer:

– Pode sair agora.

Ela rasteja até a abertura, mas espera até que eu a abra, fazendo-me pensar que vou sentir falta dessa aí. Ela teria sobrevivido muito mais do que tantas outras. Escolhi bem essa fêmea. Tão obediente. Tão ávida em agradar.

– De pé – eu comando.

Ela se levanta, as pernas estão trêmulas, mas eu não a ajudo. Ela perdeu peso, mas, na verdade, ela é que era gorda demais. Uma mulher do tamanho dela, 1,75 metro, deve pesar de 50 a 55 quilos. Ela pesava muito mais do que isso.

– Vá – eu digo, e ela segue para a escada. Vou logo atrás. No topo da escada ela espera por mim, como foi ensinada. Ela olha para a mesa da cozinha.

– Não vamos...

Eu a esbofeteio com o dorso da mão. Ela cai no chão e fica lá, com a mão cobrindo a boca.

– Não lhe dei permissão para falar, fêmea – eu digo. – Levante-se.

Eu saí depois do café da manhã. Já passa da meia-noite. Sei que ela está com fome, mas não me importo.

A fêmea se levanta e fica de pé. Eu digo:

– Vá – e indico a sala de estar.

Ela anda e eu sigo. Eu abro a porta do armário perto da entrada e retiro meu casaco longo. Pego a arma da prateleira da porta.

– Vamos andar – eu digo. – Abra a porta.

Ela gira a maçaneta. Uma lufada de vento frio entra e ela estremece. Ela abre a boca, mas nenhuma palavra sai porque ela sabe o que é o melhor.

Ela sabe que não deve pedir um casaco ou sapatos.

Deixo que ela se debata uns instantes, perguntando-me se ela quebrará a regra pedindo o que precisa. Ela não pede, eu digo:

– Pegue os chinelos e o casaco.

A fêmea se vira para o armário e faz o que mandei.

– Boa garota – eu elogio. Quando ela se veste, eu ordeno: – Vá.

Ela obedece e eu sorrio. Sou um excelente professor; minhas alunas aprendem o que outros dizem ser impossível ensinar. Mas isso só prova o que eu sempre soube: as mulheres devem obediência aos homens.

Ela caminha na neve fresca, as mãos esfregam os braços por sobre o casaco fino que ela veste. Ela olha de relance na minha direção, mas não ousa falar. Seu rosto enrubesce por conta do frio, os lábios começam a ficar azuis. Não andamos muito longe, só até o celeiro vazio a cinquenta metros da casa. Não é nem a metade do comprimento de um campo de futebol. Mas sei que está frio e que ela está ultrapassando minhas expectativas ao não reclamar.

Estou certo em mantê-la viva por mais alguns dias.

Pego outra chave e destranco o cadeado da porta do celeiro. Empurro a trava de metal e o vento empurra a porta para dentro. Nós entra-

mos e eu fecho a porta atrás de nós, trancando-a por dentro. Ainda está frio, mas pelo menos não há vento, e minha fêmea diz:

– Obrigada.

"Obrigada" é a única coisa que ela pode dizer sem a minha permissão.

Eu aceno a cabeça e indico que ela deve andar até uma das baias à direita. Ela obedece.

– Entre – ordeno.

Ela hesita. Na última vez em que ela entrou no celeiro foi para ser castigada. Ela levanta a mão.

– Pode falar – eu digo.

– O que fiz para desagradá-lo? – ela pergunta com a voz trêmula de frio e de medo. Prefiro o medo.

– Você é uma mulher – eu digo. Indico a sela sobre o cavalete de madeira. Ela sabe o que fazer. Não preciso instruí-la novamente.

Não gosto de ter de me repetir.

Ela geme, mas se inclina sobre o cavalete e expõe as nádegas nuas para mim.

Eu sorrio.

Pego o remo do gancho e bato no seu traseiro.

Você se comportará. Aprenderá sua lição! Acredito gritar o comando, grito, mas não digo nenhuma palavra.

Eu bato e ela grita. Não importa o volume dos seus gritos; ninguém ouvirá. Bato com o remo de novo, o som da madeira na pele é excitante.

Mas não vou colocar meu pênis nessa mulher desprezível. Nunca toquei em nenhuma delas desse modo. Não sei onde elas se meteram. Cuidarei das minhas necessidades mais tarde.

Primeiro tenho de punir essa fêmea.

Bato uma vez depois da outra, mais e mais rápido, e ela grita e chora. Um último golpe, e o cavalete cai, derrubando-a, ela fica lá, deitada, soluçando, com as nádegas em sangue.

– Levante-se – ordeno.

Ela não se levanta. Eu a agarro e a ponho de pé. Ela grita de dor e cai de joelhos.

– Vai se arrastar de volta à jaula – eu ordeno.

Levanto o remo.

Ela começa a rastejar. Abro a porta do celeiro e ela rasteja pela neve.

Eu sorrio.

Até mesmo a mais teimosa das mulheres pode aprender a obedecer.

Até mesmo Lucy Kincaid.

OITO

Após ter se encontrado com Kate Donovan, Noah não a considerou uma suspeita viável. Assim, a primeira coisa que ele fez na sexta-feira de manhã foi inocentar tanto Donovan quanto o marido, Dillon Kincaid, do homicídio de Morton. Em sua mesa, ele olhou para os relatórios e declarações mais uma vez. Seus álibis eram incontestáveis, não só estavam fora da cidade, como também jantaram com o diretor da Penitenciária Federal de Petersburg na noite em que Morton foi assassinado.

Um álibi sólido não significava, porém, que Kate não pudesse ter contratado alguém para matar o estuprador. Mas não havia nada nas finanças dela, nem nas do marido, ou nas de Lucy Kincaid, indicando que tivessem contratado um pistoleiro. Noah passou as finanças para um analista, solicitando exames mais precisos, mas não esperava encontrar nada diferente do que já sabia.

Não era impossível que Kate conhecesse um homem capaz de acabar com um patife como Morton por simples generosidade, mas isso seria imaginar demais. Noah costumava julgar bem o caráter das pessoas. Normalmente, primeiro acreditava no pior a respeito delas até ter provas do contrário, contudo Kate não lhe passava a ideia de ser uma assassina fria e calculista. Mas, caso soubesse que Morton estava em D.C. e o quisesse morto, Noah suspeitava de que ela o fizesse pessoalmente e que o corpo dele jamais seria encontrado.

Abigail chegou pouco depois das nove com dois copos de café.

– Eu não sei como você gosta do seu café – ela disse ao colocar o copo na mesa e tirar pacotinhos de creme e adoçante do bolso.

– Preto – ele informou. – Obrigado.

– Se um dia resolver me trazer café, gosto bem fraquinho.

– Anotado.

– Alguma novidade quente? A arma? O álibi não bateu?

Ele balançou a cabeça negativamente.

– Lucy, Kate e Dillon, estão limpos. Morton foi assassinado com uma 9 mm. Kate tem uma pistola Glock .45 do trabalho e um revólver .38 de uso pessoal. O marido não tem arma registrada em seu nome. Lucy Kincaid tem registro e posse de um revólver .22 e de uma pistola H&K .45. Não que isso signifique alguma coisa, levando-se em conta a ligação deles com a RCK e a polícia, sem falar que comprar uma arma na rua seria algo muito fácil para alguém que saiba um mínimo sobre o submundo como Donovan.

Abigail riu de forma irônica, sem humor algum.

– Até parece que você quer que eles sejam culpados.

– Não, só não parto do princípio de que sejam inocentes.

– O que aconteceu com o "inocentes até que se prove o contrário"?

Ele só a olhou. Em seus breves três anos com o FBI, a maioria dos suspeitos era culpada.

Abigail balançou a cabeça.

– Vamos lá, Armstrong. Kate Donovan não tem nada a ver com o homicídio de Roger Morton e você sabe disso.

– Estou inclinado a concordar.

– Lucy Kincaid já apareceu?

– Ela ligou logo cedo e disse que chegaria às 10 horas.

– Estou surpresa que Kate a deixe vir sozinha.

– Tenho a impressão de que Lucy faz o que quer – Noah não acreditava que Lucy tivesse fingido sua reação ao saber que Morton havia sido libertado. Foi real demais. É claro que ela podia ser uma atriz excepcional, mas ele não acreditava nisso. Na verdade, ele enxergava uma qualidade rara em Lucy: a inabilidade para mentir.

Ele passou a metade da noite pensando no que ela disse e em como ela reagira. E ela esteve presente em seus pensamentos quando acordou após quatro horas de sono. Ele chegou cedo ao escritório para terminar de ler os arquivos e os relatórios financeiros que apareceram em sua mesa às 8 horas. E ainda fez mais pesquisas sobre Lucy Kincaid.

De todos os suspeitos, caso Lucy tivesse atirado em Morton, matando-o, ela se livraria da condenação mesmo se chamasse a polícia e confessasse o crime. Nenhum júri a condenaria depois de ouvir o que ela passou nas mãos de Morton e de seu sócio doentio.

Honestamente, Noah não sabia o que pensar de Lucy Kincaid, o que a tornava tanto suspeita quanto intrigante. Seu arquivo no FBI era incrivelmente grande e ele só conseguiu acesso a ele após a liberação de Hans Vigo. Poucas pessoas sabiam que ela matara Adam Scott, descarregando o gatilho de um revólver Magnum 357 seis vezes no peito dele. Isso incomodava Noah, pois indicava que ela saberia matar e mataria se fosse ameaçada.

Seis balas era uma carnificina.

Mas ele não estivera lá. E se havia uma coisa que aprendera na carreira militar foi evitar a crítica sem embasamento dos políticos e da mídia que se escondiam em seus altos cargos e na segurança de seus lares e, ao mesmo tempo, censuravam decisões do comando quando não entendiam o perigo imediato.

Morton fora assassinado por uma única bala atrás da cabeça. O ponto de impacto revelava que o assassino sabia exatamente o que estava fazendo e onde deveria mirar.

Execuções aconteciam por causa de traição ou de dinheiro. E dependendo dos negócios criminosos, eram feitas de diversos modos. Uma só bala sugeria golpe calculado. Parecia impessoal. Um golpe de negócios.

Seria possível que Morton tivesse sido assassinado por um motivo completamente sem relação com seu passado criminoso? Ou por alguém desapontado por ele ter entregado provas importantes ao Estado? Quem levou a pior quando a Empreendimentos Trask foi desmantelada?

– Abigail, você consegue a lista dos empregados e dos sócios da Empreendimentos Trask? Endereços atuais, registros, qualquer coisa.

– No que está pensando?

– No método. Bala atrás da cabeça. É calculado e impessoal.

– Os chutes nos testículos não foram impessoais – Abigail comentou.

– Sim, mas o assassino, ou assassinos, tinha a privacidade a seu favor. A marina estava deserta. Não havia câmeras de segurança na área. Eles poderiam tê-lo surrado até a morte. Poderiam tê-lo torturado. Atirado em cada membro para fazê-lo sofrer. Isso se fosse uma coisa pessoal.

– Lembre-me de nunca ficar de mal com você, Armstrong.

– Uma coisa eu ainda não entendi – Noah continuou. – Por que ele estava em D.C.? Ele precisava de um motivo. Parece tudo tão repentino e improvisado. Alguma novidade com os hotéis?

– Estou procurando. Se ele usou um codinome, estamos ferrados; a menos que algum gerente o reconheça... Estamos verificando tanto o nome dele como o do primo.

– E quanto a alguém que não tenha feito o *check-out*?

– Estou na sua frente. Também estamos atuando com essa possibilidade.

Os instintos de Noah diziam-lhe que o motivo que levou Morton a D.C. estava diretamente relacionado com o homicídio.

No escritório de Denver estavam interrogando todos que haviam se associado a Morton desde a sua soltura.

– Nenhuma novidade com Guardino?

– São oito da manhã em Denver. Vou ligar daqui uma hora.

O telefone de Noah tocou.

– Lucy Kincaid está aqui para vê-lo.

Bem na hora.

– Obrigado, já vou aí – acenou para Abigail. – Vamos acabar logo com isso.

Lucy estava sozinha. Kate Donovan não havia ganhado a batalha do advogado.

– Obrigado por vir, senhorita Kincaid.

Ela assentiu. Noah conduziu-a para uma pequena sala de conferência.

Lucy era uma mulher muito atraente e parecia madura para a idade; seu 25º aniversário seria no mês que vem, mas ela tinha ares de uma mulher com mais experiência e confiança, que não permitia que as pessoas se aproveitassem dela. Ao mesmo tempo, a linguagem corporal, firme, controlada, com mínimas expressões faciais, dizia a Noah que ela mantinha sua verdadeira personalidade trancada, que o exterior era apenas uma máscara, uma casca. Ele percebeu isso no dia anterior quando ela entrara na sala; ele tinha captado o modo como ela lutou para controlar a raiva ao saber que a cunhada havia mentido durante seis anos.

Lucy Kincaid era intrigante e talvez um tanto misteriosa.

– Nós só precisamos confirmar sua declaração de ontem e fazer mais algumas perguntas – Noah explicou ao indicar a cadeira diante da dele. – Posso lhe oferecer água? Café?

Ela balançou a cabeça.

– Não, obrigada.

Abigail sentou-se à mesa e sorriu.

– Não tivemos a oportunidade de nos apresentarmos formalmente ontem – ela disse ao estender a mão. – Sou Abigail Resnick. Trabalhei com o doutor Vigo em diversos casos. Ele a tem em alta conta, bem como os seus irmãos. Os quatro.

Os lábios de Lucy curvaram-se ligeiramente.

– O sentimento é recíproco.

– Importa-se se gravarmos a nossa conversa? – Abigail perguntou.

Lucy meneou a cabeça; o sorriso havia sumido.

Abigail apertou o botão de gravação em um pequeno gravador digital e disse:

– Aqui é a agente especial Abigail Resnick e o agente especial Noah Armstrong com Lucy Kincaid, a respeito do caso número 201101120197. Senhorita Kincaid, permite que gravemos esta conversa?

– Sim – Lucy respondeu.

– Para que conste nos autos, a senhorita espontaneamente concordou em vir à sede do FBI para responder às perguntas referentes à investigação do homicídio de Roger Morton?

– Sim – Lucy confirmou.

Noah assumiu o interrogatório. Ele confirmou tudo o que ela havia dito na noite anterior, que não sabia do acordo feito com Morton, tampouco que ele havia sido libertado. Lucy foi direta, profissional. Sabendo o que Noah sabia a respeito do trauma dela, sua admiração pela mulher aumentou.

No entanto, não poderia permitir que isso atrapalhasse seu julgamento.

– Quando foi a última vez que viu ou falou com o senhor Morton?

Lucy ficou visivelmente tensa e respondeu seca:

– Há seis anos, em junho.

– Senhorita Kincaid, pense na época em que o senhor Morton a manteve refém. Você consegue se lembrar de algo, alguma coisa que tenha visto ou ouvido, que possa nos levar ao assassino?

Ela enrolava-se com uma resposta quando, por fim, disse:

– Posso falar sem a gravação?

Noah quase disse não. Mas, em seguida, assentiu para Abigail, que desligou o gravador.

– Pode falar.

Lucy esperou diversos segundos antes de falar com raiva velada.

– Depois do meu sequestro e estupro, passei meses tentando esquecer, tentando afastar da minha mente tudo o que vi, ouvi e senti. E não consegui. Quando desisti, quando acreditei que teria de aprender a suportar os pesadelos, a raiva, o medo, a profunda e infindável humilhação, tudo finalmente começou a se dissipar. Não sei quanto tempo levou, mas me libertei. Deixei todas as lembranças desaparecerem. Hoje, tudo o que lembro são apenas fragmentos daquele inferno, e me recuso a voltar lá. Não por isso, certamente não por Roger Morton. Não o matei, não sei quem o fez, mas não lamento. Ele era um estuprador nojento e desprezível, que sentia prazer em machucar as mulheres. Ele jamais deveria ter sido libertado da prisão. Estou feliz que tenha morrido.

Ela olhou positivamente para Abigail, que hesitou antes de religar o gravador.

– Respondendo à sua pergunta, agente Armstrong – Lucy continuou como se não tivesse dito nada. – Não me lembro muito daqueles dois dias, e nada que possa levar à pessoa que matou aquele monstro.

*

Sean havia passado os últimos quinze minutos tentando convencer o irmão de Lucy de que ele não precisava voltar para D.C.

– Patrick, eu fico de olho nela. Prometo – aquilo não seria um problema para ele. Sean só desejava ter um motivo diferente para passar algum tempo com Lucy. – O bastardo está morto. Não acredito que ela esteja correndo perigo.

– Não sei – Patrick sentia-se dividido, se aquele trabalho não fosse tão importante, ele já estaria em um avião a caminho de volta.

– Ligue para ela – Sean sugeriu. – Tenho certeza de que ela dirá para você ficar em Stanford e terminar o trabalho. Eles pediram por você especificamente.

– Pelo que me lembro, pediram qualquer um que não fosse você.

– Não existem muitas pessoas por aí que saibam fazer o que fazemos em relação à segurança de computadores.

Patrick suspirou.

– Vou terminar este trabalho, a menos que Lucy precise de mim. Depois Duke terá de se virar sem mim.

– É justo.

– Mantenha-me informado – Patrick disse.

– Prometo.

Sean despediu-se e desligou enquanto verificava seus e-mails. Sorriu ao ver a mensagem de Jayne Morgan, a pesquisadora guru da RCK. Ele bem que desejou ter convencido seu irmão Duke a liberá-la para que ela se juntasse a Patrick e a ele em D.C., mas Duke se recusara veementemente. Tanto Patrick quanto Sean eram especialistas em computadores, mas as habilidades de Sean consistiam em enganar a lei. Um dos objetivos primários da RCK da costa leste era a segurança de computadores. Sean conseguia invadir virtualmente qualquer sistema, mas não tinha a experiência necessária para consertar a brecha. Patrick tinha a experiência técnica para assegurar o sistema, assim como Duke. Quando Patrick começou a trabalhar na RCK de Sacramento, no ano anterior, eles logo se entenderam, e ambos quiseram sair das sombras dos irmãos mais velhos.

Sean leu toda a documentação que Jayne conseguira sobre Roger Morton, Adam Scott e o sequestro de Lucy Kincaid.

Desde a soltura, Roger Morton passou a viver em Denver até vir a Washington, D.C., por algum motivo desconhecido, arriscando a suspensão da pena ao fazer isso. Conforme o acordo firmado – o qual Sean agora tinha uma cópia –, um simples deslize e Morton voltaria para a prisão para o resto da vida. O que seria tão importante a ponto de fazê-lo se arriscar a voltar para a prisão depois de conseguir a liberdade? E o que ele sabia, ou o que havia feito, que o fez ser assassinado?

Dinheiro ou vingança.

Vingança era a resposta mais fácil, mas vingança apontava para os Kincaid. Lucy fora uma das vítimas dele e toda a família tinha motivos justificáveis para querer que ele morresse. Mas eles seriam capazes?

Sean acreditava que não. Se um dos Kincaid tivesse assassinado Morton, por que atraí-lo para D.C.? Se ele tivesse vindo para a cidade por conta própria e Kate ou Patrick o tivessem visto, eles o mandariam de volta para a prisão.

Jack Kincaid, por outro lado, tinha a habilidade, o treinamento e a personalidade para matar. Com mais de duas décadas no serviço militar, depois trabalhando como mercenário, Jack saberia o que fazer para desaparecer com Morton.

Sean fez uma anotação para pesquisar as outras vítimas de Morton. Talvez uma delas tivesse meios de matá-lo. Mas mesmo antes de começar a pesquisa, sabia que, caso descobrisse alguma coisa, não entregaria a informação para os federais. Ele não via justiça em punir uma vítima quando um criminoso saía da prisão tão injustamente. Aquilo bastaria para enlouquecer a mais sã das pessoas.

Estaria Morton atrás de vingança? Fora até ali para ferir Kate e Lucy por elas terem participação em colocá-lo atrás das grades? Ele praticamente se livrara de uma boa, portanto Sean não entendia porque ele arriscaria a liberdade para se vingar... A verdade é que não entendia homens como Morton.

Se não foi por vingança, foi por dinheiro. Embora Adam Scott fosse o cérebro por trás da Empreendimentos Trask, Morton tocou os planos. Ele devia saber todo o necessário sobre o negócio da pornografia ilegal. Como alguém que nem Morton podia ganhar dinheiro sendo observado atentamente pelos federais?

Ele teria de se esconder no submundo. Ele acostumou-se a certo padrão de vida ao trabalhar para Trask, ficou na prisão por seis anos e, se foi para D.C. por causa de negócios, *por dinheiro*, isso teria de estar relacionado à sua experiência. Vida prévia, contatos prévios.

Dinheiro. Para pessoas como Morton, tudo estava sempre ligado a dinheiro. A vingança requeria muito planejamento, organização e ódio. Ele violaria o *sursis* por dinheiro, não por vingança. Lendo a folha corrida de Morton, ficava muito claro que ele se importava com dinheiro, com sexo e em degradar as mulheres.

Sean suspeitava estar entrando em território perigoso. Estava atraído por Lucy e temia que seus sentimentos corrompessem as evidências que tinha diante de si. Conseguiria enxergar o que era importante? Não era policial; talvez não agisse de modo justo. Ele não queria pesar na balança o que era certo ou errado, dando aos criminosos mais direitos do que às vítimas. Para ele, pessoas como Roger Morton eram a escória e não mereciam os direitos que tomava como certos. Por que no sistema eram os criminosos que tinham todos os direitos? Onde estava a justiça?

Ele não entendia o que Lucy Kincaid via no FBI, tampouco por que ela queria ser policial, sendo forçada a trabalhar dentro de regras rígidas que protegiam os bandidos mais do que os inocentes. Mas era o que ela queria, e não havia nada que ele admirasse mais em uma pessoa do que uma paixão profunda por algo.

Ele encantou-se por Lucy Kincaid na primeira vez em que Patrick os apresentara um mês antes de eles assinarem a papelada da sede RCK da costa leste e o contrato da casa. Os três comeram pizza no chão da cozinha vazia. Talvez tivesse acontecido ainda antes disso: na primeira vez em que a viu quando ela foi visitar Patrick e Jack em Sacramento, mais de um ano atrás. Ele a vira pela janela, o modo como ela se movia, como os jeans moldavam as pernas longas e delgadas.

Claro que a primeira coisa que o atraiu foi a sua aparência. Nem alta, nem baixa, devia ter cerca de 1,70 metro de altura; fisicamente, ela era o seu tipo. Corpo com curvas nos lugares certos. Atlética. E quando ela relaxava, tinha o mais lindo dos sorrisos. Mas não foi só o corpo proporcional que enfeitiçou Sean, era o pacote completo: cabelos pretos e longos, olhos castanhos grandes e a sua mente. A inteligência, a paixão pela justiça e a determinação de Lucy a colocavam em um patamar próprio.

Ele sabia tudo sobre o passado dela, claro. O que Patrick não lhe contou, ele descobriu com suas próprias pesquisas. Nada que não fosse público; ele jamais faria isso com Lucy. E o modo como ela superou o inferno pelo qual passou mostrou ao mundo que ela jamais agiria como vítima ou mártir.

Aparência, inteligência e determinação. Lucy dedicava-se ao futuro que queria ter, o de buscar justiça para aqueles que não podiam cuidar de si. Ele admirava a motivação dela.

Foco era uma coisa que Sean não tinha. Pelo menos era isso que Duke sempre lhe dizia. Havia tentado de tudo na faculdade porque não sabia o que queria. O que era parcialmente verdade. Ele entendia a necessidade de Lucy em aprender coisas novas e diferentes, a passagem dela desde o departamento de polícia até o Congresso e, por fim, o IML.

Ele só se perguntava se ela não se cansaria do FBI, ficando presa aos processos lentos, à papelada torturante, a todas aquelas regras. Sean jamais sobreviveria nessas condições. Lucy... talvez. E por mais que compreendesse a motivação dela e admirasse a sua dedicação, ele adoraria tê-la na RCK. Ela seria uma aquisição inestimável para a empresa.

Acima de tudo, porém, o que ele mais queria era fazê-la sorrir. Queria mostrar que havia mais na vida do que trabalhar 24 horas por dia, sete dias por semana. Que aqueles que trabalhavam duro também tinham de se divertir para valer, e que ela merecia esse tipo de diversão.

Mas ela não se divertiria até que a situação a respeito de Morton fosse resolvida.

Sean continuou a ler os arquivos enviados por Jayne e começou a planejar.

NOVE

Somente poucos minutos depois que Lucy Kincaid saiu da sede do FBI e Noah voltou para sua mesa, Abigail exclamou:

– Eureca!

– Ouro? – Noah perguntou.

– Se você estiver procurando por um hotelzinho sujo infestado de moscas, então, sim, ouro. O Triple Tree, perto de Dulles. O gerente disse que um homem com a descrição de Morton pagou por três noites em dinheiro na quinta-feira. Ele se registrou como Cliff Skinner, o primo de Morton, e nunca fechou a conta – Abigail pegou as chaves. – Vou lá dar uma olhada, confirmar a identidade, ver se ele deixou algum pertence no quarto, descobrir a última vez em que foi visto, esse tipo de coisa.

Noah olhou para suas mensagens.

– O departamento de Seguro Social de Denver ligou enquanto estávamos com Kincaid. Vou ver o que eles descobriram. Ligue para mim quando tiver terminado, assim trocamos informações.

– Até o fim do dia você vai receber a lista completa, nomes, endereço e telefones para contato, dos associados de Morton. Mencionei Rick Stockton quando a equipe reclamou da quantidade de trabalho para atualizar a lista. Funcionou às maravilhas.

– Ótimo. Quero resolver isso o mais rápido possível.

Abigail recostou-se na lateral do cubículo.

– Sabe, talvez não seja tão ruim se não resolvermos o caso.

Noah encarou a nova parceira. Não estava gostando da direção daquela conversa.

– Morton era um patife, mas precisamos descobrir quem o matou. A punição é tarefa da Promotoria dos Estados Unidos e do sistema judicial, não cabe a nós.

– Fizemos o que Stockton pediu: provamos a inocência de uma agente do FBI, Kate Donovan. Sabemos que ela não fez nada, e nada nas finanças dela sugere que tenha contratado um atirador.

– Nem todos trabalham por dinheiro.

– Está seguindo por um caminho escuro. Donovan não trabalha em campo; ela não tem como soltar alguém em troca de um favor ou se meter com um policial disfarçado.

– Só estou dizendo que temos muitas perguntas sem respostas. Morton estava aprontando alguma coisa, não há outro motivo que o fizesse vir para D.C., violando o *sursis.* A menos que alguma coisa grande estivesse para acontecer. Precisamos descobrir o que é. Há mais por trás disso do que um simples homicídio.

– Você me pegou nessa. Talvez ele estivesse planejando dominar o mundo a partir do quarto do hotel – ela piscou.

– Conte-me se descobrir alguma coisa.

Depois que Abigail se foi, Noah pegou o telefone e ligou para Monica Guardino.

Guardino atendeu a chamada bruscamente, e estava claro, pelo barulho ao fundo, que ela estava em campo.

– Armstrong de D.C. retornando a sua ligação.

– Seu cadáver era um patife, só para deixar claro.

– Eu sei. O que descobriu?

– Morton estava recriando o antigo negócio – Guardino disse. – O primo, o senhor Skinner, está cooperando, após eu ter observado que ele poderia ser apontado como participante no esquema. Disse que Morton mantinha um *flat*, que seu oficial de *sursis* desconhecia. Quebramos a tranca e descobrimos um computador de última geração com dúzias de caixas de pornografia, DVDs e fotos de garotas. Aposto a minha aposentaria que são menores de idade. A jogada, porém, é que nosso perito em crimes virtuais disse que Morton estava baixando os DVDs e preparando-os para arquivos partilhados na internet. Alguma coisa relacionada a minimizar o tamanho dos arquivos para que eles trafegassem com mais facilidade pela rede. Os *comos* e os *por quês* estão um pouco acima da minha capacidade, mas confio no meu rapaz. Posso colocar vocês dois em contato e...

Por mais que Noah fosse competente tecnologicamente falando, os crimes virtuais de ponta estavam além das suas possibilidades.

– Se puder encaixotar tudo e mandar para mim, farei com que a equipe de crimes virtuais passe o pente fino nos arquivos.

– Já comecei a encaixotá-los.

– Excelente. É possível colocar tudo isso em um transporte militar ainda hoje?

– Por que a urgência? Não se trata só do homicídio de um patife? Dificilmente isso se encaixa em prioridade máxima.

– É prioridade máxima para o diretor-assistente Rick Stockton – Noah disse.

– Caramba, Armstrong, você não disse que o escritório do diretor estava envolvido.

– Agradeço a sua ajuda – ele disse. – Fico devendo uma.

– Posso cobrar... Ei, tem mais – Guardino continuou. – Morton estava falido. Passamos as finanças dele, ele tinha menos de trezentos dólares no banco. O primo pagava para ele trabalhar na oficina, mas não muito mais do que o mínimo, e todo esse dinheiro é rastreável. Nada parece suspeito.

– Algum indício de que ele tivesse dinheiro guardado em algum lugar? – Noah perguntou. – Ele é experiente em lavagem de dinheiro.

– Não há itens luxuosos, nada de viagens, nem carros. Ele só gastou para comprar o computador, e isso está compatível com o que ele ganhava na oficina. Ele até tinha guardado o recibo em um arquivo.

– Então ele começaria a operação com isso? – Noah perguntou-se em voz alta.

– Não sei dizer, mas ele certamente estava aprontando alguma. Quer que a gente ligue o computador para ver o que encontramos?

Noah chegou a pensar em deixar que o escritório de Denver cuidasse disso, mas resolveu o contrário. Ele não sabia o que havia no computador e, ainda que confiasse plenamente no pessoal do departamento, depois de falar com Lucy Kincaid naquela manhã, ele queria manter o mais privado possível qualquer arquivo que tivesse informações sobre ela. Quanto menos pessoas vissem, melhor. Morton poderia ter algo sobre Lucy.

– Não, mas obrigado.

– Ótimo, isso parece que vai demandar um tempão para processar.

Tempo. Como Noah convenceria a equipe de crimes virtuais a priorizar esse caso?

– Obrigado pela ajuda, Monica. Avise-me quando o transporte estiver marcado para que eu possa mandar um agente buscar as provas.

– Mande um caminhão – ela disse em um meio sorriso. – Vamos investigar um pouco mais, porém acredito que isso seja tudo no que ele estava envolvido. Se precisar, é só chamar.

Depois que Noah desligou, telefonou para Rick Stockton. Surpreendeu-se quando o próprio diretor-assistente atendeu ao telefonema.

– Aqui é o agente especial Noah Armstrong – Noah identificou-se. – O senhor tem tempo para uma atualização?

– Alguns minutos – Stockton disse.

– O escritório regional de Denver encontrou um computador e arquivos pornográficos; eles suspeitam de que boa parte seja pornografia ilegal infantil. A princípio, parece que Morton estava tentando recriar os negócios que mantinha com Adam Scott há seis anos. Pedi que eles encaixotassem tudo e me enviassem em um transporte militar.

– Muito bom. Precisamos confirmar exatamente o que ele estava tramando e com quem estava trabalhando. A última coisa que precisamos é de outra Empreendimentos Trask. Estamos assoberbados com o que já temos em mãos.

– Sinto que este trabalho vá demandar muitas pessoas e minha unidade de crimes virtuais está tomada de trabalho – na última reunião de equipe, Noah ouviu um agente especial relatar os múltiplos casos em que trabalhavam, muitos deles envolvendo crianças em perigo. A menos que houvesse algo similar nos arquivos de Morton, Noah não poderia, em sã consciência, desviá-los do trabalho, mesmo se tivesse poder para isso. – Não me sinto confortável em sobrecarregá-los quando eles já estão trabalhando com crimes delicados de prazos apertados.

– Concordo – Stockton disse. – E quanto a Kate Donovan? Ela foi liberada?

– Ela estava fora da cidade e não há como ela ou o marido terem matado Morton. Os álibis são válidos e não há indícios que indiquem que ela ou qualquer membro da família Kincaid tenha contratado um assassino profissional para pegar Morton. Lucy Kincaid alegou não saber que ele havia sido solto, e eu acredito nela.

– Como se sentiria entregando as provas do computador para Kate? Noah recostou-se na cadeira e franziu o cenho.

– Kate Donovan? – perguntou desnecessariamente. – Enquanto tudo até o momento confere, consigo pensar em outros modos pelos quais ela teria acesso a...

– O que seus instintos lhe dizem?

– Prefiro lidar com fatos, senhor.

– Eu também, mas, às vezes, é impossível conseguir provas incontestáveis. O álibi dela confere, as finanças também, e ela sabe mais a respeito da Empreendimentos Trask e de Roger Morton do que qualquer outra pessoa no departamento. Ela pode acessar os dados e direcioná-los para os agentes de campo mais apropriados. Ela não está trabalhando em campo enquanto é instrutora em Quantico, portanto, tem tempo para se dedicar a isso. Posso forçar a mão com a equipe de crimes virtuais, mas eles não conseguirão se dedicar exclusivamente a isso.

– Entendido – Noah não sabia como se sentia trazendo uma antiga suspeita para a investigação.

– Não estou sugerindo que a deixe a par de todo o processo de investigação – Stockton prosseguiu. – Isso é com você. No entanto, no que se refere ao processamento dos dados e do rastreamento, ela é a melhor opção que temos, e ela vai trabalhar até ter terminado. Melhor, ela faz parte da unidade de crimes virtuais em Quantico e tem acesso a computadores mais rápidos que os nossos.

– Sim, senhor.

– Bom trabalho. Mande um resumo para mim e para Hans por e-mail e telefone se precisar de alguma coisa.

– Sim, senhor – Noah desligou. Não estava completamente à vontade com a sugestão de Rick Stockton, que mais parecia uma ordem, mas não viu outra opção.

Relutante, ligou para Kate Donovan. Quando ela atendeu, ele disse:

– É Noah Armstrong.

– Lucy está bem? Quando ela saiu?

– Sim, quase uma hora atrás.

– Tem certeza de que ela está bem?

– Não apertei os parafusos da cabeça dela, a conversa foi direta e civilizada – Noah ficara impressionado com a moça. Ela aparentou tranquilidade, mesmo quando as perguntas se referiam a assuntos delicados. No entanto, ela fora ferida profundamente, e ele se perguntava se *de fato* ela teria se recuperado. Ela era uma pessoa reservada e controlada e, segundo a sua experiência, esse era o tipo de pessoa que explodia quando menos se esperava.

– Quando eu disse que queria que ela levasse um advogado, não significou que ela tivesse alguma coisa para esconder – Kate explicou.

– Sei disso, Kate. Estou telefonando por outro motivo. O escritório de Denver encontrou um computador e uma extensa coleção de arquivos pornográficos, inclusive de pornografia infantil, no apartamento de Morton. Terei tudo hoje à noite, mas minha equipe de crimes virtuais não pode trabalhar nisso imediatamente, e pode haver dados no computador que nos deem uma ideia do motivo que o trouxe aqui, e mais: quem pode tê-lo matado.

– Você vai ter de pressionar a equipe. É Robeaux, não? Eu o conheço... ele pode cuidar disso para mim.

Ela falou com completa confiança de que teria seu pedido atendido, e Noah sorriu, apesar de Kate soar como se aquele caso fosse dela.

– Ele é bom, concordo, mas a equipe dele está assoberbada no momento. Rick Stockton a autorizou a cuidar do caso. Eu gostaria de levar as provas para Quantico hoje à noite.

– Eu? – ela fez uma pausa. – Então você me excluiu da lista de suspeitos?

– Seu álibi confere, assim como o do seu marido.

– E Lucy?

– Acredito nela – o álibi de Lucy, o de que ficou em casa sozinha era impossível de conferir.

– Quando o material chegará?

– Não tenho certeza... Tarde. Eles ainda estão encaixotando tudo.

– Avise-me quando chegar, e eu mando uma equipe de Quantico para a pista de pouso para retirar as provas, catalogar e guardar no nosso laboratório. Vamos começar bem cedo amanhã.

– Obrigado.

– Não precisa agradecer. Quero saber exatamente o que Morton estava tramando e juro que se ele tiver um sócio, vou descobrir quem é e vou trancafiá-lo pelo resto da vida.

*

A última coisa que Lucy queria era ir para o PMC na sexta-feira, mas tampouco desejava voltar para casa para sentir pena de si. Obrigou-se a parar em uma lanchonete e se alimentar. Não havia conseguido comer nada de manhã antes de ir para o FBI. Esperava ter feito a coisa certa, porque, na verdade, não tinha nada para esconder. Não havia matado Roger Morton, ainda que não pudesse honestamente dizer que *não o teria feito* caso ele a confrontasse.

Ainda sentia nós no estômago depois da longa conversa com o agente Armstrong. Tanto ele quanto Abigail Resnick foram profissionais e pareciam acreditar que ela não tinha nada a ver com o homicídio, ou que ela soubesse de alguma coisa dos negócios dele de seis anos antes. Ela só queria manter o passado enterrado, mas ele voltava e a estapeava no rosto mais uma vez.

Não conseguiu terminar o sanduíche porque o estômago ainda estava enjoado, por isso caminhou até o PMC. Apesar de o sol penetrar as nuvens, ainda estava frio, e ela apertou o casaco.

Quando entrou no prédio do PMC, surpreendeu-se ao ver que ele estava praticamente vazio. Fran estava na sala de reunião sozinha, comparando as etiquetas a serem utilizadas na arrecadação de fundos com uma lista.

– Onde estão todos? – Lucy perguntou.

– Eu trouxe o almoço para todos e nós terminamos o que precisava ser feito; já que vamos trabalhar no sábado, dei a tarde de folga.

– Terminou tudo mesmo?

– Só tenho uns detalhes de última hora. Estou verificando a lista de convidados pela terceira vez. A última coisa de que preciso é que o nome de um doador potencial esteja escrito errado.

Lucy tentou não demonstrar seu alívio.

Fran levantou o olhar da lista e franziu o cenho.

– Você parece cansada.

– Não dormi bem na noite passada – Lucy pensou em contar sobre Roger Morton para Fran. Ela conhecia o seu passado e era uma das únicas pessoas com que Lucy podia conversar a respeito. Fran era das pessoas mais leais e constantes que Lucy conhecia e jamais a tratara com uma vítima. Pelo contrário, sempre a incentivara, sabendo que o trabalho lhe traria orgulho.

Mas com a arrecadação de fundos em mente, Lucy resolveu deixar para a semana seguinte. Morton continuaria morto, e talvez ela precisasse de alguns dias para se distanciar do passado. Naquele instante, era tudo muito intenso, real demais... E ela não queria falar com ninguém a respeito.

Já estava completamente envergonhada por ter chorado na presença de Sean Rogan... Ou melhor, não estava. Ele não falou muito, mas o que disse a acalmou. Em seguida, enfrentou Kate quando a cunhada tentou levá-la para casa. Havia concordado que Lucy deveria levar um advogado para o encontro no FBI, mas também disse que confiava nela para tomar a decisão certa. Esse tipo de apoio, a fé em suas decisões, era surpreendente, ainda mais vindo de uma pessoa que ela conhecia há pouco tempo. No mês em que o conheceu, Sean mostrou-se mais divertido do que sério, mas na noite anterior ele revelara uma nova faceta do seu caráter.

– Não tive notícias de Cody – Lucy disse, pegando os crachás já verificados por Fran e organizando-os em ordem alfabética. – Prenter se apresentou ao juiz hoje de manhã? Eles o mandaram de volta para Hagerstown?

Fran parou o que fazia e olhou-a.

– Pensei que Cody tivesse lhe contado: Prenter não apareceu.

– Ele não apareceu?

– Deve ter suspeitado que fosse uma armadilha. Predadores sexuais têm sexto sentido em relação a policiais. Não seria a primeira vez, nem a última. Entretanto, temos tido mais sucesso do que a maioria das organizações que faz o mesmo trabalho que o nosso.

– Mas Prenter acreditou em mim.

– Talvez ele tenha visto que Cody Lorenzo tem jeito de policial.

– Cody fez isso uma dúzia de vezes! Ele sabe o que fazer. E caso Prenter tivesse descoberto Cody ou a mim, ele teria entrado em contato com Tanya para se gabar, para zombar ou até mesmo ameaçar. Ele não ficaria quieto. Não é do feitio dele. Foi a boca grande dele que o colocou em apuros no tribunal.

– Lucy, não é por que você tem graduação em Psicologia que se tornou uma psiquiatra criminalista – Fran disse. Lucy piscou, surpresa com o comentário dela. Fran imediatamente se retratou: – Eu não quis parecer tão dura. Sabe que considero o seu programa de rastreamento de predadores o melhor que já vi, ele fornecerá ferramentas incríveis para a Força Policial encontrar esses patifes antes que eles se escondam. É só que... Não tenho de lhe explicar a diferença entre comunicação virtual, onde comentários podem ser considerados antes de digitados, e uma conversa pessoal. Esses homens sabem esconder a verdadeira identidade deles. Por isso, talvez você tenha razão ao pensar que ele zombaria de vocês caso identificasse Cody como policial. Ou talvez esteja errada e Prenter quisesse desaparecer em vez de fazer qualquer coisa que o mandasse de volta para a prisão. Talvez o pneu do carro dele tenha furado. Por um motivo ou outro, ele não apareceu.

– Tem razão. Talvez seja bom eu tentar encontrá-lo.

– Não acho que essa seja uma boa ideia. Se ele suspeitar que você seja policial ou que está trabalhando com a polícia, ele pode se tornar violento.

– Ele não sabe quem eu sou de verdade.

– Sim, mas se ele marcar outro encontro, ele pode emboscar os nossos policiais. Se ele entrar em contato com você, vá em frente, dê corda. Mas não dê o primeiro passo, entendido?

Lucy concordou com relutância, pois não gostava de ser tão passiva e conservadora.

– Tenho boas notícias. Você se lembra do caso em que trabalhou há alguns meses, sobre a menina de sete anos que era explorada pelo pai na internet?

– Em Atlanta? Eu jamais esqueceria.

– Ele confessou ontem, quando foi confrontado com provas adicionais que o FBI encontrou no computador dele e com evidências médicas de abuso. 18 anos.

– Isso é incrível! Encontraram a mãe dela?

– Infelizmente não. Ela era viciada em drogas há anos; pode ter morrido, ou estar tão drogada que nem sabe o próprio nome. Contudo, localizaram a avó materna, que está muito satisfeita em ter a guarda da criança.

A menina precisaria de terapia e de amor, mas Lucy tinha confiança de que com boas doses de ambos, e muita vontade, ela sobreviveria e teria uma vida normal e feliz.

Normal. Alguém que sofreu tal tipo de abuso poderia voltar a ser normal? As vítimas dificilmente se esqueciam da violência sofrida, mas podiam desenvolver estratégias para conviver com isso, para tolerar a dor e as lembranças. Nada fácil, mas essencial era se desejavam encontrar um mínimo de paz no futuro.

Fran deu-lhe um abraço espontâneo.

– Precisamos celebrar nossas vitórias. Se Prenter entrar em contato, me avise. De qualquer modo eu a vejo amanhã, certo? Vá para casa e descanse.

– É o que vou fazer. Obrigada – Lucy pegou a bolsa. Olhou pela janela e viu que o sol havia sumido e que um vento frio varria a rua. Estava cansada demais pela noite mal dormida, por isso resolveu tomar um táxi.

*

A maldita cadela chamou um táxi.

Vejo quando Lucy abre a porta de trás. Ela para e olha pela rua, atravessando-me com o olhar. Ela não me vê. Estou na lanchonete, a mesma em que ela entrou para comer um pouco antes.

Essa ignorância me enraivece, ainda que me excite. Não consigo explicar a excitação que cresce em meu peito. Detesto ser ignorado, mas ela não me ignora de verdade, não é mesmo?

Eu conheço Lucy Kincaid. Sei onde ela mora. Sei onde trabalha, onde toma café, onde o irmão mora, onde corre no parque.

Ela entra no táxi e vai embora. Para casa? Para jantar fora? Não sei, mas sou paciente.

A família dela me deixa nervoso. Um irmão é investigador particular. A cunhada é agente do FBI. Por isso sou cauteloso; não posso me dar ao luxo de cometer erros.

Seria melhor eu me afastar, lavando as mãos no caso de Lucy Kincaid? Eu poderia matá-la facilmente, depois fugir, mas eles me perseguiriam? A família dela? A organização para a qual ela trabalha? Posso vencê-los? Quero crer que sim, mas não sou idiota.

Sou paciente, mas meu tempo é valioso. Eu faço registros do tempo que ela me custa. E esse tempo será cobrado.

Ninguém entende a noção de tempo como eu. Durmo exatas seis horas todas as noites. Nem mais, nem menos. Faço exercícios por vinte e dois minutos todas as manhãs, seguidos por quatro minutos no chuveiro. E por mais que eu entenda a necessidade de flexibilidade, se eu não for disciplinado, como posso esperar que minhas fêmeas sejam disciplinadas?

Sou o guardião da verdade e não vou me esquecer da traição dela. Não esquecerei traição alguma. Todas serão disciplinadas quando chegar a vez delas. Todas serão nada, não vai sobrar nem mesmo um traço de DNA. O que me parece apropriado uma vez que não passam de fêmeas; pior, de fêmeas desobedientes.

Mas Lucy Kincaid é de longe a mulher mais desobediente que já conheci. Preciso agir com sabedoria ou é melhor desaparecer.

Afastar-me dela, porém, não é uma opção. Que tipo de homem seria eu se uma fêmea me amedrontasse?

Considero minhas opções. Posso pegá-la quando bem quiser. Deixei duas belas oportunidades passarem porque não quero me apressar. Ações impensadas levam a erros, e por causa da família dela, eu não posso errar. Preciso de um plano.

Nenhuma mulher me vencerá. Ela começou este jogo. Essa fêmea toda-poderosa não conhece o seu lugar.

Não temo Lucy Kincaid. Ela não é uma ameaça. Os homens na vida dela são uma ameaça em potencial, mas quando eles descobrirem tudo, se conseguirem, eu estarei longe.

A situação revela certo desafio.

Saio da lanchonete e sigo para o carro. Ideias preenchem minha mente: como e quando pegá-la. Precisarei ter tempo para ensiná-la. Todo o tempo que ela me custou será recompensado com a sua obediência, ou será pago com sangue.

DEZ

Houve uma época em que Sean poderia ter se bandeado para qualquer um dos lados: poderia ser uma brilhante mente criminosa ou escolher a trilha dos que seguem a lei. Se algum dia duvidou que ficar mais ou menos do lado da lei era a escolha certa, hoje tinha certeza.

Sean dirigiu para o leste, a parte mais deprimente de D.C., com suas anotações sobre os associados conhecidos de Morton e de Scott que habitavam na região da grande D.C. A empresa criminosa deles durara quase duas décadas e por mais que diversos comparsas estivessem mortos ou na prisão, e alguns poucos, aparentemente, redimidos, a maioria ainda era composta de criminosos de pouca monta até participantes da máfia.

Tinha tempo para falar com ao menos um naquele dia ainda. Como ela foi a mais fácil de localizar, escolheu a única mulher da lista.

A antiga prostituta Melinda Winslow havia sido libertada da prisão seis meses antes, após pagar três anos por posse de heroína com a intenção de vender. Era a quarta condenação dela em onze anos. De acordo com as informações enviadas por Jayne, ela fora uma *estrela* costumeira na Empreendimentos Trask. Quando a Trask fechou depois que Morton e Scott fugiram após a morte da agente federal Paige Henshaw, a parceira de Kate, Winslow perdeu o controle do vício e chegou ao fundo do poço.

Quando ela atendeu à porta de sua casa, Sean quase deu as costas, certo de que estava com a pessoa errada. Melinda Winslow tinha 36 anos; aquela mulher aparentava uns cinquenta, isso em um bom dia.

Aquele não era um bom dia. Se as drogas não matavam de pronto, elas certamente sugavam a vida das pessoas.

– Mas que droga, acham que vocês engomadinhos podem aparecer aqui quando bem entendem? Porco.

– Olá, senhorita Winslow – Sean disse um tanto divertido. – Tenho algumas perguntas, se não se importar.

– E eu posso? Da última vez, um de vocês me mandou para a cadeia só porque não quis fazer um boquete, porra.

Ela acreditava que ele era policial, e Sean não disse nada para dissuadi-la disso. Nem sempre ele se entendia com a Força Policial. Alguns tiras eram legais; outros, muito preto no branco para o seu gosto. E alguns eram, como a senhorita Winslow tão graciosamente colocou, uns porcos.

– Não quero vê-la na cadeia.

Ela bufou, depois limpou o nariz com o dorso da mão. Sean não tocaria nela nem em nada daquele apartamento imundo.

– Só tenho algumas perguntas, como já lhe disse. Posso?

– Como se precisasse pedir – ela abriu a porta, derrubando uma pilha de tabloides amarelados que pendia de uma prateleira. Ela pareceu não notar, pois pisou sobre as folhas caídas.

Sean entrou, mantendo as mãos junto ao corpo.

– Você teve um relacionamento profissional há onze anos com dois homens, Adam Scott, também conhecido como "Trask", e Roger Morton.

Ante a menção dos nomes, o rosto pálido dela ficou ainda mais branco. Em seguida, ela empinou o queixo.

– Não os vi. Trask está morto, pelo que me contaram. Roger, na prisão. E eu não falaria com ele nem que ele fosse o último cafetão do planeta.

– Você foi funcionária da Empreendimentos Trask, correto?

– *Funcionária* – ela riu. – Sabe muito bem o que eu era. Eles me pagavam pelas fitas de sexo. Era legal, tudo legal... Pelo menos da minha parte.

Sean duvidava muito que ela declarasse sua renda para a Receita Federal, mas nada disse.

– Eu não sabia o que eles faziam pelas beiradas. Juro por Deus.

– Você se associou a eles por quanto tempo?

– Uns poucos meses. E depois, uma vez ou outra, quando eu precisava de dinheiro. Eles pagavam mais por ação da pesada. Mas... Droga, Trask quase me matou uma vez quando estava terminando. Roger me deu 2 mil para que eu ficasse calada. Disse que tive sorte por não ter morrido, e que eu não deveria mais voltar, nem ligar. Eu não liguei. Isso já faz uns bons anos. Fui para a prisão depois disso, em Minnesota, por causa das drogas. Já estou limpa – ela acenou com orgulho.

Sean notou a abundância de garrafas de vinho vazias espalhadas pelo apartamento e o cheiro de suor misturado a álcool. Talvez ela não injetasse mais heroína, mas ainda estava se matando lentamente.

– Roger a procurou nos últimos seis meses? – ele perguntou.

– Não. E mesmo se tivesse, eu o mandaria para o inferno – ela encarou Sean. – Pensei que ele estivesse preso.

– Sim, ele estava. Mas recebeu *sursis* em julho passado.

Ela riu com gosto, e Sean teve um leve vislumbre da bela mulher que ela foi um dia.

– *Sursis*? Depois do que ele fez? Eu peguei três malditos anos por porte de drogas, e ele ficou com o quê? Cinco? Dez? Por prostituição, assassinato, drogas e sabe-se lá o que mais – ela puxou a gola da camiseta, mostrando o pescoço. – Vê esta cicatriz?

Sean viu uma cicatriz de cinco centímetros na base do pescoço. Seu maxilar travou quando seus instintos de proteção vieram à tona.

– Roger fez isso com você?

Ela balançou a cabeça e soltou a gola.

– Trask. Eu pensei que tinha morrido, mas Roger viu tudo, depois me pagou. Ouvi dizer que eles fizeram uma fortuna com o vídeo do Trask me comendo. Roger fazia de tudo por aquele bastardo. Todos sabiam que Trask era um psicopata, e que Roger encobria tudo por ele. Então, como foi que ele saiu?

– Por que o sistema judiciário é uma droga.

Sean largou cinquenta dólares no sofá e saiu, sem conseguir ficar nem mais um minuto ali.

Dizer que o que aconteceu com Morton foi causado por um sistema judiciário atrapalhado era a versão mais atenuada da verdade. Winslow não era nenhuma santa, mas ninguém merecia ser tratada como ela foi, sendo quase assassinada de maneira cruel. Adam Scott foi um psicopata, mas Morton testemunhava tudo, ajudava a limpar as besteiras de Scott, e mantinha o maldito trem nos trilhos.

Sean entrou no seu GT preto, olhando de relance para um grupo de adolescentes que estava admirando seu carro. Eles não o abordaram, e uma olhada no espelho retrovisor mostrou o motivo. Ele parecia pronto para uma luta.

Saiu com os pneus cantando, manobrando o carro esporte como se ele fosse uma extensão de si. Dirigir normalmente o acalmava, mas, naquele instante, ele só sentia uma raiva profunda e borbulhante.

Quando Melinda Winslow lhe mostrara a cicatriz, ele visualizou Lucy. Não foi por querer, e ele nunca tinha visto cicatriz em Lucy, mas isso não queria dizer que elas não existissem debaixo da roupa.

Sean encontrou o primeiro viaduto. Precisava encontrar uma autoestrada para pisar fundo. Como sentia falta do norte da Califórnia naquele instante... Lá ele conhecia todas as rodovias por onde podia virtualmente sair voando quando precisava se acalmar. Mas ali havia pessoas demais, carros demais em uma área pequena. Foi para o sul na direção da Virgínia em busca de uma longa estrada.

Winslow discorrera abertamente sobre o seu ataque, mas ela não o considerava um ataque. Ela não havia sido estuprada. De modo estúpido, ela entrara na jogada por livre e espontânea vontade, por causa de dinheiro. Sean sentiu pena ao ver o medo estampado nos olhos dela ao se lembrar de que quase havia morrido. Onze anos depois e ela ainda se sentia aterrorizada.

Foram as respostas diretas, a linguagem usada, a aceitação da vida desgraçada que ela tinha e pela própria responsabilidade pela sua situação que fez Sean perder a cabeça. Lucy era o extremo oposto. Ela havia sido sequestrada, não participara dos jogos sexuais de Adam Scott porque quis. Havia sido torturada, atormentada, violentada e quase assassinada porque Adam Scott era um bastardo sádico que sentia prazer ao machucar as mulheres.

Lucy não falara da sua provação com mais do que alguns detalhes vagos, mas ele nem esperava que ela o fizesse. O assassinato de Roger Morton estava trazendo tudo de volta à superfície. Ele via isso no olhar dela, na tensão de cada músculo. Mas ele nunca a colocou na posição de vítima porque Lucy nenhuma vez agiu como tal. Até a noite anterior, quando ela chorou e ele a amparou. Sean seria capaz de fazer qualquer coisa ao seu alcance para acabar com a angústia dela.

Ele pegou o acesso para a estrada 395 em direção ao sul e se moveu com graciosidade em meio ao fluxo, grato que o sol intermitente tivesse secado da estrada a neve que havia caído. Eram três da tarde e a hora do *rush* estava começando, mas ele estava adiantado. Acelerou, tentando bloquear as palavras de Winslow da mente, tentando parar de imaginar Lucy no lugar dela.

Lucy era a mulher mais forte que ele já conhecera. Ela havia conquistado muito em pouco tempo, e com o peso do passado nos ombros. Mas, maldição, ela não deveria nem ter passado por tudo aquilo! Nenhuma mulher deveria ter sofrido nas mãos de Scott e de Morton. O sistema judiciário era uma droga, e Sean queria bater em alguma coisa.

Mas não faria isso. Sua válvula de escape era dirigir, e ele dirigiu até sentir o coração voltar ao normal, até se acalmar o bastante para se lembrar de que os dois homens estavam mortos, e que não poderiam mais atingir ninguém. Nunca mais tocariam em Lucy.

O detector de radar escondido no painel do carro soou rapidamente, e ele instantaneamente diminuiu a velocidade para 110, mantendo o completo controle do GT. "Droga!" Devia estar a uns 150 quilômetros por hora. Mas foi tarde demais. O patrulheiro apareceu atrás dele com as luzes do carro piscando.

Sean encostou o carro, sem nenhuma esperança de se livrar de uma multa por excesso de velocidade.

Mas bem que se divertiria tentando.

ONZE

Lucy tinha evitado Kate na noite anterior e pela manhã, mas a cunhada estava à sua espera quando o táxi a deixou em casa às quatro e meia na sexta-feira.

– Lucy... – Kate disse assim que ela começou a subir a escada.

Lucy não queria falar sobre o dia anterior, nem sobre Morton ou o interrogatório no FBI, tampouco sobre as mentiras da cunhada, pelo menos não naquele instante. Suas emoções ainda estavam frescas e ela não queria brigar ou chorar. Estava tão exausta por conta do seu confronto com Kate no dia anterior que não desejava dizer alguma coisa que depois causasse arrependimento.

– Podemos fazer isso amanhã? – Lucy já estava pensando em maneiras de evitar Kate o fim de semana inteiro. Teriam de conversar, afinal, não havia como morar ali e escapar da conversa inevitável. Ela simplesmente não tinha energia para isso no momento.

Kate passou o cabelo loiro que lhe batia nos ombros atrás da orelha, levantando a cabeça para fitar Lucy nos olhos.

– Lucy, eu só...

– O interrogatório no FBI correu bem. Não sou suspeita. É isso o que você queria saber, certo?

– Eu sei, falei com Noah.

Lucy sentiu-se uma intrusa, visto que mais uma vez Kate agia pelas suas costas, guardando informações dela.

– Maravilha.

– Ele não me contou nada, só que você se saiu bem e que não é considerada suspeita. Eu preciso falar com você a respeito de uma coisa, é importante. Por favor. Tenho de sair daqui a pouco e quero que você tenha todas as informações que eu tenho.

Lucy fechou a cara, mas seguiu Kate até a cozinha, pois a curiosidade era maior que o sentimento de traição.

O casaco de Kate, o *laptop* e as chaves estavam sobre a mesa.

– Vou para Quantico para analisar provas no caso de Morton.

– Estão deixando que você trabalhe nisso? Não é conflito de interesse ou algo semelhante?

– O escritório de Denver encontrou um computador e arquivos no apartamento de Morton e, ao que parece, ele estava tentando recriar a Empreendimentos Trask. Tudo foi encaixotado e enviado para Quantico. Noah foi autorizado pela sede a permitir que eu processe os dados do computador e crie uma linha do tempo das atividades de Morton. Minha tarefa é descobrir se ele tinha algum sócio, o que exatamente ele estava tramando e acessar os dados para descobrir se alguém corre perigo.

Lucy sentou-se à mesa, sem saber como se sentia com as informações de Kate. Alívio em saber que nenhum estranho estaria envolvido. Raiva por Morton ter tido a liberdade de explorar mulheres e crianças. E uma pontada de medo: *sócio*.

Kate puxou uma cadeira e sentou-se ao lado dela.

– Lucy, não vou permitir que seu nome apareça. Se qualquer coisa naqueles arquivos estiver relacionada a você, vou cuidar do caso.

Lucy sabia exatamente a que ela se referia. Há anos ela sabia, ainda que ninguém da família tocasse no assunto, que Kate enviava vírus para servidores de computadores que tivessem cópias digitais da agressão a Lucy. Ela rodava um programa que encontrava e identificava o arquivo, baseado no tamanho, no nome ou na data e quando se certificava de se tratar de dados originais da Trask, ela carregava o vírus. Embora o vírus atacasse somente aquele arquivo especificamente, era algo altamente ilegal e poderia fazer com que Kate fosse demitida e, provavelmente, processada. Ninguém nunca forneceu nenhum detalhe para Lucy e, se questionada, Lucy não poderia responder verdadeiramente se sabia o que Kate fazia.

Não foi o risco que Kate corria que fez Lucy ficar tensa; foi a repentina compreensão de que aquilo nunca terminaria. Que o estupro voltaria à tona a qualquer momento, não só em seus pensamentos e pesadelos, mas publicamente, na internet. E cada vez que isso acontecia, ela ficava mais dessensibilizada para a própria dor e sofrimento. Como se aquela garota não fosse ela, e ela não tivesse passado por aquilo. Suas emoções já eram reprimidas em quase tudo o que fazia. Há muito tempo Kate dissera-lhe que aquilo se tratava de compartimentalização, algo que a maioria dos policiais fazia quanto confrontado com alguma tragédia ou caso que fosse emocionalmente perturbador. Homicídio de crianças, um crime violento e brutal, inúmeras coisas que eram difíceis de processar sem perder o controle. E Lucy fez a mesma coisa ao conseguir se separar do seu sequestro e estupro.

No entanto, a falta de emoções transcendeu para outros aspectos de sua vida. Ela acabou se distanciando emocionalmente dos seus relacionamentos, das amizades, e até mesmo da família por um bom tempo. O maior problema em seu relacionamento com Cody foi que ela não *sentia* nada. Ela gostava de ficar com ele, gostava dele, mas não *sentia* nada em seu íntimo: nem amor, prazer ou comprometimento. Era como se ela fosse uma marionete agindo e reagindo do modo que ela considerava esperado, mas vendo-se de longe, como uma diretora, sem conseguir vivenciar e aproveitar de fato a vida.

– Lucy? – Kate esticou a mão, mas não a tocou.

– Quero ajudar – ela disse. – Posso repassar os arquivos com você. Sei como isso funciona, eu posso...

Kate balançava a cabeça.

– Não.

– Maldição, pare de tentar me proteger!

– Não sou eu quem decide. Meus serviços limitam-se ao computador de Morton e aos arquivos digitais. Noah Armstrong é o agente encarregado e eu não vou pedir nada, senão ele me tira do caso e eu não terei acesso às informações. E você ainda não é uma agente, Lucy. Eu me recuso a pôr em risco as suas chances.

– Não me importo – Lucy disse, sabendo que não era verdade. *Importava-se sim* em ser aceita pelo FBI. – Algumas coisas são mais importantes.

Kate sorriu.

– Lucy, você é boa no rastreamento de informações em computadores, boa mesmo, mas eu ainda sou melhor.

Kate estava tentando aliviar a conversa.

– Sinto-me inútil.

– Você é a pessoa menos inútil que conheço. Além de mim – Kate disse.

Lucy suspirou.

– Eu entendo. Mas, por favor, Kate, prometa-me uma coisa; isso é importante – queria que ela soubesse que estava falando sério de verdade.

– Se eu puder.

– Não tente me proteger mais. Quero saber tudo o que você descobrir sobre a operação de Morton. A menos que esteja diretamente relacionado à segurança nacional e você for julgada por traição se falar comigo a respeito, eu quero saber. Especialmente se for a meu respeito.

Lucy viu o conflito no olhar de Kate.

– Já estou bem crescidinha, Kate. Já enfrentei muito pior ao vivo. Notícias ruins não vão me destruir. Não me proteja da verdade porque, em longo prazo, isso atingirá a nós duas.

*

Depois que Kate saiu, Lucy armou o alarme de segurança e foi para o quarto verificar suas mensagens. Especificamente alguma mensagem para Tanya. Ainda não entendia por que Prenter não havia aparecido.

Não havia nenhuma mensagem.

Ela puxou todas as transcrições das conversas que teve com ele e revisou-as. E se, inadvertidamente, tivesse soado como uma policial? Ela não tinha distintivo, não era da polícia local nem federal, mas por conta do seu treinamento extensivo com Fran, ela tinha mentalidade de policial.

Nada do que leu, mesmo criticamente, a fez parecer outra pessoa que não aquela que fingia ser.

Talvez ele tivesse alguma emergência familiar fora da cidade e não se preocupou em cancelar o encontro com uma garota que só conhecia virtualmente?

Ela estava reagindo além do normal a respeito de tudo. Era essa a situação com Morton.

Tomou banho e desceu para preparar alguma coisa para comer. Não sentia fome, mas estava com uma dor de cabeça que lhe dizia que era por falta de comida.

Deu uma olhada dentro da geladeira, depois na despensa. Nada lhe apeteceu. Pegou uma banana da fruteira e só havia dado uma mordida quando o telefone tocou.

Era Cody.

– Oi – ela disse rápido, terminando de engolir.

– Fran me disse que você conversou com ela a respeito de Prenter.

– Que ele não apareceu?

– Não sei o que aconteceu, mas Angel estava comigo. Ela estava lá dentro, eu do lado de fora. Ficamos lá por duas horas. Nenhum sinal dele.

– Ele o viu?

– Não, ele nem apareceu. Lamento, Lucy.

– Não mandei mensagem ontem cancelando o encontro. Acabei de verificar hoje e ele não entrou em contato. Talvez ele teve uma emergência familiar ou, quem sabe, uma oferta melhor – acrescentou de brincadeira.

– Acho que ele deduziu que Tanya era policial. Predadores sexuais farejam a polícia, ainda mais os espertos como Prenter.

Lucy não acreditava nisso, mas não se surpreendeu que Cody pensasse como Fran.

– Ele não pensou que eu fosse policial.

Cody deu um suspiro alto.

– Ele não apareceu, nem entrou em contato com você. Isso já aconteceu antes. Não é a primeira vez. Levando-se em conta os sucessos que teve nos últimos anos, estou até surpreso. Mas não é incomum.

Ela achou que Cody podia ter razão, houve diversos criminosos em condicional que nunca apareceram, e Prenter não era o primeiro, mas com os outros ela não teve a mesma sensação que teve com Prenter. Ela tinha certeza absoluta de tê-lo fisgado.

Prenter a incomodava mais do que os outros presos em condicional. Outros tiveram mais vítimas, ou foram mais violentos, mas Prenter era um universitário bonito que usava a aparência e o dinheiro para tirar vantagem. Ele não se parecia com um predador. Parecia um rapaz normal. Mas pior do que sua aparência enganosa, era a sua negligência com as mulheres que drogava. Isso era comum a todos os estupradores, mas ele não demonstrou remorso algum, nenhuma empatia pela garota que deixou em coma depois de ter lhe dado uma overdose. Ele negou, nunca foi condenado por esse crime, mas as provas estavam lá, só não haviam sido levadas em consideração. Ele nem mesmo fingiu que se importava com o destino dela. Tudo o que importava era *ele* mesmo, o tempo todo. Ele acreditava que o dinheiro o livraria da prisão. E até Sara Tyson testemunhar, era isso o que aconteceria.

Lucy queria que ele voltasse para a prisão de todo jeito. Para que a justiça fosse feita no caso da garota que já não podia se defender.

– Lucy? – Cody chamou. – Ainda está aí?

– Eu não deixei passar nenhuma dica.

– Não estou te acusando. Vamos mandá-lo de volta para a prisão. Vou encontrar um modo.

– Antes ou depois que ele estupre outra mulher? – ela rebateu. Imediatamente percebeu que aquilo era injusto. Cody tinha trabalhado como voluntário no PMC por incontáveis horas, muito depois de o seu turno acabar. – Desculpe. Não quis parecer uma megera. Só estou frustrada, mas isso não é sua culpa.

– Você nunca é uma megera, Lucy. Entendo como se sente. Prenter prestará contas com a justiça novamente. Não vou deixar isso passar. Mas você precisa se afastar. Se ele não entrar em contato logo, saberemos que ele desconfiou da armadilha. Mas ele não sabe quem *você* é. Eu jamais deixaria que você fizesse isso se sua identidade real pudesse ser revelada.

– Não estou preocupada com isso – e não estava mesmo. Ela tinha um número de protocolos de segurança em seu computador pessoal suficiente para rivalizar com qualquer um do FBI, graças a Kate. Nada era totalmente seguro, mas mesmo que Prenter fosse um *hacker* com habilidades extraordinárias para rastreá-la por meio das mensagens de Tanya, ele só chegaria ao PMC, não a ela especificamente.

– Acho que você deve se afastar, deixe que eu cuido disso.

Lucy não sabia se seria capaz, por isso nada disse.

– Você vai à arrecadação de fundos amanhã, certo? – Cody perguntou.

– Fran arrancaria a minha cabeça se eu não fosse. Vejo você lá – ela desligou antes que Cody pedisse para acompanhá-la. Ela tinha planejado ir com Patrick, mas já que ele estava fora da cidade, pegaria um táxi porque não gostava de dirigir com gelo e neve.

Terminou de comer a banana e tomou um copo de leite. Dificilmente aquilo seria uma refeição completa, mas ela não conseguiria comer mais. Estava se coçando de vontade de mandar uma mensagem para Prenter, porém talvez Cody estivesse certo. Esperaria o fim de semana para que ele a procurasse. Se ele o fizesse, ela se passaria por uma garota ofendida, por que falaria com alguém que a deixou plantada?

Ela tinha outras coisas mais importantes com que se preocupar além de Prenter. Queria que Kate a tivesse deixado ajudar com os arquivos de Morton, porque ser proativa a faria esquecer, nem que fosse momentaneamente, que estava no limbo. Não tinha um emprego de verdade, apenas um estágio no IML. Estava esperando que a burocracia lenta lhe concedesse uma entrevista, o passo seguinte no longo processo de admissão do FBI. Quanto mais ficasse sentada sem fazer nada substancial, mais percebia o quanto se sentia só. Mesmo com a família, com os amigos, com o estágio e o trabalho voluntário, Lucy sentia-se muito sozinha.

*

Sean resolveu no último instante ver como Lucy estava e contar-lhe seus planos. Era mentira, supôs, porque ela esteve em sua cabeça a tarde inteira e parar lá pareceu-lhe inevitável.

Ela atendeu à porta em calças de moletom e uma camiseta gasta da Georgetown, com o buldogue mascote proeminente. O cabelo estava úmido e preso de leve, com as pontas sobre o ombro.

– Sean? – a surpresa ficou evidente no tom de voz dela.

– Posso entrar um instante?

– Claro – ela fechou a porta depois que ele entrou. Não nevou o dia inteiro, mas sem o sol, a temperatura caíra muito, sem falar que nem o sol de antes tinha esquentado.

– Kate está?

– Não. Queria falar com ela?

Sean não sabia se era a sua imaginação, mas acreditou ter ouvido uma pontada de desapontamento na voz de Lucy.

– Vim falar com você.

Lucy fez uma expressão tão pesada que Sean praticamente viu um véu encobrir-lhe as feições. Ela caminhava pelo corredor na direção da sala de jantar, mas Sean disse:

– Vamos para a sala de estar. É um pouco mais confortável, não acha?

Ela deu de ombros, mas o seguiu. Ele tinha ido até aquela casa duas vezes com Patrick. Ela era mais formal do que a casa da RCK, embora a sala de estar fosse mais confortável e bem usada.

Lucy sentou-se de pernas cruzadas na poltrona mais próxima da lareira, que não era aberta como a da RCK, mas funcional, desenhada meramente para aquecer a casa.

– Bem, acho que temos de comemorar – Sean disse ao se sentar no sofá – mas esqueci de trazer champanhe.

– Comemorar?

– Consegui me livrar de uma multa por excesso de velocidade.

Ele deu um sorriso amplo ao qual Lucy retribuiu de leve.

– É mesmo?

– É, o policial foi duro, mas isso só se mostrou um novo desafio.

– Como conseguiu?

– Com meu charme e astúcia.

Ela riu e cobriu a boca com a mão, como se isso a tivesse pegado desprevenida.

– Não posso revelar todos os meus segredos – Sean disse. – Mas quero lhe falar sobre uma coisa.

O tom dele, embora Sean tivesse tentado manter leve, o denunciou, e o bom humor de Lucy logo desapareceu. Ela era excepcionalmente perceptiva, mesmo ao mais leve dos sinais. Era algo enervante, e Sean quase não contou o que estava aprontando. No entanto a família dela já a tinha mantido no escuro todos aqueles anos, ele não começaria aquela amizade, aquele *relacionamento*, com ilusões.

– Patrick me ligou de manhã e queria voltar, mas eu o convenci a ficar na Califórnia e terminar o trabalho.

Lucy esfregou o pescoço.

– Conversei com ele ontem à noite e falei para ele não vir, que estou bem. Morton está morto, não pode me atingir.

Fisicamente foi a palavra não dita.

– Foi o que eu disse a ele, mas Patrick está preocupado e me pediu para ficar de olho em você. Quis ser franco sobre isso, porque eu prometi a ele que o faria.

Ela franziu o cenho, mas não disse nada. Sean continuou:

– Uma das coisas que nos preocupa, com relação à segurança, é que não sabemos por que Morton veio para D.C. Provavelmente não tem nada a ver com você, mas como ele foi morto nas proximidades, e não sabemos o que ele estava aprontando, vou investigar o homicídio; por debaixo dos panos, claro.

Lucy devia ter ouvido mal. Sentiu o estômago arder, o jantar leve pesando como uma bola de chumbo. Conseguia entender o pedido de Patrick para que Sean desse uma olhada nela. Na verdade, isso não a incomodava em nada, mas o que isso tinha a ver com Morton? Por isso disse:

– Não entendi. Por quê?

Sean inclinou-se para frente, apoiando os antebraços nas coxas.

– Este é o meu trabalho, é o que faço de melhor, Lucy, mas não quero fazer nada pelas suas costas. Não vou interferir na investigação do FBI, mas algumas das minhas investigações podem se cruzar com as deles, e não quero que se surpreenda.

Ela balançou a cabeça. Nada daquilo terminaria bem.

– Não posso permitir que *atravesse o caminho* do FBI. Isso pode atrapalhar o meu processo de seleção.

– Tenho meus contatos e o FBI tem muitas restrições.

Talvez o problema não fosse Sean mergulhar nas águas quentes do FBI. Talvez fosse o fato de ele cavar *sua* vida e *seu* passado. Seria inevitável, mesmo que o assassinato de Morton não estivesse relacionado a ela.

Exceto por esse não ser o caso. Kate estava em Quantico agora porque Morton esteve tentando recomeçar a Empreendimentos Trask.

– Lucy?

– O FBI encontrou provas em Denver de que Morton estava recriando um site de sexo – disse sem fitá-lo. – Kate está verificando todos os arquivos em Quantico.

Sean não disse nada. Lucy sentiu o estômago contrair ainda mais e acreditou que fosse passar mal. Não queria falar sobre isso com Sean, mas não sabia como poderia evitar.

– Lucy – Sean segurou as mãos dela nas dele.

Ela fitou as mãos unidas, sentiu o calor se espalhando, relaxando-a mais do que qualquer uma das técnicas de controle de pânico, como se ele estivesse puxando toda a sua tensão para ele.

– Você não está sozinha. Kate é boa no que faz, você sabe disso. E eu também sou. Consigo encontrar respostas. No mínimo, precisamos saber se você corre perigo.

– O único perigo que corro é o de ser humilhada e explorada na internet – ela disse amarga.

As mãos dele envolveram as suas.

– Não vou permitir que ninguém a explore.

Ela levantou a cabeça e fitou-o. Nunca antes ele pareceu tão perigoso. Até a noite anterior, ele parecia esperto e brincalhão. Inteligente, mas superficial.

Ele tinha mais características do que ela supunha. O que a fez pensar se a postura casual costumeira não passava de uma casca de proteção.

– O FBI não vai deixar este caso passar. Kate não vai permitir.

– Concordo. Mas que mal há em eu dar minhas farejadas? De leve.

– Só não se meta em apuros.

Nem a mim...

– Farei o possível – ele disse, tentando parecer casual sem conseguir. – Patrick disse que você precisa ir a um evento amanhã e que, se você não cancelar, eu tenho de acompanhá-la.

– É a arrecadação de fundos para o PMC, o grupo de direitos das vítimas onde presto trabalho voluntário. Você vai se aborrecer.

– Mas você vai?

– Tenho que ir. E, honestamente, o que quer que Morton estivesse tramando, mesmo que fosse me atingir, ele está morto. Não conheço nenhum dos comparsas dele, portanto duvido muito que alguém esteja atrás de mim. Não há motivo.

– Concordo, mas nos dê essa satisfação, sim?

Ela assentiu, afinal, não queria ir sozinha.

– Ótimo. Bem, com que roupa devo ir?

– Social.

– E já estava eu pensando que poderia usar meu *smoking*. Eu o comprei para o casamento do meu irmão há dois anos e nunca mais o usei.

De repente não havia nada mais que Lucy quisesse a não ser ver Sean em um *smoking*. Ele ficava lindo vestindo qualquer coisa, mas de *smoking*... Seria incrível.

– Talvez isso seja um tantinho formal demais – Lucy disse.

– Fica para outra vez, então – ele sorriu, e Lucy soube que ele se referia a eles, a um novo encontro.

Só pelo modo como ele sorria, a maneira como os olhos azul-claros resplandeciam com travessura, o modo como os dedos tamborilavam na palma da sua mão, ela percebeu que ele estava flertando. Sutilmente, mas ela não tinha como não perceber. Por isso, ficou sem fala e não conseguiu mais fitá-lo.

– Quer dirigir ou eu vou? – perguntou para ele.

Ele fitou-a com indignação fingida.

– Eu sempre dirijo.

– Mesmo? – ela levantou a sobrancelha.

– Sou homem. Você tem irmãos, deve saber que é nosso direito. Isso não está no manual dos homens? Homens sempre dirigem?

Ele disse isso tão sério que ela não conseguiu deixar de sorrir.

– E se eu dirigir o seu carro? – perguntou.

Isso atingiu-o.

– O meu carro?

– Vai me dizer que não deixa ninguém dirigi-lo?

– Não – dessa vez ele falou sério. – Pode ser que um dia eu a deixe dirigir, – disse com cautela – mas não amanhã.

– Vou fazer você cumprir essa promessa.

– É, foi o que pensei – ele resmungou.

DOZE

Lucy ouviu Kate chegar bem tarde e esperou ter a oportunidade de discutir os arquivos de Morton logo de manhã, mas enquanto tomava banho, Kate saiu, depois de ter deixado uma mensagem de texto no celular:

Vou passar o dia em Quantico. Nos falamos quando eu voltar. Te amo, cunhadinha.

Kate.

– Kate – Lucy balançou a cabeça, com um sorriso mais amargo que contente nos lábios. Ela amava tanto a cunhada que isso tornava mais difícil aceitar as mentiras. Precisava encontrar um modo de perdoá-la, e a Dillon, ou não conseguiria continuar vivendo debaixo do mesmo teto que eles. Mais do que isso, ela não queria que a desconfiança se tornasse um abismo entre eles, mas não sabia como se livrar daquilo. Era fácil dizer *eu te perdoo*, mas era muito mais difícil sentir isso. Rezou para que o tempo ajudasse.

Desceu as escadas e ouviu o baque do jornal batendo na porta da frente enquanto se servia de uma xícara de café. Lucy raramente lia o jornal impresso, mas Dillon era mais retrógrado, mantendo a assinatura do jornal físico em vez de ler as notícias pelo computador como faziam Lucy e Kate. As edições anteriores estavam empilhadas no escritório dele e Lucy pegou a de sábado para juntá-la aos cinco exemplares que já estavam lá. Não pôde, porém, deixar de ler a pequena manchete no canto direito:

ALUNO DA AMERICAN UNIVERSITY ASSASSINADO EM ASSALTO
Possível negociação de drogas fracassada. Cotidiano B3.

Ela levou o jornal à mesa da cozinha. Normalmente não prestava atenção aos crimes relacionados a drogas, mas visto que estava ligado a um aluno de uma universidade próxima, ficou interessada.

A história era chocante.

WASH D.C. – Em um crime comum demais em D.C., um estudante universitário da American University foi alvejado aproximadamente às 21h45 na quinta-feira, na altura do número 900 da rua T.

Bradley Harper Prenter, 25, esteve no Clube 10 antes de ser assassinado. De acordo com a polícia local, ele saiu do bar acompanhado por uma moça por volta das 21h30. De acordo com testemunhas, um homem que aparentemente a conhecia confrontou Prenter no beco, mas as testemunhas, que pediram para ficar no anonimato, disseram que, após breve discussão, Prenter saiu sozinho. O homem e a moça, que a polícia procura como possíveis testemunhas, saíram na direção oposta. Fontes policiais não confirmaram nem negaram a declaração das testemunhas.

Prenter foi alvejado à queima-roupa e estava sem a carteira quando um casal que passeava com os cachorros o encontrou próximo ao seu carro, um modelo novo da Porsche.

Prenter havia sido condenado por dois crimes sexuais em 2008 e estava sob condicional há três meses, tendo saído da Instituição Correcional de Maryland em Hagerstown. Um tenente da polícia de D.C. declarou, com a condição de permanecer anônimo, que possíveis drogas foram encontradas com o corpo.

"Nosso laboratório está examinando pequenos frascos plásticos que foram encontrados no falecido."

Quando pressionado, o policial disse que o frasco se parecia com o das drogas de estupros, como quetamina, *ecstasy* líquido ou Rohypnol.

A polícia procura qualquer testemunha que tenha visto ou falado com Prenter no bar, ou que possa conhecer a mulher com quem ele foi visto deixando o local. Por favor, entre em contato com o Disque Denúncia da polícia de D.C.

Drogas de estupro líquidas. Lucy ofegou; ondas, primeiro de calor, depois gélidas, atravessaram seus nervos. Sentiu a pele úmida e cambaleou ao se levantar e correr até o banheiro, temendo passar mal.

O estômago contraía-se violentamente, mas ela apoiou a cabeça entre as pernas e inalou profundamente até que aquela sensação passasse. Molhou o rosto com água fria e a nuca também.

Queria tomar banho, o desejo de esfregar a pele era quase insuportável. Mas ela tinha acabado de sair do chuveiro e não cederia à obsessão por limpeza. Em vez disso, lavou o rosto e as mãos a ponto de os dedos ficarem vermelhos. Sentia o estômago doer e apoiou-se na bancada, ordenando-se a se recompor.

Precisava se recobrar. Como poderia se tornar uma agente do FBI quando uma notícia de jornal a deixava naquele estado?

Concentre-se.

Prenter havia sido assaltado. D.C. era uma cidade violenta. Quantos homicídios no ano passado? Dois mil? Mais do que um por dia. Um estupro a *cada dia*. Os assaltos e as agressões eram astronômicos, dúzias, todos os dias.

Clube 10.

Por que ele estava no Clube 10 quando deveria estar em Fairfax se encontrando com seu ciber-ego fictício? Às 21h45, quando foi morto, ele deveria estar na cadeia. O que aconteceu?

Cody teria lhe contado se soubesse de alguma coisa, não? Ele era policial; como poderia não saber?

No entanto ele não trabalhava diretamente com homicídios. Ele fazia rondas, portanto, mesmo que tivesse ouvido falar do assalto, não teria motivos para perguntar a identidade da vítima.

Precisava falar com ele, porém necessitava de mais informações sobre o assassinato.

Vestiu-se rapidamente e saiu. Precisava de respostas. Embora fosse sábado, o necrotério ainda estava aberto para funcionários, e com frequência o relatório da autópsia incluía uma cópia do relatório policial. Por ter um plano traçado, seu estômago acalmou-se e ela conseguiu a determinação necessária para chegar ao fim do dia.

E, apesar de seu choque, ela estava mais do que contente em ter algo mais com que se ocupar do que Roger Morton e o que Kate encontrou, ou não encontrou, no computador dele.

*

Noah Armstrong não se surpreendeu em ver que Kate Donovan havia chegado antes do que ele em Quantico no sábado de manhã. Na noite anterior, ela não queria ir embora, mas ele a tinha convencido de que teria pouca serventia se não dormisse algumas horas. Quando tiveram todo o material transportado para Quantico, catalogadas e processadas as provas, já eram duas da manhã. Aquela não era a hora de apressar as coisas. Se Morton tivesse mesmo um sócio e se esse sócio estivesse estabelecendo um site ilegal de pornografia, caso não preservassem as provas, algum cretino poderia se safar por conta de uma tecnicalidade. Nada do que encontrassem naqueles arquivos seria admissível em um julgamento se eles cometessem erros básicos.

Kate entendia isso, ainda que se sentisse frustrada.

– Quando chegou? – ele apoiou a pasta de trabalho em uma mesinha em um dos cantos da caverna sem janelas em que Kate trabalhava. A sala era grande, mas estava tomada por eletrônicos e computadores, alguns funcionando, outros tomando espaço. Noah enlouqueceria ali embaixo; Kate estava em seu ambiente.

– Às sete – ela respondeu, fixada na tela diante dela. A tela corria com números e letras em uma velocidade tão impressionante que tornava impossível qualquer leitura.

– O que está fazendo?

– Quebrando o código de Morton. Não é complexo; tenho um programa que logo vai chegar nele, só faz dez minutos que está rodando. Copiei o disco primeiro, por isso não estou trabalhando no original para o caso de ele ter instalado um Troia para apagar os dados. Mas ele nunca foi muito esperto. Trask era o cérebro.

– Trask?

– Adam Scott. Ele era conhecido como Trask.

– E quanto aos discos? – Noah perguntou. – Quer que eu comece a trabalhar neles?

– Eu coloquei Hans na porta aqui do lado.

– Doutor Hans Vigo?

– É... Tudo bem, certo? Você disse que estava trabalhando com ele.

Noah não tinha nenhum problema específico com isso.

– Poderia ter me consultado antes.

– Eu deveria. Desculpe – ela olhou de relance na direção dele. – De verdade. Mas este caso... Cometi um terrível engano há seis anos quando tomei parte no acordo judicial. Preciso encontrar estas respostas, por Lucy. Não estou assumindo nada, e vou tentar não pisar nos seus calos, mas Hans é um dos poucos que podem visualizar as informações em níveis múltiplos: avaliação dos riscos para vítimas, pornografia legal e ilegal, perigo infantil. Além disso, ele conhece os jogadores da época em que eu rastreei Adam Scott e Roger Morton antes de Paige ter sido assassinada.

– Entendi – ele sentou-se em uma cadeira de metal ao lado de Kate. – Preciso dar seguimento a uma investigação hoje, mas tenho de ter certeza de que posso confiar em você.

Ela olhou-o.

– Se não confia em mim, por que me deixou trabalhar com essas informações?

– Porque ouvi que você é a melhor.

Os lábios dela curvaram-se de leve para cima.

– Verdade.

– Portanto, preciso de você, mas também sei que você tem uma história com Morton e um relacionamento com uma vítima dele. O que quer que você encontre, quero saber. Tudo.

Ela concordou, mas Noah não conseguiu interpretar a expressão neutra dela para saber se ela cumpriria o acordo.

– Já posso dizer ao olhar para os arquivos físicos que ele estava copiando discos manualmente no computador. Ele tinha um sistema bem direto: depois de assistir ao filme e, presumidamente importá-lo, ele catalogava-o com um código. *X* é pornografia leve; *XX* mais pesada; *XXX* é violência pesada, possivelmente sem consenso. *WC* é *webcam*, câmera possivelmente escondida ou vídeos caseiros de sexo. A *WC* é catalogada de acordo com o fetiche: saia levantada, câmera escondida etc. Tornou-se moda entre os adolescentes fazer sexo e postar o vídeo na internet – ela balançou a cabeça. – Eles não sabem o que estão fazendo com o futuro deles – completou, entregando uma folha para Noah.

– Hans escreveu o que conseguiu há algumas horas. Isso nos dá uma linha de prioridades.

– O que é P e por que está grifado em vermelho?

– Qualquer coisa com P significa que, provavelmente, um menor de 14 anos está envolvido. Hans enviou isso imediatamente para a força policial que cuida de pornografia infantil. Eles podem rodar isso no banco de dados de criminosos, o que poupará muito do nosso tempo e nos permitirá salvar alguns deles. Contudo, Morton não estava produzindo esses arquivos. Ele estava criando um tipo de câmara de compensação, o que torna o rastreamento da prova até a fonte quase impossível.

Poucas coisas afetavam Noah, mas crimes contra crianças era uma das coisas que o enfureciam. Enquanto o FBI e a força policial local tivessem dado passos largos na investigação e na condenação com relação à pornografia infantil, os números eram assustadores. Se não conseguissem identificar a vítima ou o agressor, havia pouco que poderiam fazer a não ser colocar as imagens no banco de dados para o caso de elas reaparecerem. Trabalhar nos crimes virtuais contra crianças era um dos trabalhos mais emocionalmente cansativos no departamento, e uma das poucas sessões em que os agentes conseguiam transferência sem muita dificuldade.

Kate disse:

– Não vou cometer nenhuma estupidez, Noah. Entendo a confiança que depositou em mim, e acredite que quero acabar com o que quer que Morton estivesse planejando tanto quanto você. Do modo legal.

Noah levantou-se.

– Espero não demorar a voltar. Quando Abigail foi até o hotel ontem, o funcionário da recepção que trabalha meio período estava lá. Hoje o gerente está de volta, e foi com ele que Morton se registrou. Espero obter mais informações, pois ontem não conseguimos nada.

*

Embora o estágio de Lucy fosse de meio período, das segundas às sextas-feiras, a maioria dos funcionários do IML trabalhava em turnos alternados, por isso ela conhecia praticamente todos os que trabalhavam ali. Ela sempre fez questão de cumprimentar a todos, mesmo que a sua função não fosse permanente. Ela descobriu que aprenderia muito mais em relação ao *verdadeiro* trabalho se conhecesse as pessoas.

Também descobriu que ninguém se importava com detalhes, como o motivo que a levava a olhar os relatórios, por isso, quando entrou na sala para puxar o arquivo de Brad Prenter, ninguém a questionou. Se alguém o tivesse feito, ela daria alguma resposta plausível, como verificar se havia preenchido o formulário direito. Mas ninguém quis saber o que ela fazia.

A autópsia foi realizada na tarde anterior, e ela estava certa, o corpo seria retirado por uma casa funerária na segunda-feira de manhã. Por ser um caso de homicídio, todas as provas estavam guardadas na sala de evidências. As roupas e outras coisas encontradas com o corpo ainda estavam na câmara de secagem, pois precisavam estar secas para serem analisadas em busca de traços de sangue. Os artigos seriam armazenados para um possível julgamento.

As fotos da cena do crime e os cadáveres que circundavam Lucy quando ela trabalhava no necrotério não a incomodavam, mas aquilo era diferente: de uma maneira estranha, ela conhecera Prenter. Ele saiu na quinta à noite porque pensou que se encontraria com seu *alter ego*: Tanya. Um calafrio percorreu seu corpo, fazendo com que os cabelos na base da nuca se eriçassem quando ela abriu a pasta e viu a foto do corpo dele na mesa de autópsia. Havia um DVD anexado; as autópsias de homicídio normalmente eram gravadas.

Ela não poderia assistir ao DVD sem romper o lacre das provas, por isso o deixou de lado e leu o relatório. Havia três entradas de bala no abdômen, disparadas de sessenta centímetros a um metro de distância. Sem marcas de saída. As balas foram mandadas para o laboratório para exames rotineiros de balística. Elas também iriam para o FBI para serem acrescentadas ao banco de dados e comparadas com outros relatórios de balística para determinar se a arma usada estava envolvida em algum outro crime, solucionado ou não.

De acordo com o patologista, os ferimentos no torso seriam fatais, pois o fígado, um pulmão e o estômago haviam sido atingidos, mas o assassino também atirou na parte posterior da cabeça de Prenter em um ângulo que provava que ele estava ajoelhado. Ele morreu instantaneamente com esse tiro.

Três balas pela frente, depois um tiro por trás. Lucy fechou os olhos para visualizar um cenário possível. O atirador enfrenta Prenter. Ou Prenter o conhecia e não tentou correr, ou o assassino o assustou e atirou sem dar oportunidade para que Prenter corresse. Prenter cai de joelhos, sugerindo uma arma de pequeno calibre. Balas de grande calibre provavelmente forçariam a vítima a cair para trás e não de joelhos.

Em seguida, o assassino caminharia ao redor de Prenter e atiraria atrás da cabeça. Para se certificar de que ele estivesse morto.

Mas Prenter teria morrido de *toda forma*. Provavelmente em questão de minutos. Será que Prenter conhecia o assassino e o assassino temia que ele dissesse seu nome? Esse último tiro era para ter certeza de que ele estivesse morto antes de ser encontrado?

Uma cópia do registro das provas estava no relatório, incluindo a localização de cada pedaço encontrado. Itens encontrados no corpo de Prenter estavam ali no necrotério ou no laboratório, embora por experiência anterior Lucy soubesse que bens pessoais e drogas seriam separados e enviados para o laboratório ou para a sala de evidências. Os frascos encontrados nas calças dele tinham sido enviados para o laboratório para análise, mas os resultados ainda não tinham retornado. Haviam feito um exame padrão nas amostras de sangue na sala de autópsia e já sabiam o seu nível alcoólico: levemente embriagado, ainda dentro da legalidade, baixo o suficiente para demonstrar que ele não estava gravemente alterado.

Uma cópia do relatório policial preliminar estava incluída, mas não havia nada a respeito das investigações subsequentes. Droga, ela queria ler o resto do relatório e esperava que Cody o conseguisse para ela. Seria pedir demais? Ela esperava que não, pois não queria abusar da amizade dele, porém, ela tinha de saber o que havia acontecido com Prenter.

Havia algo de muito errado ali, e, até que ela descobrisse as circunstâncias envolvendo aquele homicídio, ela não desistiria.

TREZE

Sean saiu da cidade bem cedo no sábado e dirigiu uma hora até uma casa de repouso em Baltimore para se encontrar com Dustin Fong, outro antigo funcionário da Empreendimentos Trask, que permaneceu na empresa mais tempo do que qualquer outro funcionário.

Fong mal se lembrava do próprio nome quanto mais quem era Roger Morton. A enfermeira do turno disse que ele havia sido alvejado na cabeça e dado como morto quatro anos antes. Ele não tinha lembrança alguma e por mais que lhe restasse um mínimo de autonomia, ele tinha a atenção de uma criança de cinco anos de idade. Sua única visita era a irmã, que vinha de sua casa no Maine até lá todo primeiro final de semana do mês. Ela visitara-o em 2 de janeiro, um domingo, e antes disso, em 4 de dezembro.

Sean riscou-o da lista; ele parecia uma promessa no papel, mas caso tivesse alguma informação de valor, ela havia sido destruída pela bala. Roger não conseguiria ter arrancado nada dele. Caso a irmã estivesse em D.C. na janela de tempo em que Morton esteve lá, Sean a procuraria, mas isso não parecia uma possibilidade. Enviou uma mensagem a Jayne para que verificasse Danielle Fong Clements e o marido, Bruce, só para cobrir as bases, mas nenhum dos nomes apareceu como um possível associado de Morton ou de Scott, nem na época, nem no presente.

Sean voltou para a cidade, parando em um clube em Silver Spring de propriedade de Sergey Yuran, um conhecido traficante. Yuran trazia o que fosse preciso da Rússia: prostitutas, drogas ou armas.

Duke, irmão de Sean, jamais permitiria que ele falasse com Sergey sozinho. Mas uma coisa que Sean tinha que Duke não tinha era a habilidade de esconder as emoções e seguir o jogo. Duke não conseguiria disfarçar o desprezo que sentia pelo criminoso.

Ainda que o clube só abrisse dali a duas horas, a porta estava destrancada. Sean entrou com expressão neutra, deixando a crítica do lado de fora.

Avaliou o clube em cinco segundos: cinco cabines ocupadas; o loiro bem-apessoado com cicatrizes sentado no fundo, ao lado de uma russa ilegal – Sean sabia pelo modo como ela reagiu ao ver um estranho entrar –, era Sergey Yuran.

Havia quatro seguranças em cada entrada e um ao lado de Yuran. Extremo, na opinião de Sean, mas isso devia dar a sensação de completo controle a Yuran em qualquer situação porque ele teria múltiplos escudos. Isso também revelou a Sean que Yuran era paranoico. Guardou essa informação para o futuro enquanto se aproximava do maior dos quatro e entregava um cartão de visitas.

– Sean Rogan para falar com o senhor Yuran.

O guarda-costas mandou-o ficar e ele obedeceu. Aquela não era a hora para movimentos repentinos ou desentendimentos.

Ele não tentou ignorar a troca de informações, mas observou quando o segurança entregou o cartão a Yuran, que estava com cara de jogador de pôquer. No entanto, seu pé o denunciou. Ele passou de cruzado à altura do tornozelo debaixo da mesa a apoiado no chão. Nenhuma outra parte do corpo dele registrou alguma reação. Ele falou baixo, em russo, e o guarda-costas retornou.

– O senhor Yuran perguntou se o senhor tem um desejo de morte.

– Não, senhor, não tenho – ele não elaborou, em vez disso, aguardou que o segurança fizesse outra pergunta.

– O que quer com o senhor Yuran?

– É pessoal – Sean respondeu.

O segurança fitou-o e não disse nada. Esse jogo poderia durar o dia inteiro e normalmente Sean apreciaria o desafio, mas estava sem tempo.

– Quero saber se o senhor Yuran mandou matar Roger Morton na sexta-feira passada. Se for verdade, eu gostaria de cumprimentá-lo e agradecer. Se não, eu gostaria de saber quem o fez, para que eu possa cumprimentar a pessoa certa.

Sua resposta direta fez o segurança mostrar um breve e raro indício de surpresa. Ele deixou Sean novamente, embora dois outros o flanqueassem agora.

Quando o grandalhão retornou, ordenou a Sean que se virasse e se submetesse a uma inspeção. Sean aquiesceu. Nem pensar em chegar perto de Sergey Yuran armado.

– Contanto que eu as receba de volta depois – ele disse.

– Se viver, as terá – o grandalhão disse.

Era justo.

Sean entregou a .45 e o seu .22 reserva. Quando o guarda-costas terminou, Sean disse alto o bastante para que Yuran o ouvisse.

– Esqueceu de pegar a adaga H&K. Dentro do bolso direito da jaqueta.

Ele não conseguiu se segurar, mas isso lhe custou. Foi revistado de novo, em seguida um punho o atingiu no rim direito. Ele fez uma careta e fechou os olhos um minuto até a dor passar.

O guarda-costas levou-o até a mesa de Yuran. A garota russa tinha sumido. Os papéis que Yuran estivera lendo também.

– Você tem coragem, Rogan – Yuran disse com um sotaque russo carregado, porém compreensível. Sean sabia que era falso. Yuran era russo, porém nascera e se criara nos Estados Unidos.

– Já me disseram isso – ele não se sentou até ter a permissão do segurança. Quando se sentou, o homem posicionou-se a fim de evitar que ele fizesse movimentos repentinos.

– Sabe quem eu sou?

– Mais ou menos.

Yuran disse:

– Seu irmão colocou um matador atrás de mim há dez anos.

– Vocês devem ter se entendido, afinal, ainda está vivo.

Sean não fazia ideia de qual irmão ele estava se referindo. Poderia ser Liam, já que ele estava na Europa, mas Liam não contrataria um matador. Ele provavelmente mataria Sergey sozinho se precisasse. Porém, Liam não precisava de nada com tanta intensidade. Ele não conseguia imaginar Duke contratando um matador, mesmo por conta de um criminoso frio como Yuran, mas Duke já o surpreendera no passado. Kane? Era o mais provável.

Mas Sean não perguntou. Sabia com quem conseguir essa resposta mais tarde.

– Por que veio me procurar?

– Roger Morton foi assassinado em Alexandria na semana passada. Sexta-feira, perto da meia-noite, mais ou menos.

– Se eu tivesse matado o senhor Morton, não encontrariam o corpo.

– Não tenho dúvidas quanto a isso. Não pensei que o tivesse matado. Ele estava em D.C. para se encontrar com alguém. Era a uma oportunidade de negócios, semelhante a que ele tinha com o falecido sócio Adam Scott. Você deve conhecê-lo como Trask.

Sergey riu com vontade.

– Ahh, Trask. Ele permitia que as mulheres o controlassem. Só porque você mata uma mulher isso não faz de você um homem. Imagino que tenha sido... O que diz aquele povo ligado a Deus? Providência divina? Seria o *destino* que fez com que uma das garotas dele o matasse a sangue frio?

Sean teve de usar cada fragmento de controle para não reagir quando Yuran se referiu a Lucy como uma das "garotas" de Scott. Quer Yuran soubesse alguma coisa a respeito de Lucy ou não, Sean não sabia, mas não queria que ela ficasse no radar dele. Yuran olhava Sean como uma águia enquanto fingia se interessar mais pela moça parcamente vestida trabalhando no bar.

– Por que me procurou? – Yuran perguntou, bebericando seu drinque. – Por que arriscar a vida? Eu poderia matá-lo e ninguém encontraria seu corpo. Seria um prazer enorme mandar sua cabeça para o outro lado do oceano.

Fora Liam. No que ele havia se metido? *Dez anos atrás*? Mas essa era uma história para outro dia, porque Sean tinha de se concentrar em descobrir o assassino de Morton e se certificar de que Lucy não corria perigo.

– Seu nome surgiu como sendo um antigo associado da Empreendimentos Trask. Não estou interessado nos seus negócios. Só quero saber quem Morton veio encontrar em D.C.

Yuran estava quieto, avaliando Sean com interesse indisfarçável, passando cada cenário possível na cabeça. Sean sabia disso porque era o que costumava fazer.

– Não tenho por que ajudá-lo, senhor Rogan.

– Claro que tem. Seria sua boa ação do ano.

– Não faço boas ações.

– Poderia começar agora.

Ele sabia de alguma coisa; Sean sentia isso nos ossos. Yuran encarou-o por um minuto inteiro antes de dizer:

– Não matei Roger. Ele não valia uma bala. Mas ouvi comentários sobre um novo empreendimento. Contudo não foi Roger quem procurava.

Quando Yuran não prosseguiu, Sean quase não conseguiu se controlar e instigar o russo. Houve uma ligeira mudança de posição nos seguranças atrás deles, mas Sean não notou uma mudança no nível de ameaça.

– O nome de um patife, Ralston, apareceu. Ouvi dizer que ele andava oferecendo mundos e fundos e não gosto de competição nos negócios. Fiz Johan investigar... – Yuran olhou para o grandalhão. – O que descobriu, Johan?

– Ralston estava mentindo.

Yuran sorriu.

– Alguém espalhou a notícia e usou Ralston para isso, mas quando eu mostrei interesse, a conversa miou. Francamente, senhor Rogan, se me permite ser direto, eu queria arrancar as tripas do idiota por me fazer perder tempo. Mas eu tenho coração.

Sean sorriu, e Yuran retribuiu um sorriso. Frio.

– Obrigado pelo seu tempo, senhor Yuran.

Ele se levantou. O grandalhão não se moveu até Yuran assentir tão de leve que Sean quase não percebeu.

– Senhor Rogan.

Sean se virou para o traficante.

– Diga a seu irmão Liam que eu não me esqueci.

Um gelo subiu pela espinha de Sean. Acenou na direção de Yuran, depois recuperou as armas.

Quando ele chegou à porta, Yuran disse:

– O único motivo pelo qual vai viver é por não ver seu irmão há quinze anos. Faça disso outros quinze.

*

Lucy encontrou-se com Cody na Starbucks da rua M durante o almoço.

– O que aconteceu? – ele perguntou, sentando-se assim que a viu.

– Preciso falar com você a respeito do homicídio de Brad Prenter.

Ele fitou-a com olhos de policial: curiosos, avaliadores e um tanto preocupados.

– Você viu o jornal.

– Por que não me contou?

– Só soube hoje de manhã.

– Você sabia que ele levou quatro tiros? Três no abdômen e um atrás da cabeça?

Ele se endireitou.

– Como sabe disso? Isso não foi publica... – ele se interrompeu. – Você foi ao necrotério.

– Li o relatório da autópsia.

– E por que fez isso? Poderia ter me perguntado.

– Eu queria mais informações antes de conversarmos. Ele deveria ter ido para o Firehouse e não o Clube 10. Isso não lhe parece suspeito? Que Prenter deveria ter se encontrado com uma garota e acaba morto a trinta quilômetros, do outro lado do rio, mais ou menos na mesma hora?

– Como você sabe que foi na mesma hora?

– Por que ele foi morto entre 21h30 e 22 horas. A notícia no jornal disse que ele estava paquerando no bar antes de sair com ela...

– Lucy, nós discutimos isso ontem à noite. Pensei que tivéssemos concordado que ele percebeu que o encontro com Tanya era uma armadilha.

– Não sei – ela franziu o cenho e ficou olhando para o café.

– Lucy?

Ela o fitou.

– Mesmo sendo um lugar popular, o Clube 10 fica no centro de seis quarteirões de má reputação – Cody disse. – Por ali acontece praticamente um assalto por noite. E dois homicídios no mês passado. Encontraram drogas com ele; não vi o relatório do laboratório, mas talvez ele estivesse querendo se dar bem e não deu certo. Sabe quantos assassinatos motivados por drogas acontecem em D.C.?

– Eu sei, mas... – ela suspirou. Talvez Cody estivesse certo. Havia uma explicação lógica.

– Você se sentiria melhor se eu averiguasse?

Ela assentiu.

– Eu ficaria muito grata.

– O que você acha que pode ter acontecido?

– Não sei. Eu só quero saber por que ele estava *naquele* bar. Por que ele deu o bolo em Tanya? Se eu dei a entender quem eu era, preciso saber o que foi que eu fiz. Repassei todas as transcrições das conversas com ele ontem à noite... Não entendo.

– Mande essas transcrições para mim. Vou dar uma olhada. E talvez não tenha sido você... Ele pode ter me visto.

– Obrigada – ela disse. – Mesmo que você descubra que ele sempre vai lá, isso bastará para mim. Ou talvez ele tenha recebido uma oferta melhor. Sei lá, qualquer que seja o motivo, eu quero saber.

– Sua curiosidade a tornará uma agente do FBI.

Ela sorriu.

– Ainda não recebi a resposta para saber se serei entrevistada.

– Você será. Sabe como a burocracia é lenta – ele se esticou e apertou a mão dela. – Vou ver o que descubro sobre a morte de Prenter, aposto como existe uma explicação lógica para o fato de ele ter dado o bolo em Tanya e aparecido no Clube 10.

*

Robbie *RNR* Ralston morava em um apartamento do terceiro andar de uma casa estreita em uma área decrépita nos limites de D.C. Sean bateu à porta, depois deu um passo para trás, atento a movimentos na parte de dentro. Não ouviu nada, mas havia alguma coisa estranha ali. Estremeceu. Agachou-se diante da porta e pressionou os dedos no espaço entre a porta e o chão. O ar estava frio como o gelo, muito mais frio do que deveria se o homem estivesse com o aquecimento no mínimo para poupar energia. No frio daqueles dias, mesmo quando o céu estava azul, se Ralston tivesse desligado o aquecedor, devia fazer um bom tempo que havia saído.

Sean pensou em procurar alguém que o deixasse entrar. Ele conseguia quase tudo o que queria, mas um apartamento de aluguel tão pequeno como aquele provavelmente não teria um gerente no local o tempo inteiro, e ele não queria prolongar a situação. Pegou a ferramenta para abrir trancas e abriu a fechadura em questão de segundos.

Assim que entrou e fechou a porta atrás de si, entendeu imediatamente por que o apartamento estava tão frio: todas as janelas estavam entreabertas. Ele empunhou a pistola, ainda que suspeitasse que se houvesse alguém ali dentro, essa pessoa só podia estar morta.

O cômodo da frente estava atulhado, mas limpo. O computador, em uma mesa do outro lado, estava destruído. O disco rígido fora removido, a caixa da CPU fora aberta e estava exposta. Só havia dois cômodos no apartamento, e Sean encontrou Ralston, morto há bastante tempo, no chão do quarto, com um tiro atrás da cabeça. Sobre a cama estava uma mala feita até a metade.

– Droga... – Sean murmurou. Puxou o telefone e olhou para ele. Pensou, só por um instante, em ligar para a polícia, inventando uma desculpa plausível para a sua presença ali. Isso, no entanto, prolongaria o inevitável. Ralston estava associado a Morton, o que provavelmente ligava o seu homicídio ao dele. O que ligava o seu assassinato a Lucy.

O apartamento fora mantido frio para retardar a decomposição do corpo, minimizando o odor a fim de evitar que fosse descoberto de imediato. Por quê? Para evitar a conexão com o homicídio de Morton?

Ele ligou para o número de Kate Donovan.

– É Sean Rogan. Eu teria chamado a cavalaria, mas não sei quem está encarregado da investigação do homicídio de Morton.

– O que está acontecendo?

– Eu estava fazendo uma investigação paralela e acabei me deparando com um associado de Morton. Ele está morto – Sean olhou para o cadáver. – Bem morto.

CATORZE

Noah havia passado mais tempo do que o planejado em Quantico falando com Kate e a equipe de crimes virtuais sobre os arquivos que haviam sido encontrados no computador de Morton. A isso se seguiu uma conferência por telefone com Hans Vigo e Rick Stockton. Quando finalmente conseguiu escapar bem depois da hora do almoço, Abigail esperava-o com um sanduíche, o qual ele devorou a caminho do Triple Tree perto do Aeroporto de Dulles.

O gerente, Paul Grunelli, era um homem esquelético com cerca de 50 anos de idade, cabelo grisalho ralo e cheiro de quem fumava bastante. Ele desviou o olhar do televisor quando Noah e Abigail entraram no diminuto escritório do hotel.

– Quarto? – ele perguntou.

Noah mostrou o distintivo.

– Perguntas.

Grunelli se virou de novo para a TV com um resmungo.

– Manda ver.

– Desligue o aparelho, por favor, senhor Grunelli – Abigail pediu.

– Não quero perder...

– Podemos fazer nossas perguntas em uma sala de interrogatório na sede do FBI, se preferir – Noah disse.

– Droga – Grunelli resmungou, mas desligou o televisor. – O que foi?

Abigail passou uma foto de Morton por cima do balcão.

– Este homem se registrou na manhã do dia 6 de janeiro de acordo com seus arquivos. Ele pagou três diárias em dinheiro, usando o nome de Cliff Skinner. Lembra-se dele?

Grunelli deu de ombros.

– Ele não fechou a conta – Noah acrescentou.

– Ah, ele... – o gerente estreitou o olhar na direção deles. – Não foi um de vocês que veio aqui ontem para pegar as coisas dele no quarto?

– Fui eu – Abigail disse. – Mas o gerente do outro turno nunca chegou a ver o senhor Morton, disse que foi o senhor quem fez o registro e quem trabalhou naquele final de semana. Ele ficou no quarto 103, o senhor consegue vê-lo pela janela a partir da sua cadeira.

– Se as persianas estiverem levantadas – Grunelli explicou.

Noah não tinha paciência para ficar nesse vaivém com um cretino como Grunelli.

– Morton foi assassinado em Alexandria menos de dois dias depois de ter se registrado. Estamos refazendo os passos dele. Quando o viu?

– Morreu é? Bem, ele se registrou por volta das oito e pouco da manhã na quinta; anotei isso no livro de registros. Ele ficou fora boa parte daquele dia. Voltou à noite, depois saiu na sexta de manhã. Não o vi depois disso.

– Como ele chegou? Veio de táxi?

Grunelli balançou a cabeça.

– De carro.

– Alugado? – eles ainda não tinham recebido nenhuma informação das locadoras.

– É possível. Não verifiquei.

– Anotou a placa?

– Por que eu faria isso?

– Bem, não sei, muitos hotéis fazem isso como medida de segurança, a fim de que somente os hóspedes usem o estacionamento.

Grunelli soltou uma risada.

– Como se eu tivesse esse tipo de problema. Não sei a placa, nem o modelo. Era um carro branco, é só o que me lembro. Um sedan estrangeiro. Como um Corolla, Toyota ou Honda, alguma coisa nesse estilo.

Noah fez uma anotação mental para parar em Dulles, o lugar mais provável para Morton ter alugado um carro. Os analistas investigaram as locadoras, mas se Morton usou outro nome que não o seu ou o do primo, talvez eles ainda não o tivessem localizado. Algumas vezes, perguntas feitas pessoalmente obtinham melhores resultados, e mais rapidamente.

– E a última vez em que viu Morton foi na sexta-feira de manhã. A que horas?

– Antes do almoço. Não sei bem quando. Ele já tinha pagado; não pensei muito nele até domingo quando ele não deu baixa. Lá pelas três, fui até o quarto dele. Ele não estava lá. Encaixotei as coisas dele e parei por aí.

– Morton teve alguma visita enquanto esteve hospedado?

– Não – Grunelli franziu o cenho e baixou o olhar.

– Lembrou-se de alguma coisa? – Abigail perguntou.

– O carro. Pensei ter visto o carro dele no sábado de manhã. Quero dizer, de madrugada, lá pelas duas ou três da manhã. Eu estava na varanda fumando, já que o dono não quer que eu fume aqui dentro. Estava frio demais, mas eu não conseguia dormir. E aí eu vi o carro. Não o ouvi entrar, mas enquanto eu fumava, vi esse cara sair do 103.

– Morton?

– Não, outro cara. Não tão grande quanto Morton. Tamanho diferente, mas não sei dizer se era mais alto ou mais baixo. Sabe, estava escuro. Só sei que não era o cara que tinha alugado o quarto, e ele entrou no carro e saiu. Foi a última vez que vi o carro.

– E não ficou desconfiado?

– Diabos, não. Os hóspedes aqui têm pessoas entrando e saindo o tempo inteiro. Contanto que não façam escândalo nem briguem, eles cuidam da vida deles e eu da minha.

– Mas tem certeza de que era o mesmo carro?

Ele deu de ombros.

– Não, mas não tenho muitas pessoas com carros novos a menos que sejam de aluguel, e, também, a maioria das pessoas não dirige carros alugados por aqui.

Quando eles deixaram o esquálido escritório de Grunelli, Noah disse para Abigail:

– Entre em contato com Vigo e consiga um mandado para as locadoras. Depois que encontrarmos a empresa, vamos precisar de todos os registros e das rotas do GPS, se eles tiverem.

– A maioria tem, hoje em dia.

– Isso não deve dar muito trabalho – Noah pegou o telefone. Ele tinha vibrado diversas vezes enquanto falavam com Grunelli. – Donovan tentou falar comigo – ele ligou para Kate em seguida. – Sou eu, Noah.

– Robbie Ralston, um dos associados mais próximos de Morton, está morto.

– Ralston? – Noah não se lembrava do nome.

– Ele era um cafetão de pouca importância, mas providenciava um fluxo constante de garotas para Trask e Morton na época em que a Empreendimentos Trask era predominantemente legal. Eu o pesquisei enquanto esperava que você retornasse a ligação. Passou alguns anos na prisão, foi aposentado por invalidez, e, olha só, ele tinha passagem de ida e volta para Miami no sábado passado.

Noah ficou confuso.

– Ele morreu em Miami?

– Não, foi assassinado no apartamento. Ele nunca pegou o voo.

– Mande todas as informações, vou para lá imediatamente. Quem está na cena do crime?

– Ninguém ainda. Tenho uma EIF a postos.

– Por que não chamou a polícia?

– Sean Rogan encontrou o corpo.

– *Rogan? O quê?*

Ele deve ter soado tão irado quanto estava de fato, pois Kate se apressou em dizer:

– Fale com ele. Ele me ligou porque não tinha o seu número – ela fez uma pausa e disse: – Sean está investigando o passado de Morton porque a minha família pediu.

– E você *sabia*?

– Acabei de descobrir. Afinal de contas, Patrick é sócio dele e está fora da cidade superpreocupado com essa situação. Sean me telefonou assim que encontrou o corpo. Ele não mexeu em nada.

Um Rogan no meio da sua investigação não era o que Noah queria.

– Noah?

– Onde está Rogan agora?

– Na cena do crime.

– Estou a caminho.

*

Sean ficou do lado de fora do prédio de Ralston enquanto a Equipe de Investigadores Forenses trabalhava no apartamento. Supunha que teria de agradecer a Kate por não ser detido para interrogatório, mas enquanto esperava a chegada do agente Noah Armstrong, ligou para Jayne pedindo para que ela investigasse a fundo a história de

Morton e Ralston, concentrando-se em conexões comuns. Claramente o assassinato de Ralston não era coincidência.

Por que Sergey Yuran o havia enviado ali? Será que o traficante russo sabia que Ralston estava morto? Será que o havia matado quando os negócios de pornografia on-line não deram certo? Aquilo não parecia ser o tipo de crime de Yuran, afinal ele era implacável, mas aquele não era seu *modus operandi*. E o fato de o computador ter sido destruído era indício de que Ralston tinha informações que o assassino não queria que fossem divulgadas.

Ou seria alguma coisa completamente diferente? Com quem mais Ralston falou sobre o esquema de Morton? Quem se interessou pelo negócio? Será que Morton e Ralston tinham dispensado um sócio desconhecido? Pegado o dinheiro e fugido? Ralston tinha a mala, Morton violara o *sursis*, havia algo ali. Precisava de mais informações. No entanto, não tinha nenhuma dúvida de que os homicídios de Ralston e Morton estivessem ligados. Ele inspecionou o corpo e viu que o homem estava morto há vários dias. O apartamento gelado retardou a decomposição, mas Sean conhecia o suficiente sobre medicina legal para saber que o legista descontaria a temperatura ambiente e seria bem preciso quanto à hora da morte.

Uma senhora negra idosa com um pequeno Lulu da Pomerânia na bolsa e uma sacola de compras no ombro virou a esquina e caminhava lentamente na calçada úmida na direção de Sean. Ele diminuiu a distância rapidamente e disse:

– Deixe-me ajudá-la.

Ela sorriu, revelando uma fileira de dentes perfeitos que não pareciam reais.

– Obrigada, meu jovem – ela entregou a sacola de compras.

Sean apoiou uma mão no cotovelo dela.

– Aonde vai?

Ela indicou o prédio de Ralston.

– Para o apartamento no primeiro andar à direita.

A entrada ficava a apenas trinta metros, mas levaram alguns minutos para chegarem à porta. O cachorrinho fitava Sean, mas não latiu.

– Belo cachorro – não que fosse seu tipo de bicho de estimação, mas a mulher era uma possível testemunha.

– Ela é uma danadinha, mas gosto dela.

Sean reprimiu um sorriso.

A mulher fitou-o quando pisou no primeiro degrau.

– Você não é daqui.

– Não. Houve um homicídio logo aqui em cima.

Ela balançou a cabeça e suspirou.

– Não estou surpresa. 2B ou 3D?

Ele levantou uma sobrancelha.

– 3D.

– Robbie. Não o vejo há uma semana.

– Sabia que ele pretendia viajar?

– Ele não gostava de mim.

– Por que não? Ele não deve ter sido uma pessoa muito amigável.

– Ele não gostava de negros. Só me tolerava. Eu sou a dona do prédio – ela deu uma piscadela, subiu mais um degrau e apoiou-se em Sean. A mão dela estava rígida por conta da artrite.

– O armazém não entrega as compras?

– Aqui? – ela riu. – Não. Eu saio uma vez por semana, e minha neta aparece às quartas-feiras para me levar para o bingo e trazer meus remédios e compras. Mas, às vezes, preciso de outras coisinhas. Dê uma olhada na sacola.

Sean viu uma garrafinha de uísque de boa qualidade e um pacote de Marlboro Light, junto com um belo bife.

– Missy não me compra bebida – ela balançou a cabeça em sinal de desaprovação. – Não sou alcoólatra, só tomo um gole à noite. E também não me compra carne. Ela diz que não faz bem para as minhas artérias. E nem me fale dos cigarros. Tenho 89 anos e não me importo em não chegar aos 90. Não acho que um cigarrinho por dia vai me matar.

– Sou Sean Rogan – ele se apresentou ao ajudá-la no último degrau. – Sou investigador particular e tenho muito prazer em conhecê-la, senhora...

– Tessie. Pode me chamar de Tessie, como todo mundo. Tem perguntas a respeito de Robbie?

– Na verdade, tenho sim.

Ele segurou a porta que dava para a entrada do conjunto de apartamentos. Ela foi para a porta com 1A pintado de branco.

– Quem está lá em cima? Não vi nenhum carro de polícia.

– O FBI.

Ela virou-se e torceu o pescoço para fitá-lo com olhos arregalados.

– O FBI? Ora, Robbie se meteu em alguma confusão, não é mesmo? Ele estava jogando para os dois lados?

– Os dois lados?

Tessie riu.

– Ele era informante, sabe. Costumava ser, pelo menos. Entre e eu lhe conto tudo sobre ele. Sabia que ele já foi cafetão? É, morei aqui por 46 anos, Robbie se mudou para cá em... 1993, ou 94? Foi para a prisão uma vez, mas pagou o aluguel para que eu arejasse a casa dele uma vez por semana.

– Ele pagou o aluguel estando na prisão?

Ela deu de ombros.

– O tira dele pagou.

O tira dele. Sean estava muito interessado em saber quem era esse policial e que tipo de informação Ralston passava que valesse o aluguel daquele lugar pelo tempo em que ele permaneceu preso.

Tessie continuou ao empurrar a porta.

– Ele ficava bêbado e *blábláblá*. Eu não sabia no que acreditar, mas depois de um tempo consegui separar a verdade da fanfarrice.

Sean entrou no apartamento imaculado, porém aquecido demais. Acertara na mosca e esperava que o agente Armstrong não ficasse irritado por ele falar com uma testemunha em potencial. Uma coisa que Sean sabia, porém, era que os federais não partilhavam informações, e se ele queria ajudar Lucy, precisaria saber de tudo o que eles sabiam.

*

Noah subiu as escadas até o apartamento de Ralston no terceiro andar, onde encontrou o agente Dale Jarvis, líder da unidade da EIF.

– O que descobriu? – Noah perguntou ao observar o apartamento.

Jarvis falou do caso para Noah:

– Não há sinais de entrada forçada. Como pode ver, o computador foi destruído. O suspeito desconhecido retirou o disco rígido e o destroçou. Pegamos todos os pedaços, mas boa parte dos circuitos e dos *chips* está completamente destruída. Não há como recuperar nada, mas vamos repassar para o nosso pessoal técnico. Eles já operaram alguns milagres no passado.

– Vou providenciar um mandado para o servidor para verificar o histórico de navegação e qualquer armazenamento de arquivos que ele possa ter.

Jarvis olhou ao redor.

– O apartamento foi vasculhado, mas não extensivamente. É bem possível que o assassino estivesse procurando alguma coisa e a encontrou. Ele caminhou pelo corredor estreito até o quarto. O corpo de Ralston estava ao pé da cama de casal. Uma mala estava aberta.

– Ele tinha uma passagem para Miami que não chegou a usar – Noah disse.

– Não há sinais de ferimentos de defesa, mas meu palpite é que ele foi empurrado – Jarvis apontou para as mãos da vítima com uma caneta a *laser*. – Ele caiu ou foi empurrado enquanto segurava alguma coisa... e se seguir a trajetória provável...

Noah seguiu a luz vermelha até a base do armário aberto, onde diversos frascos de pílulas rolaram até parar. Um estava aberto e dele tinham caído pílulas pequenas e ovais. Jarvis apontou para trás.

– O banheiro fica ali. A vítima pega os remédios, volta para o quarto, caminha até o armário, é empurrada por trás, deixa as pílulas caírem e é alvejado sem hesitação.

– Por que diz isso?

– A vítima não moveu as mãos; elas estão apoiadas como quando alguém cai.

– Silenciador? Ninguém no prédio ouviria o tiro?

– É esse o meu palpite. Vamos descobrir mais quando retirarmos a bala. Estão aí. Há duas entradas, mas nenhuma saída. Baseado na localização, qualquer uma das balas teria resolvido o caso.

– Profissional, então?

– Entrada silenciosa, sem desordem, bala atrás da cabeça e computador destruído?

Noah assentiu e saiu do quarto.

– Encontrou mais alguma coisa? Motivo?

– Sabe o que eu faço em relação ao passado dele. Ele não foi preso desde a última condenação, há oito anos. Aposentado por invalidez. Manteve-se debaixo do radar.

– Abigail está passando o pente fino no passado dele, verificando as finanças, as viagens... Ele era um antigo associado de um homem assassinado na Washington Marina.

– Ouvi dizer – Jarvis encarou-o. – Difícil não saber quando o diretor-assistente em pessoa se interessa pelo caso.

E por falar em discrição...

– O que Rogan disse quanto a encontrar o corpo?

– Disse que a porta estava destrancada.

– Até parece.

Jarvis deu de ombros.

– Pode ser ou ele é muito bom em destrancar fechaduras.

– Fico com a segunda opção.

– Ele notou que o apartamento estava frio demais, viu o computador destruído e verificou o estado dos possíveis ocupantes.

Mas por que Sean Rogan foi parar ali para início de conversa?

– Onde ele está agora?

– Lá embaixo.

– Eu não o vi.

– Ele disse que esperaria por você – Jarvis olhou pela janela. – O carro dele ainda está aí.

– Vou atrás dele.

*

Sean agradeceu Tessie pelo café e pelos biscoitos; ele tinha um ponto fraco por doces caseiros e os biscoitos de aveia estavam deliciosos; e saiu para o pequeno vestíbulo. Viu um dos homens da EIF descendo as escadas.

– Ei, Rogan, o agente Armstrong está procurando você.

– Estive aqui o tempo inteiro – ele tentou se fazer de inocente.

Sean seguiu o rapaz até a rua, onde a van do legista tinha estacionado em fila dupla. Tentou localizar Noah Armstrong em meio aos agentes agrupados. Não foi difícil quando uma pessoa de terno e o queixo duro caminhou na sua direção.

– Onde esteve?

– Estava frio aqui fora – ele respondeu, desgostando da imediata hostilidade do federal. – A senhoria me convidou para tomar café. E para ouvir algumas histórias... – disse ao agente Armstrong.

O federal assentiu seco.

– Para começar, por que estava aqui?

– Como informei Kate, só estou me certificando de que Lucy Kincaid esteja segura. Sabe por que Morton veio para a cidade? Se tinha um sócio? Se estava trabalhando com Ralston?

– Estamos seguindo todas as pistas, mas devo lembrá-lo de que esta é uma investigação federal.

– Posso ter algumas informações e ajudá-lo nessa investigação federal.

– Sugiro que partilhe qualquer informação referente a este assunto. Não preciso lhe dizer que esconder informações da polícia é obstrução de justiça, e que sua licença de investigador particular não vai protegê-lo. Está sobre gelo fino, Rogan.

Sean franziu o cenho. Esse homem estava agindo com muito mais hostilidade do que deveria. Ele parecia não gostar nada de Sean, o que era estranho, visto que Sean costumava causar uma bela primeira impressão; a menos que não quisesse.

– Escute, Armstrong, estamos do mesmo lado, na maior parte das vezes. Nós dois queremos que Lucy não corra nenhum perigo por qualquer que seja o motivo que tenha trazido Morton para D.C. antes de ser assassinado.

– Qual o seu interesse nisso, além da sua associação com os Kincaid?

– Meu interesse? É a minha empresa. Mas já deve saber disso.

– O que fazia no apartamento de Ralston?

Sean se forçou a relaxar.

– Eu sabia que Ralston era um dos associados de Morton e queria falar com ele, é só. Como já disse, é minha função me certificar de que Lucy não esteja correndo perigo. Eu precisava verificar se algum dos associados de Morton representava uma ameaça para ela.

– Você é o guarda-costas dela.

– Eu não diria isso.

– *O que* você diria?

– Exatamente o que já disse. Roger Morton morreu na mesma área em que uma das suas vítimas morava – Sean disse com firmeza. – Isso não é coincidência. Se ele planejava ferir Lucy, ou se tinha um sócio, eu preciso descobrir.

– Esse é o meu trabalho.

– Não, o seu trabalho é descobrir quem matou o safado. O meu é garantir a segurança de Lucy. É o que faço, portanto o *serviço de segurança* depois de *Rogan-Caruso-Kincaid*.

– Você se considera acima da lei – Armstrong disse.

– O quê? – Sean havia sentido que Armstrong não gostava dele, mas aquilo fazia parecer que ele *o conhecia*.

Armstrong não respondeu, mas disse:

– Você tocou ou tirou algo do apartamento?

– Não, só toquei na maçaneta – sorriu. – Palavra de escoteiro.

Armstrong não achou engraçado.

– Eu ficaria grato se deixasse a investigação por minha conta e protegesse a senhorita Kincaid, em vez de interrogar minhas testemunhas.

Sean queria sair dali e deixar que o federal tentasse conseguir as informações sobre Ralston de Tessie. Era o trabalho dele, certo? Mas esse tipo de reação impensada era o que o metera em apuros antes, e Sean estava tentando evitar essa sua tendência.

Por isso refreou a reação inicial e disse em um tom casual e conciliatório:

– Tive uma conversa agradável com a senhoria. Ela conhecia Ralston há quase vinte anos.

– Falou com a testemunha?

– Eu a ajudei com as compras. Só conversamos.

– Conversaram... – Armstrong encarou-o descrente.

– Ela me convidou para comer biscoitos.

– E leite?

– Café – Sean sorriu. Brincar com o senhor agente especial Armstrong estava sendo divertido. – Eu poderia apresentá-los, se desejar.

– Chega de brincadeiras, Rogan.

Sean endireitou-se, imitando a postura de um soldado. Direto aos fatos.

– A última vez que Tessie se lembra de ter visto Ralston foi na quarta-feira à noite, quando a neta a trouxe depois do bingo semanal. Contudo, ela o ouviu no átrio na sexta-feira de manhã, discutindo com outro homem. Ela não saiu, pois ainda vestia o pijama, mas estava prestes a chamar a polícia quando o visitante saiu e Ralston subiu as escadas furioso.

– Sexta-feira – Armstrong repetiu.

– Ela também sabe bastante sobre a ficha corrida de Ralston, a qual eu tenho certeza de que você já puxou. Mas uma coisa que talvez você não saiba é que Ralston foi informante.

Sean divertiu-se ao ver a reação de Armstrong ante essa novidade.

– Informante...

– Você nunca fala com uma frase completa? – Sean brincou.

Armstrong deu um passo à frente, com uma veia pulsando no maxilar, e Sean não recuou, mas percebeu que havia algo mais entre ele e Armstrong, algo que ele não sabia.

– Onde você serviu? – perguntou, mudando de assunto.

Armstrong nem piscou.

– Força Aérea. Ravens.

Forças Armadas. Eles trabalhavam na América do Sul e Central, onde seu irmão, Kane, tinha grande influência. Será que seu irmão mais velho havia mexido com esse antigo Raven?

– Você nunca serviu – Armstrong disse com desdém.

Sean precisava falar com Duke para descobrir... Mas não queria trazer o irmão para essa história. Fora bem difícil convencer Duke a permitir que ele e Patrick abrissem a filial da RCK na costa leste e com isso sair debaixo das asas dos irmãos controladores. Descobriria mais sobre Noah Armstrong com seus próprios recursos. E qualquer que fosse o problema, ele não tinha nada a ver com Lucy e com esse caso.

– Não, nunca servi. Mas sei voar.

– Sabe?

– Já deve saber disso.

Armstrong não comentou.

– Ralston foi informante da polícia de D.C. durante anos, pelo tempo que Tessie o conhecia. O nome do tira é Jerry Biggler. Você o conhece?

– Não, mas vou conhecer.

QUINZE

Sean ficou sem fala quando Lucy atendeu à porta com um vestido azul-royal que, de algum modo, conseguia ser modesto e *sexy* ao mesmo tempo. O decote alto revelava bem pouco, mas o vestido se moldava ao corpo atlético como se tivesse sido criado somente para ela. A saia girava ao redor dos calcanhares como em uma dança. Com o cabelo preso em um penteado frouxo às costas, ela estava simplesmente espetacular.

– Obrigada mais uma vez – Lucy disse como se *ele* estivesse lhe fazendo um favor. Ela armou o alarme e trancou a porta.

Por fim, Sean encontrou a voz.

– Ora, gatinha, é um prazer.

Ela hesitou antes de guardar as chaves na bolsa, e Sean mentalmente se chutou. Aquilo soou como uma cantada barata. Uma cantada que ele usaria com qualquer uma de suas antigas namoradas, mas Lucy não era nada como elas, e ele não queria tratá-la como a escolhida do mês.

Com isso, abaixou a voz:

– Falei sério, Lucy, você está linda – ele esticou a mão e tocou um dos cachos espessos dela. Os cabelos eram macios e brilhantes, e os lábios... Ele sabia que era muito melhor não pensar nos lábios cheios e bem pintados naquele instante.

– Obrigada – ela sorriu e ele relaxou.

Sean queria propiciar uma noite descontraída para Lucy, mesmo que eles estivessem indo a um evento de arrecadação de fundos para uma instituição pelos direitos das vítimas. Pretendia convencê-la a sair para comer a sobremesa em algum outro lugar depois.

Abriu a porta do passageiro, e ela disse:

– O cavalheirismo não morreu. Pensei que Dillon fosse o único homem que ainda abrisse as portas.

– Não faço isso para qualquer uma – ele disse ao fechar a porta. Ela poderia acreditar que essa fosse outra cantada, mas era a verdade.

Assim que ele deu partida e saiu, Lucy perguntou:

– Sobre o que disse ontem quanto a descobrir por que Roger Morton estava em D.C...

– Não vamos arruinar a noite – ele queria contar tudo o que havia descoberto para Lucy, até mesmo sobre a morte de Ralston, mas não queria aborrecê-la nem preocupá-la naquela noite.

– Não saber é pior do que saber.

– Não descobri nada importante ainda – ele hesitou, depois disse: – Restringi a busca pelos associados de Morton para um raio de 150 quilômetros que ainda estejam vivos e soltos. Os três com quem falei não sabiam de nada.

Lucy estreitou o olhar e as sobrancelhas ergueram-se.

– E eles lhe disseram a verdade?

– Sim – ele respondeu. – Sou um Rogan.

– E isso é o mesmo que ter um laço dourado? E seu codinome é Mulher Maravilha?

– Não, não fico muito bonito em shorts azuis com estrelas.

– Você não precisa fazer isto.

– Eu sei – mas fazia.

Não conseguiria explicar para Lucy. Ainda não, visto que não saberia explicar nem para si mesmo. Mas Sean desprezava valentões, e Roger Morton fora um desses valentões. Quem quer que o tivesse matado era um valentão ainda maior, e essa pessoa era uma ameaça em potencial para o que importava para Sean: seu sócio, seus negócios e Lucy. A família Kincaid inteira tratava-o como se ele fosse um deles, desde Jack e Patrick até os irmãos e irmãs que conheceu quando ele foi para San Diego para ajudar Patrick em um projeto no verão passado. Sean tinha uma família grande, mas eles não eram como os Kincaid. Sua família estava espalhada pelo mundo: Kane estava na América do Sul, Duke, na Califórnia, Liam e Eden, na Europa.

Ele não conseguia deixar de pensar (e querer) que se seus pais não tivessem morrido em um acidente aéreo quando ele tinha 14 anos, talvez seus irmãos estivessem em outros lugares que não onde estavam no presente. Ou se seriam mais unidos como os Kincaid. Provavelmente não. Todos eles, desde os pais até ele, tinham sede de correr o mundo. Somente Duke ficou em casa, e isso se deveu primordialmente por ele ter assumido a responsabilidade de criar Sean, ainda adolescente, após o acidente.

– Sean? – Lucy chamou-o, desviando-o de seus pensamentos melancólicos.

– Há mais uma coisa – disse ele com relutância. – Um dos contatos que tentei encontrar está morto. Ralston. Ainda não definiram a hora da morte, mas ele perdeu um voo no domingo. Vou descobrir qual é a ligação.

– Mas...

– Vamos deixar isso de lado hoje. Que tal?

Ela suspirou.

– Está bem.

Ele não acreditava que conseguiria banir todos os pensamentos quanto àquela situação da mente dela, mas pelo menos ele se esforçaria para que isso acontecesse.

– Sean, obrigada. Eu agradeço a sua atenção.

Sean levou um segundo para perceber que ela não se referia à sua atenção pessoal, mas sim ao seu interesse profissional quanto à morte de Morton. Ele não queria que Lucy o visse apenas no âmbito profissional. Ele costumava interpretar bem as mulheres, mas estava tendo dificuldades para saber o que Lucy pensava. Ela mantinha uma boa parte de si trancada, e ele precisava encontrar um modo de fazê-la se abrir.

No Omni Shoreham Hotel, Sean desviou dos manobristas e estacionou ele mesmo o GT.

– Ninguém pode tocar no seu carro? – Lucy perguntou quando ele abriu a porta.

– *Especialmente* os manobristas.

Lucy deu uma olhada para Sean e a ansiedade em relação à novidade de mais um corpo encontrado sumiu. Sean deu-lhe uma piscadela e segurou a mão dela para ajudá-la a sair do carro. Lucy sentiu retornar o formigar não tão sutil de quando o viu assim que abriu a porta de casa em seu impecável terno cinza-escuro e gravata azul-celeste, combinando com a cor dos olhos dele. Ele estava de tirar o fôlego, e ela não estava acostumada à atração física. Ela admirava a beleza em um nível intelectual. Mas com Sean Rogan, seu corpo reagia antes da mente, respondendo à voz dele, ao toque, ao modo como ele a fitava, antes que sua mente captasse que talvez ele estivesse flertando. E que talvez ela estivesse gostando...

Sean passou o casaco de lã dela pelos ombros em um gesto cativante; ela duvidava que tivesse sido calculado. Ele pegou-a pelo braço e acompanhou-a até o átrio.

– Me faça um resumo – Sean sussurrou ao se aproximarem da recepção agitada. – Quem é quem e esse tipo de coisa.

Lucy olhou ao redor.

– Aquela é Fran Buckley, a diretora do PMC. Ela se aposentou do FBI há vários anos. O senador Paxton nos apresentou quando eu estagiei com ele, depois disso comecei meu trabalho voluntário.

– Você estagiou com um senador?

– Ele estava no Comitê Judiciário, e eu queria aprender tudo o que pudesse quanto ao impacto do Congresso nas leis policiais federais e nas questões de justiça criminal.

– Para a sua carreira no FBI – Sean concluiu.

– Basicamente. Eu não gostava muito de trabalhar no Congresso, mas aprendi muito – ela passou o olhar nos convidados. – Há vários candidatos eleitos aqui, o prefeito, e muitos policiais, já que diversos fazem trabalho voluntário após o turno de trabalho. O chefe do departamento de polícia está aqui. Vê a loira bonitinha perto do bufê? Ela é Gina Mancini, a assistente *ultraeficiente* de Fran. Ela está conversando com Donald Thorne, um dos nossos maiores doadores. Não sei quem é o casal com eles.

– Ok, sobrecarga de informações – Sean disse.

– Você está com sorte, parece que os discursos já vão começar. E não vão demorar, pois Fran gosta de se misturar. Ela diz que é nessa hora que consegue boa parte das doações, na conversa um a um.

– Aceita uma bebida?

– Sim. Vinho tinto, por favor.

Lucy observou-o caminhar até o bar, onde começou a conversar amigavelmente com o barman. Ele conseguia entrar em qualquer sala, em qualquer situação e fazer amigos. Lucy não se lembrava de como era se sentir tão livre e despreocupada, embora despreocupado não fosse um termo aplicável a Sean. Ele alternava entre seriedade e atenção, para leveza e diversão. Ela se perguntava quem seria o verdadeiro Sean Rogan, e se um dia descobriria isso.

Depois de Fran discorrer brevemente sobre o PMC e fazer seus agradecimentos, ela apresentou o chefe de polícia, que fez um discurso baseado nas estatísticas dos crimes em geral e dos crimes sexuais em D.C. e na região próxima.

Sean retornou com o vinho. Ele bebia cerveja direto no gargalo, e ela sorriu. Caía-lhe bem, apesar do terno fino.

– Fez uma nova amizade? – ela perguntou, indicando o barman.

– Todos têm uma história – ele disse. – Algumas são bem interessantes – sussurrou. – Quem está no palco?

– Aubrey Lewis. A filha dela foi assassinada por um agressor sexual há dois anos. O senador Paxton apresentou uma lei para reforçar as restrições dos agressores sexuais e ela testemunhou no Congresso. Ela é incrível.

Depois de um breve discurso, Aubrey anunciou o senador Paxton.

Jonathon Paxton, 66 anos, jogava tênis e golfe com regularidade e levava a saúde a sério. Ele subiu no pequeno palco, abraçou Aubrey e tomou o microfone. Ele começou com o motivo que o levou a se envolver com o PMC: o homicídio da filha há mais de duas décadas.

Foi difícil para Lucy prestar total atenção aos discursos tendo Sean tão perto. Ele usara uma sutil colônia pós-barba que a atraía para perto, a fim de descobrir qual era. Quando ele se inclinou para sussurrar em seu ouvido, ela estremeceu.

– Olhe para aquele casal – disse baixinho. – O senhor e a senhora Andrew Valério; eles são os donos da VT Comunicações.

– Você os conhece?

– Eles contrataram a RCK há alguns anos para testar o sistema de segurança deles. Precisei de 17 horas, mas consegui invadir.

– Você deveria ir falar com eles. Não os conheço pessoalmente, mas são doadores do PMC há diversos anos.

Ele deu de ombros.

– Eles não me conhecem.

– Mas...

– Duke sempre lida com os clientes.

– Como soube quem eram?

– Vi a foto deles uma vez.

– Boa memória – ela levantou o olhar e ficou surpresa em ver como o rosto dele estava próximo ao seu enquanto conversavam baixinho no fundo da sala.

Subitamente foi como se milhares de formigas caminhassem debaixo da sua pele. Ela olhou ao redor, mas não viu ninguém em especial encarando-a. Ainda assim, não conseguiu se livrar da sensação de ser observada. Esfregou os braços, e Sean pôs o braço ao seu redor.

– Lucy?

Ela não respondeu, fingindo ouvir o discurso do senador. Preferiu não notar as pessoas que a olhavam não sutilmente ao redor. Sua história não era nenhum segredo obscuro. Ela já discursara em escolas, já havia escrito cartas para arrecadação de fundos para Fran, até mesmo testemunhara no Comitê Judiciário para apoiar a lei do senador Paxton, que passou a ser chamada como Lei de Jessie. Ela nunca gostou disso, sempre se considerou maculada, e pior, odiava que as pessoas se apiedassem dela, que pensassem que ela havia sido uma adolescente estúpida e irresponsável. Ninguém nunca disse nada em voz alta, mas muitas a responsabilizavam por ter se colocado em uma posição vulnerável.

Ela havia concordado em encontrar seu agressor em um local público porque acreditou que assim seria *seguro*. Ela pensou que ele fosse um universitário chamado Trevor Conrad. E se enganou.

Os aplausos sinalizaram que o senador havia terminado o discurso, mas Lucy estava nervosa. Por isso disse para Sean:

– Quer sair daqui?

Ele pegou a mão dela.

– Você está tremendo.

– Só estou com frio.

Sean encarou-a.

– Lucy, o que está acontecendo? De verdade.

Ela ficou paralisada, levantou o queixo e encarou-o.

– Já disse – tentou puxar a mão da dele, mas Sean a segurou.

– Lucy, alguma coisa a assustou. Conte-me.

Lucy não queria partilhar nada com Sean. Tentou recolocá-lo no posto de apenas sócio do seu irmão, mas ela já tinha ultrapassado esse ponto. E o modo como ele a fitava sugeriu um relacionamento mais íntimo que o simples profissionalismo.

– É pessoal – ela disse, na esperança de que tivesse deixado claro com seu tom que o relacionamento entre eles não era. Mesmo que não soubesse como se sentia, nem se estava ou não atraída por ele.

Sentia-se à vontade com Sean, e gostava do fato de ele ser esperto. Mas ele tinha seus brinquedos. O carro. A mesa de bilhar. Patrick inclusive lhe disse que ele tinha um avião particular para viajar quando quisesse. Ela estava concentrada demais na carreira e no futuro para se envolver com alguém que não estava igualmente dedicado. A melhor coisa a fazer era colocar uma distância entre eles a fim de pensar claramente.

Não que ele estivesse interessado. Ou ela. Ou...

– Lucy.

Ela deu um pulo de susto, e Sean apertou a mão dela quando ela se virou de frente para Fran.

– Fran.

– Não tive a intenção de assustá-la – ela sorriu para Sean. – Sou Frances Buckley, diretora do PMC.

Sean esticou a mão e lançou seu sorriso ganhador de prêmios, dissolvendo a resolução de Lucy de se afastar.

– Sean Rogan – ele disse.

– Ele é sócio de Patrick – Lucy explicou.

– Prazer em conhecê-lo – Fran disse, lançando um sorriso para Lucy que dizia que ela aprovava a escolha dela para acompanhante.

Lucy resistiu ao impulso de explicar que eles eram só amigos. Isso seria difícil de provar, já que Sean continuava segurando sua mão.

Sean disse:

– A sala está cheia. Espero que sejam fregueses pagantes.

– Mesmo com a crise econômica, conseguimos superar o que arrecadamos no ano passado.

Lucy viu Cody andar pela sala, perscrutando-a, encontrando-a logo depois de ela o ter visto, e caminhando na sua direção.

– Lucy, posso falar com você em particular?

Lucy sentiu uma mudança defensiva na postura de Sean, e Cody fitou-o com olhos sérios.

– Sean, este é meu amigo, Cody Lorenzo, que trabalha na polícia de D.C. Ele é um dos voluntários no PMC. Pode nos dar uns minutos, por favor?

– Vá em frente – Sean soltou a mão dela, mas Lucy o sentiu observando-a enquanto Cody a levava para fora do salão de dança para o vestíbulo.

– O que aconteceu? Você está agitado.

Ela não conseguia imaginar que ele ficasse aborrecido por ela ter ido àquele evento com Sean.

– Diga a verdade, Lucy. Você mudou o ponto de encontro com Prenter?

Ela piscou diversas vezes, mudando o foco da visão.

– O quê? Por que eu faria uma coisa dessas?

– Antes de eu vir para cá, passei no Clube 10. Prenter ficou se gabando com o barman, dizendo que iria se dar bem, pois se encontraria com uma loira *sexy* que gostava de falar besteiras on-line.

– Isso é tolice e você sabe disso. Fran tem uma cópia das minhas transcrições! – Cody hesitou, e Lucy ficou brava. – Acha que eu iria tão longe nesse jogo?

– Não, não em circunstâncias normais, mas se as conversas não estivessem produzindo o que queríamos dele, talvez você o tenha pressionado um pouco mais. Não a estou condenando, Lucy, mas...

– Espere um minuto. O que o faz acreditar que era eu? Talvez ele estivesse conversando on-line com outra pessoa. Eu não mudei o ponto de encontro, nem disse nada com conotação sexual. Leia os malditos arquivos... Flertei e nada mais. Por que não acredita em mim? Por que acha que Fran permitiria que eu fizesse isso?

– Você é inteligente. Poderia ter alterado os arquivos. Ou entrado no seu computador pessoal e deixado de copiar as transcrições.

Ela balançou a cabeça e contraiu os lábios. Como Cody podia acreditar que ela fosse capaz de uma coisa dessas? Ele sabia exatamente quem ela era e em que ponto se encontrava na vida. Ele sabia o que lhe havia acontecido e por que aquele trabalho voluntário era tão importante. Ela nunca poria em risco suas chances no FBI ou a confiança que Fran depositava nela cruzando os limites com um suspeito.

Cody tentou tocá-la.

– Lucy, desculpe. Eu não deveria ter perguntado.

– Você não perguntou. Você me acusou. Você nem deveria ter perguntado, para início de conversa! Deveria saber que eu jamais faria uma coisa dessas. Há uma explicação lógica: Prenter ia se encontrar com outra mulher. Ou estava mentindo descaradamente. Você sabe como esses estupradores são, fantasiam a verdade para se sentirem poderosos e no controle. Era uma fantasia da mente *dele*, não uma que eu tenha propositadamente colocado lá.

– Você tem razão, é que eu só...

– Esqueça – ela respirou fundo e procurou se acalmar. Talvez estivesse reagindo exageradamente, mas a acusação dele a atordoou.

– Descobriu mais alguma coisa? A respeito do homem e da mulher com quem Prenter discutiu no beco?

– Não, vim para cá direto do bar. Eu sinto muito mesmo, Lucy – ele olhou rapidamente na direção da recepção.

– Está aborrecido por eu ter vindo com Sean?

– Não – ele disse sem convencê-la, mas também sem se esforçar muito.

Ela assentiu, ainda incomodada com a acusação de Cody. Ciúme era uma carga que ela não precisava carregar.

– Com licença, preciso ir até o banheiro.

Ela caminhou vigorosamente pelo corredor. A sensação que alguém a vigiava era forte, e ela suspeitou que Cody estivesse atrás dela, sentindo-se culpado.

Lucy abriu a porta do banheiro e ficou aliviada ao ver que não havia ninguém lá. Apoiou-se na bancada da pia, com os braços suportando o peso do corpo, forçando-se a respirar devagar. Fitou as mãos. As unhas eram curtas, mas bem cuidadas. O esmalte fortalecia e dava um belo acabamento. Seus dedos eram longos e delgados, e ela sempre imaginou que seria uma boa pianista, mas os cinco anos em que teve aulas provaram que ela não tinha nenhum talento musical. Todavia esses dedos voavam sobre o teclado do computador, quase que com uma mente própria, contando mentiras aos predadores sexuais, atiçando-os a fim de que eles a convidassem. Não sentia culpa por ajudar a mandar esses predadores de volta para a prisão.

Os braços, assim como as pernas, eram magros, mas musculosos pelas horas que ela passava na academia. No entanto, nenhuma quantidade de esforço físico teria evitado seu sequestro e estupro há seis anos. Fora atacada por trás, seguraram-na e injetaram uma droga que imediatamente enfraqueceu seus músculos. Somente a astúcia poderia ter evitado o ataque, mas ela jamais teria certeza.

Na época, não tinha nenhuma, mas e agora? Ela imaginava cada possível cenário onde alguém poderia atacá-la e fazia de tudo para se proteger contra isso, mas nada era infalível.

Depois do primeiro ano, Lucy percebeu que não poderia viver em uma bolha. Recusava-se a ser uma vítima pelo resto da vida. Tinha raiva de si mesma e do homem que a raptara e a ferira. Mas mesmo a raiva diminuiu, porque ela não permitiria que eles controlassem suas emoções do túmulo.

A família não entendia por que ela queria andar nas trevas ao se tornar uma policial, ou ao conversar com agressores sexuais on-line, por que ela continuava a ler e pesquisar tudo o que sabia sobre homens e mulheres que cometiam crimes hediondos. Eles pensavam que por ela ter sido uma vítima, ela encontraria uma carreira completamente não relacionada com o crime. A mãe queria que ela fosse professora. O pai, que ela seguisse uma carreira em linguística, como havia planejado na época do colégio. Mesmo Dillon, seu próprio irmão, que trabalhava com psiquiatria forense e com criminosos todos os dias, estava cético quanto à sua decisão.

Mas senão ela, quem? Quem teria a paixão e a determinação para dedicar a vida a colocar aqueles bastardos atrás das grades?

Ela já tivera alguns sucessos, vezes em que pôde ajudar alguém. Como, por exemplo, quando falou em uma escola local e uma garota de 14 anos a abordou com uma história familiar demais: um homem de 37 anos se tornara seu amigo na internet e queria sexo. Esse mesmo homem foi preso duas semanas depois quando a garota e a mãe ajudaram a polícia a localizá-lo. Ou o garoto de 12 anos que quase fugiu de casa com seu namorado da internet até que Lucy provasse que seu amigo de 14 anos na verdade era um pedófilo de 62 anos de idade.

E também havia as pessoas que ela tinha ajudado e que não conhecia. Os garotos que ouviam atentamente às suas palestras, fingindo ignorá-la; aqueles on-line que ela amedrontava de pronto; as mulheres e crianças que não seriam vitimadas porque ela colocara um predador em seu devido lugar.

Portanto, valia a pena suportar os olhares afiados, os sussurros atrás das costas, a crença dos ignorantes de que ela teve o que pediu, que a culpa era sua, que ela era diferente deles. Que os predadores não iam atrás de qualquer um, mas só das *outras pessoas*.

A porta se abriu e ela se endireitou, olhando pelo espelho quem estava entrando.

Era *Sean*.

– Está no banheiro errado – ela observou.

– Não a menos que você esteja – ele caminhou até seu lado e apoiou as mãos em seus ombros. Os olhos dele prendiam os seus pelo espelho. Ela não queria que ele a visse daquela maneira. Suas dúvidas vazavam pela sua expressão e ela não desejava que alguém, especialmente a família e os amigos, acreditasse que ela estava na beira do abismo.

– Estou bem.

– Eu sei – ainda assim ele a segurou pelos ombros, fazendo uma massagem firme. – Você está tensa.

– Não gosto deste tipo de evento.

– Alguma coisa aconteceu. Pode me contar.

– Nada aconteceu – ela abaixou o olhar para as mãos, que ainda seguravam a bancada de mármore. Fechou os olhos e permitiu-se relaxar sob os dedos de Sean. Os nós nos músculos relaxaram e ela suspirou.

– Lucy.

Quando ele não disse nada mais, ela abriu os olhos e viu que ele a encarava, a boca estática em uma linha firme.

– Cody me acusou de falsificar alguns dados. Isso me magoou. Nós trabalhamos juntos há bastante tempo e... – ela suspirou.

– Entendo. Mas não foi a isso que me referi. Antes de falarmos com Fran, alguma coisa aconteceu. Conte-me.

Ela fitou-o. Como ele conseguia manter a mente fixa em um só propósito? E o que ela poderia dizer?

– É... que... – como poderia explicar a ele? Não queria mencionar o passado. – Não gosto de ser o centro das atenções, e não gosto de que as pessoas fiquem olhando para mim.

– Quem?

– Ninguém, todos, não sei. Foi só aquela sensação esquisita de quando alguém fica olhando para você de propósito, sabe? É ridículo. Sei que quando venho a este tipo de evento, é como se eu estivesse em um palco.

Sean aproximou-se ainda mais.

– Você precisa confiar nos seus instintos. Há quanto tempo vem se sentindo assim?

Ela não conseguiu mais fitá-lo nos olhos. Sentiu uma onda de humilhação assolá-la.

– Seis anos.

– Mas isto foi diferente.

– Não... Sim... Eu... – Será? Nos últimos tempos... – Não sei. São meus nervos. Os últimos meses foram estressantes, com o processo seletivo do FBI e o assassinato de Roger Morton, e agora a situação de Brad Prenter...

– Quem?

A porta se abriu e duas senhoras entraram, atônitas ao verem Sean com Lucy, que lhe lançou um sorriso malicioso.

– Foi flagrado – ela disse.

Ele segurou-a pela mão e levou-a para fora, curvando-se ante as senhoras ao passarem. Assim que fecharam a porta, ele levou Lucy para o lado e disse:

– Esse Prenter a está perseguindo?

Ela negou.

– Não. Eu não o conhecia. Ele era um professor assistente de uma faculdade. Ele drogou e estuprou uma aluna, e foi assassinado em um assalto esta semana. E isso também ficou na minha cabeça.

– Justiça divina.

– Talvez.

– Lucy, você tem bons instintos, portanto não menospreze esses sentimentos chamando-os de neurose. Confie em si mesma.

– Obrigada.

– Pelo quê?

– Por ter fé em mim.

– Quem não tem?

Ela não respondeu porque não havia uma resposta real para isso. A família a apoiava, mas eles sempre a observavam quando achavam que ela não sabia. Não era uma ignorante e sentia as vibrações protetoras que emanavam deles.

– Quer ir embora? – ela perguntou.

– Estou pronto quando você estiver.

– Agora – seguiram pelo corredor até a chapelaria.

– Estaria interessada em se deliciar com uma sobremesa? – Sean perguntou de leve.

– Quer dizer que o bufê não bastou?

– Você não comeu nada.

– Eu estava sem fome.

– Conheço um lugar – Sean disse enigmático. – Confia em mim?

Ela hesitou. Não por não confiar nele, mas havia tantas emoções ao seu redor e ela não tinha certeza se conseguiria abafá-las.

– Está começando a nevar.

Sean encarou-a.

– Está brincando? Alguns poucos flocos de neve não podem evitar que eu a delicie com o mais incrível *cheesecake* de morango ao leste do Mississipi.

– *Cheesecake*? – seu estômago roncou e ela levou a mão à boca.

– Eu ouvi isso – ele disse. Segurou a mão dela e beijou-a. Foi um gesto espontâneo, e Lucy tentou se convencer de que havia sido um beijo amigável, mas uma sensação quente subiu pelos braços até a base da nuca conforme caminharam até o carro.

DEZESSEIS

Sean acompanhou Lucy até a porta de casa. Ela estava radiante, as faces coradas por conta do frio, os olhos escuros cintilando devido à glicose extra oferecida pelo *cheesecake*, acompanhado por uma taça de champanhe.

Sean estava satisfeito consigo mesmo por ter conseguido distrair Lucy de seu recente ataque de nervos. Duas horas mais tarde, ela finalmente pareceu relaxada.

Contudo, ele não se esqueceu do que ela disse. Ela achava que alguém a estava seguindo. Ele não desconsiderou isso como sendo um defeito pessoal, como ela mesma acreditava. Com tudo o que vinha acontecendo em relação ao homicídio de Morton, talvez alguém estivesse prestando atenção demais em Lucy.

– Muito obrigada, Sean – Lucy suspirou alegre ao destrancar a porta. Deram um passo para dentro, a neve rodopiava ao redor. – Estou muito contente por termos saído para comer sobremesa – ela esticou-se para desabilitar o alarme.

– Tudo para servi-la melhor, *milady* – ele disse com sotaque e uma mesura. Queria beijá-la, mas hesitava. E *hesitação* não combinava com ele. O que havia de errado? Ele *nunca* tinha problemas, nunca mesmo, em mostrar seu interesse para uma mulher.

Mas Lucy não era qualquer mulher. Soube disso na primeira vez em que se encontraram.

E ela também era a irmã do seu sócio. Patrick, *além de sócio*, era seu amigo. E ele não havia contado sobre seu interesse por Lucy.

Ela não era o tipo de mulher com quem ele costumava sair. Ele saía com garotas que gostavam de se divertir, assim como ele. Esquiar, viajar espontaneamente através do país em seu avião, nadar sem roupas no lago. Suas antigas namoradas normalmente eram do tipo que trabalhavam das nove às cinco ou princesas vivendo de fundos de pensão que não se devotavam a nada além de a elas mesmas. Ele gostava disso porque isso significava que não precisava se sentir culpado quando rompia com elas.

Nenhuma dessas garotas durou mais do que alguns meses.

Que Lucy fosse especial não podia ser mais claro para ele, mas Sean se conhecia e nunca se esquivava da verdade. Ele tinha o poder de estragar qualquer relacionamento. Não no começo, afinal, sabia como cortejar uma mulher. Mas depois que o romance se desgastava, ele se cansava com a rotina. Garota diferente, mesmo problema. O desejo superficial desgastava-se cada vez mais rápido a cada nova mulher.

E não havia nada de superficial em Lucy Kincaid, e absolutamente nada superficial quanto ao seu desejo por ela.

– O que está se passando nessa sua mente? – ela perguntou.

– Quero beijar você – ele disse antes de perceber que as palavras saíam da sua boca.

– Você normalmente pede antes?

– Não.

Ela inclinou o queixo para cima em um desafio e pareceu quase zangada, com as pupilas dilatando-se.

– Então não peça.

Sean apoiou a mão esquerda atrás da nuca de Lucy, o cabelo longo e sensual enroscando-se em seus dedos. Procurou qualquer sinal de reticência no rosto dela, qualquer dúvida. A expressão dela estava séria e, por um segundo, ele acreditou tê-la interpretado mal. Mas em seguida os lábios carnudos se partiram, e ele inclinou-se e beijou-a.

O gosto dela era doce, como o *cheesecake* e o champanhe que haviam dividido. Tivera a intenção de dar um beijo caloroso de boa-noite com uma promessa de algo mais, porém não conseguia soltá-la. Queria saboreá-la mais, senti-la mais. Gentilmente pressionou o corpo ao dela, e Lucy arqueou as costas quando a cabeça pendeu para trás a fim de prolongar o beijo.

As mãos dela encontraram os bíceps, depois subiram para os ombros. Os polegares seguravam o pescoço dele, prendendo-o a ela assim como ele a segurava firme.

Com qualquer outra mulher, ele levaria aquela dança para o quarto. Mas Lucy não era uma mulher de uma noite só. Tinha confiança em seus poderes de sedução, mas não queria pressioná-la rápido demais. Ele queria, e *precisava*, fazer aquilo da maneira certa.

Mas ela se encaixava tão bem a ele que ele não queria parar.

Só que se não parasse, estaria cometendo um erro. Sabia disso como tinha certeza de que o sol nasceria no horizonte do Atlântico no dia seguinte.

Lentamente, afastou os lábios dos dela, segurando-a ainda perto. Olhou para seu rosto; Lucy tinha os olhos fechados, porém os abriu assim que ele interrompeu o beijo. Ela parecia desnorteada, como se não soubesse onde estava, como se tivesse se perdido nos últimos minutos. Lambeu os lábios, depois abaixou o olhar e deu um passo para trás, quase envergonhada. Ele trouxe-a de volta para seus braços e deu um beijo leve, mostrando-lhe que não havia motivos para se envergonhar.

– Eu gostaria de levá-la para um encontro oficial – Sean disse.

– Um encontro? – Ela repetiu.

– Hoje não foi oficial. Foi... preencher a vaga do seu irmão.

– Eu...

– Amanhã.

– Amanhã? – ela repetiu.

– Passo para buscá-la às 10 horas.

– Dez – ela balançou a cabeça e olhou para baixo, encabulada. – Vou para a igreja. Costumo frequentar a missa das 9 horas. Que tal lá pelas 11?

Ele quase se ofereceu para buscá-la às oito e meia para acompanhá-la à missa, mas não pisava em uma igreja desde o funeral dos pais há quinze anos.

– Eu pego você lá. Às 10, ok?

Ela assentiu.

– Na Holy Trinity. Na 36 com a...

– Sei onde fica – ele beijou-a de novo. – Às 10 da manhã – e a beijou uma última vez. – É melhor eu ir antes que entre mais neve.

Lucy havia se esquecido de que a porta estava aberta e olhou para a poça de neve derretida que tinha entrado pela fenda.

– É melhor eu limpar isso antes que Kate veja – ela disse e sorriu para Sean. – Você é uma distração – ela beijou-o espontaneamente, surpreendendo-se. – Obrigada mais uma vez – suas entranhas estavam leves, uma sensação muito diferente da de poucas horas atrás. Ela deveria estar congelando parada na soleira da porta, mas não sentia frio algum.

– É um prazer, senhora – ele disse com um sorriso caloroso que revelava suas covinhas.

Ela sorriu e fechou a porta. Esperou até ouvir o carro dar partida e sair.

Lucy não conseguia se lembrar de um tempo em que tivesse se sentido tão à vontade com alguém. Em que se sentisse tão atraída.

Talvez porque aquela noite não foi um encontro, não houve pressão alguma para que agisse de maneira natural. Tudo o que disseram e fizeram foi quase espontâneo. Pela primeira vez em muito tempo, ela sentia-se uma mulher normal.

Ele a convidou para sair. Um *encontro oficial.* Quando foi a última vez em que saiu com alguém? Cody? Não, não era verdade. Pensou e percebeu que por mais que tivesse saído com um ou dois homens depois do rompimento com Cody, ela havia se afastado de qualquer comprometimento potencial depois do segundo encontro. Seu relacionamento com Cody durou quase dois anos, era do tipo confortável e normal, até ele a pedir em casamento e ela perceber que não o amava. Não conseguia se imaginar casada com ele, ou com qualquer outro homem. O mero pensar em casamento provocava-lhe calafrios e ataque de pânico. Algo estranho, considerando-se que seus pais tinham um incrível casamento de 45 anos... E contando.

Mas Lucy não era normal, e ela sabia disso. Seu passado sempre seria uma parte dela. Por mais que tivesse aprendido a não permitir que o passado a controlasse, ele afetara suas decisões, conduzindo-a ao caminho logo adiante. O FBI. A luta contra os predadores.

Por que não poderia aproveitar a companhia de Sean Rogan? Não merecia um pouco de felicidade?

Ela jurou se divertir um pouco no dia seguinte, sem pensar em nada. Provavelmente nem teria essa chance, Sean tinha a habilidade de arrancar o que quer que estivesse pesando em seu coração, sem que isso a deixasse se sentindo uma tola.

O enlevo romântico de Lucy se desfez quando ela olhou para o computador e se lembrou do que Cody disse antes.

– Mudou o ponto de encontro?

Ele teve tanta certeza, o que significava que o barman soou convincente, e que, por isso, simplesmente repetiu o que Prenter disse. Que ele se encontraria com uma loira sensual.

Não foi Tanya que o provocou com palavras. Prenter só podia estar aumentando a história; ele era um estuprador condenado que tinha um ego inflado.

Porém, Prenter *estava* em um bar diferente na mesma hora em que havia dito à garota da internet para que o encontrasse no Firehouse em Fairfax. Quanto mais ela pensava nisso, mais se convencia de que ele esteve se relacionando com duas mulheres on-line, e que a *loira sensual* que o provocara com palavras havia feito uma oferta melhor que a de Tanya.

Sentou-se diante do computador e entrou na conta de Tanya. Com um mínimo de esforço conseguiria encontrar todas as pessoas com quem Prenter conversou. Isso podia não ser um ato totalmente legal, pois seria preciso invadir o servidor, mas não seria complicado visto que ela conhecia todos os protocolos daquele site específico.

Muito provavelmente Prenter deu o bolo em Tanya por uma melhor perspectiva; era a única explicação que fazia sentido. Talvez tivesse sido a loira do beco, a que ele provavelmente drogou.

Franziu o cenho ante os resultados de sua pesquisa. Na verdade, não conseguia encontrar Prenter no site. O perfil dele havia sido apagado. Cancelado. Será que a polícia o havia bloqueado por medida de segurança? Caso fosse assim, haveria *algum* rastro de que a conta estava lá, mas estava inacessível. Devia haver registros das conversas dele na área administrativa, mesmo que não houvesse os dados. Era comum os usuários bloquearem os perfis quando não desejavam que desconhecidos os contatassem. O nome dele apareceria, mas não estava lá.

Lucy saiu da conta e tentou recriar outra com o usuário dele. Estava disponível, o que significava que nenhum outro usuário registrado na comunidade virtual das salas de bate-papo o tinha, quer ele estivesse bloqueado ou não.

Por que a polícia apagaria a conta dele? Não fazia sentido. Não pelo que, na superfície, se parecia com um homicídio rotineiro. E tão rápido? Ele só havia sido assassinado há 48 horas.

Lucy desligou o computador, mas precisou de um bom tempo para adormecer.

*

Eu vejo a luz do quarto dela apagar. O quarto está escuro. Ela está só.

Exceto pela outra mulher na casa, que eu sei que é uma policial. Uma federal.

A casa está no nome de Dillon Kincaid e Katherine Donovan. Eles são casados. Casados, e aquele pau-mandado deixou que a cadela continuasse com o nome de solteira. Por isso não me pergunto mais como a senhorita Lucy Kincaid acabou se tornando uma mentirosa, uma vagabunda assassina, com modelos como esse em quem se espelhar.

Era guerra. Nós contra elas. A maioria dos homens contenta-se em ceder às exigências das fêmeas. Deixavam-nas trabalhar. Deixavam-nas se divertir. Deixavam-nas fazer o que bem quisessem! Que traíssem, que mentissem, que fossem embora.

Fecho os olhos, e a raiva flui pelas minhas veias, meu sustento, nutrindo meus desejos desde que me lembro.

Rosemarie.

Eu te amo, Rosemarie.

Eu a amei apesar das mentiras e dos engodos. Você sempre soube que me desobedeceria? Eu lhe dei o mundo porque queria que você ficasse ao meu lado, e mesmo assim você foi embora!

Fingiu me amar, mas você amava mais aos seus amigos. Fingiu estar comigo, mas quando chorou, chamou pelo nome dele.

Sinto a sua falta, Rosemarie.

Papai entendia das coisas, e eu deveria ter lhe dado ouvidos. Ele passou pela mesma experiência, mas eu acreditei que você ficaria se tudo o que você precisasse viesse de mim! Se seus sonhos e esperanças e necessidades fossem completados por mim, você nunca me abandonaria. Trabalhei noite e dia por você! Sua vagabunda mentirosa e traidora, você me usou como toda mulher usa os homens. Como Eva usou Adão, como Dalila usou Sansão, como toda mulher no mundo usou um homem.

Mas você foi fraca. Todas as mulheres são fracas. Todas as mulheres precisam aprender a obedecer.

A ficar.

A implorar.

A buscar.

Como as cadelas que são.

Sou um dos poucos que sobraram. O único que entende que até que as mulheres conheçam o seu lugar, nossa sociedade, nosso futuro, estará perdido. Todas as mulheres deveriam ser treinadas por mim. Somente as mais obedientes sobreviverão. Somente as que fizerem exatamente o que eu mando continuarão vivas.

Ainda não encontrei uma que valesse a pena.

Eu virei buscá-la, Lucy. Não vai demorar.

DEZESSETE

O céu matutino parecia um azul ainda mais vibrante no frio intenso, e por mais que a neve da noite anterior tivesse sido retirada das ruas, os mantos brancos nos jardins, sobre os telhados e os carros estacionados, refletiam o sol. O trajeto até a Holy Trinity normalmente permitia que Lucy tivesse tempo para pensar, mas a quietude e a beleza sutil do inverno daquela manhã não lhe deram paz de espírito. Acabou chegando atrasada e se sentou em um dos bancos do fundo.

Seu sono mal dormido influenciava as respostas embaçadas durante a missa. Pensava nos possíveis motivos para o encerramento da conta de Prenter. Uma conta *podia* ser acidentalmente cancelada, mas aquilo parecia coincidência demais. Talvez Prenter a tivesse cancelado intencionalmente a fim de acabar com qualquer prova. Isso era mais plausível, mas por quê? Porque ele planejava drogar Tanya?

Isso não se encaixava no perfil dele. Ele não havia se esforçado para cobrir seus passos com Sara Tyson, o que levou às provas físicas que ajudaram a condená-lo. De todo modo, talvez ele tivesse aprendido com essa experiência e se tornado mais cauteloso.

Depois da comunhão, Lucy se ajoelhou e rezou, afastando todos os pensamentos relacionados a Prenter de sua mente. Alguém se ajoelhou ao seu lado, e ela automaticamente afastou-se, relanceando para a pessoa. Ela não gostava de ser surpreendida.

– Cody – ela sussurrou.

– Sinto muito quanto a ontem à noite.

– Ssh... – ela não discutiria o assunto na igreja, mesmo que ele estivesse se desculpando.

Dez minutos depois a missa acabou, mas Lucy não saiu. Virou-se para Cody depois do último hino e disse:

– A conta de Prenter foi apagada.

Ele se mostrou confuso.

– Por que isso é importante? Lucy, qualquer coisa pode ter acontecido com a conta dele. A polícia pode tê-la bloqueado.

– Ela foi cancelada.

– Eles podem tê-la arquivado e depois apagado a cópia pública.

– Não há arquivos nesse site, exceto pelas mensagens particulares. E eu nunca mandei uma mensagem particular para ele.

– Acho que você está fazendo tempestade em copo d'água.

A princípio Lucy ficou brava, aquilo não era *nada* sem importância, mas depois notou as rugas na testa de Cody. Pelo menos ele estava pensando nas suas preocupações.

– Preciso saber o que aconteceu, Cody. Pensei em todos os cenários, alguns são plausíveis, mas preciso saber.

– Por que isso é tão importante para você?

– Porque... – por que era importante? Por que se importava? Olhou para o corpo de Cristo na cruz atrás do altar.

Havia matado Adam Scott e não se arrependia. Ele mereceria muito pior, mas a sua falta de remorso a incomodou por muitos anos. Conversou com Patrick a respeito, e ele desconsiderou seu sentimento.

"Você se sente culpada por não sentir culpa de ter matado o homem que a estuprou, que quase matou Dillon e Kate? Não faça isso."

Lucy havia se dessensibilizado por conta da violência no mundo ao seu redor. Havia experimentado dor e humilhação, havia matado um ser humano, e estava imersa no mundo virtual onde predadores sexuais eram a norma, onde eles constantemente caçavam suas vítimas. Não queria banalizar um assassinato, mesmo o de um estuprador condenado.

– Não quero encarar a morte de ninguém levianamente – ela respondeu.

– Entendo – talvez entendesse mesmo. – Vou investigar um pouco mais.

– Obrigada.

– Quer sair para tomar café da manhã?

Sean. Ela olhou para o relógio. Já passava das dez.

– Eu tenho um encontro – ela disse.

– Oh. Quem sabe outro dia, então... – alguma coisa atrás do ombro dela chamou a atenção de Cody, que se endireitou, assumindo sua postura de policial alfa.

Ela virou para trás e viu que Sean caminhava na direção deles. Seu coração acelerou quando ele a fitou e sorriu.

– Você não me disse que estava saindo com alguém – Cody disse em um tom duro, como se ela o estivesse traindo.

– E não estou – ela respondeu automaticamente.

– Você saiu com ele ontem à noite.

Cody não acreditava nela. Nem Lucy sabia se acreditava em si mesma.

– O que quero dizer é que não é nada sério – *ainda*. – Nós só... – por que ela tinha de explicar alguma coisa para o ex-namorado?

Sean aproximou-se, pousando uma mão nas costas de Lucy.

– Policial Lorenzo – ele disse em um cumprimento.

– Rogan – ele se virou para Lucy. – Eu ligo se descobrir alguma coisa – em seguida foi embora.

– Eu disse alguma coisa? – Sean perguntou.

Lucy balançou a cabeça.

– Ele é meu ex-namorado.

– Faz tempo?

– Mais de um ano. Desculpe, não sei por que ele está agindo de modo tão estranho.

Sean levantou a sobrancelha.

– Não sabe mesmo?

– Se eu sei o quê?

– Ele ainda está apaixonado por você.

Ela balançou a cabeça e olhou na direção tomada por Cody, mas ele já tinha ido embora.

– Acho que não – *será*? Não, não podia ser verdade. *Talvez*.

– Lucy, eu sou homem, eu sei dizer – ele beijou-a de leve nos lábios. – Diga que ele não tem chance de reconquistá-la.

Ela deixou as palavras de Sean penetrá-la, de olhos arregalados.

– Ele não tem.

– Ótimo – ele beijou-a de novo. – Você parece cansada.

– Não dormi bem.

– Está com fome?

– Acho que eu poderia comer alguma coisa.

– Você precisa de energia para o que tenho em mente.

– E o que é?

– Surpresa – ele pegou-a pela mão. – Vamos.

*

– Vai acabar definhando – Noah disse para Kate ao entrar na sala de computadores de Quantico no domingo de manhã.

Ela encarou-o com o que poderia ser descrito como mau-olhado.

– *Você está aqui.*

– Este caso é meu.

– Esta é a minha família.

Noah não teria como vencer essa batalha.

– Abigail falou com o vice-presidente da regional da locadora, enviou uma intimação por fax, e ele disse que nos entregará os registros do GPS amanhã de manhã, se possível. É feriado, mas ele vai trabalhar nisso.

– Bom.

Kate já olhava para o monitor novamente.

– Também tenho novidades. Tenho uma lista de endereços de e-mail da agenda de Morton. Ainda não recuperei as mensagens, mas estou perto.

– Como podemos ligar isso a pessoas reais?

– Alguns são fáceis, os nomes estão ligados aos endereços. Outros são mais complicados, mas conheço alguns truques.

– E quanto aos provedores?

Ela fitou-o com uma sobrancelha erguida.

– Então você não é tão incompetente tecnologicamente quanto parece.

– Conheço o básico.

– Os provedores de serviços da internet muito dificilmente entregam informações pessoais dos clientes, a menos que tenhamos um mandado; eles não são tão amigáveis quanto à locadora de automóveis. Portanto, precisamos de uma causa provável, como uma troca de mensagens que seja obviamente criminosa, ou que consigamos provar que seja criminosa baseada em evidências. Aqui está a lista de tudo o que encontrei até o momento, destaquei os associados conhecidos do arquivo de Morton.

– Vou verificar os endereços para ver quem é da região – Noah disse ao sentir a excitação familiar em seu íntimo que garantia que aquele era um ponto crucial na investigação.

– Tenho dúzias ainda não identificadas. A segunda lista é a que tem nomes, mas que não estão na lista de associados de Morton. Essa é um pouco mais longa. Meu palpite é que essas são as pessoas que enviaram arquivos para o site pornográfico dele.

– Por que fizeram isso? Morton não tinha dinheiro para pagá-los.

– Algumas pessoas enviam de graça, são os amadores que enviam filmes caseiros de saias levantadas. Outros fazem negócios com o site, sendo pagos conforme os vídeos são assistidos. Trask tinha gravado mais da metade do seu material, usando prostitutas, viciados em drogas, qualquer um que fizesse de tudo por um punhado de dólares. Mas *ele* lucrava milhares de dólares com cada filmagem.

Noah sacudiu a cabeça.

– E tudo isso era dentro da lei.

– Grande parte, e ele se esforçava bastante para manter a Empreendimentos Trask fora do radar. Adam Scott, porém, era um bastardo doentio e não conseguiu se conter; ele matou mulheres por prazer, e foi isso o que acabou com ele. Foi quando ele começou a matar on-line que finalmente conseguimos ir atrás dele – Kate esfregou as têmporas. – Algumas vezes o sistema é furado – murmurou.

Noah não discordava completamente, mas ainda acreditava que o sistema deles era o melhor do mundo. Em seus dez anos na Força Aérea, grande parte deles na Forças de Segurança Ravens, ele passou por dúzias de países e viu os piores governos e sistemas judiciais existentes.

Noah sentou-se diante de outro terminal e verificou os nomes identificados por Kate.

– Só há dois na área, ambos com registro criminal. E um já está morto.

Noah olhou para Andrew *Ace* Shuman, que entrou e saiu da prisão boa parte da vida. Prostituição, extorsão, agressão. De acordo com o arquivo de Morton, Shuman tinha sido guarda-costas. Seu cargo oficial na Empreendimentos Trask era o de *chefe de segurança*. Ele havia saído da cadeia há três anos e pareceu ter ficado ao largo de problemas, mas, como Noah bem sabia, a maioria dos criminosos era para o resto da vida, criminosos de carreira. Poucos mudavam de vida, só aprendiam a se esconder melhor.

– Vou falar com Shuman – Noah avisou. – Ele conhecia Morton e Ralston.

– Shuman é difícil e perigoso – Kate disse. – Deparei-me com ele algumas vezes, mas nunca consegui detê-lo com nada substancial. Ele foi preso antes de Trask se esconder, acho que por agressão. Tentei fazer com que ele denunciasse Trask, mas ele não cedeu.

– Bom saber disso. Ele parece uma possibilidade.

– Se Morton enfureceu Shuman, não há dúvida de que Shuman o mataria. Mas por quê?

– Essa é a pergunta de um milhão de dólares.

– E quanto a Ralston?

– A EIF está processando as provas. O computador dele foi destruído, não sobrou nada do disco rígido.

– O assassino não quis que encontrássemos nada.

– Ainda não conseguiram determinar a hora da morte. A autópsia está marcada para hoje à tarde. O assassino deixou as janelas abertas; o apartamento estava uma geladeira. Mas a EIF disse que ele estava morto há mais de 48 horas e a última testemunha que o viu disse que ele chegou na sexta-feira à noite, lá pelas 18h30.

– Portanto a questão é saber se ele foi morto antes ou depois de Morton – Kate disse.

– Não sei se isso importa de fato. Ele estava morto antes do voo partir no domingo de manhã. Eu gostaria de saber que tipo de informação ele passava para Jerry Biggler.

– Biggler? – Kate perguntou.

– Ralston era um IC, informante criminal. Ele falava só com Jerry Biggler, um tira de D.C. que morreu de ataque cardíaco seis meses depois de se aposentar, em 2006.

– Acredita que Ralston tenha sido assassinado porque foi informante? Por que *agora*? Isso não faz sentido.

Ela tinha razão, mas Noah suspeitava de que houvesse mais ali. Ele só não tinha descoberto ainda o quê.

Mas descobriria. Ele sempre descobria.

DEZOITO

Eu a vejo no rinque de patinação com o namorado. Ela ri de alguma coisa que ele disse. Lucy Kincaid está se divertindo.

Lucy Kincaid é uma vadia. Eu vi o vídeo de sexo dela. Sei exatamente quem ela é. Ela é uma mentirosa. Uma assassina. Uma assassina mentirosa e vadia.

Fecho os olhos e me concentro em respirar. Controle. Preciso de controle. Lentamente inspiro. Prendo o ar. Solto. Para dentro. Para fora. Acalmando-me.

Repito as respirações até recuperar a compostura. Agir com raiva, em público, seria imprudente. Não quero ir para a prisão. Eu poderia matá-la agora, mas seria preso.

Vou matá-la e não serei preso. Eles não encontrarão o corpo dela, porque não haverá nada para ser encontrado. Como com as outras fêmeas.

Deixo que as imagens permeiem a minha mente. Elas me fazem sorrir. As mulheres que treinei. Como elas aprenderam bem a obedecer, como uma boa esposa deve aprender.

Mas como todas as fêmeas, quando lhes dei a oportunidade de tomar a decisão certa, elas sempre escolheram a opção errada. Todas elas morreram.

Lucy Kincaid era a pior da laia. Ela é o modelo de tudo o que uma mulher pode ter de errado. Ela se achava igual aos homens? Superior?

Achava que podia matar sem ser punida? Que podia me enfeitiçar com a língua ferina, tentando me convencer de que era outra pessoa?

Rosemarie também mentiu. Ela me disse que nunca me deixaria. Algumas mulheres abandonam com a mente, outras com o corpo. Rosemarie foi tudo para mim. Perfeita. Ela fazia tudo o que eu ordenava. Eu lhe dava tudo em troca dessa obediência. Eu a amava. Eu a amava!

Raposa! Ela me ludibriou. A vagabunda traidora e mentirosa me enganou.

Meu pai me avisou, mas eu não dei ouvidos porque acreditei ter aprendido com os erros dele.

Papai sabia...

Eu nunca mais deixei que nenhuma mulher me enganasse, até Lucy Kincaid tentar se passar por outra.

Ela escorrega e o namorado a segura antes que ela caia no gelo. Minha mão aperta o cabo da pistola. Quero atirar nela agora. Sacar a 9 mm do bolso e puxar o gatilho. Uma bala, duas balas, três balas, quatro... O pente inteiro. Ver o sangue jorrar no gelo. Ver o sangue sujar o rosto bonito do namorado dela. Ver o namorado pau-mandado olhar horrorizado para a vagabunda morta.

Ele também foi enganado, não? Ele aprenderá, assim como eu aprendi, que nenhuma mulher é confiável.

Talvez fosse melhor eu matar o namorado primeiro. Uma bala na parte direita do crânio faria a massa cerebral se esparramar no gelo, em cima dela. Ela encararia, horrorizada, o corpo inerte. Então eu me aproximaria e diria que ele morreu por causa dela. Eu contaria quem eu sou de fato e por que ela tinha de morrer.

Porque ela é uma Jezebel. Uma mentirosa. Fingindo ser outra pessoa.*

---

* Mulher determinada e independente que não olhava os meios para conquistar seus objetivos. A sua história é contada no Primeiro Livro de Reis do Antigo Testamento.

Preciso ouvir os pedidos de clemência dela. Preciso saborear as lágrimas do rosto dela. Preciso vê-la se partir ao meio. Preciso sentir o cheiro do medo dela. Preciso que ela obedeça.

Acalme-se. Respire.

Tiro a mão do cabo da pistola porque estou tentado demais a puxar o gatilho.

Consigo respirar com mais facilidade enquanto vejo Lucy Kincaid se esfregar contra o corpo do namorado. Ele está sendo conduzido pela vadia, cedendo à fraqueza por causa das enganações dela. Ele pode ter que morrer, mas essa não é a minha primeira escolha. Só se ele interferir.

Preciso ser forte. Este não é o lugar certo para agir. Eu já estou chamando atenção porque não tenho um filho ou uma esposa ao meu lado. Está na hora de ir embora.

Estou observando você, Lucy. De hoje até o dia da sua morte.

*

Lucy nunca patinou no gelo antes.

Depois do café da manhã, Sean levou-a para um rinque ao ar livre em Arlington. Lucy se opôs.

– Eu mal sei usar patins de rodinha.

Sean disse:

– Mas você esquia, certo?

– Não muito bem. Ainda fico nas pistas de criança.

– Esquiar é o próximo passo, então. É tudo uma questão de equilíbrio.

– Há uma enorme diferença entre gelo e neve. Gelo é duro. Dói mais quando se cai.

– Então não caia.

Ela encarou-o.

– Você está achando tudo isso muito engraçado.

Ele se fez de ofendido.

– Eu levo meu lazer muito a sério.

Ela suspirou.

– Não sei, não – olhou para o rinque, dominado por crianças que podiam fazer círculos ao seu redor. – Talvez fosse melhor irmos jogar bilhar. Sei jogar muito bem e...

– Depois. Agora você vai se sentar e colocar os patins.

Lucy observou as dúzias de pessoas no gelo enquanto calçava os patins. A maioria sabia o que estava fazendo; outros se esforçavam para se segurar à grade. Uma garotinha bem pequenininha passou voando em uma saia rosa choque com casaco, luvas e cachecol combinando. Ela fez um rodopio que fez Lucy pensar na medalha de ouro Olímpica.

Lucy tinha medo de fraturar um osso.

Sean já tinha amarrado os cadarços antes mesmo de Lucy começar. Ele se inclinou e rapidamente amarrou os dela.

– Não acho que esta seja uma boa ideia – ela disse.

– Está com medo?

– Não, mas...

– Covarde.

Ela encarou-o.

– Não sou covarde, mas...

– Então prove.

– Vou acabar me humilhando – disse baixinho. Sean a ajudou a se levantar e ela disse: – Não vejo como vou conseguir andar nestas coisas.

Sean a suspendeu.

– O que está fazendo? – ela exclamou em pânico. – Não pode me carregar de patins.

Ele riu e começou a patinar até a entrada do rinque.

– Você estará deslizando pelo gelo como uma profissional até o fim do dia.

– Ou congelada de tanto cair de traseiro no chão.

– Não vou deixar você cair – ele colocou-a sobre o gelo. Ela agarrou a grade, com as pernas abrindo-se em um espacate.

– Sean!

Ele riu de novo, segurou-a pelos bíceps e suspendeu-a para uma posição ereta.

– Finja estar dançando.

– Isto não é dançar.

– Eu disse para fingir – ele segurou-a pela cintura, fazendo-a ficar de frente, e pressionou o peito contra as costas dela. – Vou conduzi-la, ok? Vou empurrar para frente e você pode se segurar nos meus antebraços, se isso ajudar.

Ela segurou firme.

– Patinar é equilíbrio e movimentação. Deixe as coxas trabalharem.

– Estamos nos movendo! – ela apertou forte os braços que a seguravam pela cintura. A garotinha futura vencedora da medalha de ouro passou por eles como se estivesse flutuando. – Juro, ela fez isso para que eu me sentisse inferior.

– Provavelmente.

– Eu não falei sério.

– Eu falei – ele beijou-a no rosto. – Agora pare de se comparar com as outras crianças e concentre-se.

Lucy respirou fundo, e o ar fresco nos pulmões foi ao mesmo tempo refrescante e gélido. Sean gentilmente se moveu para frente, conduzindo-a.

– Sente minhas pernas se moverem?

Ela sentia, e engoliu em seco, bem ciente de que as pernas de Sean pressionavam levemente as suas, primeiro a direita, depois a esquerda, em um ritmo sensual que tanto a acalmou quanto excitou. Ela moveu-se na direção dele, e logo eles estavam patinando, devagar, mas continuamente.

– Ei, eu estou patinando! – ela deu um sorriso largo, nervosa, mas orgulhosa pela sua conquista.

Deram a volta duas vezes pelo rinque para que Lucy conquistasse confiança.

– Ok, vou soltar você, – Sean disse – mas estarei logo atrás.

– Não...

Mas ele já tinha abaixado os braços. Ela deslizou para frente, tentando manter o mesmo ritmo, mas foi muito para a direita, compensando demais em uma virada de 180 graus. Procurou segurar a grade, porém estava longe demais, e caiu com as pernas abertas em direções opostas.

– Droga!

Sean riu. Ela encarou-o.

– Pare de rir – depois sorriu. – Sou uma idiota.

Ele estendeu a mão e puxou-a em um movimento fluido.

– Está bem, vamos tentar algo diferente nessa dança.

De frente para ela, ele segurou-a pela cintura e começou a patinar para trás, puxando-a em vez de empurrá-la.

– Você está patinando de costas! – ela exclamou.

– Prefere ir?

Ela balançou a cabeça e apoiou as mãos nos ombros dele. Movimentaram-se com fluidez pela ponta do rinque. Ou melhor, Sean a puxou com perfeição, parecendo saber instintivamente onde estavam no gelo, e onde todos os outros estavam. Lucy redescobriu o ritmo, e eles deslizaram graciosamente pelo rinque, o mais perto que podiam sem se tocarem totalmente. Os movimentos de Sean pareciam não requerer esforço. A dança fluida transformou-se em mais do que dois amigos esquiando quando as brincadeiras entre eles se foram e Sean a beijou na testa. Depois nos lábios. De leve, com doçura, mostrando um carinho infinito que a surpreendeu.

– Estou orgulhoso de você, Lucy.

Ela pigarreou.

– Por quê?

– Pelas novas experiências.

– Acho que tenho disposição para tentar coisas novas pelo menos uma vez.

– Uma vez? – ele franziu o cenho e pareceu preocupado. – Não está se divertindo?

– Estou me divertindo. Mais do que pensei ser possível. Você é incrível.

Ele sorriu e piscou para ela, depois a beijou no rosto e mordiscou-lhe a orelha de leve.

– Sou mesmo, não? – ele brincou.

– Ora, olhe o tamanho do seu ego!

– Tudo para impressioná-la, minha querida.

Lucy levantou a sobrancelha e olhou ao redor de Sean para se certificar de que não havia ninguém no caminho. Ela se virou de repente em um círculo completo, surpreendendo-o, e ele tentou recuperar o controle, mas ela havia conquistado suas *pernas patinadoras* e girou-o até ele cair no gelo. Ela segurou-se na grade para não cair e riu.

– Então é assim que vai ser – ele sorriu. – É melhor tomar cuidado, senhorita Kincaid, por que a vingança é um prato que se come frio.

– Mal posso esperar – ela surpreendeu-se com a facilidade com que brincava com Sean.

Ele se levantou com destreza e a pressionou contra a grade. Os olhos azuis cintilavam de bom humor quando ele disse:

– Você não saberá nem quando, nem como, princesa.

– Estou morrendo de medo – ela disse, suprimindo uma risadinha.

Ele beijou-a, abrindo a boca de leve, aquecendo-lhe os lábios, enviando uma corrente de eletricidade no corpo dela. As mãos subiram para o rosto, as luvas de couro estavam frias, mas ela mal notou. Ele segurou-a ali, prolongando o beijo. O corpo dele a prendia contra a grade, mas ela não se sentia presa, não entrou em pânico, não sentiu nada além da presença poderosa de Sean Rogan.

Ele suspirou, apoiou a testa na dela e sussurrou:

– Que tal chocolate quente?

Ela assentiu, porque, de repente, ficou sem fala.

Saíram do rinque de patinação e devolveram os patins.

– Obrigada, Sean – Lucy disse e beijou-o espontaneamente. – Eu não me divertia assim há muito tempo.

DEZENOVE

Andrew *Ace* Shuman era um ex-presidiário de boca suja e o que Noah mais queria era ter um motivo para prendê-lo.

"Federais malditos" foi o que Ace disse ao abrir a porta e ver Noah e Abigail na soleira da sua casa de concreto decaída da época da 2ª Guerra Mundial. Noah nem havia mostrado o distintivo ainda.

– Minha condicional acabou há 18 meses; não tenho que falar com vocês – ele cobiçou Abigail com o olhar de cima a baixo.

Então Noah mostrou o distintivo.

– Agente especial Noah Armstrong, minha parceira, agente especial Abigail Resnick. Viemos fazer perguntas a respeito do homicídio de Roger Morton.

O melhor era dizer logo que aquilo era um assunto sério: crime qualificado.

Shuman fechou a cara.

– Roger *Morton*? – ele se recostou no batente.

Ele não os convidou a entrar, e Noah não sabia se queria entrar naquele pardieiro. Havia passado um inverno em Fort Dix em Nova Jersey, e aquele dia ensolarado não o incomodava, mas Abigail estava tentando não tremer de frio, por isso Noah foi direto ao assunto.

– Quando foi a última vez que manteve qualquer tipo de contato com Morton? Pessoalmente, por e-mail ou telefone?

– O filho da mãe está morto? – Ace se mostrou cético.

Noah assentiu e esperou por uma resposta. Quando Ace não respondeu, ele acrescentou:

– Você é um ex-presidiário, tem história com Morton. Não me faça voltar com um mandado de prisão.

– Ô, caramba... Você não pode me prender sem nenhum pretexto.

– Posso e vou fazer você responder às minhas perguntas. Enquanto estou aqui, o FBI está lendo todos os e-mails mandados e recebidos por Morton nos últimos seis meses. Sabemos que você e ele se corresponderam.

– Então leia e volte depois – Shuman disse e começou a fechar a porta.

Noah avançou o pé para evitar que a porta se fechasse.

– Minha semana foi longa, e você a está tornando ainda maior. O chefe de polícia Richard Blakesly é um amigo pessoal. Um telefonema, e ele tornará a sua vida infernal. Você não conseguirá dar um passo sem que um carro de patrulha esteja na sua cola. Você não conseguirá ir a um bar, ao supermercado, nem mesmo ir até a esquina sem que um policial de Baltimore lhe pergunte que horas são. Morton tinha pornografia infantil no computador dele. Você enviou alguma coisa para ele. E se houver o mínimo indício de que enviou pornografia ilegal, vamos revirar este lugar do avesso. Uma única foto mal colocada, e você voltará à prisão. E todos saberão que você gosta de garotos nus.

Ace deu um passo à frente, com o rosto sombrio e perigoso.

– Maldito. Não vou atrás de garotos.

– Por favor, me bata – Noah disse sem se mover.

Ace lutou contra a raiva. Noah pressionou.

– Sei que conversou com Morton; quero saber o que discutiram. Por que ele veio para D.C. na semana passada?

Ace proferiu uma torrente de impropérios que faria o marinheiro mais boca suja corar, mas Noah se mostrou impassível. Ao fim do ataque verbal, ele disse:

– Eu não sabia que Roger estava morto, mas acreditei que tivesse acontecido alguma coisa quando ele não apareceu. Ele disse que viria.

– Quando foi isso?

– Ele disse que tinha uma proposta de trabalho. Ele deveria ter vindo no sábado.

– O que ele disse sobre essa proposta?

– O que vou dizer é a mais absoluta verdade. Depois que ele saiu da prisão, ele me procurou, disse que tinha de se cuidar, mas que tinha um plano e que talvez fosse precisar de mim como chefe de segurança. Perguntou se eu estava interessado. Eu estava. Não tive notícias dele por meses. De repente, do nada, ele disse que estava vindo para D.C. e que viria me ver no sábado. Se as coisas corressem bem, ele teria o capital inicial e precisaria da minha ajuda.

– Capital inicial para o quê?

– Ele não disse, mas ouvi por aí que alguém estava montando outro clube de sexo on-line. Câmeras ao vivo, vídeos de qualidade, bate-papo. Pareceu promissor.

– E esse alguém seria Roger Morton?

– Não sei. Foram boatos, um amigo meu se gabando. Mas quando Roger me procurou, pensei que fosse isso.

– Quem é esse amigo?

– Bem, isso eu não vou dizer.

Noah arriscou-se:

– Robbie Ralston?

Shuman deu de ombros.

– Ralston também morreu.

Shuman não conseguiu esconder a reação.

– Robbie morreu?

– Foi ele quem se gabou?

– Pode ser. Mas ele não era esperto o suficiente para tocar isso sozinho – Shuman fez uma pausa, depois acrescentou: – Eu prefiro me arriscar na prisão a me meter com certos beberrões de vodca, se é que me entende.

Noah captou a mensagem.

– Obrigado, senhor Shuman.

Ace gargalhou.

– Obrigado, senhor Shuman? Que piada... – ele piscou para Abigail.

No carro, Abigail disse:

– Você tem amigos no alto escalão.

– Como é que é? – Noah se mostrou surpreso.

– O chefe de polícia? Quem diria?

Noah deu de ombros e ligou o carro.

– Não sei. Richard Blakesly foi meu primeiro tenente quando me alistei na Força Aérea. Ele ainda deve estar por aí.

– Você blefou com ele? – Abigail sorriu. – Enganou um vigarista como Shuman; estou impressionada.

– Eu não tinha tempo para os joguinhos dele, e eu não tinha motivo para prendê-lo. E nem pensar em passar uma hora com ele no carro. – Noah virou em uma avenida central e tomou a direção de D.C. – Morton e Ralston estavam jogando um jogo bem perigoso.

– Claro. Estão mortos.

– Eu estava pensando nos beberrões de vodca a que Ace Shuman se referiu.

– Terá de me dar uma pista.

– Sergey Yuran é um traficante russo. Se o que queremos está na Rússia: drogas, pessoas ou armas, é ele quem consegue.

– Yuran?

Noah assentiu.

– Ele é o único russo na lista de associados de Morton. De acordo com as anotações de Kate Donovan, ele fornecia um fluxo contínuo de prostitutas para as gravações de sexo da Empreendimentos Trask. E se Morton o enfureceu?

Ele parou. Alguma coisa não se encaixava.

– O que foi? – Abigail o pressionou um minuto depois.

– Não sei. Não conheço Yuran muito bem, mas o homicídio de Morton me pareceu desleixado.

– Desleixado? Uma bala e ele morreu.

– Sim... Mas Yuran é melhor do que isso. Mesmo assim, – Noah disse, entrando na via expressa – Morton se meteu em alguma coisa que o levou à morte, e isso significa que há alguém mais perigoso envolvido em qualquer que fosse o plano que Morton tinha na manga.

– Aonde vamos?

– Yuran. Preciso dar um telefonema, tenho certeza de que temos pessoas na cola dele. Não quero pôr em risco nenhuma operação secreta, mas ele deve saber alguma coisa, ou Shuman não ficaria tão nervoso.

Dirigindo de volta para D.C., Noah ligou para Hans Vigo para saber a situação de alguma investigação envolvendo Sergey Yuran. Quando Hans retornou sua ligação, ele estacionava diante da sede do FBI.

– Você fez bem em ligar – Hans disse. – A Imigração está vigiando-o há meses, e eles não querem que nos envolvamos a esta altura. No entanto, consegui algumas informações deles. Boas e ruins. Ou boas e neutras, dependendo do ponto de vista.

– Pode falar.

– Yuran e seus homens-chave, todos, têm álibi para o último final de semana; eles estavam em Nova York.

– Fazendo o quê? Participavam de uma convenção de tráfico humano? – Noah acrescentou sarcástico.

– Eles não disseram, eu não perguntei. A Imigração anda sensível ultimamente.

Noah disse:

– Ele pode ter contratado alguém para matar Morton.

– É verdade, mas não há boatos a esse respeito. De acordo com a minha fonte, Morton e Ralston nem estavam no radar deles. Não há indícios de que Yuran esteja interessado na indústria do sexo virtual; ele prefere lidar ao vivo com as pessoas.

Noah não achava que Shuman estivesse atirando no escuro.

– Minha fonte disse que Yuran era um possível recurso para o capital inicial desse empreendimento.

– Isso pode ser possível, mas só sob a perspectiva financeira. Sabemos que Yuran empresta capital, com juros altos. Acha que foi por isso que Morton e Ralston foram assassinados? Que eles não tenham pagado?

– Não – Noah admitiu. – Isso não me parece certo; não há indícios de que nenhum deles tivesse dinheiro, mesmo que por um curto período. Yuran não é nenhum idiota; ele não os mataria sem motivo.

– Concordo. Acho que Yuran é um beco sem saída, mas pedi para o meu contato na Imigração investigar. Quantos e-mails foram trocados entre Yuran e Morton?

– Um.

– Não me parece uma aposta segura. Kate já conseguiu o conteúdo?

– Não. Mais alguma coisa?

– Sim, a informação neutra/ruim.

– Pensei que tivesse me dado a informação ruim.

– Por que você não encerrou o caso? Isso seria fácil demais. Mas acho que precisa saber que Sean Rogan fez uma visitinha a Sergey Yuran ontem.

Noah ficou tenso.

– Rogan?

– Ficou lá por 27 minutos. Foi para o bar antes do horário de funcionamento. A hora sugere que ele tenha ido pouco antes de ter encontrado o corpo de Ralston.

– Yuran o mandou para lá?

– Duvido. Ralston era associado de Morton, e Sean estava trabalhando no caso assim como você.

– Obstruindo a justiça.

– Só estou dizendo que pode querer usar Sean e a RCK do modo que puder. Eles têm um pouco mais de liberdade do que você.

Hans não estava dando uma ordem explícita, mas pareceu que sim. Noah não queria cruzar essa fronteira. Chamar um consultor particular era uma coisa, mas uma empresa que andava em águas escuras como a Rogan-Caruso-Kincaid?

– Acho que só vou perguntar a Rogan o que ele e Yuran falaram, e depois mandá-lo sair do meu caso.

– Entendo; eu só fiz uma sugestão – Hans disse.

Não era uma opção que Noah quisesse exercer, a não ser em último caso.

VINTE

Cody confrontou Lucy do lado de fora do Instituto Médico Legal na segunda-feira de manhã.

– Você mentiu para mim.

Lucy piscou repetidas vezes, sem entender nada. Sentia a cabeça doer pela noite mal dormida, o vento soprava forte, deixando-a ainda mais gelada do que estava, e a detestável sensação de estar sendo observada retornara.

Ele empurrou um pedaço de papel na mão dela. Era a impressão de uma conversa de uma das contas dos amigos virtuais de Prenter, a conta que fora apagada. A conversa fora encaminhada para o e-mail dele.

A mensagem original vinha da conta de Tanya:

mudança de planos... tenho um compromisso em D.C., podemos nos encontrar no Clube 10? mal posso esperar!! ☺ bjs Tanya

Lucy releu cinco vezes antes que Cody arrancasse o papel das suas mãos.

– Não enviei isso – ela disse.

– Não acredito em você.

Ela encarou-o, magoada por ele acreditar que ela estivesse mentindo. Um nó de medo revirou seu estômago quando ela percebeu que alguém usara a sua conta para mandar Prenter para o Clube 10. Onde ele foi assassinado.

– Você me conhece há três anos. Não confia em mim?

– Está negando que esta seja a sua conta? – ele balançou o papel diante dela.

– Não, mas...

– A sua conta segura do PMC?

– Cody! Pare de me interrogar como se eu fosse uma suspeita.

Ele não disse nada, só a encarou.

– Não enviei essa mensagem – ela repetiu.

– Quem, então? – ele lançou a pergunta como se ela fosse uma testemunha hostil.

– Não sei! – Lucy ponderou cada possível cenário que conseguia pensar. – Não é impossível que alguém tenha invadido a minha conta.

– Alguém teria de saber quem você é.

– Não. Não necessariamente. Se alguém conseguiu acesso aos e-mails de Prenter... Diabos, Cody, ele encaminhou as mensagens para o e-mail pessoal, qualquer um poderia ter visto meu nome! Talvez uma das ex-namoradas dele ficou furiosa e não quis que ele se encontrasse com mais ninguém. Talvez...

– Você está ouvindo o que você está dizendo?

– Estou tentando descobrir como alguém pode ter usado a minha conta, ou disfarçado a própria conta para que parecesse ser a minha, para encaminhá-lo ao bar onde acabou sendo assassinado. Talvez seja apenas coincidência – assim que ela disse isso, soube que não podia ser coincidência. A decisão de mandar Prenter ao Clube 10 foi deliberada e calculada. Menos de duas horas mais tarde, ele foi assassinado em um beco. Com calma, ela perguntou: – O que você acha, Cody?

Ele esfregou o rosto com a mão.

– Não sei o que pensar, Lucy.

– O homicídio foi planejado. Você leu o relatório da autópsia? Quatro balas, lembra? Três no abdômen, uma atrás da cabeça. Isso parece trabalho profissional, certo? Não uma briga por conta de drogas que deu errado.

Lucy começou a tremer. E não era só de frio.

Cody agarrou a mão dela.

– Se você está metida em alguma encrenca, conte-me. Farei tudo o que puder para ajudá-la, mas você precisa me contar a verdade.

– Encrenca? Não estou metida em encrenca alguma!

– Alguém pediu que você enviasse essa mensagem? Ou talvez você tenha dado acesso a sua conta para alguém? A quem está tentando proteger? Conte-me!

– Não! Cody, o que está pensando a meu respeito?

– Então você contou para alguém.

– Não contei para ninguém! Fui *eu* quem pensou que houvesse alguma coisa estranha no assassinato de Prenter. Fui *eu* quem o procurou, lembra?

– Talvez para ver se você havia metido os pés pelas mãos.

Lucy recuou, puxando a mão da de Cody. Ficou claro que Cody acreditava que ela havia conspirado para matar Brad Prenter.

– Por favor, – Cody implorou – deixe-me ajudá-la.

– Você não acredita em mim – ela refreou a bile da traição que queimava a garganta e disse em uma voz surpreendentemente calma. – Se eu quisesse emboscar Prenter, eu não o teria mandando para outro bar. Eu não teria permitido que você soubesse do encontro marcado. Eu não o teria matado na sua jurisdição, visto que você estava a par das minhas conversas virtuais com ele. E, certamente, eu jamais o teria procurado para investigar as circunstâncias da morte dele.

Os ombros de Cody penderam, com a verdade das palavras dela atingindo-o. Lucy jamais voltaria a confiar nele novamente.

– Eu... eu sinto muito – ele gaguejou.

– Como foi capaz de pensar que eu poderia fazer algo desse tipo?

Ele não disse nada, e Lucy soube exatamente por que ele acreditou no pior a seu respeito. Levou as mãos à boca para refrear um soluço de choro.

Foi porque ela já matara antes. Há seis anos ela atirara em Adam Scott à queima-roupa. Poucas pessoas conheciam toda a história, mas Cody sabia. Quando ela e Cody namoravam, ela contou-lhe tudo sobre o seu passado.

Ela virou, afastando-se, o quanto ousava sobre o gelo escorregadio da calçada. Cody chamou-a, mas ela o ignorou. Ligou para o chefe a caminho do metrô, dizendo que estava doente e voltou para casa. Cansada, gelada, e doente pela perda de um amigo.

No entanto, debaixo disso tudo havia a raiva por alguém ter usado *seu nome* para matar Brad Prenter. Precisava voltar para casa e rever todos os registros e contas e entender o que estava acontecendo, antes que quem quer que o tivesse matado percebesse as suas suspeitas.

Infelizmente, com a investigação de Cody, isso talvez já fosse tarde demais.

No fundo da mente, ela sabia que se não tivesse sido ela, alguma outra pessoa no PMC teria trabalhado no caso Prenter. O PMC tinha dúzias de voluntários e somente um punhado de funcionários assalariados. Fran verificava os antecedentes de todos. Alguns dos voluntários tinham tragédias familiares em suas vidas; outros eram aposentados da Força Policial; e outros ainda trabalhavam com a segurança pública e usavam o tempo livre para ajudar. Todos tinham de ser aprovados pelas verificações de segurança, mas nada era cem por cento certo.

Lucy não contaria nada a Fran a menos que tivesse certeza. A diretora ficaria devastada caso soubesse que o grupo fora usado para matar um estuprador. Os doadores e os fundos acabariam. Todo o trabalho bem realizado do passado seria inspecionado. Os policiais na ativa que trabalhavam com eles estariam em risco. Como Cody.

As pessoas com quem Lucy trabalhava não matavam predadores, mas os colocavam na prisão. Lucy ficava doente só de pensar que o trabalho duro deles seria maculado porque uma pessoa desejou que Prenter estivesse morto.

Quando chegou em casa, Lucy sentiu cheiro de rosas antes de ver o buquê na mesa ao lado das escadas. Flores vermelhas em um vaso de cristal. Ela viu o cartão com seu nome escrito. No bloco de anotações ao lado do telefone, Kate havia escrito: "Elas chegaram quando eu estava de saída. Lindas! Quero saber tudo quando eu voltar." A tensão do trajeto meditativo no metrô e da caminhada até a casa sumiu. Ela abriu o cartão.

Eu me diverti muito no rinque de patinação ontem. Até breve.

Ele não assinou, só rabiscou algo ininteligível. Ela cheirou as rosas. Nunca preferiu rosas, mas hoje eram as suas favoritas. Sean havia se tornado importante para ela muito rapidamente. Ela gostou dele quando Patrick os apresentou, mas acreditou que ele não fosse um homem sério. O carro, o avião, os joguinhos de computador... Ele parecia totalmente centrado em suas coisas. Os últimos dias, porém, quando ficou mais tempo ao lado dele e passou a conhecê-lo melhor, e a beijá-lo... Ela sentiu uma paz e um conforto que não sentia há muito tempo, uma atração profunda que a surpreendia. Sean podia parecer frívolo na superfície, mas Lucy enxergou a profundidade do seu caráter e uma inteligência afiada que eram tão cativantes quanto o charme irlandês e a bela aparência.

Relutante, abaixou o cartão. Não faltara ao trabalho para devanear, mas porque precisava descobrir exatamente o que havia acontecido com Brad Prenter.

Seu assassino sabia como o PMC rastreava os agressores sexuais e os mandava de volta para a prisão para completarem as sentenças. Seria possível que alguém no PMC quisesse se vingar de Prenter?

A explicação mais lógica era a de que uma das vítimas dele o perseguiu.

Lucy subiu para o quarto e ligou o computador. Conseguia acessar os arquivos do PMC de casa, ainda que raramente o fizesse. Puxou a ficha corrida de Prenter, embora a conhecesse de cor, só para reler e se certificar de que não estava deixando passar nada.

Ele fora condenado pelo estupro de Sara Tyson. Duas outras mulheres apresentaram-se e testemunharam contra ele, e Lucy não entendeu por que elas não haviam prestado queixa. Falta de provas? O juiz permitiu os testemunhos, mas ao ler as transcrições, Lucy percebeu que eles foram limitados. Elas mencionaram apenas os fatos que podiam ser corroborados por testemunhas; as duas pareceram estar alcoolizadas em lugares públicos e Prenter levou-as de volta para casa. Prenter nunca negou ter se relacionado sexualmente com elas, mas alegou que foi um ato consensual. Provavelmente elas tinham sido drogadas, daí a aparência de estarem embriagadas, mas não havia nenhuma prova. Isso, contudo, deu a má impressão ao júri de que em duas ocasiões Prenter se aproveitou de estudantes universitárias embriagadas. Junto com as provas de que havia drogado Sara Tyson, o júri o condenou.

Lucy pesquisou um pouco mais sobre Sara e as duas mulheres. Elas tinham se formado. Nenhuma morava em um raio de 150 quilômetros dali. Uma estava noiva, e Sara estudava direito no Texas.

Não na ficha de Prenter, mas nas anotações de Lucy, estava a informação sobre a namorada de Prenter da época do colégio em Rhode Island.

Evelyn Oldenburg havia chegado tarde em um sábado à noite após uma festa. Os pais estavam dormindo e não a ouviram chegar, mas um irmão mais novo disse que ouviu o portão da garagem abrir perto da 1h40, mais de uma hora depois da hora em que ela deveria ter chegado. Ele não quis que ela se metesse em apuros, por isso não disse nada. Na manhã seguinte, a mãe foi acordá-la, mas ela não reagia. A garota havia vomitado no chão ao lado da cama, indicando que devia estar consciente quando chegou. Os pais e os paramédicos acreditaram que ela estivesse intoxicada por excesso de álcool, e a melhor amiga, Sheila, confessou chorando que a levara de volta para casa no carro de Evelyn, depois voltara para casa a pé.

O que aconteceu entre 23h45 e 1h00, quando Sheila não conseguia encontrar Evelyn, era a parte suspeita. Ninguém, nem mesmo a polícia e a equipe do hospital, pensou que Evelyn estivesse sofrendo de outra coisa que não fosse coma alcoólico. Os exames de drogas foram inconclusivos. Outros testes confirmaram que ela havia ingerido um esteroide anabólico desconhecido, semelhante, mas não igual a *ecstasy* líquido.

Evelyn não tinha traços de abuso sexual, ainda que tivesse tido relação sexual recente. Não havia nenhum DNA de outra pessoa em seu corpo, mas o estuprador podia ter usado preservativo. Além disso, Sheyla encontrou Evelyn nua em uma banheira nos fundos. A água e sua temperatura poderiam facilmente ter destruído qualquer prova.

Prenter esteve na festa, e Sheila testemunhou que Evelyn ficou com ele a noite inteira, até eles desaparecerem por volta das 23h45. Ninguém sabia onde ele estava quando a encontraram nua na banheira. Outras testemunhas confirmaram a história. Ele disse que o sexo foi consensual, e o próprio diário de Evelyn confirmava que ela estava pensando em se relacionar com Prenter. Mas ele disse que saiu depois da meia-noite.

Ainda que a polícia suspeitasse que Prenter a tivesse drogado, eles não tinham provas, e Prenter acabou se formando no ensino médio e seguindo para a faculdade.

Líquido X fabricado em casa misturado com álcool muito provavelmente levou o sistema de Evelyn a entrar em choque. Ela entrou em coma, e continua nesse estado desde então, há oito anos.

Lucy fez uma pesquisa mais aprofundada sobre a família de Evelyn. O irmão, Kyle, era calouro em uma faculdade da costa oeste. Os pais moravam em Providence, e Evelyn estava em uma instituição de cuidados médicos intensivos. O pai era gerente de banco, a mãe, professora. Viviam modestamente. A mãe tinha o perfil no Facebook, e Lucy leu as mensagens, sentindo o coração partido e enlevado ao mesmo tempo. Na maior parte do tempo, a senhora Oldenburg mostrava-se otimista, mas, no ano passado, no dia do 25º aniversário de Evelyn, ela escreveu:

Feliz aniversário, Evelyn. Nós tínhamos tantos sonhos para você e para o seu futuro. Você era inteligente e bela, uma sonhadora. Nunca vou deixar de esperar por uma solução médica, ou por um milagre.

Lucy não notou as lágrimas que corriam pelas faces até elas caírem no tampo da mesa. Sentia a dor da mãe. Patrick permanecera em coma por quase dois anos, tudo por causa da explosão que Adam Scott preparara. Ele havia se mostrado alerta após a explosão, mas uma pressão no cérebro requereu cirurgia imediata, e ele não acordou por vinte e dois meses.

Ela enxugou as lágrimas, furiosa com Brad Prenter e com os amigos de Evelyn que não contaram toda a verdade. *Alguém* sabia o que havia acontecido na festa. Mesmo se Brad Prenter fosse inocente na questão de drogá-la, ele ainda tinha se relacionado com uma garota que obviamente esteve inconsciente demais para dar seu consentimento.

Puxou a pasta onde mantinha todas as informações de cada um dos predadores que ela localizou no PMC. Nem todos faziam parte do projeto de rastreamento, alguns eram predadores que atraíam crianças na internet que ela conduziu à Força Policial para maiores investigações e consequente acusação judicial. Todavia, grande parte do seu trabalho estava no projeto dos presos em condicional.

Houve 27 casos especiais nos quais ela conversou on-line com os agressores sexuais. Eles tinham sido identificados por vários meios, porém, a maioria era formada por criaturas com hábitos e que se moviam pelos mesmos círculos cibernéticos. Uma vez que as preferências do agressor sexual eram determinadas, ele raramente se desviava do seu tipo preferencial de vítima. O programa de computador de Lucy ajudava a identificar esses tipos e onde na internet o predador mais provavelmente atacaria. O PMC monitorava inúmeros painéis de mensagens e salas de bate-papo à procura de frases e de palavras-chave. Se alguém chamasse a atenção de um funcionário ou de um voluntário do PMC, eles rastreariam o nome e, se possível, o e-mail. Eles comparariam os dados com os de criminosos conhecidos e, em caso de uma combinação, iriam atrás do agressor sexual.

Boa parte desses homens já havia quebrado o acordo da condicional só por entrar nas salas de bate-papo, mas a maioria dos juízes não os mandaria de volta para a prisão por causa disso. A superlotação e o controle de custos no sistema de justiça criminal eram um problema enorme, e a Força Policial não tinha nem tempo nem mão de obra para acompanhar cada criminoso em condicional que entrasse em uma sala de bate-papo. O PMC selecionava somente os com maior risco de voltarem a cometer um crime, os predadores sexuais que jamais deveriam ter sido libertados.

Dos 27 que Lucy localizou, nove não morderam a isca. Os predadores eram conhecidos pelo faro em detectar atividade policial. Dezessete voltaram para a prisão. Não houve julgamento, uma vez que violaram a condicional. E quando se tratava de agressores sexuais, os juízes simplesmente revogavam a condicional quando eles cruzavam os limites. Entretanto, dois criminosos em condicional se depararam com juízes que não consideraram a violação grave o bastante para merecer o reencarceramento. Eles ainda estavam nas ruas.

Frustrada por não encontrar uma resposta, e não querendo procurar Fran sem ter algo tangível, Lucy se perguntou se havia alguma outra conexão com Prenter. Talvez ele tivesse irritado alguém na prisão. Mas ela precisaria de mais informações.

A cunhada não estava em casa, o que era ótimo, uma vez que ela precisava usar o computador dela.

Kate tinha acesso a registros públicos e prisionais por meio da credencial do FBI, e Lucy sabia a senha dela. Talvez Kate não soubesse que ela conhecia sua senha, ou, provavelmente, jamais pensaria que ela chegasse a usá-la. Lucy conseguiria legalmente as informações que precisava, mas levaria tempo para preencher todos os formulários e seguir todos os trâmites, e o tempo não estava ao seu lado. Não quando Cody Lorenzo acreditava que ela tinha participação no crime.

Um a um, Lucy passou pelos nomes da lista usando o acesso de Kate aos arquivos federais, escreveu o nome das prisões em que eles estiveram e o ano em que foram libertados, quem eram seus colegas de cela e se tiveram problemas na prisão. Quando obteve todas as informações, cruzou-as com as informações de Prenter, com as vítimas dele, com os funcionários e voluntários do PMC a fim de enxergar alguma ligação que não fosse óbvia.

Não havia nada fora do comum. Em seguida, usou o Lexis-Nexis para procurar arquivos de jornais, imaginando se os criminosos em liberdade condicional que não apareceram tinham ido parar em alguma prisão estadual ou cadeia local por crimes não relacionados.

Lucy verificou cada um dos nomes.

Tobias Janeson estava morto. Fora assassinado em Raleigh, na Carolina do Norte.

Ela sentiu o sangue fugir do rosto. Um a um ela verificou os nove homens em liberdade condicional.

Lucy não demorou a descobrir que sete dos nove homens que não apareceram no *encontro* marcado estavam, na verdade, mortos.

E cada um deles foi assassinado na noite em que Lucy arranjou para que fossem presos.

VINTE E UM

Lucy abraçou forte Sean assim que ele chegou. Ou ele correu ou voou pelos seis quarteirões que os separavam, porque chegou em menos de cinco minutos.

– O que fez você entrar em pânico? – Sean perguntou calmo, apesar de os olhos revelarem toda a sua seriedade.

– Preciso contar tudo para você, – ela disse ao levá-lo para a sala de jantar – senão você não vai acreditar em mim.

– Claro que vou acreditar em você.

Na semana passada, foram dois agentes do FBI a sacudir suas fundações, mas ela conseguiu superar. Agora? Era muito pior. Ela se esticou para pegar a mão de Sean.

– Lucy, pode me contar.

– Trabalho como voluntária no PMC há quase três anos – ela começou. – Tivemos muitos sucessos, conduzindo centenas de predadores na internet para a prisão. – Lucy percebeu que estava protelando, já que Sean devia ter descoberto tudo isso na arrecadação de fundos, isso se já não soubesse. – E... Bem... – bebeu metade da garrafinha de água. – Outro dos projetos do PMC foca em agressores em condicional com alto risco de reincidência. Sabemos que de cinquenta a oitenta por cento dos agressores que visam a crianças e a adolescentes e que estão em liberdade condicional serão presos novamente por um crime semelhante nos três anos seguintes. Esses são os capturados. Nós os encontramos em salas de bate-papo populares entre as vítimas-alvo, e esperamos que eles entrem em contato conosco. Criamos um perfil que combine com as preferências deles, e raramente demora mais que três meses para identificá-los e localizá-los. A maioria desses homens, por entrarem em contato com um menor on-line, já está violando a condicional, mas por conta da superpopulação carcerária, precisamos de mais do que isso para mandá-los de volta para a prisão. Precisamos que eles entrem em contato direto com uma vítima em potencial. Eu me envolvi em 27 casos – ela continuou, mas depois se corrigiu. – 28. Brad Prenter foi o último criminoso em condicional localizado. A condicional dele era bem rígida, nada de álcool, reuniões obrigatórias no AA, por exemplo, e seria bem fácil colocá-lo em uma situação de quebra da condicional. Conversei com ele através de uma sala de bate-papo popular entre os universitários. Ele logo fez o primeiro movimento, eu o enrolei até a hora certa. Então marquei um encontro para a última quinta-feira no bar e restaurante Firehouse, em Fairfax. Cody Lorenzo aceita muitos desses casos quando está de folga. Mas Prenter não apareceu na quinta à noite. Ele foi assassinado do lado de fora de outro bar – passou uma cópia da autópsia para Sean. – Peguei o relatório de autópsia. Veja as entradas das balas. Três no abdômen, uma atrás da cabeça. Logo depois descobri que a conta de Prenter na internet havia sido cancelada. Apagada. De vez. Não consegui recuperá-la. Cody descobriu por intermédio do barman que Prenter havia marcado um encontro no bar com alguém que conheceu virtualmente, depois descobriu um e-mail nos arquivos da investigação policial que veio do meu codinome Tanya mandando Prenter para o outro bar. Ele pensou que eu tivesse escrito a mensagem – hesitou, depois completou: – De propósito. Para matar Prenter.

Seu lábio inferior tremeu, mas ela o mordeu para controlar as emoções.

Sean disse:

– Sente-se.

– Não consigo...

Sean segurou-a pela mão e puxou-a para o assento ao seu lado.

– Por que seu ex-namorado acharia que você está envolvida em algo semelhante?

– Eu... Ele sabe que eu já matei antes.

A expressão de Sean tornou-se rígida.

– Adam Scott?

– Sim, eu contei tudo a ele quando estávamos envolvidos. E... E ele pensou que... – ela balançou a cabeça, as lágrimas represadas nos olhos arderam. – Ele se desculpou. Mas eu sou capaz de matar...

Ele puxou-a para si. Os olhos dele brilharam, depois se obscureceram, e em uma voz carregada de fúria represada, ele disse:

– Aquilo não foi homicídio.

E depois a beijou. Isso a pegou desprevenida, a intensidade dos lábios, o modo como a mão dele prendeu sua cabeça, segurando-a a ele. Ele soltou-a logo, mas antes que conseguisse esconder as emoções, Lucy reconheceu a raiva na expressão dele.

– Lucy, Cody disse que pretendia prendê-la? Ou investigá-la?

Ela balançou a cabeça.

– Ele pensou que eu estivesse protegendo alguém, mas...

– Maldito. Não fale novamente com ele sozinha.

– Ele sabe que não tive nada a ver com a morte de Prenter. Eu mostrei todos os motivos pelos quais não poderia ter sido eu. Ele sabe disso agora.

– Ele é um policial, Lucy. Não fale com ele sozinha sobre Prenter ou o PMC... Prometa.

Ela concordou.

– Alguém *me* usou para matar Prenter. Usaram a *minha conta* – a voz dela estremeceu e ela se obrigou a permanecer calma.

– Se a conta de Prenter foi apagada, como Lorenzo conseguiu a mensagem?

– Prenter tinha habilitado a função de direcionamento automático para o e-mail pessoal. A polícia imprimiu uma cópia do celular dele.

– E ela pode ser rastreada até você? – Sean perguntou.

– Não. É praticamente impossível rastrear. O PMC tem contas cegas. Se alguém for realmente bom ou tiver um mandado pode seguir uma conta ativa até a fonte, que seria o PMC, e não a mim pessoalmente. Mas Cody conhece todos os meus codinomes e sabe qual eu usei com Prenter.

Sean estava pensando, o corpo parecia relaxado, os olhos focavam Lucy, mas ela sabia que ele não a enxergava.

Lucy estava tão desgastada pela situação que não conseguia parar de falar, tentando desvendar o mistério.

– A princípio, pensei que fosse algo pessoal, alguém que conhecesse alguma das vítimas de Prenter – ela continuou. – Investiguei cada uma delas, e suas famílias, algo que eu não queria fazer.

Os olhos de Sean voltaram a ter foco, e ele fitou-a.

– Porque elas eram vítimas.

Não foi uma pergunta, e ela assentiu, aliviada em ver que Sean a compreendia.

– Não importa a sensibilidade ou o treino do policial ou do promotor, as vítimas de estupro sempre se sentem violadas pelo sistema de justiça penal. Mas fiz isso porque pensei que uma delas tivesse me usado.

– E?

– Nada. Talvez você consiga encontrar algo mais...

– Não precisa nem pedir. E serei excepcionalmente discreto.

Ela sabia que ele seria; outro motivo pelo qual ela o havia chamado.

– Mas em seguida pensei que talvez Prenter tivesse sido assassinado por algum outro motivo, talvez relacionado a drogas, já que sabemos que ele tinha drogas de estupro consigo. E já que ele havia sido libertado recentemente, algumas disputas das prisões acabam nas ruas. Por isso cruzei os dados dos companheiros de cela com as suas vítimas, com Prenter e com a família dele, e com os funcionários e voluntários do PMC. Acrescentei os outros criminosos em condicional visados pelo PMC e não consegui nada. Dos 28, a maioria foi presa novamente. Dez não caíram na cilada, não apareceram. Sete morreram. Oito, incluindo Prenter – ela respirou fundo. – Todos eles morreram na noite em que armei para que violassem a condicional. Assassinados. Um atropelamento. Três esfaqueamentos. E, com Prenter, quatro alvejados. Vinte por cento dos homens para quem armei uma cilada foram assassinados na mesma noite.

Sean virou o rosto dela para que o fitasse.

– O que esses oito têm em comum?

Ela disse:

– Nada além do fato de serem agressores sexuais que receberam liberdade condicional antes do cumprimento total da pena.

– E eles eram desta região?

– Não. Prenter é o único da região da grande D.C. Eles se espalham até a costa leste. Um, inclusive, era da Califórnia. O PMC tem contato com a Força Policial em todo o país.

– E quanto aos crimes. Estupro?

– Prenter foi o único preso por estupro. Os outros eram molestadores infantis. Mas – ela acrescentou – uma das vítimas de Prenter foi estuprada quando os dois ainda estavam no colégio. Ela ainda está em coma por causa do líquido X caseiro com o qual ele a drogou.

– Onde?

– Em Rhode Island. Investiguei a família. Não acredito que estejam envolvidos, mas talvez... Eu precisava falar com alguém antes de falar com Kate a respeito.

– Não pode contar a Kate.

Lucy franziu o cenho.

– Ela é inteligente, vai conseguir enxergar amplamente. E se alguém consegue ficar de bico fechado, esse alguém é Kate. Ela não me contou sobre o acordo feito com Morton e não duvido que ela tenha mantido alguns segredos próprios escondendo-os do FBI.

– Acha que agora que Kate conseguiu recuperar a carreira no FBI e está bem em seu posto em Quantico, ela pode ficar calada a respeito de um assassino vingador? – Sean perguntou.

– Preciso de mais informações – Lucy admitiu. – Preciso saber quem estava designado para cada criminoso em condicional.

– Não era o seu ex?

Ela balançou a cabeça.

– Temos diversos policiais voluntários ajudando o PMC nas horas de folgas. Cody é um dos cinco ou seis na região da grande D.C., e isso sem contar as outras regiões.

– Preciso do nome deles. Farei minha própria investigação.

Lucy sentiu o estômago enjoado, mas concordou. Não conseguia imaginar nenhum dos homens ou mulheres que conhecia no PMC que pudesse fazer parte de um grupo de vingadores. Por mais que quisessem justiça, eram todos a favor das cortes. Policiais. Agentes do FBI. Agentes correcionais. Nenhum deles mataria a sangue frio, mataria?

– Vou fazer uma comparação mais a fundo de cada criminoso e ver se encontro algo em comum que não esteja óbvio – ela disse.

– O programa que estou desenvolvendo tem todas as informações-chave já identificadas; é só uma questão de escolher uma das vítimas como comparação.

Sean perguntou:

– Como vai descobrir quem estava designado para cada caso?

– Fran vai saber – Lucy disse. – Vou falar com ela; preciso estar lá às 15 horas de qualquer modo.

– Não – Sean disse. – Não sabe se Fran está envolvida.

Lucy encarou-o, lentamente se levantando da cadeira.

– Estamos falando de *Frances Buckley*. Ex-agente do FBI. Diretora do PMC. Ela não é uma assassina.

– Assassinos vingadores são uma categoria completamente distinta de agressores sexuais ou assassinos seriais ou em massa.

– Não precisa me dizer isso! – ela conhecia psicologia criminal. Na pele.

– Não, não preciso – Sean disse tranquilo.

Lucy pousou as mãos na mesa e fechou os olhos com a cabeça baixa. Ela não sabia o que pensar. Estavam falando de *Fran*, sua mentora. Uma mulher a quem ela queria imitar, na dedicação, na paixão, no completo controle emocional. Fran tomara-a sob as asas desde o início, e Lucy amava-a como a uma irmã. Como a uma mãe.

– Lucy? – Sean pareceu preocupado, e Lucy controlou as emoções. Ela não perderia a compostura.

– Tem razão. Não posso contar a Fran, ainda não. Vou conseguir essa informação sozinha.

– Tome cuidado – Sean levantou-se e passou os braços ao seu redor, apoiando o queixo na cabeça dela. – Lucy, sei que isso é difícil para você.

Difícil? Era o inferno, mas ela passou pelo inferno antes. Sobreviveria, mesmo diante da traição. Porque sua única opção era ir para a cama e puxar as cobertas sobre a cabeça e chorar. Se não fez isso seis anos antes, certamente não faria agora.

– Se ela estiver envolvida, isso significa que ela me usou e usou meu programa de computador para localizar esses homens. Eu desenvolvi meu banco de dados para ajudar o PMC a avaliar melhor os perigos de predadores individuais. Ela encorajou-o, me ajudou com os detalhes, a inserir os dados. Ela é minha amiga – a voz dela estremeceu.

– E muito provavelmente ela não fez nada de errado – o tom dele revelava que ele não acreditava nisso. Virou Lucy de frente e tocou no seu rosto com carinho. – Mas você terá de tomar cuidado. Talvez seja melhor você não ir para o escritório. Consegue esconder seus sentimentos em relação a isso?

– Faço isso há anos, Sean – ela disse. – Eu vou. É o único lugar onde posso conseguir as informações de que precisamos. Depois disso, teremos de falar com Kate.

– Ok. Vou com você.

Ela quase disse não.

– E o que você dirá a Fran?

– Não pode me mostrar o escritório?

– Por duas horas?

– Eu deixo você lá; você faz o *tour* completo. Tenho alguns truques escondidos na manga. Em seguida, eu vou embora e vigio o prédio enquanto você trabalha e depois eu a busco quando terminar seu turno.

– Que tipo de truques?

– Mais ou menos legais.

Lucy encarou-o, mas não disse nada.

– Acho melhor você não saber – ele disse.

Ela cruzou os braços e continuou encarando, de rosto fechado. Sean levantou a sobrancelha.

– Não precisa ficar irritada. Vou colocar escutas no escritório.

– Você não vai colocar escutas no escritório de Fran.

– Não estamos roubando segredos corporativos. Estamos tentando descobrir quem no PMC a usou para visar e assassinar agressores criminais. Acho que é muito importante conseguir as informações corretas, não concorda?

A postura casual de Sean revelava uma fachada falsa. Uma corrente oculta de raiva ainda pulsava na voz dele. Sean acrescentou:

– Se o assassino souber que você descobriu isso, você estará correndo perigo. Vou conseguir todas as informações que puder.

Lucy não sabia o que era o certo a fazer, mas bem no fundo sentia humilhação e raiva por ter sido usada nesse jogo mortal.

– E você precisa dizer ao seu ex para que fique quieto em relação a isso – Sean disse. – Se é que confia nele.

– Está bem – ela disse e olhou para o relógio. – Preciso pegar os arquivos e o meu *laptop*.

– Eu espero.

Sean observou-a sair da sala e quando ela estava longe, ligou para Jayne em Sacramento.

– Jayne, preciso que averigue algumas pessoas para mim, passado completo.

– Espere um minuto, sim? – Sem esperar pela resposta, ela o deixou esperando.

Meio minuto depois, uma voz masculina disse:

– Sean?

– Duke?

– Eu disse a Jayne que da próxima vez que você telefonasse eu queria falar com você. Você não tem nenhum caso em andamento. O que está acontecendo?

Mesmo a mais de 4 mil quilômetros de distância, seu irmão o questionava. Eles tiveram essa conversa centenas de vezes, e Sean pensou que depois de terem trabalhado juntos em diversos casos complexos e também com Patrick, Duke tivesse aceitado que ele era um adulto capaz de tocar uma investigação sem a orientação e o gerenciamento do irmão mais velho. Mas só quando Duke, relutante, concordou que Sean e Patrick abrissem a filial da RCK no leste, foi que Sean acreditou que de fato ele tivesse mudado.

– Preciso de permissão para usar os serviços de Jayne? – Sean perguntou.

– Não, claro que não, mas...

– Então por que está fazendo isso?

– Patrick me contou sobre o assassinato de Roger Morton. O FBI está investigando, e nós temos um relacionamento delicado com os federais e precisamos usar artimanhas para qualquer investigação paralela.

– E acha que eu não sei disso? – Sean não se preocupava em usar de afabilidade com o trato com o FBI, mas também não queimava nenhuma ponte.

– Eu só quero ser informado.

Sean resolveu ter essa briga com Duke em outro dia. Não tinha nem tempo, nem inclinação para brigar naquele instante.

– Isto não está relacionado a Morton. Há um grupo de vingadores visando agressores sexuais, e Lucy Kincaid se viu, sem querer, metida nisso. Eles a usaram para armar emboscadas para as vítimas, e eu preciso verificar algumas fichas.

– Quem sabe disso?

– Ninguém exceto eu, você e Lucy. E talvez um policial local. Ele é o primeiro que quero averiguar. Não acredito que ele esteja envolvido, mas ele tem acesso.

– Me passe os nomes. Vou cuidar disso pessoalmente.

– Por enquanto são dois: Cody Lorenzo, policial de D.C., e Frances Buckley, a diretora do PMC. Ela é antiga agente do FBI

– por que ele havia prometido ser discreto em relação às vítimas de Prenter, ele mesmo cuidaria dessas pessoas.

– Perfeito. Vou investigá-los e depois eu ligo.

– Duke...

– O quê?

– Se quiser falar comigo sobre o modo como estou tocando a RCK leste, me telefone. Não coloque Jayne no meio disso.

Duke não disse nada por um tempo.

– É justo. Mas você tem de entender que...

– Não. Eu não tenho que entender nada sobre a sua falta de confiança em mim. Tenho 29 anos. Você já cuidava da Rogan--Caruso com essa idade. Pensei que a minha mudança fosse um passo positivo, que provava a sua confiança em mim...

– Eu confio, Sean.

– Não no que importa de verdade – disse antes de desligar o telefone.

Lucy desceu as escadas com o *laptop* na maleta e uma pasta grossa.

– Estou pronta – ela inclinou a cabeça. – Você está bem?

– Sim. Só tive um desentendimento com meu irmão.

– De negócios ou pessoal?

– Ambos.

Ela assentiu em compreensão. Sean inclinou-se e beijou-a de leve.

– Nós vamos descobrir exatamente o que está acontecendo. Confie em mim.

– Eu confio.

Duke o conhecia a vida inteira e ainda não confiava nele completamente. Lucy o conhecia há poucas semanas e estava colocando o seu futuro nas mãos dele. Nas mãos *deles*, porque ela estava tão envolvida naquilo quanto ele. Por isso Sean não a decepcionaria.

Seguiram pelo corredor e ela apontou para o vaso de rosas vermelhas.

– Obrigada – ela disse ao abrir o painel do alarme.

– Pelo quê?

– Pelas rosas.

Sean parou no meio do caminho. Olhou para as rosas, como se a resposta sobre quem as enviou estivesse escrita nas pétalas.

– Eu não lhe mandei flores.

– Mas... – a voz de Lucy ficou presa quando ela viu a verdade no olhar dele.

Sean olhou para a mesa e viu o cartão. Ódio e medo correram em suas veias quando ele leu a breve mensagem:

Eu me diverti muito no rinque de patinação ontem. Até breve.

– Eu não escrevi isto. Quem sabia que estávamos no rinque ontem?

O pânico que trespassou a expressão de Lucy era tangível.

– Ninguém – ela sussurrou. – Ninguém.

VINTE E DOIS

Lucy ficou envolvida em seus pensamentos enquanto Sean dirigia para o PMC. Ela odiava a sensação de ser uma vítima novamente e jurou que isso *não* aconteceria. Não era uma vítima. Havia lutado há seis anos e, apesar de ter perdido alguns rounds, ela vencera a batalha. Havia *sobrevivido*. Havia prosperado. Tinha uma vida, um futuro e a família.

Alguém a observou ontem no rinque de patinação. Algum maluco a viu com Sean. Viu-a beijá-lo. Sujou o que era puro e divertido.

Sentiu náusea e fechou os olhos, rezou para que Sean não percebesse seu caos interno. Mas com os olhos fechados, as lembranças do que Roger Morton lhe fez voltaram à memória: *flashes*, como em uma câmera, os outros assistindo ao seu estupro e às agressões.

Não conseguia suportar a ideia de que sua afeição para com Sean tivesse sido maculada por um *voyeur*. Um *perseguidor*. A dor a trespassou, uma angústia física, até conseguir voltar a respirar normalmente de novo.

As rosas e o cartão indicavam que ele era um perseguidor. Sua mente sabia disso e se rebelava, irada e pronta para reagir. O espectador intangível, contudo, assistindo-a como se ela fosse um espetáculo, atiçou a brasa da dor que ela ainda tinha ancorada dentro de si.

Intelectualmente Lucy podia repetir que não era uma vítima, que era uma sobrevivente e que todos os envolvidos em seu ataque estavam mortos. Podia repetir esse mantra indefinidamente, mas isso não mudava o estado do seu estômago, ou o formigamento na pele que sentia quando as pessoas a observavam, ou o modo como a garganta se contraía quando ela abaixava a guarda e as lembranças a assolavam inesperadamente.

Tudo havia sido melhor até o presente. As mentiras de Kate, o homicídio de Morton, o perseguidor. Tudo voltava a ser real novamente.

O carro parou antes que sequer percebesse que haviam chegado à sede do PMC.

Sean disse:

– Eu não teria lhe enviado rosas vermelhas.

Ela abriu os olhos e o fitou. Ele esticou a mão e a tocou na face, depois passou os dedos pelos cabelos dela.

– Eu teria lhe mandado margaridas multicoloridas, dúzias delas em amarelo, branco, azul, violeta e rosa e todas as outras cores disponíveis.

– Por que margaridas? – ela sussurrou.

– Porque elas a fariam sorrir, depois rir, e você voltaria a sorrir todas as vezes que as olhasse. Toda vez que visse uma margarida, você pensaria em mim. Porque ninguém mais lhe mandaria um buquê de flores tão excêntrico.

Ele puxou-a, encontrando-a na metade do caminho que os separava e a beijou. Tudo começou de leve, como se ele tivesse a intenção de lhe dar um beijo de apoio. Mas ele não terminou. A boca pressionou a dela, confiante, calma, mas persistente. A mão a segurava pelo pescoço, os dedos movendo em pequenos círculos como cinco fadas dançantes, relaxando os músculos tensos. Os lábios dela partiram-se quando ela relaxou, os nervos acalmaram-se, e ela recostou-se em Sean, a mão direita pousando no rosto dele, os pelos da barba começando a romper a pele. Ela roçou-os de leve, a textura de lixa enfeitiçando-a, em seguida subiu a mão para a maciez dos cabelos, deliciando-se com o contraste.

Sean beijou-a repetidamente, como que para se assegurar de que ela estivesse ali, e ela retribuiu a urgência do gesto, a dor interna e o medo recuando um passo, sendo trancados atrás das portas onde ela rezava que ficassem para sempre.

Ele desatou o cinto de segurança dela, atraindo-a para o mais perto possível devido ao console que separava os assentos. Lucy apoiou a cabeça no peito de Sean e fechou os olhos, sentindo paz, segurança e esperança.

De algum modo eles encontrariam as respostas. E quaisquer que fossem essas respostas, e quem quer que fosse o responsável, Lucy sobreviveria. Já havia sobrevivido a coisas piores.

Antes ela tinha a família. Agora... Pensou que poderia ter algo mais. Alguém mais.

– Lucy, – Sean disse baixinho em sua orelha – você está bem com relação a isto?

– Oferecer um *tour* nas dependências do PMC para que você plante escutas? Não sei. Mas... Entendo que você tenha que fazê-lo. Porém, assim que eu conseguir os arquivos de que preciso, nós vamos falar com Kate, está bem?

Ele sorriu.

– Certo, mas eu não estava me referindo ao PMC. Eu estava falando de nós. Sobre mim. Você. Isto – ele beijou-a.

Ela lambeu o lábio, depois o beijou com firmeza, mostrando que estava muito bem em relação *àquilo*.

– As ações dizem mais do que as palavras.

– Talvez eu só queira ouvir o quanto você gosta de mim – ele deu um sorriso maquiavélico. – Tenho um ego sensível que precisa de constantes lembretes de que estou à sua altura.

Ele disse aquilo em tom de brincadeira, mas Lucy ouviu uma pontada de admiração e apreensão na voz dele, como se ela fosse especial e ele precisasse mesmo saber como ela se sentia.

– Gosto de você – ela garantiu. – Você é maravilhoso e me merece. Vamos logo acabar com isso e levar a nossa admiração mútua para casa.

– Antes de subirmos, ligue para Kate. Precisamos saber mais a respeito das rosas.

*

Noah precisava da luz do dia.

Ele esteve enfiado na sala sem janelas de Kate em Quantico o dia inteiro. Por mais que entendesse a necessidade de mais computadores, ele não compreendia por que eles não foram colocados em outro lugar. Seu cubículo na sede regional tinha uma janela.

– Sua tensão está me sufocando – Kate comentou.

– Como consegue trabalhar aqui?

– Já trabalhei em lugares piores. Pode sair, eu telefono quando os arquivos tiverem sido decodificados.

Kate estava rodando um programa para recriar cada e-mail passado na conta de Roger Morton. Ela precisava ficar atenta para prevenir qualquer problema e, ao mesmo tempo, estava corrigindo as provas da atual turma de recrutas do FBI. Passar o programa tomou quase três dias do seu tempo; Noah jamais duraria na divisão de crimes virtuais.

Noah decidiu trabalhar dali em vez de ir para o seu cubículo no centro porque ele não estava se sentindo totalmente à vontade em ter alguém ajudando, ao menos alguém que tivesse um histórico tão retorcido com a vítima. Mas Kate não agiu de outro modo que não com extremo profissionalismo. Um tanto irascível por vezes, mas sempre astuta.

– Onde está Abigail? – Kate perguntou.

– Ela trabalhou o dia inteiro tentando conseguir os dados do GPS do carro usado por Morton. Foi feriado federal, não que você estivesse prestando atenção ao calendário.

– Também não o vi tirar o dia de folga, Armstrong.

O telefone piscou, mas não tocou. Kate atendeu. Ouviu por um minuto, depois disse:

– Não vi o logo na lateral do caminhão. O entregador tinha 1,80, vestia calças pretas, uma jaqueta azul-marinho, camisa rolê vermelha por baixo. Provavelmente alguma malha por baixo também; não vi porque a jaqueta era larga. Boné verde, letras brancas... – ela fechou os olhos. – Flores GW. Ele tinha os cabelos presos em um rabo de cavalo grande. Sim, claro que tenho certeza de que era um homem. Lucy, o que há de errado?

A ansiedade na voz de Kate fez com que Noah voltasse sua atenção para a conversa.

Kate disse:

– Não saia de casa... Droga, Lucy! – ela se levantou e começou a andar de um lado para o outro até onde o fio do telefone alcançava. – Quero falar com Sean... Preste atenção, Sean, vou voltar para casa assim que puder. Não estou gostando disso... Não consigo acreditar que a tenha levado para o PMC!... É *bom* você ficar de olho nela – bateu o telefone.

– Está tudo bem?

– Maravilha. Lucy tem um...

– Um segundo, por favor – ele disse quando uma mensagem pipocou na tela. – O exame de balística do homicídio de Ralston chegou. Não bate com nada no banco de dados.

– Compararam com o caso de Morton? Foi recente e...

– Compararam. Não bate.

O computador bipou, e Kate se virou para a tela. Deu um amplo sorriso.

– Sou um gênio – ela apertou algumas teclas. – Já está imprimindo. Temos muito para ler hoje à noite. Quero levar isto para casa.

– Está acontecendo alguma coisa?

– Ouviu o telefonema.

– Não pude deixar de ouvir.

– É Lucy. Ela acha que alguém a está perseguindo. Preciso investigar umas rosas que foram entregues. Deduzi que fossem de Sean. Não eram.

*

Depois que Lucy fez o grande *tour* pelo escritório do PMC com Sean e ele plantou escutas nas salas de reunião e na sala de Fran Buckley, ele deixou-a com a recomendação de não sair do escritório até o seu retorno. Em seguida, foi para a Flores GW em Georgetown.

Sean entrou na lojinha na Rua Wisconsin, que estava vazia, à exceção da jovem atrás do balcão. Ele aproximou-se com um sorriso.

– Posso ajudá-lo? – ela perguntou.

Sean ponderou dois modos de conseguir a informação sobre quem enviara as rosas. Normalmente os lojistas não partilhavam informações particulares sobre os clientes com qualquer um. E, por mais que ele conseguisse obter informações das mulheres usando seu charme, isso não era garantido e ele só teria uma tentativa.

Pegou a carteira do bolso da frente e mostrou a licença de investigador particular.

– Sean Rogan, investigador particular. Fui contratado por uma mulher que está sendo perseguida. Ela recebeu uma dúzia de rosas vermelhas hoje de manhã entregues por um dos seus funcionários. Não havia assinatura no cartão, mas a mensagem a perturbou demasiadamente. Você tem registrado quem encomendou essa entrega?

Ela olhou para a identificação dele e franziu o cenho.

– Não posso dar esse tipo de informação.

– Entendo. Vou prestar queixa em nome dela e depois volto com um mandado – ele guardou a identidade.

– Não sei... Sabe, só trabalho à tarde. Posso ligar para a minha mãe, que é dona da loja.

– Vocês mantêm os registros das entregas?

– Claro.

– Tenho o nome e o endereço da pessoa para quem elas foram mandadas.

Sean informou o endereço de Lucy e esperou enquanto ela digitava.

– Sim, temos uma dúzia de rosas vermelhas de cabo longo enviadas para esse endereço pela manhã.

A tensão na boca do estômago dele se intensificou.

– Você tem um nome? – o fato de ele manter o tom profissional era prova do seu excelente treinamento.

– O senhor Lorenzo não é um cliente costumeiro e pagou em dinheiro.

Sean endireitou-se.

– Lorenzo? – ele replicou.

Ela se assustou e recuou um passo.

– S-sim – Sean devia estar parecendo furioso porque a garota mais parecia uma gazela sob um holofote.

– Cody Lorenzo? – ele disse, esforçando-se para manter a calma.

– Sim.

O que Lorenzo estaria aprontando? Depois de acusar Lucy da participação na morte de Prenter, talvez, e só *talvez*, Sean o visse enviando flores para se desculpar. Mas o cartão não era de *desculpas*. O que ele fazia observando Lucy no rinque de patinação? Por que enviar uma mensagem enigmática? O policial tinha de saber que isso a perturbaria.

Contudo, isso não era incomum: ex-namorados, por vezes ex-namoradas, incapazes de seguir em frente, que acabavam se tornando perseguidores. E Lorenzo era policial, eles tinham acesso a informações indisponíveis a pessoas normais. Quando um policial virava perseguidor, a história raramente terminava bem. Eles normalmente usavam seus recursos para intimidar as vítimas.

Sean não permitiria que Lucy fosse intimidada por ninguém, especialmente por Cody Lorenzo.

– Senhor Rogan? – a atendente mordia o lábio inferior.

Sean tentou sorrir, mas ficou sem saber se conseguiu.

– Obrigado. É possível que eu tenha de falar com a pessoa que atendeu o senhor Lorenzo hoje de manhã, caso eu tenha outras perguntas.

Ela entregou um cartão da loja, com um número na parte de trás.

– Esse é o número da minha mãe. Ela estará aqui amanhã de manhã.

– Obrigado pela sua ajuda – Sean entregou o seu cartão. Ainda estava furioso com Lorenzo, sem saber o que ele estava pretendendo, além de assustar Lucy, mas, na porta, margaridas brancas chamaram sua atenção. Ele se virou para a moça. – Posso comprar essas margaridas com um vaso?

VINTE E TRÊS

Lucy permaneceu em silêncio enquanto Sean dirigia para casa. Ela não conseguia aceitar que Cody lhe enviara as rosas.

Ele devia tê-los seguido após a missa. Isso também explicaria a sensação intensa de estar sendo observada nas últimas semanas. Mas eles haviam rompido no ano passado! Por que agora? Por causa de Sean?

Sentia-se doente. Havia confiado em Cody; estaria seu julgamento tão ruim assim? Não enxergaria a verdade mesmo vendo Cody o tempo inteiro?

Olhou para as margaridas na mão e respirou fundo, tentando aceitar o fato de que Cody a vinha perseguindo.

Sean disse:

– A boa notícia é que, quando confrontados, a maioria dos perseguidores cessa o assédio. Lorenzo tem muito a perder; ele vai recuar.

– Você deve ter razão – ela disse baixo.

– Você está bem?

– Éramos amigos. Foi o que pensei, pelo menos. Como posso ter errado tanto a respeito dele?

– Isso não é um problema seu, Lucy; não preciso lhe dizer isso. É um problema dele.

Em sua cabeça, ela entendia isso, mas o coração dizia que ela fora uma idiota por ter confiado em Cody por tantos anos. E por tê-lo namorado. Dormido com ele. Ele sempre foi tão bom para ela.

Não vou chorar.

Sean parou o carro diante da casa estreita.

– Venha aqui – ele disse, pegando a mão dela, beijando-a e depois a beijando nos lábios. – Nós vamos dar um jeito nisso. Eu prometo. Sei que está magoada, mas você é forte, Lucy. Vou falar com ele...

Ela franziu a testa.

– Ele encararia isso como uma ameaça e não arredaria os pés.

– Não acredito nisso.

– Perseguidores não costumam ser sempre razoáveis.

– Se ele der um mínimo de passo em falso, nós vamos procurar o superior dele. Enquanto você e eu acreditamos que a mensagem seja perturbadora, ele pode alegar que tenha sido inócua. Por isso vamos deixá-lo precavido e seguir a partir daí.

– Ok – ela ainda estava preocupada com a vontade de Sean confrontar Cody, mas, naquele instante, não conseguiria explicar a Sean a necessidade de enfrentar Cody quanto às rosas e à mensagem perturbadora. Ela sabia exatamente o que dizer.

– Nenhum de nós vai deixar esse cara intimidar você – Sean disse, beijando-a de novo. – Você está bem?

– De muitas maneiras estou aliviada de que seja Cody. Eu o conheço, e por mais que não entenda o que ele está pensando, sei lidar com essa situação muito melhor do que se fosse uma variável desconhecida.

Entraram na casa. Ainda que tivesse concordado com Sean, não fazia sentido que Cody tivesse lhe enviado flores, depois acusado de conspiração em um homicídio. O que havia de errado com ele?

Kate estava sentada à mesa da sala de jantar com uma cerveja e pilhas de papel. Olhou para Sean e disse:

– Descobriu quem enviou as rosas?

– Cody Lorenzo.

Kate encarou-o descrente.

– Cody?

– Foi o que a florista disse. Pagou em dinheiro.

– O filho da mãe... Droga! Preciso falar com ele...

– Eu vou fazer isso – Sean interveio.

– Não acho que seja uma boa ideia – Kate disse. – Considerando-se... – a voz dela se interrompeu, mas os olhos desceram para as mãos dadas de Sean e Lucy.

– Kate, com todo o respeito, sei lidar com Lorenzo.

– E quanto a mim? – Lucy perguntou frustrada. – Isso se refere a mim e a Cody. Não estou dizendo que vou fazer algo estúpido como confrontá-lo em um beco escuro, mas acho que preciso conversar pessoalmente com ele – Sean abriu a boca para falar, mas Lucy o interrompeu antes disso: – Entendo seus motivos, e você está certo, a não ser pelo fato de eu conhecer Cody há três anos. Posso descobrir o que está acontecendo.

– Você não vai se encontrar com ele sozinha.

– Vou convidá-lo até aqui. Vocês dois podem ficar escutando da cozinha, mas *eu* falo com ele. Tudo bem?

Nem Kate nem Sean gostaram da ideia, mas Kate disse:

– Lucy tem razão. Cody é amigo da família há anos.

– Muito bem – Sean cedeu, mas não pareceu muito feliz.

Lucy ligou para Cody no celular. Caixa postal.

– Cody, é Lucy. Ligue para mim quando receber esta mensagem. É importante – desligou, ainda sentindo o estômago nauseado. – Vou trocar de roupa – anunciou. Precisava de alguns minutos a sós. – Volto em dez minutos.

Sean observou-a subir as escadas. Ela reagiu como ele havia previsto, ainda que um pouco calma.

Quando ela não conseguiria mais ouvi-los, ele perguntou a Kate:

– O que você acha desse tal Lorenzo?

– Sente-se – Kate disse.

Sean surpreendeu-se com o comando. Sentou-se, embora não gostasse de receber ordens.

– Cody não ficou nem um pouco feliz quando Lucy rompeu com ele – Kate disse. – Mas isso já faz mais de um ano. Não consigo vê-la continuando a ser amiga dele caso ele a estivesse pressionando a voltarem.

– Talvez seja por isso que ele a está perseguindo; porque não superou o rompimento.

Kate refletiu um segundo.

– Esta é a primeira vez que ele faz esse tipo de coisa. Ele estava satisfeito com o papel de amigo até... – ela encarou-o com determinação.

Ele se esforçou para não reagir. A pergunta não feita por Kate era quanto às suas intenções, e ele não se surpreendia com isso.

– Então ele me vê com Lucy, pira e manda as flores.

– Não sei por que ele não assinou o cartão – Kate disse. – Não entendo por que ele queira assustá-la, quando o seu objetivo, ou o que acredito que seja seu objetivo, é reconquistá-la.

– Talvez ele pretenda se apresentar para protegê-la. Primeiro ele a assusta a fim de que ela se volte para um policial para se sentir segura.

– E o que eu sou? Não sirvo para nada?

– Sabe a que me refiro. Um macho protetor e tal...

– Você se sai muito bem nesse papel – Kate disse.

Sean franziu o cenho.

– Não é a mesma coisa.

Kate sorria, e Sean percebeu que ela estava lançando uma isca.

– Lucy está certa, porém – disse ela. – Cody precisa falar com ela. Só Lucy o fará entender. E se ele ultrapassar os limites, eu vou grudar tanto no traseiro dele que ele vai mudar para o outro lado do país só para se livrar de mim.

Uma voz masculina surgiu na soleira da porta.

– Lembre-me de nunca a enfurecer, querida.

Sean virou-se e viu Dillon Kincaid, marido de Kate e irmão de Lucy, parado na porta, com uma mala aos pés.

Kate deu um pulo e correu na direção dele, lançando os braços ao redor do pescoço e beijando-o com tanta intensidade que Sean precisou desviar o olhar.

– Pensei que você só fosse chegar depois da meia-noite – ela disse.

– Vim assim que encontramos os corpos – ele explicou.

– Sinto muito, Dillon – eles trocaram um olhar que disse mais do que mil palavras, e Kate acrescentou com suavidade. – As famílias mereciam saber a verdade.

– O que está acontecendo com Lucy? – Dillon aproximou-se da mesa e cumprimentou Sean. – É bom vê-lo novamente. Patrick me contou que você estava ajudando a cuidar de Lucy enquanto essa situação de Morton não se resolve.

– Sim, é verdade – Sean disse.

– Obrigado – Dillon agradeceu.

– Vou deixar que Kate conte tudo. Sei que têm muito que conversar. Vou dar uma espiada em Lucy.

*

Sean bateu à porta de Lucy e ouviu um resmungo que não soube dizer se era *entre* ou *vá embora*.

Ele entrou.

O quarto de Lucy era amplo, nas mesmas dimensões da garagem abaixo, mas com claraboias se projetando do teto inclinado. Ele estava razoavelmente arrumado, embora a cama não tivesse sido feita e houvesse pilhas de livros em todos os cantos possíveis, além de duas estantes abarrotadas. Ela estava sentada em uma poltrona do outro lado.

– Vou descer em um segundo – ela disse.

Ela esteve chorando. As lágrimas já haviam secado, mas o rosto estava borrado, e ela estava sentada com os joelhos dobrados e o queixo apoiado neles, fitando para fora da janela. Não havia nada para ver, o céu nublado bloqueava a lua e as estrelas, ainda que as luzes da cidade fossem ofuscá-las de qualquer modo.

Sean fechou a porta e aproximou-se dela. Lucy olhou de relance para ele, uma pontada de raiva atravessando a angústia.

– Dillon chegou.

– Obrigada.

Ela o fitou, os olhos carregados de uma emoção que ela se esforçava para esconder. O que ela estava tentando esconder dele?

Ele se agachou diante da poltrona, tentando entender o que ela pensava, o que ela mais temia. Não era o perseguidor; ela sentia mais raiva e tristeza em relação a Cody do que medo. Era outra coisa... Algo além do ex-namorado. Era pessoal. Era a respeito dela mesma.

Ela desviou o olhar, obviamente desconfortável com sua atenção. O que isso revelava? Que ela estava com medo do que ele sentia por ela? Ou dos sentimentos dela por ele? Seria possível que ela temesse que ele fosse embora por causa do seu passado? Ou que ele estivesse ali só por causa disso?

Como ele poderia convencer Lucy do quanto ele se importava?

Ele segurou as mãos dela, que estavam cruzadas ao redor dos joelhos. E puxou-a.

– Sean, eu...

Ele beijou-a de leve, pegou-a no colo e virou-a, sentando-se onde ela esteve segundos antes, mas com Lucy em seu colo.

– Entendo por que gosta desta poltrona – ele disse. – Acho que nunca mais vou me levantar.

– Como sabe que gosto dela?

Ele sorriu e apontou para os livros que a rodeavam. Ele desceu a mão pelo rosto, pelos cabelos espessos e segurou a cabeça dela com firmeza, beijando-a novamente. Dessa vez ele a beijou com ardor, usando a língua com um firme propósito, com gentileza, devagar e metodicamente. A tensão no corpo de Lucy se desfez e um suspiro reverberou no peito dela. Ele tinha um braço nas costas dela, entre o apoio da poltrona e o corpo, o outro subiu pelo braço, depois desceu devagar, propositadamente, até a cintura onde a segurou.

Lucy não conseguia se lembrar da última vez em que sentiu tamanha paz, conforto e desejo. Sean beijava-a com suavidade, indefinidamente, sem pressa, sem pressão, somente uma constante afeição fluía dele. Ela absorveu-a, deliciando-se com o abraço. Sentiu-se desejada, querida. Mas o que provocava o farfalhar em seu estômago era Sean. O modo como ele a fazia se sentir ao mesmo tempo protegida e acreditada, a maneira como ela o fitava como se partilhassem um segredo. O modo como ele a tocava. Não só ali na poltrona, com os braços ao seu redor como se fosse um cobertor quente e musculoso, mas o tempo todo. Com um toque na mão. Quando se apoiava às suas costas. Resvalando seu braço, como que só para se certificar de que ela estava lá, de que ela soubesse que *ele* estava lá. Ele era a pessoa mais tátil que ela conhecia. Sean Rogan era extremamente confiante, ele sabia que era esperto e atraente, mas não se gabava disso. Quando ele a tocava era como se quisesse assegurar-se de algo. Do quê? De que ela estava lá? De que ela não iria embora? De que ela quisesse que ele a tocasse? Era um gesto carinhoso e excitante, nem um pouco assustador.

– Eu queria que você pudesse me abraçar assim a noite inteira – ela sussurrou.

– Não acho que eu conseguiria somente beijá-la a noite inteira.

Ela engoliu em seco, sentindo os antigos receios voltarem.

– O que o fez acreditar que eu estava me referindo somente a beijos?

– Por que está na defensiva?

– Não estou... – mas estava. Seu maior temor era apaixonar-se por alguém e quando ela quisesse fazer amor, ser repelida pelo homem. A experiência com a primeira pessoa de que gostou o suficiente para ir para a cama foi estranha, desconfortável, e ele rompeu o relacionamento logo em seguida. Foi muito mais culpa sua do que dele, porque ela devia saber que não estava pronta; e que ele não a amava o bastante para ser paciente.

Cody foi maravilhoso, doce e sensual, mas sempre cauteloso. Atencioso demais. Cuidadoso demais. O que levou Lucy a deduzir que ele não desconsiderava o fato de ela ter sido estuprada. Olhando em retrospecto, ela teria como saber que ele a perseguiria? Eram dois golpes, dois homens por quem ela se importou que acabaram se mostrando bem diferentes do que ela pensou que fossem.

E quanto a Sean? Seria ele quem ela acreditava mesmo que fosse? Ou ela era uma tola, cega e idiota? Ela não vira nenhum traço de perseguidor em Cody. O que não estava enxergando em Sean?

Ela queria alguém que fizesse amor com ela, somente com ela. Sem pensar em nada a não ser nos dois, naquele instante. Ela queria apagar o passado e não pensar no futuro por aquele instante de prazer que ela sabia ser possível, se ao menos encontrasse a pessoa certa.

– Fale comigo, Lucy.

Ela não queria dar voz aos sentimentos, temendo que eles afugentassem Sean. Como explicá-los sem parecer uma tola? Ou lamuriante?

– Quer fazer amor comigo?

Ele encarou-a.

– Esta é uma pergunta capciosa?

– Não neste exato minuto, mas de modo geral. Se estivéssemos sozinhos, você me levaria para a cama?

– Por que está perguntando isso? Você acha que eu a estou pressionando? Não estou. Só não consigo parar de tocar em você.

– Gosto disso.

– Você está me confundindo, Lucy. Conte-me o que está pensando de verdade.

Ela fechou os olhos. Talvez se não olhasse para ele, fosse mais fácil explicar.

– Quero ser normal – ela disse. – Você me faz sentir bela e desejável, mas sinto que... – hesitou. Engoliu em seco e juntou a coragem para contar a verdade para Sean. – Eu sinto que você me tratará de modo diferente por causa do que me aconteceu. Não quero ser diferente. Eu quero que me trate como trataria qualquer outra mulher que você desejou, não como se eu fosse me partir ao meio ou fosse ter um ataque de pânico. Só quero ser como as suas outras namoradas.

Sean não disse nada e Lucy soube ter falado demais. Afinal, só tiveram poucos dias para se conhecerem, e esses poucos dias foram maculados por assassinatos, perseguidores e vingadores. Dificilmente uma fundação forte para que um relacionamento prosperasse.

Ela tentou se levantar, mas Sean a abraçou com mais força.

– Olhe para mim, Lucy.

Ela se virou para ele.

– Você *não* é como as minhas outras namoradas. Não fique tensa; vai me ouvir até eu acabar. Você não é como elas. E isso é bom. Mas não tem *nada* a ver com o seu passado. Absolutamente nada – ele balançou a cabeça com um meio sorriso. – Eu saí com cabeças de vento. Mulheres lindas que tinham pouca vontade ou determinação para fazer qualquer coisa profunda ou com algum significado. Elas eram superficiais. Você não é nem um pouco superficial.

– Então por que eu?

– Há muito tempo eu estava cansado das mulheres superficiais, mas não sabia como sair desse ciclo. Não queria de verdade. E então, eu a conheci, e você ficou na minha cabeça desde então.

– Desde a semana passada? Eu só trouxe drama para a sua vida.

– Semana passada? Que tal mês passado, quando jantamos no chão da cozinha da RCK? Que tal ano passado?

– Ano passado?

– Não se lembra? Você foi até Sacramento para visitar Patrick e Jack, foi até o escritório da RCK à tarde e eu estava no meu escritório. Patrick nos apresentou.

– Eu me lembro, mas isso só durou uns dois minutos.

– Eu me senti imediatamente atraído. Eu sabia que estava farto da vida que tinha criado para mim mesmo. Eu não sabia que me mudaria para cá, embora tivesse esperanças de voltar a vê-la. Mas você nunca mais foi para lá, e Patrick tinha me contado que você tinha terminado com seu namorado, e eu não queria ser só o cara após a fossa. Sem falar que você morava a mais de 4 mil quilômetros de distância.

– Agora só estou a seis quarteirões.

– Muito melhor – ele a beijou. A mão dele tocou a pele suave dela debaixo do queixo, depois desceu pelo pescoço para firmá-la, a fim de convencê-la de que havia falado sério. – Não posso prometer que algumas vezes eu não vá tratá-la... de um modo *diferente*, como você disse. Tudo o que nos acontece faz parte da gente. As coisas boas e as ruins. Tudo molda nosso futuro, nosso destino. Mas o que de fato importa é o que está aqui dentro – ele, então, apoiou a mão no peito dela. – Eu faria tudo para apagar o que aconteceu com você; faria tudo para apagar suas lembranças, seu medo e sua dor. Mas no fundo, você é Lucy Kincaid. Inteligente, linda e cheia de compaixão. Sua compaixão e sua determinação são infindáveis. Você *é* diferente, não só pelo que aconteceu. Você é diferente porque se importa. Quer fazer a diferença no mundo, ajudando os outros a encontrar a paz. Há tanta coisa *aqui* – ele pressionou o peito dela – que a torna diferente.

Ela não conseguiu evitar sorrir, sentindo as faces corarem.

– Quero ficar com você, Lucy – ele a beijou, levando a mão em direção ao seio dela. – E se eu tiver de levá-la para a cama para provar isso, então acho que terei de fazer esse sacrifício – e sorriu. – Estou disposto a me sacrificar com bastante frequência. Acho que você é do tipo teimosa, pode precisar de constantes lembretes de que eu a considero não só linda, mas incrivelmente sensual.

Ela o abraçou pelo pescoço.

– Você é incrível.

– Eu sei.

– E arrogante.

– Sou um Rogan. Isso está nos genes.

– Gosto disso.

Lucy adorou a postura de Sean. Ela adorou o modo como ele tocou seu seio, como ele ficava à vontade com o corpo dele e com o dela. A confiança dele a deixou mais confiante.

Inclinou-se, mudando de posição no colo dele até se sentar de frente. Beijou-o no pescoço, beijinhos molhados que partiram da orelha até a boca, onde ela o beijou com ardor, o corpo se movimentando como se tivesse vontade própria.

Ele posicionou as mãos na cintura, levantando-as debaixo da camisa dela, tocando a pele nua. Elas estavam quentes, quase ardendo contra a pele fresca, subiram até os seios e pararam, segurando-os, os dedos movimentando-se em uma massagem lenta e sensual debaixo do sutiã meia-taça. Quando os polegares esfregaram os mamilos, ela arfou em surpresa com a corrente de calor que subiu pelo corpo.

– Lucy – Sean gemeu, abraçando-a e beijando-a com um ardor que a deixou sem ar. Com relutância, ele afastou os lábios dos dela.

– Acho melhor descermos ou estarei em apuros por algo que nem estamos fazendo.

Lucy precisou de um segundo para entender a que ele se referia.

Ela sorriu, gostando dessa nova sensação, dessa nova relação com aquele homem. Não era algo que ela tivesse previsto, mas... Mas não iria questionar ou analisar o que estava sentindo, não naquela situação.

– Quase me esqueci de que não estamos sozinhos em casa.

– Isso pode não me deter da próxima vez.

VINTE E QUATRO

Quando Lucy desceu, viu Dillon na sala de jantar ao telefone. Ela acenou cumprimentando-o. Mesmo depois de descobrir o acordo feito com Morton, era bom rever o irmão.

Dillon olhou para Sean um segundo a mais que o necessário, e Lucy virou-se, um tanto tímida, percebendo que Kate devia ter contado tudo para ele. Não só sobre Morton e o perseguidor, como também sobre seu envolvimento com Sean. Muito havia acontecido no tempo em que ele esteve fora.

– Acho que vou fazer café – ela disse quando Sean a seguiu até a cozinha.

Sean beijou-a no rosto.

– Não se preocupe. Seu irmão logo vai me amar – ele sussurrou em seu ouvido.

Ela reprimiu uma gargalhada.

– Acha que Jack também?

Sean fingiu medo. Ou talvez não estivesse mentindo.

– Ele gostava de mim antes de você se apaixonar por mim; acho que isso quer dizer alguma coisa – ele deu uma piscadela.

Dillon entrou na cozinha e disse:

– Kate me contou sobre Cody. Eu sinto muito, Lucy.

Dillon não pretendia acabar com o bom humor dela, mas a realidade arrefeceu seu ânimo.

– É, eu também – o que mais ela poderia dizer? Ela estava tão exausta que só conseguia pensar em dormir. Contudo, suspeitava de que assim que a cabeça tocasse no travesseiro, ela repassaria cada conversa tida com Cody, tentando identificar os sinais perdidos.

Enxaguou a garrafa térmica e tratou de se ocupar em fazer café, precisando fazer algo com as mãos.

Sean perguntou:

– Onde está Kate?

– Numa ligação no escritório.

– Vou pegar o meu *laptop* no carro – Sean disse. Prendeu o olhar de Lucy. Ele estava pensando em escutar as gravações das escutas no PMC.

Ela quase tinha se esquecido disso.

Depois que Sean saiu, Lucy pensou que Dillon quisesse discutir o fato de ela levar rapazes para o quarto, apesar de ela não ser mais adolescente, mas, em vez disso, ele disse:

– Eu sinto muito mesmo por termos escondido os termos do acordo feito com Morton, Lucy.

Ela colocou pó de café no filtro.

– Eu sei. Não estou mais brava com isso, Dillon, afinal, você não tomou parte daquilo – ela olhou para ele. – Eu só queria que você tivesse confiado em mim como uma adulta.

– Eu confio...

– Mas na época eu não era?

– Na época, eu queria protegê-la.

Ela respirou fundo.

– Você não pode me proteger. Ninguém pode. Só fazemos o que podemos. E eu me recuso a viver no passado. Não sou mais a garota de seis anos atrás.

– Sei disso.

– Só existe um tanto que podemos fazer para proteger a nós mesmos e às pessoas a quem amamos. A menos que vivamos em um quarto do pânico 24 horas por dia, sete dias na semana, nunca estaremos cem por cento seguros. Mas sabe o que nos coloca em perigo?

– O quê?

– As mentiras. A falta de informação. As boas intenções. Eu deveria ter sabido que Morton estava livre, porque assim eu teria *informações* para me proteger. Se eu tivesse me deparado com ele sem saber, eu teria ficado paralisada. Essa hesitação poderia ser o meu fim.

Os olhos azul-esverdeados de Dillon a fitaram com o amor incondicional da família.

– Não se subestime, Lucy.

– Eu não me subestimo.

Ela despejou a água na cafeteira, fechou a tampa e ligou o botão.

– Mas... – ele incitou.

– Sou humana. Posso ficar chocada.

– Eu sinto muito mesmo.

– Eu sei e perdoo você. Sei que tudo o que fez foi por me amar – ela aproximou-se dele e beijou-o no rosto. – Isso não acerta as coisas, mas faz com que sejam compreensíveis. E eu também amo você, Dillon.

Ela se recostou na bancada e ficou observando o café cair na cafeteira.

Dillon disse:

– Você foi patinar no gelo ontem?

– Também me surpreendi com isso.

– E você gosta de Sean Rogan?

Ela revirou os olhos.

– O que acha?

– Acho que está respondendo minhas perguntas com outras perguntas porque não sabe as respostas – Dillon se apoiou na bancada ao seu lado.

– Maldição. Esse é o meu castigo, ter um psiquiatra como irmão.

– Você também pode ser. São só mais alguns anos de estudo.

– Cansei de estudar.

– E?

– E gosto de Sean de verdade – admitiu baixinho.

– E isso a assusta?

– Não posso falar sobre isso com você.

– Porque sou seu irmão?

Certo. Isso parecia uma besteira.

– Acha que podemos gostar de alguém e saber no fundo que essa pessoa é diferente e especial, de um modo que não acredita que outra pessoa possa ser, depois de só alguns dias?

Dillon sorriu.

– Eu sabia que passaria o resto da minha vida com Kate depois de dois dias. E meu caso era pior que o seu.

– Pior? Como?

– Eu tinha Jack como adversário.

–*Jack*? – Lucy gargalhou. – Não vejo Jack e Kate juntos de *jeito nenhum*.

– Eles têm muito em comum – Dillon disse, não vendo graça nenhuma naquilo como Lucy. – O modo como pensam, como desconfiam, como processam informações. Houve uma época em que acreditei que se tivesse de dar um ultimato a Kate, não sabia se ela me escolheria. Mas eu teria feito isso. Mesmo morrendo de medo de que ela escolhesse Jack.

Lucy pensou um momento.

– Nunca soube que Jack tivesse chance – disse. – Jack e Kate *são* semelhantes sob diversos aspectos, mas ela sempre quis, e precisou, de estabilidade. De confiança. De honestidade. Ela se faz de durona, de agente do FBI forte e eficiente, mas no fundo ela não passa de uma mulher caseira. Ela é mais feliz quando está aqui, em casa com você. Isso lhe dá paz.

Dillon olhou adiante com um meio sorriso nos lábios.

– Eu a amo de verdade.

– Eu sei. É por isso que você a obrigou a se casar com você, apesar de ela dizer que essa não era uma boa ideia.

– Ela é teimosa – Dillon olhou para Lucy. – Por que não confia nos seus sentimentos?

– Não sei – ela olhou rapidamente para o corredor, onde Sean trabalhava na sala de jantar. Lembrou-se do que ele disse, das promessas que ele fez. De como ela era diferente, mas não do modo que acreditava. – Acho que percebi que me apaixonar por alguém que é praticamente da família, o sócio de Patrick, pode criar diversos problemas, ainda mais se as coisas não derem certo.

– Ou criar enormes benefícios se derem certo. Você e Patrick têm um relacionamento incrível. Sean é o melhor amigo dele desde o acidente. E Sean é cativante.

– Ah, meu Deus, você parece papai falando.

Dillon gargalhou e abraçou-a.

– Não analise demais, Lucy. Eu também tenho esse problema. Talvez seja a maldição de ter conhecimentos em psicologia.

*

Sean levou o *laptop* para a sala de jantar e posicionou-o de modo a ver quem se aproximava da entrada. Olhou rapidamente para os papéis que Kate estava lendo quando ele e Lucy chegaram cerca de uma hora antes; eles pareciam cópias dos e-mails do computador de Morton. Não tinha tempo de lê-los agora, pois tinha de se certificar de que as escutas plantadas estavam funcionando.

Eles tinham de contar a Dillon e a Kate sobre o assassinato de Prenter e da possível ligação do trabalho de Lucy no PMC, mas primeiro ele precisava colher mais informações. Lucy não descobriu nada de muito valor na pesquisa dos arquivos do PMC. Ela verificou que não havia uma única pessoa designada para os oito condenados em condicional assassinados, o que fazia sentido, visto que os homicídios aconteceram espalhados pelo país. A única conexão aparente era a que cada policial destacado para efetuar a prisão declarou que o criminoso não havia aparecido no lugar combinado e que os criminosos acabaram encontrados mortos a alguns quilômetros do ponto de encontro.

Sean ajeitou os fones de ouvido e acessou o arquivo no qual estavam armazenadas as gravações. Concentrou-se nas gravações feitas no escritório de Fran. Depois que Lucy explicou a operação, ele sabia que nada acontecia no PMC sem que Fran soubesse e consentisse. Lucy ficaria magoada, mas Sean sabia interpretar bem as pessoas, e seus instintos diziam que Fran estava envolvida de algum modo.

Os primeiros sons gravados eram os de Fran trabalhando à mesa, digitando, uma conversa entediante ao telefone, mas ele não queria avançar a gravação, temendo perder alguma coisa. Conversa, digitação. Em seguida, o barulho da porta.

– Você tem uns minutinhos?

Era a voz de Cody.

– Claro – Fran respondeu. A cadeira raspou no chão. – Alguma coisa errada?

– Pode-se dizer que sim. Brad Prenter está morto.

Sean sentou-se empertigado e ouviu novamente o último minuto de gravação só para se certificar de não ter perdido nada. Olhou para o relógio da gravação. Cinco e quinze. Logo depois que ele buscou Lucy.

Lucy entrou na sala com uma bandeja com café, leite e açúcar.

– Você gosta do seu só com leite, certo? – ela estreitou o olhar. – O que aconteceu?

Ele parou a gravação e olhou para Dillon atrás de Lucy.

– Lucy, estou ouvindo as escutas do escritório.

– O quê? – ela apoiou a bandeja e as xícaras se chocaram.

– Você colocou *escutas*? – Dillon estava surpreso demais para parecer irritado.

Lucy mordiscou o lábio.

– Eu ia contar tudo para você e para Kate, mas aí essa coisa com Cody aconteceu... Lembra-se do projeto do PMC de rastreamento dos presos em condicional do qual lhe falei? Um dos rapazes que localizamos foi assassinado. Alguém usou a minha conta para atraí-lo para uma armadilha.

Kate apareceu na porta da sala.

– Que diabos vocês estão falando? – ela exclamou.

– Sente-se – Lucy pediu. – Tenho muito para contar.

VINTE E CINCO

Depois que Lucy terminou de contar a Dillon e a Kate tudo o que sabia a respeito do projeto com os criminosos em condicional, Kate praguejou e Dillon ficou encarando a irmã atentamente. Lucy, porém, não sabia *o que* Dillon estava pensando exatamente, e ela se sentiu tão minúscula que desejou ir para a cama se esconder debaixo das cobertas. Odiava o fato de ter sido envolvida nessa situação toda; e nem queria pensar que talvez fosse Fran quem a tivesse usado.

– Diga alguma coisa! – ela disse por fim.

– Que droga! – Kate explodiu.

Lucy concordava com Kate, mas, naquele instante, a opinião de Dillon significava mais para ela. Sempre significou.

– Mas que droga, Dillon, diga o quanto fui burra, mas diga *alguma coisa*!

A expressão de Dillon suavizou.

– Você nunca foi burra, Lucy.

– Ingênua, então.

Ele balançou a cabeça.

– Já entrevistei centenas de criminosos condenados. E alguns eu sabia, caso fossem libertados, que voltariam a estuprar ou matar.

Eu sabia disso aqui – ele apontou para o estômago. – Mas não havia nada que eu pudesse fazer a não ser declarar que eles deveriam permanecer nas prisões cumprindo a sentença máxima, e esperar, *rezar*, que eles morressem antes de serem soltos.

– Eu não matei ninguém. Eu não sabia – Lucy disse com o peito apertado. – Não pode acreditar que fiz isso!

– Claro que acredito em você, Lucy.

– Então o que é que você está querendo dizer?

– Que entendo como alguém pode ter elaborado tal plano. Teria de ser alguém com forte senso moral, e por causa das circunstâncias, como algum evento traumático, essa pessoa retorceu a moral para justificar o assassinato.

– A síndrome do vingador.

Dillon assentiu.

– Quando o sistema fracassa, alguém tem de defender a justiça.

– Portanto alguém está matando pelo que considera serem motivos nobres – Sean disse.

– E eles são espertos, não estão mirando todos os criminosos em condicional, mas escolheram alguns poucos. Isso requer controle, inteligência, premeditação... Mas *quem* eles estão escolhendo é importante.

Sean perguntou:

– E quanto a oportunidade?

Dillon meneou a cabeça.

– Acredito que não. É tudo premeditado. Os vingadores têm um forte senso do que é *certo* e do que é *errado*, mas o que eles consideram certo e errado é visto através de lentes distorcidas.

Lucy acrescentou:

– Eles acreditam que o mundo é uma anarquia, que a Força Policial e o sistema penal são ineficientes. Justificam suas ações dizendo que só estão fazendo o que o governo não pode ou não quer fazer.

– Eles justificam homicídios – Kate disse e esfregou os olhos. – Maldição, eu quase acredito nisso. Eu teria matado Trask para detê-lo.

– Isso não é a mesma coisa – Dillon disse. – E você sabe disso. Trask era um assassino fugindo da polícia.

– Há muitos cidadãos cumpridores das leis que não são violentos, embora tenham alguns traços comuns aos dos vingadores – Lucy disse. – Eles lutam sem cessar para termos leis mais restritas, penas rápidas, o enrijecimento da pena de morte, mais recursos para a Força Policial.

Dillon concordou:

– Eles apoiam restrições à liberdade em nome da segurança pública e, com frequência, delatam amigos ou vizinhos que eles acreditam que estejam infringindo a lei. Eles não têm a mente de um criminoso.

– Contudo, – Lucy interveio – aqueles com um forte senso de justiça vingativa aliado à habilidade ou à mente psicótica necessária para tirar uma vida humana, normalmente por conta de alguma situação violenta em seu passado, podem ultrapassar essa fronteira.

Isso fazia de Lucy uma pessoa mais propensa a matar a sangue frio? Havia matado Adam Scott porque ele a feriu, e a teria matado, e não teria parado com ela. Ela rastreava criminosos em condicional porque eles deveriam continuar presos pagando pelos seus crimes. Estaria ela no caminho de desenvolver um senso de justiça retorcido que justificaria assassinatos frios e calculados?

Um calafrio a trespassou e arrepiou os pelos do corpo. Sean olhou para ela, mas não disse nada.

Dillon franziu o cenho, a expressão era intensa, estava tão envolvido em sua análise que nem notou o desconforto e autoanálise de Lucy.

– Eles levaram essa cruzada além da lei, quase para o próprio povo. Por que, convenhamos, a maioria das pessoas derramaria uma lágrima por conta de um molestador de crianças que foi atropelado e morto? Ou um estuprador que foi alvejado em um beco?

Sean disse:

– E então por que não declarar guerra ao pior da espécie e matar todos eles?

Dillon contrapôs:

– Relações públicas. Causas. Oportunidades. Os vingadores não querem ser detidos. Além disso, os alvos têm algum significado pessoal para eles. Eles podem estar visando a uma área, por exemplo, criminosos que são libertados por conta de alguma tecnicalidade em uma jurisdição, ou a indivíduos que cometeram algum crime específico, como os molestadores infantis.

Lucy pigarreou.

– Investiguei as oito vítimas e não vi nenhum traço em comum.

– Importa-se se eu der uma olhada?

Lucy entregou os arquivos.

– Usei meu programa de dados; talvez haja uma falha na extrapolação dos dados. Pensei que...

Dillon deu uma olhada nos arquivos.

– Seu programa é brilhante, Lucy. O melhor que já vi, que mescla ciência com psicologia – ele bateu na primeira página. – Já encontrei o problema.

– O quê?

– Tire Prenter – falou enquanto devolvia os arquivos.

Ela encarou-o. A princípio ela não entendeu porque o relatório havia sido processado com as informações de Prenter. Teria de repassar tudo sem ele, e depois...

– Oh!

– Entendeu também, não?

– Sim. Todos os sete foram condenados por molestarem menores de idade que já conheciam.

– É mais do que isso. O estuprador tinha autoridade sobre a vítima. Um pastor. Um padrasto. Um pai. Dois tios. Um professor. Prenter não se encaixa nesse perfil. Quando o retiramos, temos um padrão.

– Mas não podemos retirá-lo porque ele foi assassinado do mesmo modo, ou seja, era um criminoso em condicional rastreado pelo PMC.

– Eu não disse que tinha todas as respostas, mas acredito que quem quer que esteja selecionando os criminosos em condicional está se concentrando em criminosos que tenham cometido um crime similar ao imposto a uma pessoa amada por eles.

– Prenter também estava em posição de autoridade – Kate disse. – Ele era professor assistente e estuprou uma aluna.

– Mas não era uma aluna menor de idade – Dillon observou. – Sara Tyson tinha 19 anos, correto?

Lucy assentiu.

– Ainda era bem jovem – Kate ponderou.

– Mas houve uma vítima que não puderam ligar a ele, – Lucy acrescentou – uma antiga namorada que está em coma por causa de uma dose quase letal de líquido X caseiro. Todos os envolvidos no caso Prenter sabem disso. No entanto, esse caso não foi permitido nos registros legais.

– Como você conhece se não está nos registros oficiais? – Kate perguntou.

– O PMC tem o histórico de todos os predadores identificados e monitorados. Mas... – franziu o cenho e se interrompeu.

– O que foi? – Dillon a incentivou a continuar.

– Ele tinha 17 anos na época. O registro juvenil é selado, e o juiz se recusou a abri-lo durante o julgamento.

– Então como você sabe sobre a garota em coma? – Dillon perguntou.

– Por causa do resumo do PMC. Fran tem muitos contatos, ela pode ter falado com o investigador original na cidade natal dele. Ou até mesmo com o detetive encarregado em D.C., porque devem ter levantado a história durante as investigações de acusação de Sara Tyson.

– Ele é diferente – Dillon disse. – Alguma coisa a respeito de Prenter não se encaixa no caso dos outros criminosos, embora você possa ter razão e isso se aplique ao caso da primeira vítima dele.

Sean olhou para Kate.

– Talvez você queira sair da sala um instante.

Ela encarou-o.

– Por quê?

– Eu coloquei uma escuta no escritório de Fran Buckley. É uma escuta digital, tudo é enviado para um servidor cego que eu posso recuperar. Eu, na verdade, não tenho de ficar escutando em tempo real – Sean olhou para Dillon. – É uma área cinzenta.

– Acredito que seja ilegal – Dillon replicou.

– *É* ilegal! – Kate exclamou.

– Posso contestar isso. Não estou roubando segredos corporativos, nem usando estas gravações para incriminá-la em uma investigação criminal.

– É fruto da árvore proibida... – Kate comentou.

– Mais um motivo para você sair da sala – Sean disse objetivamente.

Lucy mordeu o lábio. Fazia tempo que não via Kate assim tão brava. A cunhada levantou-se em um rompante e saiu da sala. Um segundo depois a porta do escritório bateu.

– Desculpe, – Lucy disse a Dillon – mas alguém está armando contra mim, e eu não podia simplesmente ficar sentada esperando alguma coisa acontecer.

– Kate sabe disso – Dillon disse. – Ela não está brava com você. Acho que é esta situação; ela detesta quando uma investigação foge do controle. Finalmente ela reconquistou a vida dela. O FBI não é muito conhecido por dar segundas chances. Terceiras? Pode esquecer.

– Não quero colocar Kate em uma posição difícil – Sean disse – e eu não queria informá-la de nada até termos algo de concreto – Sean prendeu Lucy com o olhar. – Tudo bem com você em relação a isso?

Ela assentiu.

– Pode mostrar.

Sean ligou o alto-falante do *laptop* e colocou na gravação. Um instante depois a voz de Fran saiu surpreendentemente clara. Ela falava com Gina, a assistente, quanto a acompanhar o comprometimento de alguns doadores após o evento de arrecadação de fundos.

Em seguida, Fran falou com alguém ao telefone. Eles só ouviam o lado dela da conversa, mas parecia ser o gerente do hotel do evento com o qual ela acertava alguns detalhes. Sean avançou um pouco a gravação, depois disse:

– Isso foi cerca de sete minutos depois que a assistente saiu.

Na gravação, ouviram a porta fechar.

– Você tem uns minutinhos?

Era Cody.

– Claro – Fran respondeu. – Alguma coisa errada?

– Pode-se dizer que sim. Brad Prenter está morto.

– Eu sei, li a respeito...

– Sei que você sabe mais a respeito.

Lucy prendeu a respiração. Sean pegou a mão dela e apertou-a.

– Cody...

Cody suspirou alto o bastante para a gravação captar o som.

– Sinto muito, é que... Não sei de mais nada.

– Conte-me o que aconteceu. Não estou entendendo aonde você quer chegar.

– Alguém usou a conta de Lucy, a mesma conta usada para ela contatar Prenter, para mandá-lo ao Clube 10. Ele foi alvejado e morto a um quarteirão de lá.

– Isso não pode ter acontecido.

– Mas aconteceu. Tenho provas. A princípio... Meu Deus, Fran, a princípio pensei que tivesse sido Lucy porque era a conta dela e sei o quanto ela é meticulosa. Ela jamais daria a senha a ninguém. E ela estava tão centrada em Prenter por causa da garota em coma. Ela me disse, quando Prenter foi colocado na nossa lista, que Evelyn Oldenburg não teve justiça.

– Lucy?

– Pensei que ela estivesse trabalhando com alguém.

– Você não a acusou...

– Eu me sinto tão mal. Não consigo acreditar que disse isso a ela, mas ela não tem nada a ver com isso. Não pelo que ela disse, mas porque simplesmente ela não seria capaz. Eu deveria saber disso desde o início, mas fui engolido pelas provas.

– Que provas?

– A polícia encontrou uma mensagem no celular de Prenter que havia sido enviada por Tanya pela conta de Lucy mandando-o para o Clube 10 em vez de o Firehouse, onde minha parceira e eu o esperávamos.

– Ainda não tenho certeza do que você pensa que pode ter acontecido.

– Alguém usou a identidade virtual de Lucy para mandar essa mensagem para Prenter.

– O que quer dizer é que alguém do PMC o mandou para aquele bar.

– E o matou.

Silêncio. Um bom tempo depois, Fran disse:

– Está acusando alguém da minha equipe de assassinato? – ela soava tão zangada quanto triste, embora a voz digital, sem o acompanhamento da expressão facial, também parecesse seca.

– Sim, estou.

– Não sei o que dizer.

Uma cadeira rolou sobre plástico.

– Não acredito.

– Precisamos investigar o passado de todos. Acho que alguém aqui tem alguma conexão com Prenter e tirou vantagem do PMC para assassiná-lo. Alguém com habilidade em computadores, porque essa pessoa também entrou e apagou toda a conta de bate-papo de Prenter. Simplesmente desapareceu. A única razão pela qual encontrei essa mensagem foi porque ela foi enviada automaticamente para o e-mail pessoal de Prenter que estava em seu BlackBerry. Está no relatório policial.

– Acredita que a polícia pensa que alguém no PMC esteja envolvido? Ou Lucy?

– Não, eles não acham que esteja ligado. Eles estão se concentrando em encontrar um homem e uma mulher que discutiram com ele no beco.

– Me conte tudo. Preciso estar a par desse caso.

– Prenter contou ao barman que estava esperando uma mulher que conheceu na internet. Cerca de quarenta minutos depois de ele ter chegado, uma garota apareceu e deu em cima dele; o barman disse que ela havia chegado com outro homem, mas eles brigaram e ele foi embora. Os dois conversaram um pouco e, uns quinze minutos mais tarde, saíram. O namorado da moça, de acordo com testemunhas, o confrontou e ele e a namorada foram embora. Menos de cinco minutos depois, Prenter foi alvejado e morto ao lado do carro. Quatro balas.

– Assalto?

– A carteira foi levada. Mas não o Porsche, e as chaves estavam na mão dele.

– Talvez o atirador tenha se assustado. Ouviu alguém.

– E não pegou o transporte mais rápido disponível? Fugiu a pé? Acho que não. Acho que a carteira só foi levada para encobrir um assassinato marcado. Acho que Prenter foi intencionalmente alvejado e quem quer que tenha feito isso tinha acesso aos nossos computadores.

– Nossos objetivos não são sigilosos – Fran disse. – Não que digamos aos quatro ventos o que fazemos, mas também não mantemos segredo.

– Droga – Cody andava de um lado para o outro da sala, a voz aumentando ou diminuindo conforme ele se aproximava ou distanciava da escuta. – Fran, isso é sério.

– Concordo. Deixe-me investigar. Serei discreta, claro... Farei com que Gina me traga os registros de todos os computadores e veremos quem acessou a sala de bate-papo para mandar a mensagem depois que Lucy foi embora na quarta-feira à tarde.

– Isso é bom, mas acho que você deveria rever os antecedentes de novo, ver se alguém tem alguma conexão com Prenter.

– Farei isso – disse fazendo uma pausa. – Você disse que contou para Lucy?

– Tive que fazer isso, foi ela quem pediu para que eu investigasse o homicídio de Prenter.

– Lucy? – silêncio. – Por que ela faria isso?

– Ela viu a reportagem no jornal, depois pegou o relatório de autópsia. Ela disse que pareceu suspeito. Eu não acreditei muito no começo, mas quando li o relatório, percebi que ela tinha razão. Tudo isso é muito estranho.

A porta se abriu e a voz de Cody apareceu como se ele estivesse em um túnel.

– Lamento, Fran. Se descobrir quem é, nós lidaremos com isso internamente.

– Obrigada, Cody.

A porta se fechou.

– Maldição – Fran disse.

Silêncio absoluto.

Dillon disse:

– Há alguma coisa de errado nessa conversa.

Sean assentiu.

– Nenhuma menção de procurar a polícia. A primeira reação de Fran, depois da descrença, seria informar as autoridades.

Lucy discordou.

– O projeto de rastreamento dos condenados em condicional está em uma área cinzenta. Não é, tecnicamente, uma armadilha, mas Fran não queria que ele fosse divulgado por causa da potencial má publicidade. A vida dela inteira é o PMC. Se ela acredita que alguém de dentro está usando a organização para benefício próprio, não sei o que ela seria capaz de fazer, além de tudo, para proteger o grupo.

– Mas isto é assassinato – Dillon disse.

A gravação digital registrou um barulho alto, depois arquivos batendo e papéis sendo vasculhados. A voz de Fran:

– Diabos, onde isso foi parar? – mais movimentação seguida de um longo e profundo suspiro. – Não acredito nisso – sons do arquivo sendo aberto, uma procura furiosa entre papéis, depois silêncio por uns bons dois minutos. Lucy pensou que Fran tivesse saído, depois veio o tintilar de chaves seguido pela porta sendo batida.

Sean olhou para Dillon.

– Eu deveria ter encontrado um modo de colocar uma escuta na bolsa dela.

– Não Fran... – Lucy disse sem querer acreditar. Ela olhou para Dillon.

– Você também acha que foi ela – ele disse calmamente.

Ela assentiu e piscou para afastar as lágrimas.

– Foi o que você disse antes, sobre os vingadores mirarem determinados tipos de criminosos. A irmã mais nova de Fran foi repetidamente molestada pelo tio delas. Elas viviam na mais absoluta pobreza, a mãe trabalhava em dois empregos, Fran trabalhava o dia inteiro além de ir para a escola para poupar dinheiro para a faculdade e ninguém sabia que safado perverso era o tio.

– A maioria dos molestadores infantis sabe como silenciar as vítimas – Dillon disse. – Uma combinação de ameaças e bons tratos, e quando a criança supera isso, eles fazem com que elas se sintam tão culpadas, convencendo-as de que a culpa pelo abuso sofrido é delas mesmas, que elas nunca falam a respeito. Como Fran descobriu?

– Quando a irmã foi estrangulada pelo tio. No dia em que ela menstruou pela primeira vez, ele a estuprou e a matou. Ele disse à polícia que ela havia perdido a inocência e que ele tinha de evitar que ela se transformasse em uma prostituta – Lucy falou de modo pragmático, mas o caso tocava fundo em um ponto que ela mantinha selado.

– Há outra diferença nestes alvos – Dillon comentou olhando para os papéis de Lucy.

– Certo, eles estão espalhados. Não há dois na mesma cidade.

– Ou, se você olhar de outro ângulo, Prenter é o único em *condicional* da região. Esse é outro motivo pelo qual Prenter não se encaixa.

– Está sugerindo assassinos diferentes? – Sean perguntou.

– Não, mesmo assassino. Ou mesmo grupo; tenho certeza de que se trata no mínimo de dois assassinos, mais provavelmente três ou mais envolvidos, para uma conspiração grande assim. Eles miraram Prenter por um motivo diferente, de outro modo eles não arriscariam um assassinato tão perto de casa, não só D.C., mas um assassinato *pessoal*. Precisamos olhar todas as vítimas. Acho que uma das pessoas envolvidas está relacionada a uma das vítimas. Quando ele foi libertado, essa pessoa usou sua posição no grupo e colocou Prenter na lista, mesmo ele não se encaixando no perfil.

– Já verifiquei as vítimas – Lucy explicou. – Nada salta aos olhos. Pedi a Sean que investigasse mais a fundo.

– Ótimo – Dillon disse.

– Precisamos falar com Cody – ela disse. – Ele vai nos ajudar, nos contar todos com quem falou. Talvez algo dispare um alarme.

– Lucy – Sean disse secamente. – Cody tem outros problemas. Ele está perseguindo você.

– Talvez ele não tivesse a intenção de escrever uma mensagem tão perturbadora.

– E quanto àquelas vezes em que você teve a sensação de estar sendo observada? Isso não a assustou?

– Sim, mas...

– Não arranje desculpas para esse homem!

– Devagar, Rogan – Dillon disse.

Lucy balançou a cabeça.

– Sean tem razão – ela tinha de aceitar o fato de que Cody tentara assustá-la. – Cody nos seguiu da igreja para o rinque de patinação, eu não disse nada a ele porque eu nem sabia. É que é tão difícil colocá-lo no papel de bandido.

– Ele retornou a sua ligação?

Ela negou com a cabeça.

– Vou tentar falar com ele pela manhã.

– Não vai sozinha – Sean disse.

Ela olhou de relance para Sean; entendia por que ele se preocupava e bancava o protetor, mas a tensão emanando dele era palpável. Antes ele pareceu tão compreensivo, mas agora agia como os seus irmãos.

Ela levantou uma sobrancelha e, mantendo a voz impassível, disse:

– Não tenho vontade de morrer, Sean, e já tenho quatro irmãos superprotetores; não preciso de mais um.

Ele passou a mão pelos cabelos.

– Desculpe.

– Contudo, aprecio a sua preocupação, e, prometo, não vou facilitar as coisas para ele, está bem? Mas acho que Dillon deveria vir comigo quando eu for falar com ele. Menos testosterona.

– Puxa, obrigado – Dillon disse, suavizando a conversa.

Ela revirou os olhos.

– Sabe o que estou dizendo.

VINTE E SEIS

Abigail chamou Noah assim que ele virou no corredor entre os cubículos do escritório na terça-feira de manhã.

– Consegui as informações do GPS.

– Nós devíamos ter essa informação ontem.

– É, e eu atormentei o pobre CEO sem dó o dia inteiro ontem, embora não haja risco de vida imediato dependendo desta informação.

– Desculpe – Noah esfregou os olhos. – Kate e eu dividimos os e-mails de Morton. Ainda estou com dor de cabeça.

– Descobriu alguma coisa?

– Bastante. Sabe a nossa vítima de sábado, Robert Ralston?

– Sei.

– Se li direito estas mensagens, foi ele quem contatou Morton primeiro. Morton saiu da prisão, mandou algumas mensagens para avisar que estava livre e nada. Até a primeira semana de agosto, quando Ralston enviou a primeira mensagem para ele.

Noah abaixou os relatórios e puxou um resumo digitado em casa.

– Em 6 de agosto, Ralston pergunta a Morton se ele está interessado em uma nova jogada, diz que quer se aposentar na Flórida, mas que está sem dinheiro. Morton responde que também está quebrado e que detesta ser mecânico. Ralston diz que vai prestar atenção nas novidades, mas que não é nenhum especialista.

– Morton comprou o computador algumas semanas depois disso.

– Acho que pode ter sido coincidência; ele precisava juntar dinheiro para isso, e depois de sete semanas de trabalho, ele tinha o suficiente. Ele imediatamente começou a acessar todos os sites pornôs. Provavelmente pesquisando as mudanças de tecnologia e de negócios.

– Ou talvez só fosse um bastardo excitado após ter passado seis anos na prisão.

Noah deu de ombros.

– Em seguida, Morton contata Ralston no fim de setembro e diz que tem uma nova jogada, a mesma frase usada por Ralston, e que estaria pronto em alguns meses. Foi mais ou menos nessa época que ele começou a juntar pornografia e arquivá-la no computador. Muitas fitas e discos eram velhos. Não sei qual era o plano dele, nada nas mensagens revela os detalhes. Mas ele tinha muitos filmes caseiros os quais os nossos técnicos dizem que um ou os dois participantes não sabiam que estavam sendo filmados.

– Chantagem, talvez?

– É possível. E ele precisaria de dinheiro para o equipamento, para o esquema, planejamento e, claro, para armar a chantagem, se é isso o que ele planejava. Ou ele simplesmente estava criando um site de *voyeurismo*. Não sei se um dia vamos saber da verdade, considerando-se que tanto Morton quanto Ralston estão mortos.

– Até que quem quer que os tenha matado dê prosseguimento a esse novo empreendimento.

Noah assentiu.

– Não temos os e-mails de Ralston, mas ele devia estar fazendo algum trabalho para Morton, pois ele volta a contatar Morton no fim de novembro para dizer que encontrou um novo *jogador*.

– Por que Morton não veio para cá nessa época, então?

– Não sei. Não consegui encontrar nenhuma outra mensagem entre eles até o fim de dezembro. Fico me perguntando se eles se falaram por telefone; Guardino, em Denver, está analisando os registros telefônicos de Morton. Não há nenhum telefone com prefixo 202, nem 703, mas hoje em dia, com os telefones *descartáveis*, pode-se ligar com qualquer código de área. Morton até pode ter tido um que não localizamos. Nossos analistas estão averiguando os registros de Ralston. Alguma informação vai bater, mas isso leva tempo para descobrir.

– Então, em dezembro o que foi que Ralston disse?

– Para escolher um lugar e uma data. Mas veja só: Morton não respondeu. Não há nenhuma outra comunicação entre eles.

– Então você vai adorar o que eu tenho aqui – Abigail sorriu como o Gato Risonho de Alice* e esticou o mapa de D.C. sobre a mesa. – Mapeei todos os lugares que Morton foi com o carro alugado a partir do instante em que saiu do estacionamento do aeroporto. Duas das suas paradas? O apartamento de Ralston.

Noah seguiu o dedo de Abigail pelo mapa.

– Ele ficou bem ocupado esses dois dias.

– Ficou mesmo.

Noah deu uma olhada. Além do apartamento de Ralston, também estava marcada a marina onde ele foi morto. Ele chegou lá às 23h23. Morreu aproximadamente à meia-noite. O corpo não havia sido transportado. Às 23h59 o carro saiu.

– Ele foi para um encontro com as pessoas dos fundos, possivelmente para pegar o dinheiro da nova *jogada*, e eles o mataram. Pegaram o carro, voltaram para o hotel... Por quê?

---

* Gato Risonho ou Gato Cheshire, personagem de um sorriso largo e irônico do livro *Alice no País das Maravilhas*, de Charles Lutwidge Dodgson, publicado em 4 de julho de 1865 sob o pseudônimo de Lewis Carroll.

– Se seguirmos o ângulo da chantagem, talvez isso fosse bancar seu novo projeto, e ele chantageou a pessoa errada.

Noah pensou a respeito.

– Ele não leva as provas incriminatórias, por isso o assassino vai até o hotel para procurar. Então dirige o carro até perto do aeroporto de Dulles.

– Não, o carro vai para outro lugar – ela desceu o dedo.

Noah ficou de boca aberta.

– De volta ao apartamento de Ralston?

– Sabe o que estou pensando? Acho que o assassino estava procurando alguma coisa.

– Isso apoiaria a nossa teoria de chantagem.

– Morton não tinha as provas com ele; não estavam no carro, nem no hotel...

– Por isso foram atrás de Ralston.

Abigail assentiu.

– E o mataram. Depois *eles* deixaram o carro no armazém perto do aeroporto às 4h30 da manhã.

Chantagem. Isso poderia custear a nova *jogada* de Morton.

– Como o assassino chegou à marina se saiu dirigindo o carro de Morton? – Noah pensou.

– Ele foi com Morton?

– Dificilmente. A menos que estivessem lá para se encontrarem com outra pessoa.

– Então o assassino tinha um sócio. Ou pegou transporte público.

Noah pensou.

– Ou Ralston foi com Morton.

Abigail franziu o cenho.

– Mas se Ralston e Morton estavam trabalhando juntos, como mostram as evidências, por que voltar ao hotel de Morton depois que ele foi assassinado? A descrição do gerente, embora vaga, nem chega perto de Ralston. Se o assassino queria os dois mortos, por que levar Ralston de volta ao apartamento?

– Talvez Ralston estivesse assustado, tentando ganhar tempo.

– É possível.

Alguma coisa estava faltando nessa teoria. O plano parecia enrolado demais, mas até eles descobrirem com quem Morton iria se encontrar e o que ele deveria trocar pelo dinheiro, eles não tinham como saber.

– Você verificou os táxis e as companhias de limusines?

– Nenhum motorista profissional foi para a marina naquela noite.

Noah bateu o dedo em uma marca em Somerset, Maryland.

– O que é isto? Parece residencial.

– Ainda não verifiquei; só recebi essa informação há uma hora.

– Ele dirigiu para lá na quinta à noite.

O computador dele bipou, avisando a chegada de um novo e-‑mail. Ele olhou, depois releu para ter certeza.

– Temos novidade – Noah disse.

Quando ele abriu a mensagem, Abigail espiou por sobre o ombro. Era do analista.

Agente Armstrong,

Seguindo as suas instruções, rastreei os passos de Roger Morton antes de sua chegada ao aeroporto de Dulles. Com o nome dele não há nenhuma viagem; com o do primo, Cliff Skinner, só havia a passagem de Denver para o Aeroporto Internacional de Dulles. Contudo, no cartão de crédito de Skinner, há uma cobrança de uma viagem de ida e volta de Dulles para Seattle em 3 de janeiro, com retorno no dia 4, com o nome de Robert Ralston. Contatei a companhia aérea que confirmou a compra e o uso das passagens.

Avise-me se precisar de mais alguma coisa.

Sandy Young, Analista II.

– Ralston foi para Seattle? Por quê? – Abigail perguntou.

Noah não respondeu. Morton pagou pelos bilhetes, mas Ralston viajou. Um dia só, por quê? Qual a ligação de Morton com Seattle?

Ele respondeu para Sandy:

Obrigado, Sandy. Veja o que consegue descobrir sobre Ralston em Seattle. Se ele usou carro alugado, se registrou-se em algum hotel, com o nome dele ou o de Skinner. Noah.

– Cada vez mais interessante... – Abigail comentou.

Noah concordou.

– Vamos verificar essa localização em Somerset – ele começou a andar, mas parou tão de repente que Abigail deu um encontrão nele.

– Percebo um lampejo... – Abigail deduziu.

– Seattle. Estava nos arquivos que Stockton me entregou. Foi onde Adam Scott e Morton levaram Lucy Kincaid depois de a sequestrarem.

– Acha que existe alguma ligação?

– Duvido que seja coincidência.

Noah virou-se e voltou para o computador. Rapidamente enviou uma mensagem a Rick Stockton e a Hans Vigo, que conseguiriam obter as respostas mais rapidamente.

VINTE E SETE

Sean aproximou-se o quanto pôde da entrada de funcionários do IML de D.C., parando em fila dupla porque não havia lugar para estacionar. Não permitiria que Lucy caminhasse muito; não enquanto não soubesse o que Cody estava tramando. E se Fran Buckley ou as pessoas que trabalhavam com ela eram ou não perigosas. Lucy não havia nem concordado nem discordado com a crença de Dillon e de Sean de que Fran estava por trás desse grupo de vingadores, e Sean não a pressionou. Ela estava sendo soterrada nos últimos dias, e ele queria que ela tivesse espaço para chegar às próprias conclusões. Ela chegaria lá.

Lucy disse:

– Acho que posso me acostumar a ter um motorista. Belo carro, rapaz *sexy*, serviço porta a porta...

– Não deveria ser *carro sexy, belo rapaz*? – Sean brincou e beijou o sorriso dela. – Cuidado, Lucy. Lembre-se, se Cody aparecer, ligue para Kate ou para o seu irmão. E evite Fran até descobrirmos se ela está envolvida ou não.

– Não precisa me repetir isso.

– Só estou preocupado – disse enquanto tocava o rosto dela. Lucy parecia cansada, e ele disse: – Sabe, quando tudo isso terminar, você merece umas férias. Um fim de semana prolongado para qualquer lugar que meu avião possa nos levar.

Ela sorriu travessa.

– Qualquer lugar? Acho que não deveria me dar essa liberdade de escolha.

– Se eu disse qualquer lugar, pode contar. A que horas você sai?

– Às três.

– Estarei aqui.

Sean observou-a até que ela entrasse no prédio, depois se certificou de que ninguém a seguia até a porta de segurança se fechar.

Dirigiu de volta à casa de Lucy. Kate havia mandado uma mensagem pedindo que ele fosse até lá às 10 horas.

Quando Kate abriu a porta, ela olhou para o relógio.

– Chegou uma hora antes – ela comentou.

– Não demorei em pegar Lucy, levá-la para o trabalho e voltar.

Ela fechou a porta atrás dele.

– O café está na cozinha.

Sean a seguiu pelo corredor. Como Lucy, ela parecia exausta. O cabelo ainda estava úmido por conta do banho e caía em mechas espessas pelo rosto. Impaciente, ela colocou-as atrás da orelha.

Dillon estava na cozinha lendo um relatório grosso. Um homem de cerca de 50 anos, com uma ligeira barriga e cabelo ficando grisalho se sentava diante de Dillon, levantou o olhar.

– Sean, – ele disse indicando o estranho – este é um bom e velho amigo meu, doutor Hans Vigo. Ele é do FBI.

– Vigo – Sean conhecia aquele nome. – É o perito em perfis?

– Boa memória – Hans estendeu a mão para Sean. – Não nos conhecemos.

– Não, mas meu irmão Duke e todos na RCK falam muito bem de você.

– Como está Duke? – Hans perguntou.

– Como sempre – Sean vinha se aproximando para saber o que Dillon estava lendo.

Kate parou ao lado de Sean e disse:

– É a ficha da funcionária de Fran Buckley do tempo do FBI, Senhor Intrometido.

– Foi por isso que pediu para que eu viesse?

– Não, Noah Armstrong quer falar com você.

Sean subitamente se virou para ela.

– Está armando um encontro meu com o FBI?

Foi Hans quem respondeu:

– Você apareceu em uma gravação de vigilância entrando em um restaurante cujo dono é Sergey Yuran. Levando-se em conta que o nome dele veio à tona no decorrer desta investigação, precisamos saber o que foi que ele disse.

Sean franziu o cenho.

– Se eu tivesse descoberto alguma cosa que ajudasse, eu já teria passado a informação ao agente Armstrong no sábado.

Sean não se sentia à vontade falando com o FBI sobre qualquer coisa que o colocasse em um caldeirão de água fervente. Pensou em ligar para Duke, pedindo conselhos sobre se deveria chamar um advogado ou não, mas logo desconsiderou essa ideia. Não poderia se apoiar no irmão toda vez que batesse de frente com a Força Policial. Era um garoto crescido, podia tomar as próprias decisões, e sabia que não havia extrapolado nenhum limite ao falar com Sergey Yuran. De jeito nenhum Yuran teria conversado com um policial, e se era verdade que ele estava sendo vigiado, Armstrong não teria permissão para abordá-lo. Prender o traficante pela morte de um tratante como Morton estava muito abaixo da lista de prioridades frente ao tráfico de armas e de seres humanos, o que dizia a Sean que Armstrong queria uma conversa confidencial, portanto, o encontro na casa de Kate. Talvez aquele agente não fosse tão *certinho* quanto Sean havia pensado ao encontrá-lo no sábado.

Contudo, toda vez que Sean teve de falar com policiais no passado, ele acabava escaldado.

Antes de ser expulso de Stanford, Sean descobriu que um dos professores gostava de pornografia infantil. Sean expôs essa obsessão repulsiva para que todos soubessem que tipo de pervertido ele realmente era. Os federais prometeram que nada lhe aconteceria caso Sean revelasse como ele entrou no sistema do professor e o que o fez desconfiar no início. Sean contou a verdade. Sem nem perceber, em seguida Stanford o expulsou por invadir o banco de dados da universidade. Duke disse-lhe que o FBI fez o que pôde e que Sean deveria se dar por satisfeito por não ser mandado para a prisão. Eles concordaram em apagar os registros; no entanto, Sean tinha certeza de que seus arquivos no FBI deviam ter mais de três centímetros de grossura. O incidente com o professor pervertido de Stanford não foi a única vez em que esteve em águas quentes ao tentar acertar o que havia de errado.

Kate disse:

– Sean, é melhor tomar cuidado perto de Armstrong. Ele é bom e não gosta de interferências.

– Eu não interferi em nada.

– Aparecer no apartamento de Ralston não foi interferir?

– Não vou repetir isso. Você sabe por que eu estava lá. Não atrapalhei a investigação.

– Ninguém quer metê-lo em apuros, Sean – Hans afirmou.

Sean não sabia se devia confiar nele, mas Duke acreditava que Hans Vigo conseguia caminhar sobre a água, e isso não podia se dizer a respeito de muitas pessoas, por isso Sean concedeu o benefício da dúvida ao homem.

– Está bem, mas se Armstrong me prender, é melhor você pagar a fiança.

Hans sorriu.

– Eu lhe dou a minha palavra.

Sean relaxou um tanto e foi se servir de café.

Hans disse a Dillon:

– Mudando de assunto, há alguma coisa nos registros de Buckley que a coloque na lista de suspeitos?

Sean olhou discretamente para Hans, que disse:

– Dillon me telefonou ontem à noite e me contou do assassinato de Prenter e da preocupação de Lucy quanto à existência de um esquema para matar os presos em condicional.

Sean franziu o cenho.

– Isso não vai ser um problema para Lucy? Ela está no meio do processo de seleção do FBI.

– Estou ciente disso, fui eu quem fez a recomendação. E nada do que ela tenha feito vai afetar a minha recomendação. Todavia, não posso, honestamente, dizer como isto vai afetar a decisão do departamento.

– Mas não podemos manter segredo disso – Kate disse. – Isso me manteve acordada a noite inteira. Morton estava sob *sursis*, mas foi alvejado atrás da cabeça, assim como Prenter e muitos dos outros condenados em condicional que Lucy descobriu ontem à noite.

A teoria de Kate atordoou Sean. Ele não havia pensado que o homicídio de Morton pudesse estar relacionado ao PMC.

– Acha que a mesma pessoa que matou Morton é o assassino de Prenter e dos outros? – ele perguntou.

Hans respondeu:

– Sem levantar suspeitas, eu estou puxando as fichas de todos, estamos lidando com diferentes jurisdições aqui, a fim de ver se há algo que ligue o assassino às vítimas. Há diferentes causas de morte e, até agora, os exames de balística não conferem. Estou procurando outros padrões, como, por exemplo, o fato de terem morrido à noite. Todos estavam em locais públicos. Nenhum dos crimes foi solucionado. Ninguém o rastreou por meio do sistema do PMC – Hans prosseguiu. – Teria sido extremamente fácil mandá-lo de volta para a prisão pelo resto da vida se alguém o encontrasse violando o *sursis* por ter viajado até D.C.

– Voltaria para a prisão para sempre – Kate murmurou, sentando-se ao lado de Dillon com uma xícara de café na mão.

– Eles o queriam morto – Hans disse. – E não na prisão.

– Mas isso ainda não explica por que o trouxeram até aqui em vez de matá-lo no Colorado – Sean argumentou.

– Noah descobriu hoje que Ralston voou para Seattle três dias antes de Morton chegar em D.C. – Hans disse.

Sean olhou para ele sem entender.

– Há alguma coisa importante em Seattle?

Foi Dillon quem respondeu:

– Foi para onde Adam Scott e Morton levaram Lucy após o sequestro. Para uma ilha perto de Seattle.

Sean sentiu a pele arrepiar.

– Por que ele foi para lá?

– Não sabemos, – Hans disse – mas a polícia de Seattle está investigando. Ele está envolvido nisso desde o início.

Sean foi até a bancada da cozinha e encheu a caneca, mesmo não gostando tanto assim de café. Precisava de algo com que se ocupar ou iria buscar Lucy naquele instante.

– Por que não pode simplesmente levar Fran Buckley para uma sala de interrogatório? – Sean disse, impaciente com tantas especulações e poucas respostas. – Sabemos que ela está envolvida. Só não consigo acreditar que sete agressores sexuais, perdão, oito, incluindo Morton, tenham sido assassinados sem que ela soubesse exatamente o que está acontecendo.

– Concordo, – Hans disse – mas não conhecemos a extensão desse grupo de vingadores, se ela é a líder ou só um dos subalternos. Se a trouxermos cedo demais sem provas, acabaremos alertando o grupo e os sócios dela desaparecerão. Precisamos de algo mais...

– Como o quê? – Sean interrompeu.

– Uma ligação.

Bem, aquilo era bem vago. Sean fechou a cara e olhou por sobre o ombro de Dillon.

– Onde está o registro de trabalhos dela no FBI?

– Ainda não cheguei lá.

– Ela se aposentou. Aposto como ainda tem muitas conexões. Em que divisão ela trabalhava?

– Quanto você sabe sobre o FBI? – Kate perguntou, tirando a pasta das mãos de Dillon.

– Duke é casado com uma federal. Terrorismo doméstico. Jack também é casado com uma. Temos muitos ex-federais trabalhando na RCK, FBI, ICE, DEA, pode escolher o acrônimo que quiser. Eu absorvo as informações.

Dillon informou:

– Ela se aposentou há dez anos, cinco antes do esperado.

– Mas ela já tinha vinte de serviço, não é algo incomum.

– Kate, você conheceu Fran quando ela ainda estava no departamento?

Kate balançou a cabeça.

– Não éramos do mesmo escritório: eu fiquei no de Washington todos os seis anos antes de ter de me esconder – Kate folheou a pasta de Fran. – Ela passou seus primeiros três anos na Filadélfia, dez anos em Richmond, depois os últimos sete em Boston como Agente Especial Supervisora – ela continuou passando pelas folhas quando exclamou: – Ai, meu Deus!

Sean viu o sangue fugir do rosto de Kate. Ele nunca tinha visto a impassível agente com medo. Ela passou a pasta para Dillon com mãos trêmulas.

– Veja o trabalho dela em Richmond pouco antes de ela se aposentar. Dillon, esta é a ligação.

Sean olhou por cima do ombro de Dillon, mas nada muito óbvio chamou sua atenção.

– O que foi?

Kate fitou Hans.

– Eu não sabia que Mick Mallory esteve em Richmond.

– Quem é Mick Mallory? – Sean exigiu saber.

– Nem sei por onde começar – Kate murmurou.

Dillon explicou:

– Mallory era um policial disfarçado na Empreendimentos Trask trabalhando para um agente do FBI. Ele ficou tão envolvido que se tornou um deles.

O sangue nas veias de Sean congelou.

– Você não está querendo dizer que...

– Ele foi longe demais ao não entregar Trask quando teve a oportunidade, mas o chefe dele queria informações específicas, e Mallory estava sofrendo muita pressão. Enquanto ele ainda era um agente da ativa, se envolveu em uma missão do FBI com a Narcóticos. Seu disfarce foi descoberto e o alvo matou a esposa e o filho dele – a princípio, Sean detectou uma pontada de simpatia no tom de Dillon, mas ela logo desapareceu quando ele continuou explicando o que havia acontecido com o agente perturbado: – Mallory perdeu tudo o que mais importava, e foi colocado em uma área administrativa, mas não conseguiu esquecer o assunto. Ele foi atrás do alvo e a coisa acabou em um banho de sangue. Dois agentes foram gravemente feridos no processo e todos os suspeitos foram mortos. As informações que o FBI e a Narcóticos precisavam morreram com eles. Mallory perdeu o emprego, e não se meteu em maiores confusões antes de ser recrutado para se infiltrar na Trask. Ele justificou suas ações porque a recompensa, colocar Trask e os demais na prisão ou em uma cova, era tudo o que ele conseguia enxergar. E aquele maldito do Merritt o usou! – ele bateu no tampo da mesa com o punho.

Sean nunca tinha visto Dillon Kincaid tão bravo, por isso quase deu um passo para trás de tão surpreso. Kate pousou uma mão no braço de Dillon. A mão dele cobriu a dela.

– Não... – disse ela suavemente.

Hans disse:

– Merritt está morto. Pode ter sido acidente de carro ou suicídio, seis meses depois que tudo acabou. Ele deixou um diário detalhado de tudo o que fez e o que ordenou que Mallory fizesse. Mallory foi considerado mentalmente suicida e internado em uma instituição mental por dezoito meses.

– Perfeito. Primeiro Morton só pega seis anos na prisão, depois esse cretino do Mallory é considerado doente mental? Acordos maravilhosos enquanto as pessoas morrem! – Sean jamais entenderia o sistema penal. Não eram aqueles cujas vidas eram arriscadas diariamente que estragavam as coisas, mas sim os políticos e os advogados. Os policiais faziam o trabalho deles, mas no fim, se alguém ia ou não parar na prisão era uma aposta que podia dar qualquer resultado.

– Mallory foi alvejado e dado como morto quando Trask descobriu que ele havia mandado uma informação sobre a localização de Lucy.

– Você está dizendo que esse cara viu Lucy ser atacada? – Sean nunca antes ficou tão irado em toda a sua vida.

– Acalme-se, Sean. Você não estava lá – Kate rebateu.

Ela tinha razão. Mas, maldição, ele se importava com Lucy! Saber que um agente federal permitiu que ela fosse brutalmente estuprada e não fez nada para evitar isso deixava Sean fisicamente doente e morrendo de ódio.

Dillon disse:

– Se Mallory e Fran Buckley se juntaram, este tipo de operação de vingadores pode se encaixar em ambas as personalidades.

Hans concordou:

– Se Mallory estiver envolvido, isso pode explicar o homicídio de Morton. Se ele achou que Morton estava tendo uma recaída, então Mallory certamente iria atrás dele.

– Eu acho que Mallory iria atrás de Morton não importando o motivo – Kate disse. – Mas isso ainda não explica por que Morton estava em D.C., nem por que Ralston foi para Seattle.

– Onde está Mallory *agora*? – Sean perguntou.

– Não sabemos – Kate disse. – Ele desapareceu depois que saiu do hospital.

– Precisamos encontrá-lo – Hans disse.

A campainha tocou, e Kate levantou-se para atender à porta. Hans inclinou-se para frente e sussurrou:

– Dillon me contou sobre a escuta que você plantou. Vamos deixar isso de lado.

Sean enxergou Hans com outros olhos. Ele não era um agente federal típico.

Kate retornou com os agentes Noah Armstrong e Abigail Resnick.

– Morton foi para Somerset, em Maryland, na noite em que chegou a D.C. – Noah informou sem preâmbulos. – Ele estacionou na Rua Eucalipto, e Abigail e eu interrogamos todos os vizinhos que estavam em casa de manhã, averiguamos os registros de propriedade das casas a cem metros do ponto em que Morton estacionou. Ninguém bate com a lista de contatos de Morton, mas há algumas casas alugadas e ainda estamos averiguando com os proprietários.

Abigail disse:

– Vou voltar à noite para falar com quem não encontramos. Ele ficou lá por vinte e cinco minutos, portanto deve ter tido um motivo.

– Talvez fosse apenas um encontro marcado na rua, no carro ou em um estacionamento – Kate ponderou. – E não na casa de alguém.

– Improvável – Noah disse. – A vizinhança é bem estabelecida e mantida. Alguém teria notado um estranho, e ele foi para lá depois das oito da noite. Mas tudo é possível – Noah se virou para Sean. – Rogan, precisamos conversar sobre Sergey Yuran.

Sean procurou não se irritar com o tom oficial de Noah. Ele não confiava no senhor Lei e Ordem. Noah era muito preto no branco para o seu gosto, mas o quanto antes partilhassem informações e encontrassem o assassino de Morton, melhor seria para Lucy. Se o homicídio de Morton estivesse ligado ao dos outros criminosos em condicional como ele e Kate haviam especulado, todos os problemas de Lucy seriam solucionados e Sean poderia afastá-la da cidade por alguns dias.

– Fui vê-lo no sábado.

– Por quê?

– Ele era um dos associados de Morton. Eu o conhecia, não pessoalmente, mas a RCK trabalhou em missões de resgate no mundo inteiro; sabemos que ele lida com tráfico de seres humanos. Era um lugar óbvio para se começar.

– Para *eu* começar, não você.

– Ele jamais teria falado com você, e você sabe disso. Criminosos como Yuran brincam com o sistema, e é por isso que ele está sob supervisão. Meu palpite seria a Imigração. Estou surpreso que eles tenham partilhado informações com você.

Noah irritou-se.

– Quem lhe disse isso?

– Eu os vi.

– Duvido muito.

Sean não comentou; isso só irritaria o federal ainda mais.

– Se eu tivesse informações sobre Morton ou sobre quem o matou, eu teria lhe dito.

– Você não é um policial; não sabe o que está acontecendo nesta investigação, nem que perguntas deve fazer.

Sean levantou a sobrancelha.

– Tudo o que ele disse foi que ouviu que alguém estava procurando um perito em negociação de sexo pela internet e que mandou investigar, mas não descobriu nada. Disse que ou o homem tinha desaparecido ou havia perdido o interesse. Pressentindo que havia algo estranho, não foi atrás.

– Maldição, Rogan, você está atrapalhando esta investigação!

– Não estou, não – Sean disse com firmeza. – Yuran não confiou na fonte porque ela não apareceu pelos canais normais.

– E você acreditou nele? Yuran comanda uma das maiores organizações da máfia russa na região de D.C.

– Sei tudo a respeito de Yuran. Não há por que ele mentir para mim. Eu não sou tira e não estava atrás dele.

– Ele poderia estar envolvido no assassinato de Morton. Ele e Ralston foram *executados*.

– Algo comum na máfia, mas não é o estilo de Yuran.

– E você *sabe* disso...

– Faço a minha pesquisa.

– Eu gostaria de saber de onde consegue as suas informações.

– Isso é confidencial.

Estavam em um impasse, mas Sean não recuaria. Sabia o bastante a respeito de Yuran para saber que ele não se interessava por pornografia virtual. Se ele achasse que havia alguma coisa lá, ele partilharia suas informações, mas Sean não queimaria os irmãos por eles terem lhe feito um favor que fazia fronteira com a ilegalidade.

– Você está começando a me irritar, Rogan. Eu deveria prendê-lo para interrogatório.

Sean levantou-se.

– Se está me acusando de algum crime, chegamos ao fim da nossa conversa.

– Que tal começarmos com interferência em uma investigação criminal federal?

Sean começou a andar na direção da porta.

– Telefone para o meu advogado.

Kate disse:

– Sean, não vá embora.

– Não vou brincar de cabo de guerra com um agente federal. Já me queimei antes – olhou rapidamente para Noah, que o encarava.

– Não vai ficar longe de encrenca – Noah retrucou.

Hans interveio:

– Noah, pare de provocar Sean.

– Acho que ele quer me ver de coleira – Sean murmurou.

– Trégua – Hans propôs. – Estamos do mesmo lado.

Hans tinha razão. Sean não precisava gostar de Noah Armstrong, mas deveria ter agido com mais astúcia em vez de deixar que o agente o irritasse.

Kate bateu na pasta pessoal de Fran Buckley.

– Vingadores atrás de criminosos em condicional. Morton se encaixa.

Sean virou-se para Kate atordoado.

– O que você está fazendo?

– Está tudo ligado, Sean -- ela lançou um olhar mandando-o recuar.

Relutante, ele obedeceu, mesmo fumegando por dentro. Não confiava em Noah Armstrong a ponto de ele não destruir o sonho de Lucy de se tornar uma agente do FBI. Se ele achasse que Lucy sabia desses homicídios, ela não teria a mínima chance.

Hans falou:

– Lucy descobriu uma leva de assassinatos movidos a vingança relacionada ao grupo Prioridade para Mulheres e Crianças. Ela mostrou as informações para Kate e para Dillon, e eles me pediram que eu trouxesse os arquivos das pessoas que pudessem estar envolvidas.

Sean gostou de Hans Vigo no instante em que o encontrou, mas agora a estima pelo perito era maior ainda. O veterano do FBI foi brilhante, dizendo a verdade sem dar os detalhes que poderiam colocar em risco as chances de Lucy no departamento.

– Está dizendo que Morton foi assassinado por um vingador? – Noah perguntou.

Hans assentiu e contou a Noah um resumo das descobertas de Lucy, do assassinato de Brad Prenter e dos outros criminosos. Concluiu dizendo:

– De acordo com os registros detalhados de Lucy, dos 28 casos em que ela trabalhou, a maioria voltou para a prisão, mas oito estão mortos.

– Estar morto não significa que...

Hans interrompeu-o:

– Todos foram assassinados na noite em que deveriam ser presos.

– Há diversas outras pessoas no PMC fazendo a mesma coisa, – Kate disse – mas Lucy não tem acesso a esses registros.

– Eu deduzo que a proporção mantenha-se, – Hans disse – quatro para um para cada funcionário. Duvido que Fran Buckley estivesse usando somente Lucy nesse projeto.

Noah se sentou para processar a informação. Sean voltou para a cozinha e apoiou-se na bancada, de onde ele podia ver e ouvir.

– Tem provas disso?

– Temos provas de que oito homens morreram na noite em que deveriam ser presos – Hans respondeu. – Também sabemos que alguém invadiu a conta do PMC de Lucy e mandou a última vítima, Brad Prenter, para um lugar completamente diferente do local arranjado para efetuar a prisão.

– Onde Morton se encaixa nisso? – Noah quis saber.

– Pouco antes de você chegar, encontramos uma ligação entre Buckley e Morton – Hans esclareceu.

– Você conhece o ex-agente do FBI Mick Mallory? – Kate perguntou.

Noah balançou a cabeça, mas a agente Resnick falou:

– Lembro-me de Mallory. Depois que a família dele foi assassinada por um criminoso, ele perdeu a cabeça. Foi trabalhar disfarçado para a empresa criminosa de Adam Scott, nada disso autorizado pelo departamento.

– Mallory é um patife com um juízo próprio do que é certo ou errado, mas nos ajudou a localizar Lucy – Kate disse. – Mallory estava perdido. Ele estava tão infiltrado, havia participado de muitos crimes, mas ainda assim seu contato o pressionou.

Dillon esticou a mão para segurar a dela.

– Mallory trabalhou no escritório de Richmond com Buckley por dois anos – Hans explicou.

Noah não disse nada por uns bons minutos.

– Há quanto tempo isso?

– Há quase 20 anos. Mallory era um agente novato na época em que Buckley trabalhava na divisão de crimes violentos.

Noah esfregou os olhos.

– O que você acha disso, Hans?

– Acredito que tanto Buckley quanto Mallory sejam capazes de cometer assassinatos em determinadas circunstâncias.

Noah olhou para o teto. Sean praticamente lia a mente dele apesar de ele manter o rosto impassível. Ele repassava o caso, pesava as evidências contra as suposições. Por fim, disse:

– Precisamos interrogar Fran Buckley e encontrar Mallory. Imagino que vocês não saibam onde ele está, correto?

– Ainda não – Hans disse. – Acabamos de estabelecer a ligação agora de manhã, nem começamos a procurar.

Noah voltou-se para Abigail.

– Consegue a atual localização dele?

– Pode deixar.

– A respeito de Fran, – Kate continuou – chamá-la pode não ser vantajoso.

– Por que não? Hans disse que temos provas de que alguém no PMC matou esses criminosos em condicional.

– Não, – Hans corrigiu – temos provas de que eles foram assassinados na noite em que deveriam ser presos por policias voluntários. Há mais uma coisa a considerar: as personalidades.

– Explique-se.

– Buckley e Mallory não são líderes. Mallory sempre acatou ordens. Foi militar, trabalhou infiltrado, mas sempre agiu sob a supervisão de um superior. Nunca fez nada por conta. Mesmo quando trabalhava disfarçado para Trask, ele o fez a mando de um agente em um alto cargo do FBI. Buckley dirige o PMC, e na superfície pode parecer a líder, mas ela foi supervisora por sete anos em Boston e não se saiu bem em suas funções. Li os relatórios, e ela se apoiava nos seus superiores mesmo nas decisões de pouca importância. A ponto de, mesmo mantendo o cargo e o salário de agente especial supervisora, ter sido demovida para um papel de não supervisão.

– Você está sugerindo que há uma terceira pessoa envolvida – Noah disse.

– Acho que isso é bem provável. Não tenho cem por cento de certeza, Mallory tem a capacidade de ser líder, só nunca o foi – Hans tamborilou os dedos e fitou o teto. – Se houver outra pessoa envolvida, um líder, então ele perdeu alguém próximo a ele. Uma das vítimas está de alguma forma ligada a ele. Preciso de mais detalhes sobre os homicídios. Dillon fez uma cópia dos arquivos de Lucy e vou revisá-los para ver se encontro alguma outra ligação.

– Acha que há mais de três pessoas envolvidas? – Dillon perguntou. – Para crimes como esses, em sete diferentes estados, mais parece uma rede.

– É um grupo pequeno – Hans disse. – Uma conspiração muito maior não conseguiria manter o controle das suas atividades por tanto tempo. Não há provas nas cenas dos crimes que liguem um a outro. Isso me diz que há dinheiro envolvido para comprar armas e livrar-se delas. Usam a arma uma vez, livram-se dela, compram outra. Viagens... Mallory pode facilmente viajar pelo país. Não há laços que o liguem às cidades em que os crimes foram cometidos, o assassino perfeito. Imagino que possa existir outra pessoa envolvida, mas teria de ser alguém em que Mallory confiasse. Mallory é a chave; ele sabe quem é o encarregado.

Sean pensou no que Hans disse, a mente passando as pessoas possíveis que poderiam organizar um grupo de vingadores tão elaborado e bem-sucedido. Telefonaria para Duke assim que saísse dali. Entre seu irmão e T.J. Caruso, eles tinham contatos em todo o mundo.

Noah perguntou a Hans:

– Quem é o elo frágil?

Hans pesou as possibilidades com cuidado.

– Frances Buckley, se interrogada devidamente por uma autoridade masculina – olhou para Kate. – Sem querer ofender, Kate.

Ela dispensou o comentário dele.

– Eu entendo. Ela é das antigas, considera as mulheres como iguais e os homens seus superiores.

– Não exatamente – Dillon ponderou. – Acho que ela despreza as mulheres.

– Exato – Hans concordou.

– Não entendo – Sean interveio. – Ela gosta de Lucy, ou então é uma excelente mentirosa.

– Tem razão no que se refere a Lucy, Sean – Hans disse. – Pense no seguinte. Fran tem 70 anos. Ela entrou no departamento quando poucas mulheres o faziam, quando a mentalidade de Hoover era a dominante. Ela brigou muito para conseguir o que conquistou. Muitas das mulheres de sua época não conseguiram, ou escolheram profissões em que não precisariam bater de frente com os homens. Por isso ela se considera superior à maioria das mulheres; porque ela escolheu o caminho mais difícil. Em seguida pense no campo de trabalho que ela escolheu depois da aposentadoria. Predadores sexuais. Eles caçam mulheres e crianças. Os fracos, na mente dela. Ela protege os fracos. Isso a coloca em um patamar elevado. Junte isso ao ultrapassar dos limites, ela não está só *legalmente* trabalhando para proteger os fracos, ela está fazendo muito mais. Ela está arriscando a sua vida e a sua liberdade para proteger outras mulheres e outras crianças, não a si própria.

– Talvez não seja exatamente desprezo, – Dillon corrigiu-se – mas um complexo de superioridade. Ela está fazendo o que outros se recusam a fazer.

– O que fazemos para ela falar? – Noah perguntou.

– Colocamos Rick Stockton e Dillon na sala – Hans respondeu. – Rick é a autoridade suprema, só um passo abaixo do diretor do FBI, e conhecido por ser duro, porém justo. Ele faz o papel do policial malvado. Dillon se solidariza com ela, a compreende, até a elogia. Afaga o seu ego, faz com que ela saiba que é admirada e respeitada por fazer a coisa certa diante de circunstâncias tão adversas. Ninguém entende a pressão que ela enfrenta etc. e tal.

– Isso não seria um conflito de interesse para mim? – Dillon pergunta.

Hans balança a cabeça.

– Não com Buckley, e ela se sente à vontade com você porque ela o conhece, conhece Lucy. Isso vai funcionar. Mas se encontrarmos Mallory? Fique longe dele.

– Não precisa me dizer isso duas vezes – Dillon disse.

– Vou falar com Stockton para que sejam providenciados os mandados, depois traremos Buckley – ele levantou a mão para impedir qualquer outro comentário. – Você disse que Lucy tem suspeitas. Acredita que Buckley possa saber que suspeitamos dela?

Hans assentiu.

– Ela pode estar demorando a acreditar, mas isso não vai durar muito; ela logo vai começar a destruir provas.

– Se é que já não o fez – Noah comentou. – Não temos mais nada, não temos provas concretas, nem forenses, tampouco testemunhas.

– Lucy tem uma cópia de tudo o que...

Noah interrompeu Kate.

– É bom ter uma cópia, mas se não é o banco de dados original, não teremos provas de que Lucy não tenha manipulado ou modificado as informações. Tenho certeza de que ela não fez isso, – ele acrescentou rapidamente – mas tente provar isso para a Promotoria dos Estados Unidos. Precisamos de todos os arquivos, de todos os computadores, de todos os *backups*, e se as provas circunstanciais de Lucy forem boas o bastante para um juiz, teremos tudo até o fim do dia.

VINTE E OITO

Noah deixou bem claro a Sean que ele poderia ser útil, mas que não deveria atrapalhar a investigação. Kate puxou Sean para o lado e disse-lhe que o melhor que ele tinha a fazer era ficar de olho em Lucy até a situação com o PMC ser solucionada. Sean concordava, mas dispunha de muitas horas até ter de ir buscá-la no IML. Não poderia ficar sentado simplesmente sem fazer nada, por isso foi para casa fazer sua própria pesquisa.

Visto que as duas pessoas alegadamente envolvidas no grupo de vingadores eram antigos agentes do FBI, Noah fazia a sua investigação bem secreta. Ele mandou um resumo para Rick Stockton, que, pelo visto, estava a par do assunto, mas todo o resto estava fora dos registros. Eles não queriam alertar Fran Buckley nem Mallory a fim de que não tivessem a chance de fugir ou de destruir provas. Seria extremamente difícil conseguir uma acusação, quanto mais um mandado de prisão, uma vez que não existiam provas físicas. Sean entendia a pressão que Noah sofria para que um dos dois abrisse o bico. A descoberta de Lucy a respeito dos condenados em condicional que estavam sendo executados era um alerta vermelho, mas não havia evidências que atestassem que o PMC estava envolvido nisso tudo. A única prova de que dispunham vinha de

Cody Lorenzo, que havia compilado um e-mail de um relatório de polícia. Eles precisavam provar que alguém dentro do grupo havia usado a senha de Lucy, o que valia dizer que eles necessitavam dos registros do PMC antes que eles fossem destruídos, se é que já não haviam sido.

E ligar tudo isso a Morton? Eles podiam ligar os pontos, mas os pontos estavam espalhados em todos os lugares e a figura formada não estava muito nítida.

Sean ligou para Duke para colocá-lo a par da situação. Mesmo quando tinham desavenças, como no começo daquela investigação, Duke sempre fazia de tudo para ajudar. Ele disse que balançaria algumas árvores para ver o que cairia.

– Você precisa saber que alguém tentou vasculhar o seu passado – Duke alertou-o.

Sean não estava surpreso.

– Quem?

– Não sei, mas foi de alguém de D.C.

– O FBI?

– Eu saberia se fosse o FBI. Isso foi uma investigação particular.

Ele se perguntou quem poderia ter sido. Lorenzo? Fran Buckley? Ou não estava relacionado com aquele caso?

– Posso chegar aí bem cedo amanhã. É só me pedir – Duke disse.

– Tenho tudo sob controle. Esta não é uma operação solo, o FBI está com os dois pés na situação.

– Tome cuidado.

Sean desligou e fez sua própria investigação sobre Mick Mallory. Não ajudou muito o fato de que *Mick Mallory* fosse um nome bem comum. Sean, porém, sabia alguns truques e não demorou muito para encontrar o homem.

Pesquisando nos arquivos dos jornais, ele encontrou a notícia da bomba que matou a família de Mallory. O nome dele havia sido deixado de lado e a vítima, Janice Blair, e o filho não tinham o sobrenome de Mallory, mas como estavam nos Estados Unidos, bombas plantadas em carros eram extremamente raras.

Sean não conseguiu encontrar nada viável sob o nome de Janice Blair nem de Michael Mallory, tampouco com a combinação dos dois nomes. Ele puxou o obituário de Janice e observou que ela era a única filha de Margaret-Ann Blair, de Herndon. Ele não precisou de muito tempo para descobrir que a senhora de 92 anos de idade morava em uma casa de repouso em Chevy Chase, Maryland, mas ainda tinha uma propriedade em Herndon. Sean teve um palpite, se a sogra morava em um asilo, quem moraria na casa?

Ainda era meio-dia. Teria tempo de dirigir até Herndon e voltar a tempo de buscar Lucy.

Sean buscou a arma reserva. Ele sempre carregava a 9 mm consigo, mas preferia a .45. Acrescentou uma Taser e mais munição antes de pegar as chaves. Já estava no carro quando Dillon Kincaid estacionou o dele.

Sean quase acelerou, fingindo não tê-lo visto, mas Dillon o fitou direto nos olhos. Ele abaixou o vidro do carona para falar, mas Dillon puxou a trava da porta e se sentou ao lado dele.

– Tenho uma coisa para resolver – Sean disse.

– Você vai atrás de Mallory.

– Por que acha isso?

– Sou bom no meu trabalho.

– O que você é? Vidente?

– Vidente, psiquiatra, são praticamente coisas idênticas, não é mesmo?

– Então você me analisou?

– Estou errado?

Sean não respondeu.

– Vou com você.

– Não...

– Por quê? Porque é perigoso demais e eu não sou policial? – Dillon balançou a cabeça. – Sabe de uma coisa? Você também não é.

– Você sabe onde ele mora?

– Não – Dillon respondeu. – Mas acho que você já descobriu.

– Kate vai me matar – Sean murmurou ao acelerar.

– Provavelmente.

– Ligue e conte para ela.

– Que nós vamos confrontar Mallory? Ela vai *me* matar.

– Ao menos mande o endereço para ela. Não sabemos ao certo se Mallory está morando lá, mas não quero Noah Armstrong fungando no meu cangote, falando sobre obstrução de justiça ou qualquer asneira do tipo. Só estou avaliando a situação, não quero encrenca – Sean não sabia se isso era verdade ou não, mas o que disse soou bem.

*

De volta ao seu cubículo no escritório do FBI, Noah rapidamente enviou uma mensagem para Rick Stockton para que ele apressasse os mandados contra Fran Buckley e o PMC. Stockton achava que eles tinham o bastante, mas Noah estava cético.

Ele repassou o caso metodicamente, tanto as suas anotações quanto as de Abigail. Enviou tudo, bem quando Sandy, a analista que estava trabalhando no caso com eles, mandou uma mensagem com a lista de proprietários na rua Eucalipto, em Somerset, e das duas ruas perpendiculares. Ele olhou rapidamente para a lista, depois releu.

Biggler.

Ele consultou o mapa e a casa de propriedade de David e Brenda Biggler estava vazia e havia sido colocada a venda há quatro meses.

Não podia ser coincidência que Ralston tivesse sido o informante de *Jerry* Biggler.

Uma vez que Abigail estava a caminho de Somerset, Noah rapidamente enviou uma mensagem para que ela averiguasse a casa e falasse com os vizinhos a respeito dos Biggler. Em seguida, ele fez uma rápida investigação para saber mais sobre os dois. Logo descobriu que não eram casados, mas sim irmãos. A casa tinha sido do pai, o detetive Jerry Biggler, que morou lá até morrer.

Definitivamente nenhuma coincidência.

David Biggler, 34 anos, era professor de inglês do Ensino Médio. *Um professor*. Noah puxou a foto dele. Ele parecia um bom rapaz, embora fosse apenas um ano mais jovem do que Noah. Biggler era formado em Literatura Americana na Universidade John Hopkins.

Brenda Biggler, 26 anos, era uma atraente enfermeira loira.

Um professor e uma enfermeira. Talvez estivesse equivocado quanto àquilo.

Observou mais atentamente a história dos dois. David Biggler só havia se formado quatro anos antes. Noah vasculhou mais a fundo. Biggler havia se alistado como fuzileiro naval quando completou 18 anos. Passou oito anos na ativa. Voltou para casa depois da morte do pai e foi para a universidade.

Noah revisou as anotações sobre Mallory. Ele também foi fuzileiro. Coincidência?

Biggler estaria metido naquela história? Estaria ele com Morton e Ralston ou com Mallory e Buckley?

Mas o que o faria ajudar o informante do pai em um empreendimento criminoso ou se tornar um vingador? Nem ele nem a irmã tinham passagem pela polícia. David havia sido exonerado com honrarias.

Noah considerou o que Hans Vigo disse sobre as personalidades dos vingadores e se perguntou se estaria deixando passar alguma coisa no passado de Biggler. Onde estaria a mãe? Divorciou-se quando David tinha 14 anos. Ela foi para o Arizona e voltou a se casar. Não parecia ter havido muita comunicação entre as crianças e a mãe, e era estranho o pai ganhar a custódia, ainda mais há mais de duas décadas. Ele teria de pedir à analista que revisasse o caso, mas não havia como obtê-lo ainda naquele dia.

Noah precisou de vinte minutos para encontrar a conexão. Aliás, jamais a teria encontrado se não estivesse propositadamente procurando, ou se não tivesse conversado com Hans pela manhã.

Quatro meses antes de a senhora Biggler dar entrada na papelada do divórcio, Nicole Biggler, de 13 anos, foi violentada e assassinada por um conhecido agressor sexual, solto somente três meses antes, após cumprir pena de quatro anos por tentativa de estupro de uma garota de 15 anos.

Hans disse que os vingadores envolvidos provavelmente tinham perdido alguém de modo violento. Perder uma irmã aliado à partida da mãe pode ter sido o que motivou Biggler a se tornar um vingador. Só porque ele não tinha ficha corrida não significava que não fosse um assassino. E só porque ele era professor não significava que não pudesse se tornar violento.

A irmã de Biggler foi assassinada, a mãe abandona os filhos com o pai e se muda para mais de 4 mil quilômetros de distância. Biggler se alista na Marinha assim que pode. Volta quando o pai morre.

Todas as peças sozinhas fazem sentido, mas juntas Noah só via uma grande confusão. Muitas conjecturas e nenhuma prova concreta ligando Biggler a Mallory ou a Morton.

Noah recostou-se na cadeira e fechou os olhos. Ele tinha algumas opções, mas nenhuma delas o agradava. Ele podia ir até a escola e apanhar Biggler ou podia esperar até o fim das aulas. Podia ir até o endereço atual e esperar por ele em casa. Ou, simplesmente, colocar alguém para segui-lo e ver aonde ele ia e o que fazia.

A última opção parecia a mais viável. Assim que tivessem o mandado contra Fran Buckley e o PMC, as notícias se espalhariam e Biggler poderia fugir. Noah precisava que alguém o vigiasse antes disso. Se o pegasse cedo demais, poderia acabar mostrando as suas cartas.

VINTE E NOVE

A casa da sogra de Mallory ficava a trinta minutos, em Herndon, em uma área mais reservada.

– Vou bater – Dillon disse. – Ele me conhece.

– O que o faz pensar que ele não vai atirar em você?

– Jack salvou a vida dele.

– Talvez ele devesse tê-lo deixado morrer.

Dillon hesitou.

– Mallory tem a consciência pesada e cometeu enormes erros. Mas, se não fosse por ele ter enviado para Kate a latitude e a longitude da ilha onde Lucy estava sendo mantida prisioneira, nós jamais a teríamos resgatado a tempo. Ele quase morreu por isso. Ele fez a coisa certa.

– Tarde demais.

– Você não vai conseguir discutir isso comigo, mas ele não vai me matar.

– Não pode ter certeza disso. Já se passaram seis anos.

Sean não gostava da ideia de Dillon tomar a dianteira, mas eles já tinham ultrapassado os limites desobedecendo as ordens de Noah Armstrong para que ficassem fora da investigação. Uma vez que Noah não era seu chefe, Sean não estava levando isso muito a sério, mas os dois sabiam que Kate podia ser prejudicada pelas ações deles.

Dillon tocou a campainha. Sean espiou a garagem; havia um carro estacionado, mas a garagem comportava três.

Ninguém atendeu. Com cuidado, caminharam ao redor da casa. As janelas estavam cobertas por protetores contra tufões e as persianas estavam abaixadas. Sean não ouviu nenhuma movimentação no interior. Ajustou um fone no ouvido e posicionou um pequeno amplificador perto da porta.

Dillon aproximou-se do equipamento. Sean tirou o fone e sussurrou:

– Isto detecta e amplifica sons e movimentos. Não é totalmente seguro, mas já me ajudou antes – recolocou o fone e ficou escutando por um minuto. – Não acho que haja alguém na casa – ele disse, pegando uma ferramenta para abrir a porta.

– Nós não vamos invadir.

– Então volte para o carro.

– Droga, Sean!

Sean destravou a porta, em seguida olhou para Dillon.

– Vou entrar e sair. Não vou pegar nada. Você fica de guarda.

– Sean...

– Precisamos de todo tipo de informação.

Sean entrou e fechou a porta antes que Dillon conseguisse argumentar.

A casa estava impecavelmente limpa, só havia um ligeiro cheiro de gordura do ar. Sean olhou no lixo da cozinha. Alguém havia cozinhado na noite anterior. A comida não estava estragada.

Vasculhou rapidamente o lugar e não viu nada fora do comum. Em seguida foi para a sala de Mallory.

Um computador. Era tudo o que Sean precisava. Havia prometido a Dillon que não tiraria nada, mas não disse que não faria uma cópia. Nem tentou ligar o computador, simplesmente tirou um computador portátil do bolso e cuidadosamente retirou a tampa do disco rígido. Depois ligou dois cabos na placa mãe e copiou todos os dados, produzindo uma réplica perfeita. Recolocou tudo no lugar e estava para sair quando viu duas fotografias em porta-retratos em uma mesinha ao lado da poltrona. Seu coração parou.

A foto maior havia sido tirada em uma praia: uma bela e jovem morena com um bebê no colo. Estavam sorrindo. A família de Mallory.

Mas a segunda foto definitivamente interessava mais a Sean. Uma jovem Lucy, talvez com 19 anos. Tão linda quanto nos dias de hoje, mas os olhos estavam tristes. A foto havia sido tirada de longe com uma lente de aumento.

Maldito bastardo.

Sean saiu e disse para Dillon:

– Ele tem uma foto de Lucy.

– Algo mais?

– Não. Mas fiz uma cópia do computador dele.

– O que você aprontou?

– Não mexi em nada. Só fiz uma cópia.

– Kate vai me matar.

– Não vamos contar para ela. A menos que tenhamos, é claro.

Sean olhou para a casa quando eles se afastaram no carro. Havia algo de errado. Ele tinha a estranha sensação de que Mallory estava observando. Não da casa... Sean observou o perímetro. Havia diversas árvores e moitas onde ele podia estar se escondendo.

E ele teve uma ideia.

*

Dillon esperava paciente no assento do carona. Como ele podia estar tão calmo? Os minutos se passavam e Sean se perguntava se estava errado e Mallory não esteve vigiando a casa.

Não. Sean nunca duvidava dos seus instintos. Quando eles assobiavam, ele prestava atenção. E desde o instante em que ele saiu da casa de Mallory, eles vinham batendo uma bateria como John Bonham*. Mallory os viu. Esperou que eles fossem embora. Por quanto tempo? Até ter certeza de que eles tinham de fato ido embora. Só havia duas saídas naquela vizinhança, uma de carro, a outra a pé. Uma única entrada para carros na área. Ele teria ido a pé? No gelo e na neve? Possível, porém improvável. E Sean não via Mallory como um tipo de homem sem transporte próprio.

Claro, ele poderia ter escondido o carro em algum lugar. Ou...

– Você não está acostumado a ficar esperando, está? – Dillon perguntou.

Sean olhou de soslaio para ele.

– Não sou tira – verificou pela terceira vez o sistema de GPS que ele mesmo havia montado, certificando-se de ter compensado os imprevistos das ruas escorregadias. O gelo no chão não era um amigo seu, e ele esperava que o carro o ajudasse na perseguição.

– Estou familiarizado com a RCK. Tenho certeza de que existem diversas ocasiões em que uma longa espera seja necessária.

– Deixo isso para os outros. Sou o único que não prestou serviço militar. Quando você se alista, eles o ensinam a permanecer como uma estátua.

– Isso se chama sobrevivência – Dillon explicou. – Tem certeza de que...

– Sim. Absoluta – *espero*. – Estou com aquela sensação na boca do estômago que aprendi a não duvidar.

– Isso basta para mim.

Sean observou o relógio.

---

* John Henry Bonham foi um baterista inglês que pertenceu à banda Led Zeppelin, grupo de sucesso formado em 1968 pelo guitarrista Jimmy Page. (N.T.)

– Temos de ir embora no máximo em uma hora para que eu possa buscar Lucy na hora combinada.

– Kate pode ir buscá-la.

– Não. Mallory vai aparecer antes disso. Preciso manter Kate fora disso até sermos obrigados a envolvê-la. Ela não deve ficar em uma situação desfavorável entre mim e Armstrong – Sean confiava nos Kincaid, seria um tolo se não confiasse, mas nenhum deles era um segurança treinado. E por mais que Sean não fosse treinado como segurança pessoal, ele já havia participado de muitos trabalhos de proteção. Não gostava de ideia de Lucy ficar no IML sem proteção, mas se Mallory estava *ali*, não estaria *lá*. Ainda assim, Sean estava nervoso. Se estivesse errado, a vida de Lucy corria perigo. Pouco se importava com a opinião de Dillon de que Mallory não a machucaria; Sean simplesmente não acreditava nisso.

O maldito tinha uma foto dela em seu escritório.

Sean entreabriu a janela, mesmo com o ar estando gelado, para poder ouvir melhor a aproximação de algum carro. O bairro era tranquilo. Ele fechou os olhos e prestou atenção. Forçou-se a permanecer calmo.

– Você se importa com ela.

Aquilo foi um misto de declaração com pergunta. Sean suspeitava que após ter passado os últimos dias com Lucy, acabaria sendo interrogado por mais de um Kincaid.

– Sim – disse simplesmente.

Dillon não disse nada mais, e isso deixou Sean nervoso. O que o irmão de Lucy realmente pensava dele? Estaria avaliando-o para saber se ele servia para ela? Se ele sabia o que havia acontecido no passado dela? Se iria embora caso as coisas piorassem?

Dillon continuou em silêncio. Seria tão fácil assim?

O ar gélido transportava os sons com clareza, e Sean ouviu o carro antes de vê-lo.

Eles estavam no fundo da rua sem saída da casa de Mallory adjacentes a um bosque, e Sean havia posicionado o carro de modo a conseguir ver, através das árvores, qualquer um que se aproximasse vindo das cerca de dez casas na rua de Mallory.

Um sedan cinza.

Sean girou a ignição do GT e o motor roncou.

– Cinto – disse a Dillon. Olhou rapidamente. – É melhor saber que sou piloto de carros de corrida. Amadoras, claro, mas sou bom. Não entre em pânico se a coisa esquentar.

Esperou até o sedan chegar à esquina para acelerar e bloqueá-lo.

Mallory freou, imediatamente deu ré, duzentos metros girando a noventa graus, depois foi em frente, logo atrás do carro de Sean.

Sean havia antecipado essa manobra e girou cento e oitenta graus em perseguição.

– Este bairro é residencial – Dillon informou.

– Não vou atropelar ninguém. Eu amo este carro.

Mas Sean seria capaz de dar perda total se fosse preciso para apanhar aquele bastardo. Pressionou o número dois no GPS.

– O que é isso? – Dillon perguntou.

– Deixe as perguntas para depois.

O GPS mostrou uma rota de interceptação e o radar na frente do seu carro informou ao computador a velocidade que Mallory dirigia e a velocidade que Sean deveria manter para interceptá-lo.

Fez uma curva acentuada à esquerda abandonando o rastro de Mallory.

– O que está fazendo? – Dillon exclamou.

Sean não respondeu. Os olhos relanceavam da direita para a esquerda à procura de perigos potenciais. Crianças. Animais. Bolas quicando. Era o meio da semana e perto do horário de saída das escolas, o que requeria atenção extra.

Observou o mapa, virou à esquerda em um morro, cortou o caminho por uma estradinha e bateu com força ao aterrissar na rua principal. Havia perdido tempo na estradinha de terra, que tinha se transformado em um lamaçal por conta do tempo. Suspeitava que Mallory tivesse desacelerado, só uma fração, quando não viu mais o carro de Sean no retrovisor, mas ele não tinha como ter certeza.

As rodas de trás deslizaram em um trecho gelado, mas Sean manteve o controle do carro. Diminuiu a velocidade, olhando para a rua onde antecipava que Mallory surgisse. Não havia ninguém.

– Droga! – teria calculado mal? Não, mas poderia ter interpretado mal Mallory. O assassino poderia ter dado a volta e se escondido em algum lugar, em uma garagem, por exemplo.

Foi então que viu o carro virar e seguir na sua direção, desacelerando assim que Mallory o viu. Surpreso?

– É melhor estar certo a respeito de Mallory – Sean disse para Dillon.

– O que quer dizer?

– Saia do carro quando eu mandar.

Sean virou o volante rapidamente para a direita, usando o gelo em um deslize controlado, confiando em seu conhecimento intuitivo e na manutenção impecável do carro para ele não atingir nenhum poste, nem subir em uma guia. Controlou o giro mantendo os pneus no gelo ao mesmo tempo em que a velocidade fazia o carro avançar na direção do de Mallory. Como aquela era a rua principal do bairro, ela era mais larga que as demais, dando espaço a Sean para enfrentar Mallory.

Mallory teve de frear rapidamente para evitar a colisão e derrapou, rodopiando até ficar de frente para a direção da qual acabara de vir.

Num movimento suave, Sean parou o carro, soltou o cinto e abriu a porta. Empunhava a arma e usava a porta como barreira. Deu dois tiros nas rodas de trás do carro de Mallory. O carro escorregou, virou e parou.

– Fora! – ordenou a Dillon. Mallory poderia atirar nele, mas, de acordo com Dillon, ele não atiraria em um Kincaid. Sean estava contando com isso.

Mallory saiu do carro com a arma em punho e depois viu Dillon saindo do lado do passageiro.

– Mick, – Dillon chamou-o – está acabado. Sabemos a respeito do projeto de rastreamento dos criminosos em condicional. Sabemos da sua ligação com Frances Buckley. O FBI está providenciando um mandado para ela e para o PMC neste instante – Dillon cruzou a frente do carro, colocando-se na mira de fogo.

– Dillon! – Sean chamou-o. O que ele estava pensando? Sean só queria Mallory distraído. Não queria que ele tivesse um alvo fácil.

Mallory balançou a cabeça.

– Você não entende o que estamos enfrentando, Kincaid.

– Entendo, sim. Mas este não é o caminho.

– Você não tem provas.

– Temos mais do que você imagina. Só há uma coisa que eu não entendo. Por que o esquema elaborado para atrair Morton para cá? Teria sido muito mais fácil para você matá-lo em Denver. Isso tem alguma coisa com a ida de Ralston para Seattle? Morton tinha algo que você queria, não é? O que era?

Mallory estava pensando e Sean não queria que ele tivesse tempo para pensar. Ergueu-se, com a pistola apontada para a cabeça de Mallory, e aproximou-se do carro.

– Não – Mallory disse, virando a arma na direção de Sean.

– Vai me matar a sangue frio? Dillon também? Safado maldito. Você tem uma foto de Lucy na sua casa. Como ousa?

Mallory largou a arma e levantou as mãos. Sean não sabia o que esperar, além da psicologia de Dillon, mas não imaginou que seria tão fácil assim.

– Quero falar com Lucy.

– Não! – Sean exclamou. – Vire de costas. Dillon, vasculhe os bolsos dele e algeme-o – disse isso e jogou um par de algemas na direção de Dillon.

– Você não é um tira – Mallory disse.

– Acho que você sabe exatamente quem eu sou – Sean disse. – Investigou o meu passado. Alguém tentou puxar os meus dados; agora sei quem foi.

Mallory virou-se devagar e apoiou as mãos no capô do carro. Sean disse:

– Ainda estou vivo. Isso significa que passei no seu teste?

– O júri ainda está de olho em você, Rogan – Mallory disse tranquilo.

Dillon revistou Mallory, encontrou outra arma e a entregou a Sean. Algemou Mallory e o fez se sentar na calçada. Sirenes se aproximavam; por certo os tiros alertaram as autoridades.

– Dillon, preciso ir buscar Lucy, para o caso de existir outras pessoas envolvidas que não sejam tão amigáveis em relação aos Kincaid como Mallory.

– Ninguém vai machucar Lucy – Mallory disse.

– Me desculpe se não acredito em você – Sean disse e virou-se para Dillon. – Você está bem?

Dillon assentiu.

– Mick e eu temos algumas coisas para conversar.

Mallory olhou para os dois.

– Dillon, tenho um respeito enorme por você e é por isso que não atirei. Mas não temos nada para conversar.

– Eu posso ajudá-lo.

– Talvez eu não precise de ajuda – ele disse com tranquilidade. – Talvez eu esteja aliviado por tudo isso ter acabado.

TRINTA

Faltavam quinze minutos para as três quando Lucy recebeu uma mensagem de texto de Sean:

Sua carruagem está um pouco atrasada. Tenho boas notícias. Não saia sem mim, princesa.

Ela sorriu. No fundo, Sean era um romântico. E depois dos últimos dias, ela realmente apreciava a atenção dele.

A recepcionista entrou na sala de arquivos onde Lucy estava trabalhando.

– Há dois policiais aqui para vê-la.

Ela hesitou. Seria Cody? Ele levou um amigo? Ele não tinha retornado a sua ligação; aquela visita surpresa seria um modo de se vingar dela?

– Eles disseram o motivo?

– Não.

– Pode conseguir o nome deles para mim?

A recepcionista olhou para ela com desconfiança, deu de ombros e saiu.

Lucy aproveitou para organizar as pilhas de papéis que estava separando e arquivando e cuidadosamente recolocou-os na caixa de entrada. As mãos estavam firmes, mas o coração batia tão forte que ela sentia os ouvidos reverberarem. O que eles queriam? Eram bandidos ou mocinhos?

E os bandidos seriam "ruins" de verdade?

Enquanto pensava a respeito, se perguntou se estaria mais aborrecida pela morte de Prenter ou por ter sido usada para que ele fosse assassinado. E quanto aos outros criminosos em condicional? Diversos Estados já não dispunham de um sistema extensivo de condicional. Eles não rastreavam os criminosos, e quase já não os prendiam por violarem a condicional porque as prisões estavam superlotadas. A menos que o criminoso fosse reincidente, dificilmente era preso novamente.

Correção. A menos que ele fosse "apanhado" em uma reincidência. Outra pessoa tinha de ser violentada, assaltada ou assassinada antes que o criminoso voltasse para a prisão.

O telefone tocou, assustando-a. Ela pegou o aparelho, e a recepcionista disse:

– Investigador Light e policial Raleigh.

– Obrigada. Diga a eles que preciso de dois minutos. Preciso salvar estes arquivos.

Ela desligou e mordeu o lábio, aliviada por não ter de enfrentar Cody, mas curiosa por um investigador procurá-la. Será que Cody contou sobre suas suspeitas a um superior? Quer ele tenha ou não implicado Lucy, eles podiam estar investigando o homicídio de Prenter.

Lucy não sentia nada a respeito de criminosos que eram assassinados e isso a enervava. Seria tão insensível? Sean havia lhe dito que ela era a pessoa mais compassiva que ele conhecia, mas ela não enxergava isso. Não quando não sentia um mínimo de empatia pelos criminosos assassinados.

O sistema penal estava longe da perfeição. Pais de crianças mortas eram arrastados na lama durante a investigação, a vida deles era dissecada por uma sociedade preconceituosa que culpava as famílias pelo destino dos filhos. A mídia plantava-se do lado de fora da casa, da escola que as crianças frequentavam, falavam com amigos e com a família, querendo saber como eles se sentiam, o que eles estavam fazendo no minuto em que os filhos desapareceram, por que não estavam com eles 24 horas por dia, sete dias por semana...

Lucy queria gritar para a imprensa que jogava pedras e que criava o medo do qual os criminosos se alimentavam. Os predadores queriam dilacerar a sociedade, separar pais e mães por causa do desaparecimento de um filho; queriam que os vizinhos comentassem, que a polícia questionasse um pai por amar demais ou de menos os filhos e as filhas. Questionavam os amigos sobre a atenção dada. Questionavam a família, semeando a dúvida, jogando irmãos contra irmãos, esposas contra maridos, pais contra filhos, mães contra filhas.

Irmãs contra irmãs.

Lucy tinha 7 anos quando seu sobrinho, também 7 anos, e melhor amigo, Justin, foi sequestrado do quarto no meio da noite. Ela era a Kincaid mais jovem; Nelia era a mais velha e havia dado à luz Justin, ainda na faculdade de Direito, porém, mais tarde, ela se formou e se tornou uma advogada empresarial. A irmã do meio, Carina, na época na faculdade, estava de babá de Justin naquela noite.

Lucy não passava de uma criança, mas as acusações carregadas de ódio que Nelia despejou em Carina nos dias que se seguiram após o assassinato de Justin queimaram a sua alma. Lucy ouviu comentários de que seu cunhado, Andrew, estava dormindo com outra mulher na noite em que Justin foi sequestrado. Depois, a fofoca de que Nelia sabia do caso extraconjugal, mas que não se importava. Que ela trabalhava até tarde toda noite para não ter de ver o marido.

Nelia saiu de San Diego e deixou a família e ainda que, com o tempo, ela tivesse voltado a falar com alguns membros, nada voltaria a ser como antes.

Mas o pior era quando Nelia olhava para Lucy e Lucy sentia a lamentação emanando da irmã em ondas de agonia.

Por que Justin e não você?

Ela nunca disse essas palavras, nem jamais admitiu que elas tivessem passado pela sua mente, mas Nelia nunca mais falou com Lucy desde o assassinato de Justin há dezoito anos. Nenhuma palavra.

A porta da sala de arquivo se abriu e Lucy se virou.

– Lucy, eles ainda estão esperando – a recepcionista disse. – Eu os levei para a sala de descanso dos funcionários porque a sala de reuniões está ocupada.

– Está bem, desculpe, já estou indo – respirou fundo. Não sabia quanto tempo Sean levaria para chegar, mas poderia enfrentar a polícia. Se eles queriam prendê-la pela morte de Prenter, ela discutiria com eles pelo tempo que precisasse até a chegada de Sean.

Lucy não gostava de contar com qualquer outra pessoa que não consigo, mas, às vezes, só saber que alguém estava por perto para o caso de ela precisar bastava para que ela enfrentasse as piores situações. Mas ela conseguiria fazer aquilo sozinha.

Entrou na sala de descanso. Um policial uniformizado e um investigador em um terno simples abriram caminho. Os dois eram negros; o investigador, baixo e magro; o policial, alto e de ombros largos. Ela se sentiu menor do que era de fato.

– Olá, sou Lucy Kincaid. Lamento tê-los feito esperar – disse com um sorriso, na esperança de não demonstrar nervosismo.

– Entendemos, senhorita Kincaid. Sou o investigador Light, este é o policial Raleigh. Estamos investigando um possível suicídio que atingiu o departamento. A pessoa é um dos nossos.

A pele dela queimou como se estivesse sendo atingida por pedaços microscópicos de vidro.

Cody não havia retornado a ligação.

– Lamento ter de informar que o policial Cody Lorenzo morreu ontem à noite.

Os joelhos dela cederam e ela apoiou-se na mesa. Lentamente se sentou, balançando a cabeça. Não lhe vinha nenhuma palavra, embora centenas de perguntas impregnassem sua língua.

– Já teve um relacionamento pessoal com o oficial Lorenzo, certo? A parceira dele disse que vocês continuaram amigos.

Ela assentiu, ainda sem conseguir falar.

O investigador Light sentou-se diante dela. Ela não conseguia interpretar a expressão dele. Mal conseguia enxergar, na verdade, era como se a sala estivesse desaparecendo diante dela.

Cody estava morto?

– Quando foi a última vez que o viu ou que conversou com ele? – o investigador perguntou.

– Ontem – ela sussurrou e depois pigarreou. As mãos estavam diante dela, congeladas no tampo da mesa. Fitou as unhas curtas na ponta dos longos dedos lembrando-se de suas últimas palavras.

Como pôde ser capaz de pensar que eu pudesse fazer algo desse tipo?

Ela esteve tão furiosa, tão brava com Cody por ele ter acreditado que ela havia armado propositadamente contra Prenter, que nem aceitou as desculpas dele. Afastou-se sabendo que ele estava arrependido, mas não se importou. Não conseguia enxergar nada além da própria dor e do sentimento avassalador de traição por ele ter usado seu ato desesperado quando matou Adam Scott contra ela. Será que ela quis que ele sentisse culpa? Será que ela se afastou na esperança de que ele se sentisse mal a respeito das suas suposições?

Lucy esperava não ser tão superficial assim. Cody era um dos seus amigos mais próximos, mesmo ela não tendo se casado com ele.

– Senhorita Kincaid? Está se sentindo bem?

Ela assentiu, embora estivesse longe de se sentir bem.

Um minuto depois, o policial Raleigh colocou um copo descartável de água diante dela. Ela sorveu um gole automaticamente.

– Sobre o que conversaram ontem? Foi algo pessoal?

– Não. Foi sobre o PMC – quando eles a fitaram sem entender, ela explicou: – Nós dois trabalhamos como voluntários no Prioridade para Mulheres e Crianças, um grupo a favor dos direitos das vítimas.

– Ouvi falar a respeito – Raleigh comentou.

Lucy não podia contar a eles sobre os homicídios, nem sobre Prenter, mas e se aquilo estivesse relacionado à morte de Cody? Não poderia reter informações se isso deixasse algum criminoso escapar.

– Vocês disseram "possível suicídio"? – ela perguntou.

– Ainda estamos investigando. Ainda não há nada oficial, mas havia um bilhete suicida.

– Cody não se suicidou – ela disse simplesmente.

– Como tem tanta certeza?

– Ele é católico.

– Isso nem sempre...

– Ele não faria isso com a mãe dele. O pai morreu de infarto quando ele tinha 16 anos, muito antes de eu conhecê-lo; os irmãos e irmãs todos moram longe daqui. Ele não faria isso com a mãe dele. Não faria – ela levou uma mão à boca e refreou um soluço de choro.

Raleigh desdobrou um pedaço de papel e colocou-o diante dela. Manchas escuras no papel, cópias de manchas de sangue, marcavam o canto inferior.

Para quem quer que me encontre, lamento que tenha de me ver assim. Perdão.

Aos meus pais, eu falhei com vocês. Perdoem-me.

Aos meus colegas, abusei da minha posição de autoridade. Perdoem-me.

Para a minha Lucy, a verdade a libertará. Já me libertou. Eu a verei em breve.

Adeus.

Ela não conseguia parar de tremer. Ordenou às mãos que parassem de tremer, segurando-as junto ao corpo. O estômago contraiu-se e ela abaixou a cabeça.

– Cody... Cody não escreveu isto – a voz saiu contorcida em um gemido no final.

– Não reconhece a escrita?

– Não se parece exatamente com a letra dele, mas pode ser. Não sei. Mas é esta linha a respeito dos pais.

– Ele pode ter levado em consideração a vida inteira, não só a mais recente.

Ela balançou a cabeça.

– Isso não se parece com ele.

– Quando alguém fica tão deprimido a ponto de cometer suicídio, nem sempre está pensando claramente.

– Eu só... Cody... Por quê?

A porta se abriu e Lucy levantou o olhar, deparando-se com Sean. O rosto dele estava duro, a preocupação e a suspeita carregavam seus olhos enquanto ele olhava de Lucy para os policiais. Ele cruzou a saleta até Lucy.

– Lucy... O que aconteceu?

Ela levantou-se nas pernas bambas, e Sean colocou o braço na cintura dela para apoiá-la. Ela recostou-se.

– Cody está morto.

E então as lágrimas surgiram, e Lucy não conseguiu refreá-las.

TRINTA E UM

Quando Noah soube que Mick Mallory estava sob custódia, deixou Abigail encarregada de executar o mandado contra Fran Buckley e o PMC, e seguiu com Kate para o escritório regional de Washington.

Ele entrou na sala de interrogatórios e se surpreendeu ao ver o diretor-assistente Rick Stockton lá, junto com Dillon Kincaid e Hans Vigo. Porém aquele já era o caso mais bizarro na carreira de três anos de Noah no FBI. Tampouco conseguia se lembrar de algo remotamente semelhante na sua época de Força Aérea.

Não obstante a amizade de Dillon Kincaid com Stockton e Vigo, Noah disse com firmeza:

– Eu lhe disse para deixar Mallory a meu encargo.

– Eu entendo – Dillon disse. – Peço desculpas por qualquer contratempo que eu tenha causado.

– Está protegendo Rogan?

– Desculpe, protegendo?

– Você não prendeu Mallory sozinho, uma vez que a polícia de Herndon o trouxe para cá junto com Mallory. Você não poderia ter ido andando de Georgetown até onde o prendeu em Herndon. Eu mandei Rogan ficar longe do meu caminho...

Rick Stockton disse:

– Vou deixar que lide com a situação como achar melhor, Noah, mas tenho uma reunião com o diretor às cinco e preciso contar alguma coisa para ele, mesmo que seja o fato de Mallory se recusar a falar. Temos situações delicadas perante a mídia com o envolvimento de dois antigos agentes orquestrando um grupo de vingadores.

– Peço desculpas, senhor – ele usou seu treino militar para conter a raiva. – Qual psiquiatra vai entrar comigo?

– Hans – Rick disse sem maiores comentários. – E Kate. Lamento, Dillon, mas você está próximo demais dessa situação no momento. Se Mallory quiser falar com você mais tarde, tudo bem, mas preciso dos meus agentes lá.

– Não precisa explicar – Dillon disse.

Noah perguntou a Hans:

– O que preciso saber?

– Mallory é extremamente protetor em relação à Lucy Kincaid. Ele falhou com ela há seis anos e não pôde, ou não quis, protegê-la. Quando sobreviveu, ele procurou maneiras de acertar o que estava errado. Ele sente necessidade de aplacar a culpa, mas ela jamais será saciada. E esse é o motivo pelo qual ele continua. Usando Lucy como isca através do PMC.

Dillon disse:

– Ele encara isso como se a deixasse ajudá-lo, mesmo que ela não saiba o que ele está fazendo. Ele transfere poder a ela.

– Exato – Hans concordou. – Lucy conseguiu colocar bandidos atrás das grades, o que lhe deu poder e a ajudou a desenvolver um forte senso de justiça e equidade. Fazer Lucy ajudar os vingadores foi fácil: ela estava disposta a fazer qualquer coisa *legal* para tirar essas pessoas das ruas. Mas a nossa gangue de conspiradores nunca a abordou para que ela fosse uma parte ativa da equipe de extermínio. A própria culpa de Mallory necessitava de um tipo de sacrifício. Ele, provavelmente, decidia quando alguém precisava morrer, e Fran selecionava o criminoso mais adequado. Na verdade, quando analisarmos os arquivos do PMC, provavelmente encontraremos um padrão sugestivo ao de um assassino serial. Pelo menos uma vez ao mês, aumentando no decorrer do tempo porque a culpa de Mallory não é atenuada com os homicídios. De fato, as ações dele o fazem se desconectar da humanidade. Por um lado, ele se enxerga como um cavaleiro negro repetidamente salvando Lucy porque ele não conseguiu fazer isso do modo certo da primeira vez, e, por outro, como um monstro, um assassino, e isso é antiético com tudo o que ele crê.

– Morton não se encaixa nesse perfil – Noah disse. – E nem Prenter, pois ele não visava a crianças.

– Porque foi Mallory quem escolheu esses alvos, e não Buckley. E ele não usou Lucy para o caso de Morton, porque Morton não entrava nas salas de bate-papo. Ele era desatento demais para ficar horas sentado diante de um computador. Ele precisava de comunicação física, não virtual.

Kate disse:

– Não temos provas suficientes. Até agora, os agentes na casa de Mallory não encontraram nada incriminatório. Nenhuma arma, além das que ele portava, mas já sabemos que a balística não bate com nenhuma das vítimas, sem falar que uma das vítimas foi atropelada, e três, esfaqueadas. Não há nada para unir os casos.

– Precisamos de uma confissão – Hans concluiu.

– Mallory está cansado disto tudo – Dillon disse. – Foi o que ele me disse quando esperávamos a chegada da polícia. Acho que, com a abordagem certa, ele estará disposto a contar tudo. Mas você terá de conquistar a confiança dele. Ele vai querer que você mereça a informação.

Hans assentiu.

– Muito bem observado. E se não for ele, depois que tivermos Biggler e Buckley sob custódia, ficará mais fácil um deles ceder. Qual é a situação? – ele perguntou a Noah.

– Abigail está executando os mandados contra Buckley e o PMC. Tenho dois agentes atrás de Biggler e da irmã dele. A irmã está no meio de um turno de 12 horas no hospital Mercy. Entramos em contato com o diretor da escola de Biggler, que confirmou que ele ainda está nas dependências. Os alunos já foram embora.

– Não encaro Biggler como uma ameaça – Hans disse. – E ele não vai abandonar a irmã. Se suspeitar de algo, ele irá diretamente para o hospital para falar com ela. Deixe-o. Assim poderemos prender os dois juntos.

– Por que Brenda Biggler? – Kate perguntou. – Pensei que só quiséssemos o irmão.

– Li o relatório policial de Prenter e vi que uma loira saiu do bar com ele. Isso me indica que Mallory e Biggler estão trabalhando com uma mulher, e ela é a única que conhecemos nessa história. Se ela não estiver envolvida, Biggler confessará para que ela não seja arrastada para esta confusão. Se ela estiver, ele tentará negociar uma pena branda para ela. O envolvimento dele com os vingadores sugere que ele quer justiça pelo que aconteceu com a outra irmã. Portanto parece razoável que ele seja protetor em relação à Brenda.

– E temos de descobrir por que ele atraiu Morton para D.C., se é que ele o fez, ou se só tirou vantagem da situação – Dillon acrescentou.

– Sabemos o que levou Ralston até Seattle? – Kate perguntou.

– Não – Noah respondeu.

– Mallory sabe – Dillon afirmou.

– Acha mesmo que Morton tinha algo valioso? – Kate perguntou.

– Pode ter sido alguma informação. Isto não se trata de dinheiro, mas de vingança. Por Lucy, e pelas outras.

– Informação – Rick repetiu. – Se não tivéssemos confiscado todo o dinheiro de Morton quando ele foi preso, ele teria fugido assim que foi libertado.

Noah disse:

– Uma lista de alvos.

– Como disse?

– O grupo se juntou por um motivo: acabar com os criminosos que não estavam presos. E se Morton tivesse uma lista dos seus associados?

– Ai, caramba! – Kate exclamou e todos se viraram para ela. – E quanto aos espectadores? Todos os que pagaram para assistir aos vídeos de Trask? Morton jurou que as informações dos cartões de crédito eram mantidas em uma conta cega no exterior e que ele não tinha os nomes, tampouco havia guardado os números dos cartões. Ele nos forneceu as contas dos bancos e a nossa unidade de crime do colarinho branco recuperou o dinheiro; não tivemos motivos para acreditar que ele tivesse escondido informações.

– Acha que ele mentiu?

– Ele era um patife maldito, claro que poderia ter mentido. O nosso melhor pessoal varreu o sistema de computadores da Empreendimentos Trask, mas não encontrou nada de útil. Porém é bem possível que Adam Scott tivesse encontrado um modo de esconder informações úteis. Ele era brilhante. Um assassino psicopata, mas brilhante mesmo assim.

Noah acrescentou:

– Se Morton estava tentando recriar a empresa de Scott, ele pode ter usado uma lista de clientes como forma de conseguir dinheiro.

– O que você acha que Mallory faria com tal lista? – Dillon perguntou. – Deve haver milhares de nomes. Ele não pode matar todas essas pessoas.

– Não, mas pode transformar a vida delas em um inferno – Kate disse. – Identidade roubada, destruição de reputações.

– Chantagem – Noah disse. – Gerir um grupo de vingadores não deve ser nada barato. Talvez ele estivesse procurando nomes específicos.

Hans concordou, mas disse:

– O dinheiro é um benefício secundário. Isto se trata de castigo. Se chantagem fazia parte do jogo, eles não ficariam com o dinheiro. Eles o usariam na expansão do PMC ou doariam para outros grupos de direitos das vítimas ou programas internacionais de apreensão de fugitivos; justiça proativa.

– Estamos investigando as finanças do PMC e comparando as contas com os relatórios financeiros não lucrativos – Noah informou. – Vou pedir a alguém da divisão de Crimes Administrativos para dar uma olhada depois que tivermos tudo – fez um sinal para Kate e para Hans. – Estou pronto. Vamos?

– Vou só observar por enquanto – Hans disse. – Acho que ele vai ficar na defensiva se vir um psicólogo na sala. Ele sabe que estamos aqui, mas, se não nos vir, vai parecer que vocês são três agentes, iguais, conversando sobre um incidente infeliz. Eu irei se for necessário – ele olhou rapidamente para Stockton, que assentiu.

Noah e Kate entraram na sala de interrogatório. Mallory estava sentado empertigado na cadeira, as pernas algemadas, mas as mãos estavam livres, apoiadas no tampo da mesa. Um copo de água intocado estava diante dele. Ele parecia quase sereno e sorriu quando viu Kate.

– O casamento lhe fez bem, Kate – ele disse. – Estou contente de vê-la feliz.

– Este é o rosto de uma pessoa feliz, Mick? – Kate perguntou.

– Na verdade é sim. Vejo isso no seu olhar. Não importa o que ou quem você tenha de enfrentar, você tem alguém à sua espera em casa. Estou muito contente por você.

Kate emitiu um suspiro exasperado.

– Este é o agente especial Noah Armstrong.

Mick assentiu na direção de Noah, mas disse para Kate:

– Nunca, porém, eu a imaginei como instrutora em Quantico. Você sempre foi ativa, sempre se movimentando. Sentar-se em uma sala de aula deve enlouquecê-la.

– Não estamos aqui para jogar conversa fora, Mick. Vamos direto ao ponto. Este caso é de Noah; seria de grande ajuda se você respondesse às nossas perguntas. Sem discussões; você já sabe que vai para a prisão. Situação confortável também, já que o caso é federal, e você, um policial, terá uma bela cela particular.

Mick balançou a cabeça.

– Eu jamais sobreviveria em uma prisão.

– Os guardas o considerarão um herói. Eles não permitirão que ninguém o toque.

– Não foi isso o que eu quis dizer.

Noah abriu o bloco de anotações e pôs fim à conversa fiada.

– Estamos executando um mandado de busca em sua casa, no seu apartamento em D.C., no PMC, e trazendo Frances Buckley enquanto estamos aqui conversando. Tenho dois agentes seguindo Biggler. Quem você acha que vai ceder primeiro?

Mallory não disse nada.

Noah prosseguiu:

– Temos provas suficientes para detê-lo. A simples posse de arma de fogo basta.

Mallory sorriu.

– Qualquer advogado que valha metade do que recebe consegue jogar tudo isso pelos ares. Porque vocês não têm nada além de provas circunstanciais. Eu sei disso. Você sabe disso. Rogan parar na minha casa é uma coisa, afinal ele é um investigador particular. Mas quer Kate soubesse ou não que o marido dela e Rogan estavam na minha casa não importa porque nenhum juiz vai acreditar que um consultor particular do FBI não sabia o que estava fazendo.

– Montamos um relatório com todos os criminosos em violação de condicional através do programa do PMC e daqueles que foram assassinados.

– Fascinante.

– Prenter é aquele que revelou tudo. Você teria se safado no caso de Morton. A menos que o exame de balística bata com uma das suas armas, mas acho que você é esperto demais para isso.

Mallory sorriu e balançou a cabeça, como se tivesse um segredo.

– Mas Prenter... Foi Lucy Kincaid quem descobriu tudo – Noah explicou. – Isso não é irônico? Depois de ler a notícia da morte de Prenter, ela passou o fim de semana inteiro juntando dados de todos os criminosos com quem ela conversou on-line. O seu pessoal não pegou o celular dele, onde havia uma mensagem partindo da conta dela, uma que ela não enviou, mandando-o para o Clube 10.

Mallory queria dizer alguma coisa, mas visivelmente se controlava.

Noah deixou o silêncio se arrastar por mais de um minuto. Mallory, porém, sabia se controlar, e Noah percebeu que o silêncio não o faria confessar. Alguns criminosos não aguentavam o silêncio, e depois de alguns minutos com Noah encarando ou fazendo anotações, eles acabavam abrindo o bico como que aliviados.

Mallory não era idiota.

– Os condenados em condicional, Morton, Prenter, todos eles eu consigo entender. Inferno! De vez em quando até eu quero tomar parte de alguma reencenação do Velho Oeste. Você deve estar pensando que nenhum júri o condenaria à pena de morte por você ter matado estupradores e molestadores infantis. Prenter? Esse talvez seja mais difícil, afinal ele era um estudante universitário que usava drogas de estupro. Mas um bom advogado, e suspeito que o governo não queira que isso vá parar nos tribunais, provavelmente faria um acordo fora da corte, porque, veja bem, quem de nós quer ter os holofotes mirando as falhas do sistema judiciário? Ou uma série de imitadores dos vingadores? – Noah continuou: – Mas há casos civis. Mesmo que não seja condenado, você ainda terá a rica família de Prenter processando-o por todas as informações sórdidas e pelo pouco dinheiro que talvez você ainda tenha. Você queria proteger Lucy? Você só a transformou em uma estrela de novo.

– Besteira.

– O que você acha que a imprensa vai escrever quando descobrir que o estuprador de Lucy foi uma das vítimas de um grupo de vingadores que ela, sem saber, ajudava? O passado dela voltará para a primeira página e isso é culpa sua. Podemos fazer isto de qualquer modo, mas, caso você pense um pouco em Lucy e no quanto ela vai sofrer de novo, então você vai falar comigo.

Mallory cerrou os punhos.

– Quero falar com Lucy.

– Nunca – Kate respondeu.

– Você quer saber tudo? Eu conto para Lucy. Não tenho mais nada a dizer para vocês dois – Mallory se recostou e cruzou os braços.

Depois de vários minutos tentando fazê-lo falar, mas recebendo somente silêncio, Noah e Kate saíram da sala. Assim que fechou a porta, Noah disse:

– Droga, isso não correu muito bem.

Hans balançou a cabeça.

– Foi brilhante. Perfeito. Vamos ligar para Lucy.

– Não! – Kate exclamou. E olhou pela sala. – Onde está Dillon?

– Numa ligação – Hans respondeu. – Kate, ele vai *contar* tudo o que sabe para Lucy. Ele quer se explicar para ela, justificar-se. Ele quer o perdão de Lucy.

– Não vou fazê-la passar por isso.

– Kate, essa é a única saída.

– Também não gosto dessa ideia, – Rick Stockton disse a Kate – mas concordo com o doutor Vigo – olhou para o relógio de pulso. – Preciso ir falar com o diretor. Me informe o que acontecer com a senhorita Kincaid – saiu da sala enquanto Dillon voltava.

O rosto do psiquiatra estava pálido.

– O que aconteceu? – Kate perguntou, indo para o lado dele.

– Cody Lorenzo está morto. Havia um bilhete suicida, mas a polícia está desconfiada – fitou Mallory pelo vidro espelhado. – Cody estava investigando o homicídio de Prenter.

– Acha que ele encontrou alguma coisa? – Kate perguntou. – E que Mallory o tenha matado?

– Não acho que Mallory mataria um policial – Dillon disse abalado.

– Talvez ele tenha descoberto que Cody estava perseguindo Lucy – Hans sugeriu. – Ele a estava protegendo.

– Hans, não quero mais ouvir essa história de Mallory estar "protegendo" Lucy! Ele é um bastardo manipulador que está se fazendo de Deus, mesmo agora! – Kate estava furiosa.

Hans perguntou a Dillon:

– Você disse que a polícia está cética quanto a Lorenzo ter se matado?

– Havia um bilhete suicida junto ao corpo de Cody, mas há erros nele, referências ao pai que faleceu há vários anos, por exemplo. Estão verificando com o especialista em caligrafia agora. Quando Sean foi pegar Lucy, ele os convenceu a mandar o bilhete direto para a sede do FBI para análise, e eles concordaram.

Kate disse para Dillon:

– Mallory não vai mais dizer nada. Ele quer falar com Lucy.

Todos se voltaram para Dillon. Quando ele não disse nada de pronto, Kate exclamou:

– Não pode estar pensando em deixá-la falar com ele!

– Lucy é adulta – Dillon disse com voz emocionada. Olhou para Mallory pelo vidro espelhado. – É ela quem tem que tomar essa decisão. Não nós.

*

Sean se condoía ao ver Lucy tão retraída. Até ele estacionar na sua garagem, ela passou do choro a um completo estado de torpor, os imensos olhos castanhos cheios de angústia. Ele faria qualquer coisa para estancar aquela dor.

Ele acomodou-a no sofá na sala de estar, depois se sentou ao lado dela, segurando-lhe as mãos.

– Lucy, posso trazer alguma coisa para você?

Ela balançou a cabeça, mas o fitou com os olhos borrados.

– Pode me abraçar?

Sean pegou-a no colo e acalentou-a. Ela não deveria ter de pedir. Ele deveria saber que ela precisava ser abraçada, se sentir segura quando tudo ao seu redor ruía.

Uma ira rara e intensa queimava em seu peito, direcionada ao bastardo que estava na sede do FBI naquele instante. Mallory precipitou aquela sucessão de eventos. Iniciou-a ao se tornar um vingador. E tudo pelo quê? Por causa da sua maldita "culpa" por não ter defendido Lucy há seis anos?

A ira era uma novidade para Sean, que não conseguia explicar a fúria que o dilacerava ao meio. A necessidade intensa de proteger Lucy daquela dor se digladiava com uma ânsia quase primitiva de surrar Mick Mallory. Justiça vingativa parecia-lhe uma boa coisa naquele instante.

– Sean?

Ele beijou-a na testa.

– Quer alguma coisa? É só me dizer.

– Você está bravo.

– Não, não estou.

– Consigo sentir a sua raiva – ela pôs a mão no peito dele e pendeu a cabeça para trás para fitá-lo. – Sinto muito por tê-lo colocado no meio disto tudo.

– Não – ele beijou-a com avidez, com as mãos espalmadas nas costas dela. – Não pense – ele beijou-a outra e outra vez, sem se deliciar com a doçura dos lábios, mas em um gesto de posse. As mãos subiram, tocando o rosto suave, marcado por lágrimas. E ele continuou a beijá-la, detestando que a sua raiva, tanto para com Mallory quanto para com Cody Lorenzo, a tivesse afetado. – Não se desculpe – ele disse, os lábios resvalando nos dela. – Não me diga que lamenta qualquer coisa – beijou-a nas faces, no queixo, no pescoço, na orelha. O gosto dela era doce e salgado, e ela usava um perfume sutil e floral, algo suave como a primavera e tão belo quanto. Ele sussurrou no ouvido dela: – Eu estou aqui, Lucy, e não vou a parte alguma.

Os braços dela seguraram-no firme pelo pescoço e ela virou o rosto para poder beijá-lo.

– Eu andei tão perdida – sussurrou.

O peito dele ficou apertado. O fato de ela se sentir perdida e só, pertencendo a uma grande família que a amava tanto, era o testemunho de que ela ainda mantinha as verdadeiras emoções trancadas.

O telefone vibrou na mesinha diante deles e Sean quis ignorá-lo. Deu uma olhada no identificador de chamadas e entregou o aparelho para Lucy.

– É o Dillon.

– Alô? – ela disse.

Sean podia dizer pelo modo como o corpo dela começou a tremer que a notícia era ruim.

– Estarei aí em uma hora – ela desligou e disse: – Mallory quer falar comigo.

Sean balançava a cabeça enquanto ela falava.

– Não. Não!

– Ele vai me contar a verdade. Ele prometeu.

– O homem está louco! Você sabia que ele tinha uma foto sua na casa dele? Bem ao lado da foto da esposa e do filho mortos?

Lucy recuou, e Sean esfregou os braços dela.

– Desculpe, eu não deveria ter contado isso.

– Você não me contou que entrou na casa dele.

– Dillon e eu fomos para Herndon e eu vasculhei o lugar. Eu sabia que ele estava vigiando, senti isso, por isso esperei até ele aparecer, depois o prendi. Mas... – ele hesitou.

– E?

– Saí de lá antes de a polícia chegar. Dillon não contou para ninguém que eu também estava lá.

– Eles devem saber.

– Provavelmente, mas agora o que importa é você. O homem era obcecado por você. Talvez não de maneira sexual, mas isso é errado.

– Sean, preciso que isso termine. Tenho de fazer isso.

Ela tinha razão, claro, mas Sean não a soltou. Ela subiu no colo dele e abraçou-o com força. Lentamente, Lucy começou a relaxar nos braços dele.

– Eu queria poder mantê-la aqui, segura, para sempre – Sean sussurrou.

– Esconder-se não é a resposta. Posso fazer isso, Sean. Mick Mallory não pode me machucar.

– Você é incrível, Lucy. Nunca conheci ninguém mais valente do que você.

Ela apoiou a testa na dele.

– Não sou, não. Só não posso ficar em um canto, temendo as sombras e os barulhos das escadas pelo resto da minha vida. Tomei essa decisão há seis anos. Mallory não vai mudar isso.

Lucy era a epítome da coragem, mas Sean não repetiu o óbvio.

– Vou lavar o rosto, – ela disse – e depois podemos ir. Estou aliviada por isso tudo terminar hoje.

TRINTA E DOIS

– Você não tem que falar com ele – Kate disse assim que viu Lucy.

Lucy admirou Kate no instante em que a conheceu, por muito mais motivos que ela já tivesse revelado à cunhada. O principal motivo, porém, era o fato de Kate enfrentar a maldade e lutar pelo que considerava certo, que ela conseguisse deixar a dor e a raiva de lado para fazer a coisa certa em *qualquer circunstância*, mesmo colocando em risco a vida pessoal ou profissional.

Lucy abraçou Kate espontaneamente; nenhuma das duas era de demonstrar afeto fisicamente e o gesto surpreendeu a ambas.

– Eu te amo, Kate. Acho que nunca disse isso para você.

Lucy retrocedeu um passo, e Sean tomou a mão dela. Ele havia aceitado a sua decisão de conversar com Mallory, mesmo não estando muito satisfeito com isso.

Lucy observou Mick Mallory pelo vidro espelhado. Ele se sentava rígido, mesmo tendo se passado várias horas. As mãos estavam apoiadas na mesa, os pés, presos por algemas.

Ele era muito mais velho do que ela se lembrava. Mas ela não se lembrava dele exatamente. Ela o tinha bloqueado na mente, assim como bloqueou tudo o que acontecera na ilha.

Só havia duas coisas de que ela se lembrava vividamente: de quando Dillon a levantara do chão imundo do chalé e lhe dera a camiseta para se cobrir, e de ter atirado em Adam Scott dois dias mais tarde.

Todo o resto era um borrão escuro, e era assim que ela preferia que fosse.

No entanto, ela reconheceria Mick Mallory se o visse na rua. O fato de ele estar morando tão perto, em Herndon, parecia surreal. Ela não o odiava, e isso a surpreendia.

Ele não a tinha estuprado.

Mas assistiu.

Ele desculpou-se.

Mas não fez nada enquanto os outros a machucavam.

Ele quase morreu por ter passado informações para Kate.

Ele pode ter matado Cody.

Lucy seria capaz de perdoar o passado, na medida em que se apegar à raiva e à dor só destruiria suas chances de ter uma vida normal. Mas e se Mallory tivesse matado Cody por sua causa? Só por que ela havia pedido a Cody que investigasse a morte de Prenter?

Talvez tivesse sido melhor se ela tivesse olhado para o outro lado. Se tivesse ignorado suas suspeitas. Prenter era um estuprador. Cruel, sádico, ele pouco se importava com as mulheres que feria, drogava-as para que elas não se lembrassem, não pudessem testemunhar. Drogava-as até ficarem em coma... Era melhor que ele estivesse morto. Ela não tinha remorsos por ele ter desaparecido da face da Terra. Nenhuma culpa. Nenhuma lamentação. Nenhuma empatia.

Isso a tornava tão fria e calculista quanto Mick Mallory?

E mesmo assim ela jamais teria matado Prenter. Jamais teria matado nenhum daqueles homens, a menos que representassem uma ameaça direta. Ela nunca pensou nisso... Mas pensou em matar Adam Scott. Não só pensou, como pegou uma arma do cofre do pai, caminhou três quarteirões até a casa de Dillon e atirou no bastardo que a havia sequestrado. Seis vezes. Ela se lembrava claramente como se tivesse atirado ainda ontem, ainda sentia o coice da arma de quando puxou o gatilho.

Talvez ela fosse mais parecida com Mick Mallory do que pensava. Mais parecida do que queria ser.

Cody estava morto e ainda que ele a estivesse perseguindo, ele não era nenhum sequestrador, nem estuprador. Será que ele tinha encontrado alguma coisa que incriminasse Mallory? Se fosse assim, a morte dele tinha sido em vão; o FBI havia encontrado a ligação com Mallory horas depois de Cody ter sido assassinado.

Mas se Cody cometeu suicídio, então ele o fez por causa dela. Ela sabia, intelectualmente, que se Cody estivesse perturbado o bastante para tirar a própria vida, ele devia ter sérios problemas. Mas em seu coração, ela não conseguia deixar de pensar no modo que o havia tratado no dia anterior, na sua inabilidade de amá-lo como ele desejava, na recusa ao pedido de casamento no ano anterior, e que, de algum modo, tudo isso o tivesse transformado em um suicida.

Ela não sabia se conseguiria enfrentar aquele tipo de situação diariamente como agente do FBI.

Bem baixo, ela perguntou:

– Sabe se já determinaram a causa da morte de Cody? Suicídio ou homicídio?

Noah respondeu:

– A polícia de D.C. deu acesso irrestrito ao nosso pessoal. Temos os nossos melhores investigadores forenses trabalhando nas provas. Nossa equipe também está trabalhando em conjunto com a polícia para encontrar alguma testemunha. Estamos entrevistando todos com quem o policial Lorenzo possa ter mantido contato nas últimas 72 horas. Teremos uma resposta, mas não podemos nos apressar.

Lucy disse:

– Estou pronta.

Noah foi na direção da porta junto com ela, mas Lucy balançou a cabeça.

– Preciso falar com ele sozinha.

– Não, de jeito nenhum – Sean interveio.

Ela apertou a mão dele.

– Eu estou bem.

Noah concordou com Sean.

– Não vou colocá-la em uma sala sozinha com um assassino. Ele prometeu dizer tudo a você, mas não disse nada a respeito de estarem sozinhos. Não concordamos com isso.

Hans sugeriu:

– Kate pode ficar com eles. Mallory e ela têm uma história em comum. Ele pode ser mais franco com Kate na sala, Noah.

Exasperado, Noah passou a mão pelos cabelos.

– Está bem.

Hans virou-se para Lucy.

– Tenho certeza de que sabe o que dizer, mas ele prometeu uma confissão completa se você falasse com ele, portanto, arranque tudo o que puder. Além disso, temos algumas perguntas a fazer: por que Robert Ralston foi para Seattle? Por que ele esperou que Morton estivesse em D.C. para matá-lo? Confirme como eles selecionavam as vítimas, o motivo de Ralston ser assassinado. Ralston estava trabalhando com Morton ou sozinho?

Lucy respirou fundo.

– E por que ele matou Cody...

Hans assentiu.

– No instante em que se sentir pouco à vontade, você pode sair. Não precisa ficar. Se precisar, saia alguns minutos.

Ela concordou.

– Farei o que puder.

Sean voltou-se para ela.

– Estarei bem aqui.

Ela lançou um sorriso esperando que não fosse tão frágil como ela imaginava, depois entrou na sala de interrogatórios atrás de Kate.

Dizer que Mick Mallory se iluminou quando a viu era dizer pouco. Ele se sentou mais reto. Não chegou a sorrir, mas entreabriu a boca no que parecia um sinal de maravilha. Lucy pensou em dar meia volta e deixar que Sean a levasse para casa. Ela não queria ficar no mesmo cômodo que aquele homem.

Mas não havia como voltar. Teria de enfrentar Mallory e obter todas as respostas de que precisavam. As respostas que ela precisava.

Sentou-se. Kate acomodou-se ao seu lado. Lucy não desviou o olhar do rosto de Mallory.

– Você queria falar comigo.

– Obrigado.

Ela balançou a cabeça.

– Vim para cá para que você confesse. Quero a verdade. "A verdade o libertará." – ela intencionalmente citou as palavras no bilhete falso de suicídio de Cody.

Mallory assentiu, sem recuar nem demonstrar nenhuma reação. Ele era frio. Mais frio do que ela se lembrava.

– Eu sinto muito – ele disse baixo.

– Não quero as suas desculpas. Quero a verdade. Comece pelo motivo que o levou a ter uma foto minha em sua casa – ela não pretendia começar por essa parte, mas a mente dela ficou completamente em branco assim que o viu.

Ele assentiu e mostrou o primeiro sinal de desconforto ao levar a mão à nuca para esfregá-la, lambendo os lábios ao mesmo tempo.

– Tirei aquela foto um ano depois de sair do hospital. Vim para cá sem saber o que fazer. Eu queria me matar, mas não tinha coragem. Então fiquei sabendo do acordo feito entre o governo e

Roger Morton, e minha raiva me manteve vivo. Culpa e vingança me abastecem; é o que corre em minhas veias. Está no ar que respiro – ele inclinou a cabeça. – Você não sabia, não é mesmo?

Ela balançou a cabeça.

– Eu quis ver como você estava, se estava... não sei, tendo uma vida normal, o mais normal possível. Eu não deveria ter tentado localizá-la, mas não consegui me conter. Descobri os seus horários e uma tarde esperei que saísse da aula, não me lembro qual. Você parecia triste e contente ao mesmo tempo, não sei se isso é possível. Eu olhava para você através da lente de aumento da câmera porque não queria que você me visse. Eu não queria assustá-la. E bati a foto, sem nem pensar.

Pela primeira vez Lucy temeu ter se enganado a respeito de Cody, que talvez não fosse ele a pessoa que a perseguia. Tentando afastar a raiva da voz, perguntou:

– Você vem me perseguindo?

– Não, eu juro. A última vez em que a vi foi na festa de arrecadação de fundos do PMC, mas antes disso, já havia se passado muito tempo.

Lucy não conseguiu disfarçar seu choque.

– Você esteve *lá*?

– Sim. Você não teria me reconhecido.

– Estava disfarçado? – a cabeça dela começou a girar. Forçou-se a respirar pausadamente.

– Basicamente.

– E quanto ao rinque de patinação?

Ele fitou-a sem entender.

– Eu não patino.

– Não, estou falando do rinque de patinação em Arlington.

Ele balançou a cabeça.

– Antes de sábado, fazia mais de um ano que eu não a via.

– Por que foi à arrecadação de fundos?

– Não vou dizer.

– Você disse que contaria tudo para mim se eu viesse vê-lo. Estou aqui. Estou conversando com você. É a sua vez de falar.

Kate interrompeu pela primeira vez.

– Pode ser útil, Mick, se disser a Lucy por que a usou para atrair os criminosos em condicional para a sua armadilha. Ela merece saber, não acha?

– Sim – ele engoliu em seco, a cabeça pendeu entre as mãos, os ombros subiram, depois desceram. E de novo.

Lucy não se sentia mal por ele. Não sentia nem uma centelha de empatia.

Mallory concentrou-se em Lucy. Era como se Kate não estivesse na sala, embora estivesse claro que ele a ouvira.

– Depois que minha esposa e meu filho foram assassinados, perdi meu coração e minha alma. Perdi tudo o que era bom, todos os que eu amava. Depois da... *situação* pela qual fui demitido, Fran foi a única pessoa com quem eu podia conversar. Nós mantivemos contato.

– Isso não responde à pergunta de Kate – Lucy disse. – Por que me usou?

– Não usamos. Eu nunca quis que você soubesse.

– Tarde demais. Descobri tudo. Mas só depois de sete criminosos serem mortos, sete que eu atraí para um lugar público.

– Não sinta remorso por aqueles animais! Eles eram predadores violentos que estão muito melhor mortos.

– Porque você é Deus? É assim que você se vê? – Lucy perguntou.

– Não, acho que vou para o inferno. Mas achei melhor mandar alguns desses bastardos antes de eu chegar – fez uma pausa, olhou para Kate, depois se virou para Lucy. – Há quatro anos, Fran me chamou a Boston. Ela havia sabido de um estuprador que não foi incriminado por causa de uma tecnicalidade. O bastardo vinha estuprando a sobrinha dos 10 aos 15 anos. Ela cometeu suicídio em vez de contar para a família que teve de fazer dois abortos. Eles só descobriram depois da morte dela, por meio do seu diário. O juiz não admitiu o diário como prova e não havia mais nada que provasse que ele era um molestador infantil. A situação fez Fran se lembrar do acontecido com a irmã. Ela foi para Boston e o matou. Na casa dele. Depois, me chamou para ajudá-la a encobrir o caso. Foi o que fiz. Roubei os quadros dele e os vendi. Ele era um grande colecionador. Pode pesquisar, o nome dele era Parker Weatherby – Mallory fez uma pausa, depois acrescentou: – Eu li o diário, Lucy. Era de dar ânsia. Fran deveria ter matado o maldito juiz também. Quando o nosso maldito sistema falha com os inocentes! – ele bateu a mão no tampo da mesa e assustou Lucy.

Mallory pareceu se incomodar por tê-la assustado e disse apressado:

– Depois disso, tive uma ideia. Eu precisava fazer "alguma coisa" para deter esses homens. Eu só matava alguns poucos por ano para evitar o estabelecimento de um padrão, nunca cobrei mais do que minhas despesas básicas e raramente fiz mais de um trabalho no mesmo estado. Se o FBI tivesse descoberto alguma coisa, não teriam como me procurar. Mas não foi o suficiente. Eu não estava satisfeito, mas não poderia ir além. Não por falta de oportunidade. E se eu fosse atrás dos assassinos e estupradores que escapavam por tecnicalidade como o safado de Boston que Fran matou, os federais descobririam tudo rapidamente. Por isso pedi a Fran que identificasse os criminosos em condicional para que eu os matasse. Ela já havia começado o programa de rastreamento, era um sucesso, mas, francamente, por que esses monstros deveriam voltar para a prisão à custa do contribuinte por mais dois, três, quatro anos até o fim da sentença, quando bem sabemos que, no instante em que são libertados, voltam a caçar a próxima vítima?

– Você sabia do meu trabalho voluntário para a Fran?

Ele não disse nada a princípio.

– Não minta para mim!

– Eu sabia. Eu me atualizava com relação ao que você fazia.

– E isso não é perseguição? Imagino que já tenha reescrito o código penal para se ajustar à sua justiça vingativa, por que não redefinir perseguição?

– Desculpe.

– Não aceito as suas desculpas! – Lucy respirou fundo. A sua raiva não fazia com que obtivessem as respostas necessárias. – Então vocês preparavam armadilhas para esses homens. Copiei o banco de dados e identifiquei *seis* pelos quais eu era responsável. Sete, incluindo Brad Prenter.

– Você, responsável? Fui eu quem os matou!

– Fui *eu* quem os localizou. Como acha que isso faz eu me sentir? Que eu tenha provocado a morte de outro ser humano?

– Você deveria se sentir aliviada pelo fato de eles não poderem mais machucar ninguém, de eles não destruírem outra família.

Bem no fundo, Lucy sabia que *estava* aliviada pelo fato de eles não estarem mais nas ruas. Contudo, ela não podia aceitar assassinato a sangue frio. Se a justiça vingativa dominasse, logo a anarquia se instauraria.

– O sistema está longe da perfeição, mas o seu modo não é a resposta. É assassinato frio e premeditado. Isso o transforma no mesmo tipo de monstro que eles.

Ele pareceu magoado.

– Pensei que você fosse entender. Você fez justiça com as próprias mãos.

Kate deu um salto.

– Não vá por aí, Mallory!

– Está tudo bem, Kate – Lucy apoiou uma mão no braço de Kate sem despregar os olhos de Mallory. – Vou contar a diferença. Adam Scott *me* violentou. Ele quase matou *meu* irmão. Ele esfaqueou Dillon, que já não sente nada na mão esquerda. Ele tem sorte de ainda ter essa mão! Foi *pessoal*. Ele feriu a mim e às pessoas que eu amava. Eu matei.

Quando Lucy soube que Adam Scott havia plantado explosivos da casa de Dillon, quando soube que a explosão que tinham ouvido foi no carro de Jack, ela não pensou. Não planejou. Pegou uma das diversas armas da casa e correu até a casa de Dillon. Ela viu Scott e Dillon brigando no jardim. Não havia nenhum policial por perto; ninguém para ajudar. Ela tinha de cuidar da situação. Scott era um psicopata doentio até o cerne do seu ser. Ele acreditou que ela tivesse ido até lá para fugir com ele. Abaixou a guarda, se aproximou e disse: "Você está atrasada".

Ela atirou e o matou.

– Por seis anos, – ela disse – atirar em Adam Scott me corroeu porque eu não sentia remorso.

Lucy respirou fundo e, antes que Kate ou Mallory pudessem dizer qualquer coisa, ela perguntou:

– Por que Prenter? Ele não se encaixava no perfil das outras vítimas.

– Encaixava, sim – Mallory disse sem se explicar.

– Como?

Mallory deu de ombros.

– Tente descobrir.

– Prefiro que você diga logo e pare com esses joguinhos. Estou cansada disso.

Ele não disse nada, mas a ficou encarando, esperando.

– E Roger Morton? Por que você o matou?

– Você precisa perguntar? Não lamento a morte de Morton. Eu dançaria sobre o túmulo dele se pudesse.

Kate disse:

– Eu poderia tê-lo mandado para a prisão pelo resto da vida. Você o manipulou para que viesse para cá, ou descobriu que ele veio e depois planejou matá-lo?

– Prisão – Mallory repetiu amargo, virando-se para Kate pela primeira vez. – Mesmo? Prefiro uma bala atrás da cabeça. Justiça mais rápida e barata.

Lucy disse baixo:

– Então você matou Morton porque ele era estuprador e havia ajudado Adam Scott a encobrir um sem números de assassinatos. E estava livre.

– Eu a teria salvado se pudesse...

Lucy levantou a mão.

– Mas não o fez. Por não tê-lo impedido de me estuprar, você tinha de puni-lo por causa da *sua* própria culpa. Você tirou uma foto minha deliberadamente depois que eu saí de uma aula. Você a colocou em um porta-retratos e o deixou na sua casa. Você precisava saber onde eu trabalhava e o que eu fazia. Você atraiu Roger Morton para poder matá-lo no meu quintal. E você diz que *não* é obcecado por mim?

– Lucy, você precisava saber que ele estava morto. Eu queria lhe dar paz.

– Paz – Lucy quase deixou escapar as acusações de ele ter matado Cody, mas ela precisava fazer o que Hans havia lhe pedido e não usar aquele interrogatório porque ela lutava com a própria culpa. – Por que trouxe Morton para cá? Você era um assassino nobre – disse sarcástica. – Por que atraí-lo para *cá*, para onde eu moro?

– Eu tive que fazer isso.

– Por quê?

Mallory não respondeu.

– Maldição, conte-me!

Ele brigava com a consciência, ela viu isso na expressão dele, mas um segundo depois ele suspirou e os ombros penderam.

– Adam Scott mantinha *souvenires* de todas as suas vítimas. Normalmente, alguma joia. Denise, aquela mulher que o ajudava, me contou. Ela encontrou a caixa de joias na mala quando estávamos na ilha e a jogou fora. Scott descobriu e a recuperou. Surrou-a por causa disso. Fui para Seattle para ver se a encontrava, mas não consegui. Eu trabalhava com Dave Biggler há dois anos e ele conhecia Ralston, um dos informantes do pai. A primeira vez que tentei contatar Morton era para que ele fosse para Seattle recuperar a caixa. Pagamos Ralston para que ele plantasse a ideia de que havia uma soma substancial de dinheiro, de apólices, e de joias que Scott havia escondido na ilha em uma caixa metálica com detalhes intrincados. Eu tinha certeza de que Morton sabia exatamente onde ela estava.

– Por que Morton acharia que Ralston sabia dessa caixa? – Kate perguntou. – Ele não suspeitou?

– Não. Ralston foi comparsa de Adam Scott por muito tempo, e nós fizemos Ralston dizer que a informação vinha de um antigo segurança de Scott que tinha um financiador interessado em outro site de sexo.

– Espere – Kate disse. – Nada disso era real? Todos os vídeos que Morton juntou foram por causa desse esquema?

– Eu jamais permitiria que eles fossem ao ar.

– Você está louco – Kate disse. – Foi você quem deu a ideia a Morton de recriar a Empreendimentos Trask!

– Não, ele já estava pensando nisso; eu só dei o incentivo para que ele agisse mais rápido.

– Mas Morton não foi para Seattle, Ralston foi – Lucy disse, tentando fazer com que Mallory voltasse para os trilhos.

– Eu não sabia que ele havia pedido a Ralston para recuperar a caixa. Contudo, eu soube que Ralston estava guardando a caixa para Morton.

– E você matou Ralston por isso.

– Eu o matei por que ele jogava para os dois lados. Ele achou que poderia arranjar mais dinheiro se trabalhasse com Morton.

– Mas por que Ralston resolveu ajudá-lo?

– Porque Dave pediu para ele e nós pagamos bem. Eu deveria ter percebido que ele era agente duplo, por assim dizer. Morton não apareceu com a caixa como deveria na quinta-feira. Então depois do encontro na marina, fui para o hotel dele. A caixa não estava lá. Percebi que Ralston deveria saber do seu paradeiro; Morton tinha uma das bijuterias consigo, portanto a caixa devia estar em algum lugar, e Ralston foi a única pessoa com quem Morton falou desde a sua chegada.

– Que motivo doentio o fez querer os *souvenires* de Adam Scott? – Kate perguntou.

Lucy sabia.

– Você queria devolver as joias para as famílias.

Ele assentiu.

– Tenho seu anel, Lucy. Eu só não sabia como entregá-lo.

Ela piscou para afastar as lágrimas que não queria derramar na frente de Mallory.

– Sabe, eu quase entendo. Não concordo com nada que tenha feito, mas entendo. Tudo. Exceto a morte de Cody. Por que o matou?

Mallory pareceu ter levado um tapa, mas Lucy prosseguiu sem parar.

– Ele era um bom homem – Lucy disse. – Nunca me machucou, nunca machucou ninguém! Ele acreditava no que estávamos fazendo, devolvendo os criminosos para a prisão. Ele era leal a

Fran. E você o matou porque ele descobriu a respeito do seu grupo de vingadores covardes!

Mallory balançava a cabeça e se inclinou para frente.

– Não. De jeito nenhum, eu não matei Cody Lorenzo. Juro sobre o túmulo da minha esposa que eu não o matei.

Lucy esfregou os olhos para evitar que as lágrimas caíssem. Ela não queria acreditar em Mallory, mas todo o resto que ele contou parecia verdade, por que não aquilo também? Contudo, ela preferia pensar que Mallory tivesse matado Cody em vez de pensar que ele havia se matado.

– Não matou? Quem você mandou, então? Fran? David Biggler? Quem o matou?

– Não foi ninguém de nós, eu juro, Lucy. Eu jamais machucaria alguém de quem você gosta. Tudo o que quis nesses últimos seis anos foi o seu perdão.

Lucy levantou-se e inclinou-se para frente.

– Eu o perdoo pelo que aconteceu há seis anos. Mas jamais o perdoarei pelo que tem feito desde então. Não quero o meu anel de volta. Não quero ver você nem o anel até o julgamento.

Lucy saiu da sala.

*

Sean encontrou Lucy em um corredor da sede do FBI. Sentou-se ao lado dela e segurou-lhe a mão. Ela levantou a cabeça e o fitou, ele a beijou.

– Kate e Dillon vão demorar um pouco e Armstrong e Resnick estão a caminho da casa de Mallory para concluir a busca de provas. Eles ainda não encontraram as armas.

– Ele deve ter se livrado delas. Ao que parece ele saberia exatamente como fazer isso.

Sean detestava o ar derrotado de Lucy. Queria o ardor dela de volta, a chama que a fez iniciar aquela investigação, que lhe deu coragem para enfrentar Mick Mallory.

– Venha para casa comigo, ok?

– Acha que ele matou Cody?

– Honestamente, não sei.

Lucy fechou os olhos e recostou-se.

– Nem eu. Quando entrei lá, tive tanta certeza de que tinha sido ele. E agora... Se Cody se matou, não posso culpar mais ninguém a não ser a *ele*. E não quero fazer isso.

– Amanhã eles saberão com certeza se foi suicídio ou homicídio – Sean disse.

– Será?

– Você conhece medicina forense melhor do que eu, mas Noah disse que eles estão priorizando isto e esperam ter uma resposta definitiva amanhã. O que você acha?

– Com a balística, eles têm certeza absoluta em mais de noventa por cento dos casos, mas a autópsia ainda pode ser inconclusiva.

– Aposto nas estatísticas – ele beijou-a na testa. – Você terá a resposta amanhã. Não fique se atormentando com isso até lá.

– E quanto a Fran?

– Ela vai passar a noite na cadeia. Bem como David Biggler. Armstrong diz que eles não têm nada contra a irmã, mas disse a ela para não sair da cidade. Mallory não a entregou, por isso, talvez ela não esteja mesmo envolvida.

– Ou ele está tentando protegê-la porque ela é uma mulher jovem. Ela tem a minha idade – Lucy odiava Mallory, odiava o que ele havia feito, o que ele havia pervertido em seu senso retorcido de certo e errado. E o fato de que ela, de alguma forma, tivesse sido o incentivo para as decisões dele, a enojava.

– Você está exausta, Lucy. Vamos embora.

– Estou cansada – ela concordou.

Sean levantou-se, puxou-a e envolveu-a ao redor do ombro.

– Não podemos fazer mais nada por hoje.

*

Quando Noah e Hans chegaram à casa de Mallory já passava das oito da noite e a temperatura estava abaixo de zero, com uma promessa de tempestade para a manhã de quinta-feira. A equipe de busca já havia terminado o trabalho, mas a agente especial encarregada, Lauren Cheville, pediu que Noah fosse até lá.

– Eu queria que você visse isto – Lauren disse. – As fotografias não fariam jus.

Ele e Hans foram com Lauren até a cozinha.

– Pensei que a busca não daria em nada – ela explicou. – Não tínhamos encontrado nada que implicasse Mallory em nenhum dos crimes. Mas me lembrei do que você disse, Hans.

– Que ele teria guardado as armas.

– Exato. Só não imaginei que ele facilitaria tanto o nosso trabalho de rastreá-las, mas dificultaria a localização.

Seguiram Lauren até o porão por meio de uma escada que partia da cozinha. O porão estava úmido e tinha um cheiro de mofo que fez Noah espirrar. O lugar era iluminado por luz fluorescente e estava repleto de bancadas de trabalho, ferramentas estavam meticulosamente penduradas e havia produtos enlatados em uma prateleira de metal.

– Verificamos o porão antes e fizemos uma varredura completa, mas nada nos chamou a atenção. Depois de vasculharmos a casa sem encontrar nada, percorri o lugar inteiro de novo, pensando onde ele poderia ter escondido a coleção de armas. Bati em paredes e mesas, e depois encontrei isto – ela chamou um agente que estava ao lado de uma bancada de trabalho. – Mostre para eles, Carl.

Carl bateu em uma das longas bancadas. Era feita de madeira sólida. Ele bateu na outra. Era oca.

– Veja isto – ele esticou o braço o quanto pôde e alcançou as duas beiras da bancada. – Há duas travas, é preciso pressioná-las ao mesmo tempo e... *Voilà*!

O tampo da bancada levantou-se com uma mola, revelando o interior. A parte interna era um compartimento forrado com feltro onde havia dúzias de armas, a maioria 9 mm e .38; três rifles, uma M21 e duas M24 estavam presas no lado inferior da tampa da bancada. Também havia diversas adagas à mostra.

Cada arma tinha um nome pintado em branco no cabo.

– Meu Deus! – Hans exclamou. Até ele pareceu surpreso, embora tivesse antecipado que Mallory guardaria as armas usadas. – Existem quantas?

– Dezessete 9 mm, dez revólveres .38, duas pistolas Glock .45 – Lauren disse. – Esta é uma fortuna em armas para serem etiquetadas e guardadas como *souvenir*.

– Mas torna muito mais difícil ligar um assassinato a outro sem o teste de balística para confirmar.

Noah leu os nomes. A maioria ele não reconheceu. Então ele viu Roger Morton ao lado de Robert Ralston.

– Viu estas? – ele apontou para as armas.

– Impossível não vê-las. Notou o que há debaixo de cada arma?

– Arquivos.

– Meu palpite? É a justificativa dele para cada assassinato: uma lista de crimes, sentenças, informações de condicional. Mallory não quer que pensem que ele é um monstro, por isso convence a si mesmo que é um salvador.

Noah olhou para as armas e ficou se perguntando o que seria necessário para que alguém se transformasse em um vingador. O que os motivava? Para Mallory, o gatilho foi o assassinato da esposa e do filho, aliado à sua inabilidade de proteger Lucy Kincaid quando ela foi sequestrada e estuprada. Mas Fran Buckley... Outras pessoas tinham sido vítimas ou perdido familiares e não faziam justiça com as próprias mãos... Por que Fran? O que a motivou?

Nada de bom viria daquela investigação. Um policial estava morto, vidas estavam arruinadas, e Noah suspeitava que aquilo não terminaria com a confissão de Mick Mallory.

TRINTA E TRÊS

Lucy não sabia se foi por causa da sucessão estranha de eventos do dia, mas depois de só três horas de sono agitado, ela se levantou e não conseguiu mais pegar no sono.

Sentou-se na cama e pensou em ler, mas precisava dormir.

Não queria ficar sozinha.

Estava usando uma das camisetas de Sean, uma gasta do MIT que lhe chegava à metade das coxas.

Talvez fosse por estar dormindo com a camiseta de Sean, envolvida em seu cheiro, que acordou. Com a ideia que teve, ficou contente por Patrick estar na Califórnia.

Andou em silêncio pelo corredor que levava ao quarto de Sean. Eram duas da manhã, mas a luz ainda estava acesa. Sentiu o coração dar um pulo. Ele estava trabalhando até tarde por sua causa. Tentando juntar todas as peças do quebra-cabeças, mesmo com Mallory, Fran e Dave Biggler na cadeia.

Até mesmo super-heróis precisavam de descanso, ela pensou, com a intenção de dizer isso ao empurrar a porta.

Sean estava adormecido, usando somente uma calça de moletom, sem camiseta. Ele tinha dois *laptops* abertos, um ao seu lado, o outro no colo, e uma pasta cheia de papéis apoiada no peito.

Lucy fechou a porta devagar e aproximou-se. Não queria assustar Sean, viver com uma família de policiais a ensinou que isso não era uma coisa boa, por isso o chamou:

– Sean...

Os olhos dele se abriram. Estavam enevoados pelo sono, mas em duas piscadas ele estava completamente desperto.

– Lucy... Tudo bem?

– Eu estou bem. Você deveria se deitar.

– Já vou – e, então, ele pigarreou e fechou os computadores. – Eu só estava monitorando o sistema de segurança.

– Não há ninguém lá fora.

– Não sabemos se todos os envolvidos foram presos.

– Não, mas por que viriam atrás de mim? – ela balançou a cabeça.

– Quer que eu pegue alguma coisa para você?

– Não – ela tirou os computadores da cama, deixando-os na cômoda. Ele colocou a pasta na mesinha de cabeceira. Sem pedir permissão, ela deslizou para baixo das cobertas.

– Lucy...

– Quero dormir aqui hoje. Tudo bem para você?

Por um momento ela acreditou que ele a mandaria de volta para o quarto de hóspedes; que ele lhe daria alguma desculpa esfarrapada, mas que no fundo não queria dormir com ela por causa do seu passado; porque ele não queria se apressar, nem machucá-la, e por mais que ela apreciasse esse tipo de sensibilidade, não passava de desculpas. Porque, se ela fosse qualquer outra mulher, ele teria ido para a cama *dela* antes.

Os medos antigos surgiram e ela abriu a boca para inventar alguma coisa, dar a ele uma desculpa para se safar, mas então ele a beijou.

Todas as suas dúvidas, todos os seus medos de que ela fosse menos do que perfeita para Sean se dissolveram em seu afeto.

Era exatamente ali que ela devia estar.

Do instante em que Sean começou a trabalhar em seu sistema de segurança, ele pensou em Lucy e se debateu entre ir ou não ao quarto dela. Deus bem sabia o quanto ele queria, mas ela estava exausta. Considerou apenas abraçá-la, dizer que só queria se deitar ao lado dela, mas ele suspeitava que não conseguiria. Ele a desejava, queria abraçá-la, beijá-la, fazer amor com ela.

Estava radiante por ela ter ido procurá-lo. E agora ele queria tornar aquele momento perfeito. Memorável. A mente queria que ele fosse devagar, mas o corpo estava com pressa. Seu corpo a queria por inteiro, mas ele se obrigou a ir devagar. Com calma. Com controle.

Mas queria tanto perder o controle com Lucy.

Ele saboreava a boca, o leve sabor de menta da pasta de dentes, o calor da língua. Beijou-a até caírem sobre os travesseiros, debaixo do edredom. As mãos dela estavam em seu peito, os dedos longos se moviam, experimentando. Ele afastou-lhe as mãos a fim de que o peito nu ficasse pressionado ao tronco dela. Queria tirar a camiseta dela.

Lembrou-se do que ela havia dito antes: que queria que ele a tratasse como qualquer outra das suas namoradas. Mas ela não era como as outras. Ele falou sério naquele dia, e ainda pensava assim. Não tiraria simplesmente a camiseta dela, ou melhor, a dele, pensou sorrindo, para ter acesso completo aos seios.

Em vez disso, moveu a mão debaixo da camiseta, sentindo o corpo dela ficar tenso e depois relaxar. Beijou-a no pescoço enquanto a mão subia mais, até amparar o seio, massageando a pele suave com gentileza. O polegar passou por cima de uma linha mais áspera, e por um instante ele pensou que fosse um fio solto do cobertor, em seguida percebeu que era uma cicatriz que a marcava de um seio ao outro.

Quando ele a tocou, Lucy voltou a ficar tensa, e ele quis dizer que não se importava, mas falar era a última coisa que os dois precisavam naquele instante. Por isso ele continuou a massagem sensual, sobre os seios, atrás das costas, voltando aos seios, resvalando os dedos e esfregando a palma das mãos em cada centímetro de pele até que sentiu um suspiro de prazer dentro do peito dela, ouviu o ligeiro arfar que lhe contava que ela estava gostando das suas atenções.

– Quero tirar a sua camiseta – ele sussurrou.

– Por favor – ela disse, levantando os braços.

Ele tirou-a devagar, olhando para os seios. Viu a cicatriz, leve, porém longa, e precisou de todo o seu controle para não reagir. Não porque a cicatriz diminuísse Lucy de algum modo, mas por desejar ter matado ele mesmo Adam Scott e Roger Morton.

Lucy esticou-se para apagar a luz.

– Lucy... – ele começou.

– Você não se importa, não é?

– Não – ele queria vê-la, mas daquela vez faria amor seguindo as regras dela. Diabos, faria amor com ela seguindo as regras dela todas as vezes. Beijou-a, sentindo agora o peito nu ao encontro do seu e suspirando com um contentamento que normalmente não sentia em nenhum dos seus relacionamentos.

Concentrou-se acima da cintura, mas não deixou nenhuma parte intocada, sem beijos. O pescoço, os ombros, os seios. Beijou-a no estômago, depois na parte sensível da lateral dos seios, e resvalou a língua sobre os mamilos, até a base do pescoço. Ela arfou quando ele soprou a trilha úmida deixada pela língua, e ele sorriu. Então beijou-a de novo e sentiu-a reagir desde seu íntimo.

Lucy esteve nervosa desde o momento em que foi para a cama de Sean, mas o nervosismo desaparecia com a exploração metódica dele. A pele pulsava a cada toque, querendo mais, o que era uma sensação desconhecida para ela. Gostava de sexo, mas, bem no fundo da mente, tinha dúvidas. Sempre se conteve, temendo que algo de ruim acontecesse, ou que ela fizesse algo errado. Mas naquela noite, ansiava por Sean. Queria-o para si, o corpo dele contra o seu, os lábios em todos os lugares, as mãos tocando seus pontos mais sensíveis.

O membro túrgido dele pressionou a perna dela, e ela estremeceu em antecipação, envolvendo o pescoço dele com os braços.

– Confia em mim, Lucy?

– Sim – ela sussurrou.

Os lábios moveram-se da boca para o pescoço de novo. Ela adorava o modo como ele a beijava logo abaixo do maxilar, usando a língua de leve, como em um flerte, fazendo-a se retorcer. Do pescoço para a parte macia logo abaixo da clavícula. Ela agarrou os ombros, sentindo os músculos firmes debaixo das mãos. Ela percorreu as costas com os dedos e subiu pelos braços, sentindo a definição de cada músculo e quase pediu a Sean que acendesse a luz para que pudesse vê-lo.

Ele beijou os seios repetidamente, longamente, beijos suaves que a aqueciam e faziam com que ela visse estrelas. Nunca sentiu tal enlevo. Suspirou alto, surpreendendo-se com o som que partiu da garganta.

Sean beijou-a no estômago e ela se retorceu. As mãos passaram por baixo do elástico da calcinha, e ele lentamente a abaixou até tirá-la completamente, deixando-a em algum lugar ao pé da cama. Ou do chão. Ela não se importava. Afastou as pernas, antecipando a manobra dele e disse:

– Camisinha?

Ela pretendeu fazer uma pergunta completa, mas só essa palavra saiu.

Ele riu de leve.

– Sim, mas ainda não estou pronto.

Ela franziu o cenho e abaixou a mão, surpreendendo-se ao segurá-lo despudoradamente.

– Você me parece pronto.

– Ah, Lucy, guarde esse pensamento um pouquinho...

Ele foi para o pé da cama e a mão dela escapou. O primeiro movimento da língua entre as pernas dela a fez arfar. As mãos estavam na parte interna das coxas, gentilmente coagindo-a a se soltar, e os beijos, tão maravilhosos em seus lábios, tornaram-se elétricos. Ela não sabia o que esperar; nunca antes havia feito amor daquela forma. Já havia lido a respeito, mas eram apenas palavras.

A sensação no estômago era como se ela estivesse caindo; o corpo inteiro estava quente e frio ao mesmo tempo. Sean sugava e brincava com a língua e, de repente, seu quadril começou a se movimentar sozinho, e uma onda de tensão indefinida contraiu até ela arquejar mais alto do que pretendia; em seguida tudo em seu interior se retorceu e se debateu, como uma onda que a puxava por baixo da maré, jogando-a para o alto, acima das ondas. Ela mal conseguia respirar. Todos os músculos rígidos relaxaram simultaneamente, fazendo-a se sentir agradavelmente langorosa.

Sean beijou as coxas, depois o ventre, em seguida os seios de novo conforme o peito subia e descia arfando.

– Isso... – ela começou, mas se esqueceu do que pretendia dizer.

– Concordo – ele sussurrou, e ela sentiu o sorriso dele ao lado do seu pescoço.

– Está satisfeito consigo? – ela perguntou.

– Demais – ele beijou-a, depois rolou de lado e abriu a gaveta. Ele se preparou rapidamente e rolou de volta.

Sean deitou-se sobre ela, sem apoiar o peso, mas o corpo dela voltou a ficar tenso de novo, e não em antecipação por fazerem amor. O pânico bem familiar cresceu dentro do peito. Ela ordenou que ele sumisse, detestando essa sensação sobre a qual não tinha controle algum. Mal conseguia respirar, porém seguiu em frente. Aquilo era importante demais; Sean era importante demais para que ela permitisse a interferência do passado.

De repente ele a enlaçou pela cintura e a puxou para cima dele, as pernas afastadas em posição de montaria.

– Você cavalga, princesa – ele disse.

Ela não questionou; não queria analisar como ele sabia o que ela queria sem que ela dissesse sequer uma palavra. Como ele tornou tudo natural e sensual ao mesmo tempo. A sua trepidação subiu de súbito e ela o beijou. Desceu devagar, guiando-o para dentro de si uma fração de centímetro de cada vez. Ela levantou os braços e encontrou uma das mãos dele, entrelaçando os dedos com firmeza. A outra a segurava pelo quadril.

Ela movimentou-se para ajustar a posição, e ele gemeu, com a mão apertando a cintura, segurando-a ali. Ela afundou, sentindo a transpiração da sua pele e da dele. A boca se abriu, sedenta, e quando ele a penetrou fundo, um som estrangulado de excitação escapou; em seguida, ela gemeu suavemente enquanto se abaixava completamente sobre ele, seu ponto mais sensível resvalando a pélvis de Sean, a onda lentamente voltando a crescer dentro dela.

– Sean – ela sussurrou e se perguntou se havia falado alto demais. Depois ela não pensou mais, só sentiu enquanto ele a segurava pelo quadril, impedindo-a de se movimentar.

– Lucy, você está me deixando louco.

– Como?

– Abra os olhos.

Ela não queria. Não desejava quebrar aquela magia, onde ela não precisava ver, não tinha de pensar, só sentir. Tudo o que ela queria era sentir Sean, sobre, dentro e com ela.

A mão dele tocou-a no rosto.

– Lucy.

Relutante, ela fitou-o no escuro. Mas não estava completamente escuro. Ela enxergava-o perfeitamente bem com a luz da rua que entrava pelas persianas parcialmente fechadas. O queixo dele estava firme, mas os olhos que a fitavam tinham tamanha intensidade que ela não conseguiu se desviar.

Sean soltou o quadril e entrelaçou sua outra mão, puxando as duas acima da sua cabeça a fim de que ela se deitasse sobre seu peito. Ele se arqueou para beijá-la, a pele molhada de suor, os músculos duros com a paixão reprimida.

As entranhas dela se contraíram, e ele gemeu, as mãos seguravam-na firme. Enquanto o encarava, Lucy movimentou o quadril devagar, para frente e para trás, e a mais incrível sensação retornou. Como seria possível? Ela não sabia, não se importava, só estava grata porque seu corpo era inflamável e estava prestes a explodir.

Sean soltou as mãos para apertar as nádegas, segurando-a por um segundo. Ela não queria ficar parada, a fricção era indescritível e enviava pequenos choques em todo o seu corpo.

Ela se contorceu, sentindo o corpo quente de Sean debaixo do seu. Ele sussurrou:

– Faça isso e esta viagem será bem curta.

Ela parou de se mover, mas sem querer seus músculos internos se contraíram e ele sibilou.

– Acho que... – ela sussurrou.

– O quê?

– A onda. De novo.

Ela ergueu o quadril até quase deixá-lo escorregar, depois afundou de novo. Arfou, perplexa e feliz ao mesmo tempo, e seu corpo recebeu Sean bem fundo. Ele abraçou-a pela cintura, segurando-a bem perto e juntando-se ao orgasmo dela.

Lucy relaxou de uma vez só, o corpo inerte caindo sobre Sean.

Ele não queria se mover. Lucy estava maleável, deitada em cima dele com um sorriso estampado no rosto. Sean tocou o canto dos lábios dela e Lucy sorriu.

– Hum? – ela disse.

Ele beijou-a, depois deitou-a de lado com suavidade.

– Fique aqui.

– Não consigo me mexer.

– Perfeito.

Um segundo depois ele voltava nu para a cama, acomodando o edredom ao redor deles. Lucy encaixou-se nele com a respiração cadenciada. Com o braço ao redor da cintura dela, beijou-a na face, no queixo, na orelha e jurou nunca mais soltá-la.

TRINTA E QUATRO

O sol ainda não se levantou. Vejo a neve cair do lado de fora da minha janela e me levanto da minha cama quente.

Estou calmo, como sempre fico quando termino um ciclo e começo outro. Ainda que esta manhã eu não esteja tão satisfeito quanto deveria, e me pergunto o motivo enquanto tomo banho.

Um dos motivos é que a fêmea que tenho no momento tem potencial; ela aprende bem a obedecer. Se eu tivesse mais tempo, eu sei que poderia deixá-la da maneira que Deus pretendia.

Lucy Kincaid, porém, roubou meu tempo. Não consigo tirá-la dos meus pensamentos e dos meus pesadelos. Tenho de ensiná-la. Ela é a mais mal preparada para os meus ensinamentos. É a mais desafiadora. Vejo isso no olhar dela, no modo como ela caminha. Eu a tenho observado há semanas e jamais a teria selecionado para ser uma das minhas alunas.

Mas nem sempre cabe a mim decidir. Poderes mais elevados estão em jogo. Quem sou eu para questionar? Ela se colocou na minha vida quando tentou me mandar de volta para a prisão. Ela passou dos limites, isso se aceitar que os tem.

Ela será um desafio para mim, um teste. Deus não nos dá mais do que podemos suportar, e ela é só uma mulher, posso domá-la.

Preparo o meu café da manhã e como ao nascer do sol, embora as nuvens cinzentas só permitam que eu veja uma ligeira mudança na luz do dia. Coloco as sobras em uma tigela.

Cruzo a cozinha e vou até o porão, como faço todas as manhãs. A fêmea está deitada em um canto da jaula, debaixo da única coberta que fui generoso em providenciar.

Ela olha para mim, mas não demonstra nada. Nem medo. Nem raiva. Nem a alma.

Eu a domei.

Coloco a tigela na jaula para ver se tenho razão. Ela não se move, não rasteja em direção à comida, ainda que as narinas inflem como as de um gato. Ela sente o cheiro. Ela quer a comida.

E espera.

– Pode comer – eu digo.

Lentamente ela rasteja pelo chão batido do porão. Há sangue no canto, provocado pelo castigo da noite anterior. Eu lhe dei um unguento e uma toalha limpa. Não sou desumano.

Coloco água na tigela dela e deixo-a com a comida.

A reação dela deveria me agradar, mas não estou feliz. Ela foi domada mais rapidamente do que as outras. Um truque talvez?

Eu poderia entregá-la para outro que apreciaria meu treinamento, para que ela seja uma esposa adequada e obediente.

Porém não confio nela. No fim, todas elas se afastam da Verdade.

Ela choraminga ao comer.

Eu suspiro. Não importa. Ela logo vai morrer de qualquer forma. Não tenho tempo para terminar o treinamento dela. Domá-las para depois juntar os pedaços da maneira que elas precisam ser.

Eu me viro e subo as escadas para me preparar para a próxima fêmea.

TRINTA E CINCO

Fazia um bom tempo que Noah não sentia tanta raiva e frustração com um caso.

Fran Buckley não estava falando, e o advogado dela, Clark Jager, estava se valendo de artimanhas legais para manter Noah afastado. De fato, Jager ameaçou pegar os arquivos de Lucy e usar a história dela como parte de sua defesa. Não importava o fato de haver ou não algo nos arquivos dela; o fato de ele ser aberto e fazer parte dos procedimentos criminais aumentavam as chances de torná-lo público.

Biggler foi mais acessível, porém não acrescentou muito mais à confissão de Mallory. Noah enviou Abigail para o bar para mostrar fotos de Mallory e Biggler e da irmã dele para o barman que atendera Prenter. Quem sabe eles conseguiam uma testemunha corroborando a confissão de Mallory.

Abigail entrou na sala de conferência, que havia se transformado em uma sala de guerra durante a noite para a investigação sobre o PMC. Noah e Hans liam declarações e arquivos. Havia papelada suficiente para mantê-los ocupados durante semanas.

– Você tem um minutinho? – ela perguntou.

– Claro, mas pensei que você fosse procurar o barman.

– Cedo demais, ele só entra às cinco, mas eu liguei para a casa dele e ele concordou em vir aqui dar uma olhada nas fotos.

– O que mais? – Noah se levantou para esticar as pernas, e também fazer uma pequena modificação na linha do tempo que montavam em uma lousa.

– A equipe de investigação forense ligou. Estão escrevendo o relatório agora, mas quiseram nos informar de que já terminaram a investigação preliminar e ela é conclusiva: Cody Lorenzo não cometeu suicídio. Além de outras evidências que comprovam homicídio, a trajetória da bala demonstra que não havia como ele ter puxado o gatilho.

– Droga! – Noah se recostou contra a mesa, com os dedos pressionando a testa.

– Mas você achou que Mallory estivesse mentindo. Por que está surpreso?

– Porque eu queria acreditar que ele estivesse dizendo a verdade. Eu queria acreditar que ele não mataria um policial.

– Não há provas físicas que o liguem a esse assassinato – Hans disse, levantando os olhos do relatório que lia. – É o único homicídio que ele não confessou.

– Isso não vai dissuadir um júri. Não quando a vítima é um policial.

– Sem provas concretas, a promotoria não vai pedir a pena de morte – Hans disse. – Considerando-se que todas as outras vítimas dele eram criminosos, um júri pode ser mais clemente do que se ele estivesse matando pessoas verdadeiramente inocentes.

Devia existir uma prova em *algum lugar*. Uma câmera de segurança pode ter captado Mallory na cena do crime. Rastros de provas. Uma testemunha que não sabia o que estava vendo. Ele teria de trabalhar duro, mas devia haver algo que provasse além de qualquer dúvida que Mallory havia matado Cody Lorenzo.

Lorenzo era um policial cumprindo o seu dever. Deveria existir justiça para ele. Noah não toleraria um assassino de policial saindo ileso.

– Há algo mais – Abigail disse. – Lembra-se das flores que Lucy recebeu na segunda-feira? Ela acreditou que Lorenzo a estivesse perseguindo porque quando Rogan foi ao florista, eles tinham registrado uma compra em dinheiro e o comprador se identificou como Cody Lorenzo. Porém eles não pediram a identidade dele para enviar as flores.

– E não foi Lorenzo?

– A EIF disse que o cartão que foi entregue com as flores e o bilhete suicida foram escritos pela mesma pessoa.

Noah precisou de um instante para processar a informação.

– Então Mallory escreveu os dois? Ele enviou flores para Lucy e usou o nome de Lorenzo?

– Parece que sim – Abigail respondeu.

– Mas por quê? – Hans perguntou. – Para armar para Cody? Para tornar o suicídio mais plausível?

– Ele planejou tudo – Noah disse ainda mais bravo com Mallory do que antes. – Patife. Vou voltar para a cadeia para falar com ele. Ele vem manipulando as pessoas por tempo demais, e vai ter de pagar o preço – depois, pegou o telefone.

Hans disse:

– Noah, entendo seus sentimentos em relação a Mick Mallory, mas ele é esperto. Se quisesse que a morte de Cody parecesse suicídio, acho que teríamos mais dúvidas quanto a ser homicídio ou suicídio.

– Tudo isso aconteceu em poucos dias – Noah disse. – Lorenzo estava farejando alguém... Mallory? Fran Buckley? Não sei, mas ele estava atrás de alguma coisa. Ele e Lucy eram os únicos que estavam investigando as mortes dos criminosos em condicional, mas Lucy não saiu por aí fazendo perguntas ou puxando relatórios policiais. Cody Lorenzo deve ter falado com a pessoa errada. Não vejo outro modo para isso ter acontecido.

Hans franziu a testa.

– Isso faz sentido. Mas... Não se encaixa no *modus operandi* de Mallory.

– Talvez ele tivesse mandando outra pessoa cuidar do assunto. Por isso saiu tão malfeito – ele disse para Abigail: – Precisamos que alguém investigue o homicídio de Parker Weatherby cometido por Fran Buckley em Boston. Há quatro anos...

– Quatro anos só em outubro – ela disse.

– Já investigou?

– Só os fatos do caso depois que Mallory o mencionou. Não havia suspeitos; a polícia concluiu que foi latrocínio. Alguns quadros apareceram há uns dois anos, mas nada que os ligassem a quem os vendeu.

– Precisamos colocar Buckley em Boston naquela noite – Noah disse. – Qualquer coisa: informações de cartão de crédito, passagem de avião, um fio de cabelo que não tenha batido o DNA com o resto das provas. Precisamos de algo concreto para fazê-la falar.

– Cuido disso. Posso ligar para Rick Stockton caso eu precise de alguma ajuda?

– Faça o que for preciso – Noah disse. Depois que Abigail saiu, ele disse para Hans: – Não podemos permitir que Buckley fique impune. Só poderemos detê-la por três dias e a declaração de Mallory não vai garantir que ela fique atrás das grades. O advogado dela tem razão quanto a isso.

– Duvido que ela fuja.

– Não podemos contar com isso. Hans, sei como esse caso pode ser afetado pela mídia. Perderemos terreno se Jager decidir usar as câmeras.

– Mas temos os fatos do nosso lado.

– Jager tem razão em relação à reação do público. Ninguém se importa se um punhado de criminosos morreu. No entanto, o que eu temo de fato é que se Buckley sair ilesa dessa, outros cidadãos podem tomar a lei nas próprias mãos. Como Lucy disse, seria uma anarquia.

– Não discordo de você, Noah.

Noah praguejou baixinho.

– Nós vamos ter de oferecer um acordo, não é?

– Fran Buckley matou um homem em Boston, um homem que nunca foi condenado por um crime. Ele provavelmente era culpado, mas ainda assim não teve seu dia perante o júri, e por mais que nosso sistema seja imperfeito, ele é bom demais. Se nossos antigos agentes do FBI e policiais começarem a agir como juízes, júri e executores, a sociedade sofrerá. Sim, por isso a promotoria fará um acordo. Mas nenhum dos nossos conspiradores vai se livrar da prisão.

Noah tinha uma reunião marcada com a promotoria naquela tarde e esperava não ser massacrado pela investigação e mandado agressivos. Antes, porém, ele tinha de ligar para Kate. Ela tinha de saber sobre o homicídio de Lorenzo e sobre a ameaça de Jager de usar o arquivo de Lucy.

Noah acreditava na lei, mas não via nada de positivo em abrir o registro do caso de Lucy para o mundo inspecionar e questionar. Ele agora tinha um vislumbre do que Kate e o resto deles passaram há seis anos quando se depararam com o julgamento *versus* o acordo com Roger Morton.

Com a exceção de que, se alguém saberia lidar com essa pressão, Noah não tinha dúvidas de que seria Lucy.

*

Sean guardou o celular.

Lucy não iria gostar nada daquilo. Ele teria de contar de um modo que ela não levasse para o lado pessoal. Para que ela não se afundasse em culpa por algo sobre o qual ela não tinha controle.

Lucy estava adormecida no sofá da sala de estar. Sean tinha aproveitado a manhã para se atualizar no trabalho que estava se avolumando. A RCK da costa leste não fazia propaganda porque não precisava; a maioria dos negócios surgia por indicação de antigos clientes. Com somente duas pessoas no escritório e sem auxiliar administrativo, eles não desejavam gerar mais trabalho do que podiam dar conta.

Porém, com Patrick fora da cidade e Sean ocupado com tudo o que vinha acontecendo, ele tinha ignorado os e-mails e as mensagens telefônicas. Já tinha quase terminado quando Kate ligou com as novidades do homicídio de Lorenzo.

Ele não queria contar para Lucy, certamente não desejava acordá-la para lhe dar a notícia, mas sabia que ela não gostaria que ele a protegesse da verdade.

Sentou-se na mesinha de centro e a observou dormir. Lucy era mais madura que a maioria das jovens mulheres em início de carreira. Contudo, adormecida, ela parecia jovem e vulnerável. O rosto estava relaxado, a boca ligeiramente aberta, as mãos unidas debaixo da face. A Bela Adormecida. E Sean queria que ela continuasse serena; ela precisava desse descanso.

Ela abriu os olhos repentinamente, com um breve olhar de pânico estampado.

– Sou eu – Sean disse, bravo consigo mesmo por tê-la fitado por tempo demais. Mesmo dormindo, ela pressentiu a observação dele.

– Que horas são?

– Duas.

Ela sentou-se lentamente, atordoada.

– Dormi até às duas da tarde?

– Você se levantou cedo; precisava de um descanso.

Ela esfregou os olhos e bocejou.

– Três horas. Eu nunca durmo de dia – ela inclinou a cabeça e franziu o cenho. – O que há de errado?

Sean não imaginava que sua expressão estivesse revelando seu incômodo com a notícia. Foi direto ao ponto:

– Cody não cometeu suicídio. O FBI provou conclusivamente que ele foi assassinado.

Lucy começou a tremer. Cody foi assassinado. Por causa da *sua* investigação. Por que ela não avisou Kate antes? Ou Mallory teria matado sua cunhada na tentativa fracassada de encobrir o grupo de vingadores?

– Lucy? – Sean pareceu preocupado, e Lucy estendeu a mão.

As mãos dele seguraram as dela bem apertado e o corpo dela parou de tremer tão violentamente. Ela respirou fundo.

– Talvez... Talvez eu esteja aliviada.

– Aliviada?

Como ela poderia explicar? Fechou os olhos e concentrou-se em respirar, em diminuir os batimentos cardíacos.

– A ideia de que ele tivesse se matado por minha causa...

– Não foi por sua causa!

– Quero dizer, pelo que ele sentia por mim. Que ele estivesse tão deprimido a ponto de se matar porque eu não o amava – a voz dela saiu entrecortada. – Eu jamais deveria ter pedido que ele me ajudasse. Eu deveria ter ido diretamente para Kate ou Dillon, ou qualquer pessoa no FBI. Não sei por que...

– Porque você não sabia o que estava acontecendo. Você estava protegendo pessoas que acreditava que fossem inocentes.

– E Cody morreu porque eu estava preocupada com Fran – a raiva transpareceu na voz dela. – Eu a odeio! Mesmo que ela não tenha puxado o gatilho, ela tinha de saber. Como ela pôde fazer isso com Cody? O tempo e a dedicação que ele dispensou ao PMC. E agora... Droga! – a voz dela mais uma vez se partiu e ela fechou a boca.

– Há mais uma coisa. Cody não estava perseguindo você.

Ela balançou a cabeça.

– O q-quê? – isso não fazia sentido. – Mas as rosas... Você falou com a florista.

– O FBI provou que o mesmo homem que escreveu o falso bilhete suicida também escreveu o cartão das flores. Compararam com a letra de Cody e não há como ele ter escrito nem um nem outro.

– Mas a florista...

– Noah acredita que Mallory tenha planejado tudo. Cody estava investigando o homicídio de Prenter; se ele desacreditasse Cody aos seus olhos, fazendo com que você pensasse que ele a perseguia, você pensaria que foi Cody quem matou Prenter ou, no mínimo, que você não haveria de querer mais nada com ele. Eles estavam tentando proteger a operação.

– Ele morreu *à toa*?

Sean levou a cabeça dela para o peito dele. A princípio, ela resistiu, depois deixou que ele a segurasse. Ela não chorou. Já não tinha mais lágrimas. A cabeça dela doía de pesar, e ficar ali com Sean ajudava.

Lentamente a tensão se esvaiu do seu corpo. Quando ela voltou a respirar normalmente e o coração parou de bater rápido, ela olhou para Sean.

– Preciso ir.

– Você não...

– Tenho de ir para casa, tomar banho e me preparar para o funeral de Cody.

– Vou com você.

– Não. Preciso ir sozinha.

– Não acho que você deva ficar sozinha.

– Os amigos de Cody estarão lá. A família. Não estarei sozinha.

– Mas...

– Estão todos presos. Mallory, Fran...

– Eu ainda me sentiria melhor se pudesse ficar de olho em você até que tenhamos certeza de que o FBI prendeu todos os envolvidos.

– Pode me levar se quiser. A igreja estará lotada de policiais.

– Lucy...

A voz dela tremeu, mas os olhos dela estavam secos.

– Acreditei que tivesse sido Cody. Como pude? Éramos amigos. Fiquei com ele por quase dois anos. E acreditei no pior. Deixei que meu medo atrapalhasse meu julgamento. Eu deveria saber que Cody jamais faria qualquer coisa para me magoar. Ele nunca fez antes, e mesmo assim... Eu não lhe dei o benefício da dúvida. Preciso prantear a morte dele, e quero fazer isso sozinha. Você me entende?

Sean beijou-a no topo da cabeça e segurou-a perto de si.

– Entendo. Vou levá-la até lá e depois buscá-la. Não saia da igreja, está bem?

– Prometo. Obrigada por entender.

TRINTA E SEIS

Noah e Hans encararam Mallory na sala de interrogatórios na delegacia local.

– Você mentiu para nós. Mentiu para Lucy – Noah disse.

Mallory encarou-o. A expressão dele era de desafio, mas os olhos estavam cansados, como se ele não tivesse dormido.

– Cody Lorenzo foi assassinado – Hans disse. – Não há dúvidas.

Mallory franziu o cenho, mas nada disse.

– Você o matou porque ele estava chegando perto de expor o grupo de vingadores.

– Não matei Cody Lorenzo – Mallory disse em um suspiro.

– Não acreditamos em você.

Mallory fechou os olhos.

– Vocês encontraram minhas armas. Cada uma delas tem o nome de um patife. Nome e data. Cada uma delas. Cody Lorenzo não está lá.

Noah precisou de um segundo para perceber qual era o problema naquele raciocínio.

– Você deixou a arma lá. Tentou forjar suicídio.

– Se fizer bem a sua pesquisa, descobrirá que nem todas as balas naquelas armas foram disparadas. Cada uma delas foi aposentada após o uso, portanto, lembro-me de cada uma delas. Não matei Lorenzo.

– Lorenzo era policial. Pena de morte automática – Noah disse.

Mallory riu sem humor.

– Pena de morte? Pode mandar.

– Lorenzo foi morto entre onze e meia-noite da segunda-feira. Não imagino que você tenha um álibi, correto?

– Eu estava em casa. Fran apareceu pouco depois das sete, preocupada com as perguntas que Lorenzo vinha fazendo. Eu disse a ela para que se acalmasse, que nada nos ligava ao assassinato de Prenter.

– Fran pode tê-lo matado. Você seria um acessório.

– Fran não o matou.

– Não acredito nisso.

– Não me importo – Mallory suspirou. – Seu mandado não garantia muita coisa e você bem sabe disso, mas não vou pedir um advogado, nem vou me defender. Não quero. Já lhes dei tudo. Chega.

Noah mostrou-se mais sério, um pensamento começou a surgir, mas desapareceu em seguida. Hans aproveitou-se do silêncio e disse:

– Fran está coberta pelo advogado. Clark Jager.

Mallory deu de ombros.

– Quer mesmo prendê-la?

– Ela matou um homem pelo menos.

– Que merecia morrer.

– Que não foi julgado. Ela está com medo.

Mallory assentiu.

– Ela sempre foi o elo mais fraco. Mas não vai confessar, porque a única pessoa que ela pode culpar sou eu, e eu já me entreguei. O que mais posso contar para vocês?

– O advogado de Fran está ameaçando puxar todos os registros policiais dos funcionários e voluntários do PMC. A argumentação dele é que outra pessoa no PMC esteja envolvida, não Fran Buckley, mas alguém de dentro.

Mallory endireitou-se. Imediatamente percebeu as repercussões de tal ação, e era com isso que Noah e Hans contavam.

– Isso é uma asneira. Ninguém mais no PMC está envolvido. Vocês já pegaram Biggler, e ele nunca matou ninguém. Ele era o meu reforço. Cobria a minha retaguarda.

– E a irmã Brenda, que era a sua isca – Hans disse. Eles ainda não tinham o relatório de Abigail quanto ao Clube 10, mas Hans sabia blefar.

– Por favor, sejam tolerantes com Brenda – Mallory pediu. – Ela ajudou porque idolatra o irmão. Não acredito que ela tenha pensado a fundo no que estávamos fazendo.

– Eram só vocês três, quatro incluindo Fran Buckley?

– Sim – Mallory confirmou. – Lucy não tem nada a ver com isso, a não ser pelo fato de marcar os encontros. Vocês dois sabem disso.

– Sim, sabemos – Noah disse. – Mas não teremos como deter Jager se ele fizer uma petição para todos os registros criminais. O passado de Lucy ficará escancarado durante o julgamento...

– Fran vai pedir um acordo. Ela não deixará que Lucy sofra...

– Ela não está cooperando. Negou qualquer envolvimento, e deu a entender que foi alguma outra pessoa no PMC.

Mallory deu um soco na mesa.

– Vocês podem provar o contrário! Eu contei tudo o que aconteceu!

– Sua palavra não vale nada no momento – Noah declarou. – Jager vai destruir você no tribunal. Você pode dizer que o sol nasce no leste, e ninguém no júri vai acreditar quando Jager tiver acabado com o mínimo de credibilidade que você ainda tem. Não importa se nós acreditamos em você ou não.

– Tenho provas – Mallory deixou a cabeça pender. – Eu não queria recorrer a isso, mas... – a voz dele se interrompeu, e ele ficou perdido em pensamentos por diversos minutos. – Na noite antes que ela matasse Weatherby, Fran pegou um voo comercial de Dulles para Albany. A colega de quarto da época da universidade, Sylvia Dunham, mora em Troy. Ela pegou emprestado o carro de Sylvia para dirigir até Boston. Sylvia não fazia a mínima ideia do que Fran estava planejando fazer, não sei qual foi a desculpa que Fran deu a ela, mas Sylvia vai se lembrar dessa viagem porque Fran se envolveu em um pequeno acidente voltando pela I-90. O carro não deu perda total, mas Fran fez um cheque para cobrir os reparos a fim de que ela não acionasse a seguradora. O acidente foi na manhã após Weatherby ser assassinado; eu disse a Fran que cuidaria de tudo, e ela foi embora.

Tudo aquilo podia ser verificado.

– Isso não é prova concreta.

– Além da minha palavra, é tudo o que tenho.

Podia bastar para preocupá-la, Noah pensou. Mas não Jager.

– E quanto à arma?

– Joguei-a fora; vocês nunca a encontrarão, e mesmo que a encontrem, o estrago feito pela água tornaria qualquer prova inútil.

– Onde ela conseguiu a arma? – Noah perguntou.

Mallory olhou para ele como se o considerasse mais esperto do que o imaginado.

– Nunca perguntei.

Hans disse baixo:

– Por que envolveu Lucy? Você devia saber que, um dia, isso tudo desabaria e você queimaria justamente a pessoa que alega querer proteger.

– Você não entende – Mallory apoiou as mãos algemadas na testa. – Mesmo que ela não soubesse que estava nos ajudando, havia um senso de justiça nela em apanhar aqueles safados. Ela é boa nisso, Hans, ela é altamente qualificada em separar os patifes, os verdadeiros predadores.

– Então você a persegue, mata o ex-namorado dela porque *a admira*? – Noah estava perdendo a calma e isso transparecia na voz mais elevada.

– Eu não matei Lorenzo e não estava perseguindo Lucy!

– Mallory, o falso bilhete suicida foi escrito pela mesma pessoa que enviou uma dúzia de rosas para Lucy na segunda-feira de manhã. Se fosse Lorenzo, tudo ficaria bem unido em um mesmo pacote. Mas não foi. Os exames forenses provaram isso. Admita que foi você.

– Não mandei rosas para Lucy!

– Desista...

– Juro por Deus que não mandei – Mallory se inclinou para frente. – Estão mentindo para mim?

– Não somos nós os mentirosos aqui.

Ele socou a mesa mais uma vez.

– Preste atenção! Não enviei rosas, não matei Lorenzo e não escrevi nenhum bilhete nem cartão! Se essas rosas foram mandadas pela mesma pessoa que matou um policial, então Lucy corre perigo! Maldição, onde ela está? Que tipo de idiotas são vocês?

*

Uma das pessoas que entrava na Holy Trinity segurou a porta para Lucy entrar. Um floco grande de neve atingiu-a na nuca, e ela revirou os ombros para que o colarinho absorvesse a umidade.

– Obrigada – ela murmurou, e entrou na igreja logo após o cântico de procissão. Olhou ao redor e viu a parceira de Cody, April Dunnigan, perto do fundo. Lucy sentou-se no banco atrás dela.

April era uma policial negra bem-avantajada, alguns poucos anos mais velha do que Cody, com os cabelos encaracolados curtos e seis brincos em cada orelha. Eles haviam sido parceiros por mais tempo do que Lucy se lembrava.

Ela deu um tapinha no ombro de April. A policial olhou para trás, com os olhos inchados e uma expressão reservada. Quando viu que era Lucy, deu a volta no banco e abraçou-a.

– Estou contente que tenha vindo – ela sussurrou.

– Ficou sabendo das provas?

April assentiu.

– Você está bem?

Lucy deu de ombros.

– Ficarei. E você?

– Quero atirar no maldito que o matou – ela fez uma careta ao falar. – Eu não deveria dizer isso aqui.

– Tenho certeza de que Deus entende – ele *tinha* de entender melhor do que ela.

A policial voltou para seu lugar, e Lucy ficou contente por isso. Preferia ficar sozinha para lamentar a morte de Cody.

Estava quente dentro da igreja, e Lucy tirou o casaco, dobrando-o ao seu lado. Respirou fundo.

Só havia alguns policiais presentes, mas aquela era a missa antes do velório. Lucy suspeitava de que muitos chegariam durante e após a missa. E o funeral na sexta-feira seria uma procissão em D.C. com todos os policiais presentes. Lucy tinha ido ao funeral de um policial morto em serviço, amigo de Cody nos tempos da academia. Ela e Cody estavam namorando na época, e o assassinato marcou muito Cody, mas, ao mesmo tempo, ele jamais se afastou dos seus deveres.

Ninguém nos garantiu que viveríamos até nos aposentarmos. Mas morrer protegendo o que consideramos mais precioso é mais fácil de aceitar do que morrer em vão.

A culpa a corroía porque Cody não teve motivos para morrer. Intelectualmente, sabia que Cody era policial, mas, ao mesmo tempo, aquela era uma situação diferente: eles deveriam ter levado o caso ao FBI desde o começo. Talvez Cody ainda estivesse vivo.

Lucy se levantou uns segundos depois dos outros para rezar o Pai Nosso, surpresa que a missa tivesse avançado tão rapidamente. Há quanto tempo ela estava ali? Não parecia mais do que alguns poucos minutos. Vagamente se lembrava das leituras. Ainda sentia calor, e os olhos estavam ressecados. Muitas lágrimas derramadas em poucos dias.

No entanto, bem no fundo, sentia que havia algo de errado. Estaria ficando doente? Sean a fez comer um almoço tardio, mesmo ela alegando não estar com fome. Ele preparou uma canja e fez um sanduíche de queijo quente. Ela comeu só metade, mas agora a refeição leve parecia pesar uma tonelada em seu estômago.

Respirou fundo.

– Lucy?

A voz de April parecia vir de muito longe.

– Você está bem?

– A-acho que vou passar mal.

– Vou acompanhá-la até o banheiro.

Lucy queria dizer que não era preciso, que ficaria bem sozinha, mas, em vez disso, assentiu. April segurou-a pelo braço e conduziu-a na direção do banheiro do lado direito do átrio.

Dois policiais uniformizados trouxeram uma nuvem de neve ao entrarem. O frio vindo de fora pareceu maravilhoso para Lucy.

– April, eu só vou lá para fora por um minuto. Acho que preciso de um pouco de ar. Volto para a comunhão.

– Posso ir com você – April ofereceu-se.

Lucy balançou a cabeça.

– Um minuto, só para arejar a cabeça.

– Vou esperar aqui – April começou a falar baixinho com os policiais quando Lucy saiu.

O ar frio clareou sua mente, e ela observou a neve cair, mais espessa do que quando havia chegado há trinta minutos. Ainda se sentia mal, mas raramente ficava doente. Ela deduziu que devia ser pelo pesar. Sentia saudades de Cody. Ela amara-o, não do modo como ele desejava, mas isso não significava que não o quisesse bem.

– Sinto muito – ela sussurrou no frio. *Perdão por acreditar que você pudesse fazer qualquer coisa para me assustar.*

Ainda que a pele queimasse, ela sentia frio por dentro. Virou-se para entrar, e a porta parecia mais longe do que havia imaginado. O suéter preto estava úmido e branco por causa da neve, mas ela não se lembrava de ter se afastado das portas. Tudo estava tão brilhante: a neve, as luzes da entrada, as cores radiantes com as beiradas ofuscadas.

Havia algo de errado com ela, mas ela sabia que não estava doente. Era algo mais, e seu pânico elevou-se conforme o coração começou a bater mais rápido. Não conseguia pensar com coerência. Abriu a boca para chamar April, mas só um guincho saiu da sua garganta. A igreja e a neve giraram ao seu redor, cada vez mais rápido, e ela pensou que fosse um pião. Girando, girando, girando... Até estar na neve. Ela tinha caído... Mas estava perto das escadas. Como? A luz da rua chamava-a, uma mão, como se Deus a quisesse levar para o Paraíso.

Ela queria ir. Estava tão triste, tão perdida.

Sean.

O coração batia rápido no peito, dolorosamente, e ela se concentrou nas batidas aceleradas demais. Seu coração batia rápido assim?

Sean, me ajude. Não quero morrer.

Ela tentou se levantar, mas não conseguiu. As mãos afundaram na neve fofa recém-caída. Procurou o telefone, mas não estava no bolso. Não estava lá porque ela o deixara no bolso do casaco que estava no banco da igreja.

Queria chorar, mas nenhum som, nem lágrimas surgiram. Não tinha controle sobre o corpo, como se estivesse paralisada. Queria desesperadamente que Sean a apanhasse e a levasse para a cama dele. Que a segurasse. Que a beijasse. Que fizesse amor. Ela não tinha se permitido pensar no futuro, nas possibilidades, mas Sean tinha entrado em sua vida e ela simplesmente não queria que ele fosse embora.

Rastejaria. Poderia rastejar para casa. Não, ela ficava a 3 quilômetros de distância. April se perguntaria por que ela estaria demorando. April... Quem era April? Ela sentia que deveria saber, mas não se lembrava. No que estava pensando? Em rastejar para casa? Onde ficava sua casa? Ela tinha uma casa?

Tentou chamar alguém de novo, mas não conseguiu. A mente girava, como que dentro de um liquidificador, a cabeça doía, o estômago revirava. Sentia calor e olhou para a neve esperando ver uma nuvem de condensação onde os dedos se afundavam na neve.

Sean.

Quem era Sean?

– Deixe-me ajudá-la.

A voz parecia vir de tão longe. Rolou o corpo, ele estava pesado, caído sobre a neve. Olhou para cima, mas não viu nada, só uma forma vaga e uma mão enluvada.

– Obrigada – ela tentou dizer, mas a língua estava espessa e seca.

Quero ir para casa.

Não se lembrava do endereço.

Ela foi levantada da neve. Ela acreditou ouvir seu nome ao longe, muito longe...

Uma voz de mulher a chamava.

– Lucy? Lucy, onde você está?

TRINTA E SETE

Sean e Kate bateram na porta de vidro da florista. Passavam cinco minutos das 19 horas, e a loja já estava fechada.

Ele estragou tudo. Por que não forçou a florista a identificar a pessoa? Poderia ter voltado com a foto de Lorenzo e verificado o recibo, comprovando que foi ele quem comprou as rosas. Por que acreditou tão prontamente? Porque Lorenzo ainda estava obviamente apaixonado por Lucy? Porque era o ex-namorado dela?

Mallory podia estar mentindo quanto ao fato de não ter perseguido Lucy, mas Sean não queria correr riscos. Havia muitas dúvidas e muito em jogo.

Kate chamou a mulher atrás do balcão.

– FBI. Temos uma emergência – mostrou o distintivo pelo vidro.

Lucy não estava atendendo ao telefone, mas provavelmente o havia colocado no modo silencioso durante a missa. Ele enviou uma mensagem de texto na esperança de ela a ler:

Dillon está a caminho da Holy Trinity. Não saia da igreja em nenhuma circunstância. Me envie uma mensagem para eu saber que você está bem.

Se Noah tivesse telefonado trinta minutos antes, Sean não teria levado Lucy para a igreja. Teria ficado ao lado dela, mesmo ela pedindo que ele não o fizesse. Mas ele acreditou que ela estaria segura. Mallory e os outros estavam atrás das grades e ninguém poderia feri-la.

Imaginou-a ferida e assustada, e sua mente voltou a focalizar. Piedade não ajudaria.

Ele precisava pensar com clareza.

– Maldição! – Kate murmurou quando a mulher a fitou com uma carranca, sem se aproximar da porta. Kate bateu com mais força. – Polícia! Emergência!

– Talvez ela não fale inglês – Sean disse.

– Ela fala inglês – Kate disse. – Só não quer ser importunada – bateu na porta mais uma vez. – Polícia!

A mulher quase se arrastou até a porta. Destrancou-a, entreabrindo-a.

– Estamos fechados.

– FBI. Temos perguntas a respeito de um freguês.

A mulher fechou a cara.

– Não posso ajudar.

– Pode sim. Tem câmeras de segurança – Kate apontou para as câmeras. – Esteve trabalhando na segunda-feira?

– Sim, mas...

– Tenho algumas fotos que quero que veja. Por favor, deixe-nos entrar – isso soou mais como um comando do que como um pedido.

A mulher hesitou, depois suspirou e os deixou entrar.

– Minha filha disse que alguém veio perguntar a respeito de uma entrega. Ela não deveria falar dos nossos clientes.

Kate andou até o balcão.

– Na segunda-feira, a senhora teve um cliente que se identificou como Cody Lorenzo e que encomendou uma dúzia de rosas vermelhas para ser entregue a Lucy Kincaid em Volta Place.

– Sim. Ele pagou em dinheiro.

– Preciso que olhe algumas fotos e nos diga se algum desses homens era Cody Lorenzo.

Ela franziu o cenho.

– Não sei se posso ajudar...

– Pode – Kate interrompeu. – Isso é importante.

A mulher deu de ombros, e Kate mostrou-lhe a foto de Lorenzo. A mulher não deu nenhum indício de reconhecimento e balançou a cabeça.

– Não. O homem que veio aqui era branco, não era mexicano.

Sean ficou tenso.

Kate mostrou a foto de Mick Mallory. A mulher balançou a cabeça.

– Este aqui é velho demais, aquele que veio aqui não tinha cabelos brancos.

– Ele podia estar usando uma peruca – Sean sugeriu.

– Não é ele. Este aqui parece irlandês, rosto redondo, olhos azuis, mas o homem que veio aqui tinha o rosto fino. Na média, menos de 40 anos, baixo.

– Baixo quanto?

A mulher olhou de Sean para Kate.

– Mais baixo que você – disse para Kate.

Kate tinha quase a mesma altura de Lucy, cerca de 1,70 m. O homem devia ter aproximadamente 1,65 m.

Kate uniu as sobrancelhas. A última foto era de Biggler, e ele era mais alto. Mostrou a foto.

– Não – disse a mulher. – Nenhum deles. O que está acontecendo?

– Precisamos das fitas de segurança de segunda-feira.

Quando a florista foi para o fundo, Kate se virou para Sean e disse:

– Mallory deve ter outro comparsa.

Sean não tinha tanta certeza.

– Sean, no que está pensando? Está quieto demais.

– Isto não tem nada a ver com Mick Mallory.

– Cody ser morto pelo mesmo homem que mandou flores para Lucy? Isso tem tudo a ver com Mallory.

Alguma coisa não estava certa para Sean, mas ele não sabia o que era. Olhou para o celular pela décima vez desde que enviou a mensagem para Lucy. Ela não tinha respondido. Enviou outra.

Lucy, quero saber se você está bem.

– Sean, fale comigo.

Ele não conseguiria explicar para Kate, por isso nem tentou.

– Preciso ir – ele disse. – Tenho de ir para a igreja.

– Sean...

O comando de Kate foi interrompido pela volta da florista com um DVD.

– Isto aqui tem tudo da semana passada. Está programado para regravar a partir do domingo à noite.

Sean pegou o disco antes que Kate conseguisse segurá-lo.

– Obrigado – Sean disse e caminhou em direção ao carro. Jogou as chaves para Kate. – Vou olhar isto aqui enquanto você dirige para a igreja.

Assim que se sentou no banco do passageiro, ele pegou o *laptop* e inseriu o DVD. A qualidade da imagem em preto e branco não era magnífica e estava ligeiramente distorcida por causa das lentes largas, mas ele conseguia ver o bastante.

Kate disse:

– Fale comigo, Sean.

– Sensação ruim.

– Se isso ajuda, ela disse que o homem chegou entre 8h30 e 9h00.

– Obrigado – Sean ajustou a busca a partir das 8h25 na segunda--feira. Adiantou a filmagem, procurando um homem branco baixo.

Às 8h39 ele entrou.

O perseguidor admirou um arranjo perto da porta. Ele tinha cabelo curto, cortado de modo conservador, e era agradável de olhar, nem bonito nem feio. Na média. Normal. Ele tinha a aparência de um bom homem, e Sean estimava a idade que seria de uns 30 e poucos para uns 40 anos.

Ele parou diante da geladeira e Sean deduziu, por comparação, que a altura dele devia ser de 1,70 m. Ele conversou com a proprietária, apontou para um vaso de rosas, que Sean presumiu que fossem vermelhas, e caminhou na direção do balcão.

Foi no balcão que ele conseguiu a melhor imagem. O homem escreveu o cartão e entregou-o à mulher.

Sean cortou essa imagem, ampliou-a em um programa de edição de fotos e mandou diretamente para Noah Armstrong e Jayne Morgan no escritório da costa oeste da RCK.

Preciso do nome e do endereço desta pessoa o mais rápido possível. Noah, esse é o perseguidor de Lucy. Kate e eu estamos a caminho da igreja.

Sean fechou o *laptop* e jogou-o no banco de trás. Estava ansioso por dirigir; Kate ia devagar demais.

– Vamos, Kate!

– Está nevando, se é que você não notou – ela replicou. Os dedos agarravam o volante.

– Só... – ele refreou a crítica verbal. De nada adiantaria. Tentou falar com Lucy de novo. Nenhuma resposta. Olhou pela janela e viu a neve cair com mais intensidade. Temeu chegarem tarde demais.

Sean estava quase ligando para Noah para se certificar de que ele havia recebido a mensagem quando o telefone de Kate tocou. Ele só ouviu o lado dela da conversa, mas seu coração congelou.

– Tem certeza? Verificou os banheiros? As outras salas?... Estamos a dois ou três minutos de chegar. Vou falar com Noah.

Sean virou-se para ela.

– O que aconteceu?

– Dillon está na igreja. Lucy não está lá – Kate mordeu o lábio inferior.

– E?

– Mas o casaco está. Ela saiu da igreja para tomar ar vinte minutos atrás e ninguém a viu desde então.

*

Estou satisfeito.

Lucy Kincaid dorme no banco de trás. Lucy Kincaid está desacordada. Os pulsos e os tornozelos estão amarrados com fita adesiva. Ela não estava inconsciente quando a amarrei. Ela quase entendeu o que estava acontecendo. Mas a combinação de GHB com isopropanol que eu mesmo preparei surtiu o efeito desejado. Quando ela saiu da igreja, já estava desorientada. Quando caiu na neve, eu sabia que ela não teria como se defender.

Posso ter ministrado uma dose forte demais, porém eu não tinha certeza da rapidez da absorção pela pele. Essa foi a única vez que a vi sozinha em um lugar em que eu a pudesse capturar. Ela desperdiçou demais o meu tempo com seus jogos. Eu não podia permitir que ela gastasse nem mais um minuto. Caso o namorado dela estivesse na igreja, eu tinha um plano alternativo.

Estou contente por não ter sido obrigado a matar outro homem, por mais patético que ele seja. Mas, se necessário, eu o faria, assim como, por necessidade, matei o policial.

Lucy Kincaid precisa ser treinada. Preciso domá-la. Ela é o problema. Eu sou a solução.

Não acredito que ela será uma boa aluna. Mas ela não pode sair impune da tentativa patética de me mandar de volta para a prisão.

Tenho grandes planos para ela. Já tenho a primeira lição preparada. A lição que a ensinará que sou eu quem manda, que a vida dela é minha e que eu posso tomá-la quando bem quiser. A lição mostrará a ela que ela não tem poder algum, nenhuma esperança. É o primeiro passo, mas sempre o meu predileto. Finais e começos.

Enquanto dirijo, continuo olhando para ela pelo espelho retrovisor. Os olhos dela estão abertos, porém vidrados. Espero que não esteja morta.

Preocupo-me um pouco. Garotas mortas não têm graça; não tive meu tempo com Lucy. Paro na beira da estrada e viro para trás no banco. Pego o chicote e chicoteio a fêmea.

Ela convulsiona, um grito é abafado pela boca amordaçada. Eu sorrio. Ela está viva. Claro que está. Sou bom demais para cometer erros com dosagem, mesmo experimentando algo novo.

Eu me misturo ao trânsito. Normalmente não gosto de dirigir tão devagar, mesmo em um tempo como aquele, mas esta noite?

Esta noite, eu estou muito satisfeito.

TRINTA E OITO

Quando Kate parou em um local proibido na frente da igreja Holy Trinity, Sean viu muitos policiais, mas poucas viaturas. Três dúzias de oficiais, alguns uniformizados, outros com roupas normais, enchiam o átrio. Havia mais do lado de fora procurando por vestígios de Lucy ou o que poderia ter acontecido com ela. Todos estavam dentro da igreja quando ela desapareceu.

Dillon avistou-os quando eles subiam as escadas. Uma seção havia sido isolada e Sean preocupou-se.

– Podemos ter uma testemunha – Dillon disse a Sean e Kate assim que eles se aproximaram.

– O que aconteceu? – Sean exigiu saber. Não se permitia pensar que Lucy tivesse sido sequestrada. Mas não foi Mallory quem mandara as rosas. Não foi ele quem matara Cody Lorenzo. Tampouco abduziu Lucy.

E, no entanto, ela não estava ali.

– A parceira de Cody, policial April Dunnigan, notou que Lucy estava se sentindo mal e a acompanhou até o átrio. Lucy disse que precisava de ar fresco e saiu. Depois de alguns minutos, April e outro policial saíram para procurá-la, mas ela não estava nem fora nem em nenhum outro lugar da igreja – Dillon explicou. – Porém um detetive acredita que a viu entrar em um carro com um homem.

Dillon levou-os para dentro da igreja onde um detetive falava ao telefone. Quando ele viu Dillon, desligou.

– Falei com o chefe de polícia. Ele está notificando todos os patrulheiros daqui até Maryland e Virgínia. Todos os policiais de D.C. estão em alerta.

– Obrigado. Detetive John DeMarco, minha esposa, agente do FBI, Kate Donovan, e Sean Rogan, da Rogan-Caruso-Kincaid.

DeMarco disse:

– Vi uma mulher de cabelos longos e escuros, vestindo calça preta e um suéter branco e preto caminhando como se estivesse embriagada, acompanhada de um homem em direção a um carro estacionado exatamente onde aquele carro de patrulha está, na frente da igreja. Eu subia as escadas e imaginei que, caso ela não estivesse embriagada, devia estar muito triste. Pareceu que ela tivesse caído, pois havia neve cobrindo a roupa dela. E pela aparência meio hispânica, imaginei que ela fosse parente de Lorenzo. Ela não deu sinais de estar angustiada, apesar de precisar da ajuda do homem para andar.

– E o homem com ela?

– Cerca de 1,70 m ou um pouco mais. Magro. Também estava usando roupas pretas, um casaco e um chapéu. Caucasiano. Nenhum sinal evidente, mas eu só relanceei para eles enquanto subia as escadas.

– E o carro?

– Um modelo novo de sedan. Ele a acomodou no banco de trás. Não notei o número da placa, mas vi que se tratava de um modelo novo da Virgínia.

Sean abriu o *laptop* e mostrou a foto do homem da floricultura.

– É este o homem que você viu?

O detetive observou atentamente.

– Pode ser. Não posso garantir com certeza, mas ele tem a mesma estrutura física.

– Esse é o perseguidor? – Dillon perguntou.

– Sim – Kate respondeu.

April aproximou-se.

– Agente Donovan, eu sinto muito. Se eu soubesse que Lucy corria perigo, eu jamais teria deixado que ela saísse sozinha. Pensei que tivessem o assassino de Cody sob custódia.

– Nós também – Kate disse.

– Detetive DeMarco! – um policial entrou e se apresentou ao se aproximar do grupo.

O detetive disse:

– O que encontraram?

O policial entregou um colar de pérolas dentro de um saco plástico transparente.

– Encontramos isto ao pé da escada.

A voz de Dillon saiu áspera quando ele disse:

– É de Lucy. Era de nossa mãe. Ela deu o colar para Lucy quando ela se formou na faculdade.

– Parece que o fecho está quebrado – DeMarco disse inspecionando-o. – Mais alguma coisa?

– Os policiais Craig Jackson e Lloyd Breck chegaram de táxi aproximadamente às cinco e meia. Os dois notaram um sedan preto na frente da igreja, e como estava estacionado em local proibido, pensavam em falar com o dono, mas um homem saiu da igreja e caminhou na direção do carro. Eles deixaram passar e entraram.

– Eles têm uma descrição?

– Caucasiano, 1,75 m, vestindo um casaco comprido preto.

– Chapéu?

– Não, senhor. Não que tivessem notado. Cabelo curto, castanho.

Dillon observou:

– Ele estava saindo da igreja. Ele teria de tirá-lo dentro da igreja, ou alguém notaria.

– A que horas Lucy chegou?

April disse:

– Assim que o padre foi para trás do altar, quando todos estavam de pé.

– Durante o cântico de procissão? – Dillon perguntou.

– Foi no começo. Só assisti a um punhado deste tipo de coisa.

– O cântico... Mais ou menos na hora em que o homem saiu – Dillon disse. – E Lucy saiu antes da comunhão?

– Todos rezavam o Pai Nosso e ela parecia estar mal. Eu a levei na direção do banheiro, mas ela quis sair para tomar ar fresco. Ela parecia bem melhor quando abriu a porta, ainda que meio pálida.

O telefone de Sean vibrou. Era Jayne. Ele afastou-se do grupo.

– Qual é o nome dele? – Sean perguntou.

– Não sei – Jayne respondeu. – Só quis que soubesse que estou trabalhando nisso. Ajudaria bastante se pudesse restringir a uma região.

– Comece com D.C., expanda para a Virgínia e Maryland. Trabalhe a partir desses dados.

– Está bem, me dê um tempo e...

– O homem está com Lucy. Não temos tempo.

– Vou fazer o melhor que puder, Sean, lamento.

– Só estou preocupado. Mantenha-me informado – dito isso, desligou o telefone. – Kate, fale com Noah.

– Por quê? Já sabe quem é?

– Não, mas tenho uma ideia. Mallory.

– Não estou entendendo.

– É coincidência demais que Lucy tenha sido raptada quando o grupo de vingadores é abatido. O assassinato de Cody, a perseguição, Mallory... Tudo isso tem de estar ligado, e eu acho que ele tem as respostas.

– Mostre a foto para ele – Dillon interferiu.

– Exato. Esse homem tem de estar envolvido, de outro modo, por que Lucy? Por que agora?

Kate assentiu e ligou para Noah.

*

Noah não estava sentado quando o guarda entrou com Mick Mallory na sala de interrogatórios na cadeia de D.C. Ele bateu a foto na mesa.

– Este homem sequestrou Lucy. Quem é ele?

Mallory observou a foto por um minuto inteiro. Quando ele percebeu de quem se tratava, seu rosto empalideceu.

– Tem certeza? – ele perguntou.

– Sim, droga! Temos uma testemunha. Quem é ele? Um dos seus amigos vingadores?

– Não. Este é Peter Thomas Miller. Ele era um professor de Ensino Médio que foi preso por estupro estatutário em 2002. Ele fez sexo com seis de suas alunas, pelo menos é o que sabemos, mas só foi condenado por dois, porque, depois do depoimento, quatro se arrependeram. Ele armava para cima das garotas: abusava psicologicamente delas ao mesmo tempo em que as seduzia. Ele só estuprava virgens, mas nunca foi nada violento, somente mentalmente sádico.

– Mentalmente sádico?

– Ele as convencia de que elas eram inferiores, mas o fazia de modo a não se sentirem ameaçadas; ele nunca gritava e, no início, não batia, mas discorria com elas sobre os motivos que as tornavam fracas e inúteis e como deveriam viver para servir aos maridos. Ele as treinava para os futuros maridos, ele disse para uma delas. Foi condenado de dez a vinte anos, e saiu sob condicional no verão passado em Delaware. Ele se registrou como agressor sexual e depois desapareceu – Mallory fez uma pausa, depois olhou para Noah. – Lucy o encontrou on-line. Ele estava procurando virgens. Mas nunca apareceu.

– Nunca apareceu? Explique-se.

– Dois meses atrás, Lucy marcou um encontro, e nós mudamos o local porque eu sabia, no meu íntimo, que ele era perigoso, e isso só pioraria. Ele merecia o meu tipo de justiça. Ele não apareceu, e quando eu fui até a casa dele, ele havia sumido. Ele pode ter farejado o trabalho da polícia, mas havia procedimentos de segurança; ele jamais saberia que era Lucy!

– Há sempre um modo – Noah fez uma pausa. – Que tipo de professor Miller era?

– Ciência da Computação.

*

Sean dirigiu o mais rápido que pôde nas ruas escorregadias até a RCK. Noah Armstrong havia telefonado para Kate e contado tudo a respeito de Peter Miller.

Sean encontraria este homem. Tinha de encontrar.

Jayne já estava trabalhando no caso, e Noah estava puxando a ficha corrida de Miller em uma tentativa de localizar o lugar onde ele poderia ter levado Lucy. O FBI de Delaware estava verificando o último endereço conhecido, e Abigail foi passar o pente fino nos arquivos do PMC atrás de provas.

Sean rezou para que Lucy estivesse viva e bem. Suas entranhas ardiam ao pensar que Lucy estava sendo mantida prisioneira. Miller parecia normal, quase agradável, mas era um bastardo doentio que tinha vingança em mente. Ele detestava as mulheres, e uma mulher, Lucy, tentara mandá-lo de volta para a prisão.

O telefone tocou assim que entrou em casa. Subiu as escadas até o escritório enquanto atendia.

– Alô.

– Sean, é Duke. Jayne me contou tudo. Descobriu mais alguma coisa?

– Não.

– Consegui o histórico profissional dele. Ele lista a Universidade da Virgínia, em Richmond, como sua *alma mater**.

– Como isso pode ajudar?

– Ele não é de Delaware. Os pais são Paul e Christina Miller. Eles moraram em Virgínia até 1984, quando o pai se mudou para Wilmington após eles se divorciarem. Miller nasceu em 1971, em Charlottesville, Virgínia. Jayne está investigando registros de propriedade com o nome do pai e o nome de solteira da mãe, Christina Lyons.

– Onde eles estão hoje?

– O pai morreu há doze anos, e não tenho registros da mãe depois do divórcio, nem na Virgínia, nem em Delaware, por isso estou ampliando a busca tanto com o nome de casada como o de solteira.

– Vou passar a informação para o FBI.

– O FBI? Acha que eles vão encontrá-la mais rápido do que eu?

– Não, mas estamos em um ponto em que precisamos tentar de tudo. Estou com uma sensação ruim. Pelo que a testemunha disse, parece que Lucy estava embriagada. Suponho que ele a tivesse drogado. Ela não teria ido de boa vontade. Teria lutado.

– *Nós a encontraremos* – Duke enfatizou.

---

* Do latim "a mãe que nutre", expressão usada na Roma Antiga como um título para a Deusa mãe, e, durante o Cristianismo medieval, para aludir à Virgem Maria. Nos tempos modernos, o termo é utilizado para referir-se à universidade, realçando a função da instituição como fornecedora alimentar para a faculdade intelectual. (N.T.)

Sean não duvidava disso. Mas em que condições? Machucada? Morta?

– Ligue para mim assim que souber de alguma coisa – Sean ligou em seguida para Kate. – Estou enviando informações coletadas por Duke.

– Vou cuidar disso. Noah está a caminho da sua casa. Vou encontrá-los aí.

– Se eu tiver uma pista, não vou esperar para agir.

– É melhor mesmo. Só me mantenha a par. Estarei aí em quinze minutos.

Sean jogou o telefone na mesa, as mãos segurando os cabelos enquanto um gemido agoniado escapava do peito. A raiva, de Mallory, do FBI e, principalmente, de si mesmo por não ter protegido Lucy, se digladiava com o medo pela vida dela.

Respirou fundo diversas vezes até engolir o pânico crescente. Os irmãos tinham lhe contado inúmeras vezes que não havia espaço para emoções pessoais quando se enfrenta uma ameaça. Sean, porém, nunca prestou o serviço militar. Nunca foi treinado para matar ou para lutar, nem para tratar de uma missão como uma situação tática com alvos e civis. E por mais que tivesse a habilidade, não havia desenvolvido a disciplina mental que os irmãos partilhavam.

E ele não conseguia pensar em Lucy como uma vítima. Não conseguia pensar nela de outra maneira que não a pessoa que ela era: a mulher detentora do seu coração. Ele só a queria de volta, sã e salva em seus braços.

– Ok – disse em voz alta. – Pense, Sean. Você não é inútil. Se Miller quisesse matar Lucy, ele teria feito isso na igreja, certo?

Era por isso que valia a pena ter um perito em perfil por perto.

Cody Lorenzo foi morto por vingança ou porque tinha descoberto alguma coisa sobre Miller? Ou seu homicídio foi o modo sadista de Miller para atormentar Lucy? Há quanto tempo Miller vinha vigiando Lucy? Ele sabia do antigo relacionamento dela com Lorenzo? Ele sabia sobre Sean, o homem os viu juntos no rinque de patinação... Miller esteve circulando ao redor de Lucy, deixando-a nervosa. Todas as vezes que ela se sentiu observada, ela culpou o passado. Sean havia lhe dito para confiar nos seus instintos, e quando ele acreditou que Lorenzo a estivesse perseguindo, deduziu que as sensações de Lucy eram provocadas por causa do policial.

Eles tinham chegado a uma conclusão lógica baseada em provas, mas estavam errados. E agora a vida de Lucy corria perigo.

A campainha tocou, seguida de uma batida na porta. Sean olhou discretamente para a câmera de segurança e viu Kate e Dillon na porta. Apressou-se escada abaixo e quando chegou, Noah e Hans se aproximavam da entrada.

– Alguma novidade? – Sean perguntou.

– Não – Kate disse ao mesmo tempo em que Noah disse *sim*.

Sean fechou a porta.

– O que foi?

– No escritório de Delaware disseram que a casa em Wilmington está vazia, mas Miller está pagando a hipoteca dela. Vamos conseguir um mandado de busca; pode ser que ele tenha arquivos no porão ou no sótão. De acordo com os vizinhos, ele foi à casa algumas vezes depois que saiu da prisão. Mas o lugar foi vandalizado, e ele se tornou *persona non grata* depois do julgamento.

– Se ele está pagando a hipoteca, isso significa que ele deve ter conta em algum banco.

– Bingo. Vamos ter os registros financeiros dele logo de manhã.

– De manhã? Isso pode ser tarde demais! – Sean não podia esperar até que os bancos abrissem para rastrear Miller. Mas invadir os arquivos de uma grande instituição financeira também levaria tempo, e, definitivamente, não era algo legal. Ele não tinha dúvidas de que conseguiria, mas sem números de rota ou de conta atuais ligados a Miller, ele não saberia onde procurar no sistema.

Noah disse:

– Consegui as informações sobre os pais e estou procurando a mãe agora. Ela assumiu o nome de solteira após o divórcio, de acordo com a secretaria da Universidade de Richmond.

– Você falou com a faculdade dele?

– Temos números de emergência com as instituições de grande porte e assim que vocês nos passaram a informação, nós telefonamos. Os registros são computadorizados e o diretor conseguiu encontrar os dados de Miller. O pai morava em Wilmington, a mãe estava listada como Christine Lyons. Nenhum endereço, nenhum contato.

Dillon disse:

– Houve alguma medida disciplinar nos registros de Miller?

– Não. Ele foi um excelente aluno. Casou-se no último ano. Mudou os contatos de emergência para Rosemarie Miller. O nome de solteira dela era Nylander. Abigail está tentando localizá-la agora.

– Eles ainda são casados? – Kate perguntou.

– Rosemarie pediu o divórcio em 1998. Foram casados por seis anos. Miller se recusou a assinar os papéis, a corte interveio e dissolveu o casamento.

– Isso deve ter sido o gatilho – Hans disse. – Estudante modelo, nenhum registro criminal, a mãe vai embora, a esposa vai embora. Ele visa a garotas da escola fáceis de controlar. Ele está em uma posição de autoridade sobre elas.

– Leu a ficha dele? – Noah perguntou a Hans.

– Estou no escuro aqui – Sean disse. – Ele foi para a prisão por estupro estatutário. É só o que sei.

– Ele foi condenado pelo estupro estatutário de duas alunas – Noah explicou. – Mas existiam outras que desistiram das queixas.

– Ele convencia as garotas de que elas eram inúteis, – Hans disse – que seu único valor era o que ele lhes atribuía. Elas não queriam denunciá-lo, em uma versão da síndrome de Estocolmo. Infelizmente, o nome das vítimas foi editado. Sem um motivo extremamente forte e uma ordem judicial, não podemos falar com elas.

– Falar com elas ajudaria? – Sean perguntou. – Tudo isso foi há mais de uma década, certo?

– Pode ajudar – Hans disse. – Mas não há garantias, e a privacidade às vítimas de estupro, *especialmente* as menores, vencem em noventa e nove por cento das vezes.

– E agora, então? – Sean disse exasperado. – Sentamos e esperamos? Preciso fazer alguma coisa.

– Ótimo – Noah empurrou um disco para ele. – Supostamente você é um gênio da computação. Estes são os registros de propriedades dos três estados adjacentes. Vamos ver o que você consegue encontrar. Vou localizar a mãe. Ela pode saber onde ele está.

Sean levou o disco para o escritório. Dillon o seguiu, o rosto estava pálido, mas determinado.

– Eu sinto muito, Dillon – Sean disse, inserindo o disco no computador. – Eu nunca deveria tê-la deixado na igreja.

– Todos pensamos que Mallory estivesse por trás das rosas e do homicídio de Cody – Dillon disse. – Vamos encontrá-la. Kate e eu a encontramos uma vez; nós a encontraremos de novo.

Sean ateve-se a essa esperança e entrou em um programa para analisar as informações que Noah lhe deu.

*

A fêmea dorme.

Injetei um antídoto para combater os efeitos mais graves do sedativo. A fêmea teve problemas para respirar durante os últimos minutos do trajeto, e isso me preocupou. Agora ela parece estar descansando normalmente, talvez em um sono um pouco mais profundo por causa do sedativo.

A outra domada a observa do seu canto com olhos arregalados enquanto eu corto a fita adesiva dos tornozelos e dos pulsos da fêmea. Eu algemo um pulso em uma das grades da jaula. É melhor, como aprendi no decorrer dos anos, restringi-las no começo. Isso contribui com o sistema de recompensas e castigos.

As fêmeas são fracas e maleáveis. Não demora muito para que elas se submetam e se tornem dóceis. Manter o alimento a um mínimo e restringir os movimentos ajuda. Mas, às vezes, na primeira noite, a combinação de drogas e dos ferimentos pode levá-las à morte. Pergunto-me se esta fêmea sobreviverá até amanhã.

Espero que sim. Não ficarei satisfeito se ela morrer antes que eu tenha a oportunidade de ensiná-la. E tudo o que fiz até este momento terá sido um desperdício de tempo.

Ela dorme. A domada ainda observa. Digo a ela:

– Não fale com ela.

Eu as deixo, confiante de que minhas ordens serão obedecidas, e subo para preparar meu jantar.

Preocupo-me ao ver a hora. Já passou muito da minha hora de jantar, outro exemplo de como Lucy Kincaid interferiu em minha vida. Meu horário, crucial na manutenção da concentração e execução dos meus planos, mais uma vez é destruído por aquela mulher. Vou comer noventa minutos mais tarde do que a minha preferência, o que significa que irei mais tarde para a cama.

A fêmea não se importa que meu tempo seja valioso! Desde o começo, quando percebi que ela não era quem dizia ser, quando percebi que ela planejava me mandar de volta para a prisão, empreguei incontáveis horas descobrindo quem ela era, onde morava, e planejando o melhor modo de capturá-la.

Eu a observei por semanas. Eu a segui. Ela não me reconheceu. Sentei-me diante dela no metrô somente há dois dias, e ela não me reconheceu. Vi a discussão dela com o policial, e ela não sabia quem eu era. Mudei minha aparência o suficiente para me misturar ao ambiente, como um camaleão, mas mesmo assim pensei que ela poderia ter me reconhecido.

Sinto falta dos nossos jogos: eu a sigo e ela olha preocupada, fitando-me diretamente sem me ver. As vezes que cheguei perto de esfaqueá-la nas costas, mas resisti... A vez em que quase a empurrei diante do vagão do metrô...

Mas a morte instantânea não teria sido gratificante. Agora tenho o tempo necessário para ensiná-la adequadamente, domá-la completamente. Como ansiei todos esses dias.

Embora um inferno na terra, a prisão trouxe seus benefícios: aprendi a ter paciência.

Ainda estou à procura da vagabunda que, no tribunal, depôs contra mim, que mentiu sobre mim; seu professor! Eu deveria ter matado mais do que o cachorro dela. Eu queria tê-la matado.

E eu matarei. Tenho um plano para encontrar e matar todos os que se opuseram a mim, começando com Lucy Kincaid.

Meu primeiro passo foi encontrar a mulher perfeita para domar. Minha fêmea mais recente é a eleita. Vou reprogramá-la para que ela mate a mulher que planejou contra mim.

Depois, estarei pronto para disciplinar as outras que me traíram. Uma a uma.

TRINTA E NOVE

Ao longe, a água gotejava em um ritmo lento e contínuo. O frio se infiltrou até os ossos de Lucy, entorpecendo-a. O chão era duro, mas não era nem de madeira, nem de cimento. O cheiro mofado e tumular da terra úmida invadiu as narinas e a garganta dela. Além da água, que estava mais próxima do que ela havia imaginado a princípio, ela não ouvia nada. Nada de carros, nem de vozes, nada.

Lucy não tinha ilusões de estar segura em casa.

Por um momento repleto de pânico, ela temeu estar morta, ou pior, enterrada viva. Respirou pela boca, sentiu o gosto da terra, e seu corpo involuntariamente se contraiu. Mas o lugar era espaçoso demais, aberto demais para ser uma cova; e ela estava com dores demais para estar morta.

Abriu os olhos, mas não viu nada além da escuridão absoluta que tomava conta do lugar. Ela não sabia se o espaço era grande, não tinha ideia das horas, se era dia ou noite, e quanto tempo esteve inconsciente.

Quando os olhos focalizaram, ela percebeu que não estava completamente escuro. Alguns metros adiante, fora do seu alcance, havia um pequeno aquecedor emitindo uma chama suave. Ele pouco aquecia o ambiente, mas a chama propiciava luz o bastante para ver os contornos do seu confinamento, mais escuro e duro que as sombras que a circundavam. O que ela conseguia ver aliado ao odor úmido lhe dizia que ela estava em um porão ou em uma adega.

Lucy não fazia ideia de onde estava, só se lembrava de ter se sentido muito mal na igreja. April a estava levando para o banheiro. Ela queria vomitar... E não se lembrava de mais nada.

A cabeça latejava e a língua estava tão seca que o gotejar da água só a deixava mais sedenta. O corpo estava dolorido, como se ela estivesse na mesma posição por muitas horas. Tentou se sentar, ou ao menos rastejar até o minúsculo aquecedor, mas a mão estava presa em alguma coisa. Ela puxou e ouviu o barulho de metal contra metal.

Tateou a mão com a que estava livre e percebeu que estava algemada. Esticou-se e tocou em grades. Tentou sacudi-las, mas eram duras. Seu estômago revirou-se quando a verdade a atingiu: estava em uma jaula.

Concentrou-se no que havia acontecido na igreja, mas era como se sua memória tivesse sido apagada.

A cabeça pesava como uma bola de aço e os músculos estavam pesados. Com grande esforço, passou para uma posição sentada e apoiou-se contra as grades, depois se moveu subitamente para frente ao sentir uma dor aguda nas costas. Sentia dores e machucados em todo o corpo. Devagar, recostou-se e apoiou a cabeça entre os joelhos, esperando a náusea passar. As sensações que lembrou ter eram parecidas com os efeitos que ela conhecia das drogas de estupro: a desconexão, a falta de controle muscular, a perda de memória e a dor de cabeça. Tocou o corpo, aliviada em perceber que ainda vestia as mesmas roupas com que fora para a igreja. Não tinha nenhuma sensação física de ter sido sexualmente atacada. Embora ainda estivesse aterrorizada, os batimentos cardíacos desaceleraram, e as batidas nos ouvidos diminuíram.

Quando a náusea passou, ela se concentrou na sua situação. Fora sequestrada e estava enjaulada. Onde? Por quem?

O pânico explodiu, lançando adrenalina na corrente sanguínea, a imobilidade física lentamente roubando seu fôlego enquanto as lembranças jorravam em sua mente. Todas as lembranças escondidas, as recordações enterradas tão profundamente que ela acreditou que tivessem desaparecido, retornando como se Adam Scott tivesse acabado de sequestrá-la. No dia em que ele planejou matá-la.

– Não – sussurrou, cerrando as pálpebras. *Não* seria uma vítima novamente. Não permitiria que ninguém a ferisse, abusasse, ou tirasse qualquer coisa sua. Não era uma vítima, era Lucy Kincaid, e lutaria com todas as forças ou morreria. Pense, Lucy, pense. Puxou a algema. Estava apertada; não teria como escorregar a mão. Tentou forçar a barra. Estava firme. Não se moveu nem uma fração de centímetro.

Se o sequestrador a quisesse ver morta, ele já a teria matado. Ele tinha outra coisa em mente.

Sentiu o estômago gelar. Não conseguiria suportar aquilo de novo. Nada daquilo.

Sim, você consegue. Consegue e fará tudo o que precisar para sobreviver.

Mas a sobrevivência implicava em tomar decisões de vida e morte. Significava controle físico e mental. Significava fazer qualquer coisa, concentrando-se apenas no aqui e no agora, sem considerar o futuro, nem pensar no passado, só naquele momento no tempo. Ser esperta, aproveitar-se de oportunidades, planejar constantemente e, se necessário, matar seu sequestrador.

A ideia de que talvez tivesse de matar para escapar não a assustava metade do que deveria. Em quem havia se tornado? Não era a mulher que pensava que seria um dia.

Isso é passado, Lucy. Concentre-se no presente. Preocupe-se com a sua saúde mental amanhã.

Primeiro concentrou-se em respirar, em combater o ataque de pânico. Não conseguiria fazer escolhas certas se estivesse em pânico.

Concentrou-se em encontrar um modo de sair. Não sabia onde estava, mas preferia se arriscar na rua a continuar presa como um animal.

O pânico ressurgiu na boca do estômago e espalhou-se pelo corpo como um fogo selvagem. Ela tinha acabado de controlá-lo, mas o alívio era uma mentira. Estava mentindo para si mesma. Jamais sairia dali! Estava presa, assim como esteve na ilha. Estava à mercê de um bastardo sádico, e nem tinha visto o rosto dele.

Mal conseguia respirar e mesmo que se ordenasse a se controlar, não conseguia. Queria morrer, ali, naquele instante, porque alguns destinos eram piores que a morte. Algumas coisas jamais deveriam ser vivenciadas duas vezes. Algumas coisas não deveriam ser vivenciadas nem uma vez sequer.

Um gemido escapou do peito, uma dor lancinante que quase a partiu ao meio. Era seu coração se partindo, sua força se transformando em nada além de ar quente. Ela não era nada, somente uma casca dura. Sua armadura havia sido partida pelo homem que a levara, e ela não conseguiria juntar os pedaços novamente.

Sentiu náuseas, mas não conseguiu vomitar. *Por que, Deus? Maldição, por quê? Por que eu de novo?*

Morreria lutando se precisasse. Não se deixaria vitimizar novamente, não daquele modo. Mas suas mãos tremiam. Como poderia lutar quando só tinha medo dentro de si?

"Nunca conheci ninguém mais valente do que você."

A voz de Sean estava tão nítida que ele poderia estar sentado ao seu lado.

Sean.

Ela nunca saberia onde aquele relacionamento os levaria porque ela morreria.

A família nunca a encontraria. Dillon, Patrick e Jack a procurariam por anos e anos, e ela estaria morta e enterrada em uma cova não marcada. Ela viu como a morte de Justin dividiu a família há 17 anos, e agora a sua morte os arrasaria novamente.

Lucy lutou contra as lágrimas.

Ela viu Sean procurando por ela, desistindo da vida para descobrir o que havia lhe acontecido. Amargo. Solitário. Violento.

Ela não podia deixar que as pessoas que amava sofressem. Tinha de encontrar uma saída.

Concentrou-se em respirar normalmente. Em diminuir a pulsação. Um. Dois. Três. Calma. Tranquila. Não sabia o tamanho da jaula, mas era mais comprida que o seu alcance.

Seja esperta, Lucy. Procure pela oportunidade.

A água gotejante. Sabão... Sabão abrasivo. Sabão em pó? Um ligeiro cheiro de carvão. Não havia nenhuma fornalha ali embaixo, não ouviu nenhuma. Deve ter existido em alguma época. Estava no porão de uma casa.

Embora não conseguisse enxergar mais do que sombras pretas e cinzentas, fechou os olhos e prestou atenção no andar superior. O barulho do aquecedor esquentando a casa acima dela, mas nada para o porão enregelante.

Um galo cantou. Ela sorriu. A aurora. Isso lhe deu alguma perspectiva. Não estava com fome exatamente, mas muita sede, por isso só devia ter se passado uma noite. Ela estava na igreja lá pelas cinco e meia, alguns minutos mais tarde...

Uma imagem voltou à memória. Ela estava entrando na igreja quando um homem abriu a porta para ela. Um punhado de neve caiu da beira do telhado e a atingiu na nuca.

Mas pensando nisso agora, ela já estava debaixo do telhado. Não estava? Concentrou-se em lembrar a imagem do homem que abriu a porta, mas não conseguiu... Estava perdida em sua dor.

Mas... ele lhe pareceu familiar. O que ela pensou? Que talvez ele fosse um policial que ela já tivesse visto antes? Não conseguia se lembrar.

Talvez não tivesse sido neve que a atingiu na nuca. Não tinha vasto conhecimento em venenos, mas se perguntou se existiria algo que pudesse ser absorvido pela pele. Quanto tempo demorou? Cerca de trinta minutos.

O que era não importava naquela hora, porque além de uma ressaca de drogas, ela tinha todos os pensamentos em ordem.

Um repentino som de água descendo pela parede a fez arfar. Passadas em cima, lentas, metódicas. Um banho. Seu captor estava tomando um maldito banho!

Alguma coisa passou por cima do seu pé e ela gritou antes de conseguir se conter. O coração voltou a acelerar.

Pare! Era um rato. Um roedor peludo. Não poderia feri-la.

Pareceu mais uma ratazana.

Talvez ele tivesse planejado deixá-la morrer de fome ali em baixo. Lembrou-se de ter lido em um livro certa vez, há muito tempo, que alguém fora mantido em cativeiro e comeu roedores para sobreviver. Qual era o título? Tentou se lembrar, o foco a ajudava a recuperar o controle.

Houve uma movimentação à sua direita, no canto, e ela virou a cabeça e viu umas cobertas.

Elas se moveram de novo.

Não era nenhuma ratazana, nem outro tipo de roedor. Era um animal bem maior. E se mexia, por isso não estava morto.

Ela viu mechas de cabelos claros no fundo da pilha de cobertas. Era uma pessoa.

Com o coração acelerado, sem saber com quem estava presa ali, se a pessoa estava ferida, ela disse:

– Quem é você?

A voz seca saiu entrecortada, ela pigarreou e disse:

– Olá, quem é você?

As cobertas não se moveram. A pessoa não falou.

– Está machucada? Ele a machucou?

Nenhuma resposta. Droga, Lucy mal conseguia pensar em um modo de se salvar, quanto mais salvar outra pessoa!

– Por favor, fale comigo. Precisamos de um plano. Minha família estará me procurando. Preciso saber onde estamos. Encontrar um modo de mandar uma mensagem.

Ela pensou ter ouvido um lamento.

– Você está com medo. Eu entendo esse sentimento.

Nenhuma resposta.

– Meu nome é Lucy. Qual é o seu? – silêncio. – Você sabe quem nos sequestrou?

Mais uma vez, nenhuma resposta. O que ele fez para a garota? Bastardo sádico! A raiva se avolumou e se equilibrou com o medo. Bom. Ela precisava da raiva, ela a ajudaria a formular um plano de fuga.

– Acho que terei de planejar por nós duas.

Na parte de cima, o chuveiro foi desligado com um rangido de ferrugem. A garota choramingou novamente e se enrolou ainda mais debaixo das cobertas.

Lucy notou que a luz estava mudando. Olhou pelo porão. Um facho de luz tênue entrava por uma janelinha bem acima do chão. Ela olhou, curiosa quanto à razão de a janela ser tão estreita, então percebeu que ela estava praticamente coberta de neve.

Janelas significavam uma rota de fuga. Se ela conseguisse sair daquela jaula, poderia quebrar o vidro e escalar para sair.

Olhou para a garota acuada no canto. Lucy até poderia lutar e fugir, mas não conseguiria deixá-la para trás. Isso significava que deveria agir em silêncio, furtivamente, encontrando um modo de tirar as algemas, sair da jaula e fugir pela janela. Sem fazer barulho.

Vasculhou os bolsos, esperando encontrar um grampo ou uma chave, qualquer coisa para destravar a algema. Estavam vazios.

O chão acima rangeu quando o captor desceu do segundo para o primeiro andar. Ele estava logo acima dela, passando de um lado para o outro. Um ligeiro aroma de bacon entrou pelo respiradouro e o estômago de Lucy roncou.

Ele as alimentaria? Destrancaria a jaula? Ela poderia lutar, mas não presa à jaula. Se conseguisse tirar as algemas, poderia usá-las como arma. Não precisava de muita coisa, somente de algo fino e duro para girar a trava. Era só uma questão de encontrar o caminho dentro do mecanismo, um truque que Patrick lhe ensinou.

Lucy queria ver a família. Não queria que eles a perdessem daquele modo. Não queria morrer. Completaria 25 anos no mês que vem. Tinha tanta coisa a fazer! Tantos planos. Um futuro.

Mas seus planos profissionais não importavam naquele momento. O que importava era a família. E Sean. E fugir.

A porta no alto das escadas abriu-se. A luz banhou o porão, quase cegando Lucy. Ela desviou os olhos. A garota do canto não se mexeu.

– Q-quem é você? – ela gaguejou, o medo evidente no tom ao exigir saber o nome do seu captor. Engoliu em seco e pigarreou. *Não demonstre seu medo*. Ela piscou, ajustando-se à luz, e viu o homem descer as escadas. Ele não parecia ameaçador. Na verdade, era simples e comum. Cabelos castanhos, olhos castanhos, tez branca, devia ter aproximadamente 1,70 m, embora fosse difícil estimar de sua posição no chão.

Simples e comum. Exceto pelo fato de estar segurando um chicote.

– Maldição, me diga quem você é!

O chicote desceu e atingiu-a no pulso abaixo da algema. Ela gritou, depois mordeu o lábio, refreando o lamento. Não daria essa satisfação a ele.

– Não pode falar a menos que eu lhe dê permissão.

– Vá para o inferno!

O chicote desceu uma segunda vez, e de novo ela gritou.

Que idiota você é, Lucy, ele está falando sério.

– Agora que acordou, está na hora da sua primeira lição. Olhe e aprenda.

Lucy começou a tremer.

Ele depositou uma tigela com bacon e ovos mexidos entre as barras da jaula. Lucy olhou para a garota que soltou as cobertas. Ela devia ter a idade de Lucy, talvez fosse um ou dois anos mais jovem, com cabelos loiros e olhos azuis. Ela já foi bonita, e voltaria a ser, quando os hematomas que recobriam o rosto sumissem. Ele a tinha surrado.

Ela usava um vestido imundo de padrão floral, de modelo antigo como os que a mãe de Lucy às vezes usava em casa. O rosto estava limpo, ainda que marcado por lágrimas, e havia sangue no vestido.

– Pode comer – o homem disse.

A mulher rastejou até a tigela sem olhar para Lucy e comeu, o rosto perto da tigela, as mãos em forma de concha pegando o café da manhã.

Em todas as aulas de psicologia criminal, Lucy nunca se deparou com uma situação como aquela. Ela não sabia o que entender. Era como se fosse uma relação mestre-servo. Há quanto tempo a mulher estava no cativeiro?

Quando a mulher terminou, ela voltou para o canto e desviou o olhar.

O homem sorriu para Lucy.

– Viu como ela obedece?

– É isso o que somos para você? Animais?

– Não. Vocês são fêmeas.

O tom revelou que ele considerava as mulheres abaixo dos animais. Ele seria um tipo de misógino? Quantas mulheres havia ferido? O que ele fazia com elas?

Ele disse:

– Você obedecerá como essa aí.

– Meus irmãos vão caçá-lo como o animal que você é, seu bastardo!

Ele bateu com o chicote mais uma vez, com o rosto rubro, os olhos estreitos. Ela refreou um grito quando a ponta a atingiu no ombro.

Ele inclinou-se e disse entre dentes:

– Eles jamais me encontrarão. Jamais encontrarão você. Mulher! – gritou para a garota do canto. – Mostre a esta vagabunda o que acontece quando se desobedece.

A garota levantou a parte de trás do vestido. As nádegas estavam vermelhas e inchadas, havia mais de uma dúzia de vergões marcando a pele.

Ele virou-se para Lucy em um meio-sorriso.

– Se voltar a falar comigo nesse tom, se imprecar, se falar sem permissão, você sofrerá o mesmo destino. E você aprenderá, garota. Você me obedecerá.

Ele subiu a escada e apagou a luz.

QUARENTA

Sean não se sentia inútil assim desde os 14 anos, quando seus pais morreram em um acidente de avião.

Ele havia adormecido na escrivaninha bem tarde, talvez às quatro da manhã. Ou teria sido às cinco? E acordou ao amanhecer. Dillon estava dormindo no pequeno sofá do seu escritório, as pernas longas dependuradas no apoio dos braços.

Sean desceu e fez café. Surpreendeu-se ao ver Vigo adormecido no sofá. A mesa estava tomada de arquivos e papéis.

Eles andaram investigando os registros de propriedades, falaram com o diretor da prisão onde Miller ficou preso, analisaram os arquivos de Miller no PMC, e não só ali, mas todos da RCK estavam trabalhando no caso. Tinham mais de uma dúzia de pessoas, pessoas inteligentes, trabalhando sem parar desde às 19 horas da noite anterior, e agora, 12 horas mais tarde, eles ainda não sabiam onde Lucy estava.

Sean sentou-se à mesa e espiou as anotações de Hans. Nos arquivos da prisão, Miller revelou-se um prisioneiro modelo, perfeito. Educado e bem-humorado. Durante o julgamento, mostrou-se cortês e bem-educado.

Hans havia escrito em um bloco de papel em letra de forma:

Vítimas foram seduzidas. Todas eram virgens entre 14 e 16 anos.

Medo de sexo, originado pela obsessão com limpeza, isto é, só faz sexo com garotas virgens, limpas.

Exigia que as vítimas o chamassem de professor.

Ensinou as garotas a serem submissas. Usava o sistema de punição e recompensa. Garotas competitivas queriam receber recompensas por serem a mais obediente.

Tornou-se fisicamente violento com uma vítima. Machucou-a; ela escondeu o hematoma. Por que ela e não as outras? O que a tornava diferente?

No julgamento recusou um representante legal mulher; disse que seria injusto.

Relatos dos funcionários da escola dizem que Miller era chauvinista, sexista, egocêntrico. Uma professora disse: "Peter um dia me chamou de 'fêmea', como se esse fosse o meu nome. Por isso me afastei dele. Alguns dos funcionários o consideravam apenas um nerd, mas eu não gostava de como ele olhava para mim."

Sean desejou não ter lido nada daquilo, porque agora só conseguia pensar no rosto de Lucy surrado e machucado. Refreou um grito de frustração.

O que estava deixando passar? Ele deveria ter sido capaz de encontrar esse homem; que valor ele teria se não encontrava um homem? Sabiam o nome dele. O dos pais. A educação dele. Noah disse que teria alguma pista pela manhã. Bem, já havia amanhecido, eram 7h11 de acordo com o relógio digital do micro-ondas.

Sean pegou uma página marcada das transcrições do julgamento. Hans havia sublinhado frases e palavras-chave.

PROMOTOR: Quanto tempo esteve sexualmente envolvida com o acusado?

TESTEMUNHA 2: Quatro meses.

PROMOTOR: Ele a forçou a ter relações sexuais?

TESTEMUNHA 2: Não sei.

PROMOTOR: Não sabe? Ele a machucou?

TESTEMUNHA 2: Sim e não. Eu não disse não para ele, se é o que está perguntando.

PROMOTOR: Achou que fosse errado ter relações sexuais com seu professor?

TESTEMUNHA 2: Sim, mas eu fui a escolhida. Foi o que ele disse. Fui escolhida para ser a mulher perfeita. No início eu gostei da ideia de ser o que um homem quer. Meus pais são divorciados e brigavam o tempo inteiro, e eu odiava isso. O Professor me fez sentir como se eu pudesse ser diferente, que, caso eu aprendesse a ser perfeita, eu faria o meu marido feliz. Eu queria isso.

PROMOTOR: Você sempre quis isso? Ou só depois que o relacionamento entre vocês começou?

TESTEMUNHA 2: Não. Eu me envolvi pela ideia de poder ser especial. Então, depois da primeira vez, ele me humilhou. Eu não podia falar até ele autorizar. Ele não batia em mim, mas eu achava que ele poderia, por isso eu fazia tudo o que ele dizia. Eu só queria que aquilo acabasse.

PROMOTOR: Por que não reclamou antes? Por que esperou quatro meses antes de contar para a sua mãe?

TESTEMUNHA 2: Ele disse que eu era treinável, como um cachorro. Eu estava com medo e não sabia o que fazer, mas um dia, depois da aula, eu disse que não iria mais para a casa dele. Na manhã seguinte, o meu cachorro estava morto. O veterinário disse que Sunny comeu alguma coisa envenenada, mas eu sabia que o Professor havia feito aquilo. Foi por isso que eu revelei tudo. Se ele podia matar o meu cachorro, ele poderia me matar. Não quero morrer.

Hans sentou-se no sofá.

– Sean, talvez seja melhor você não ler isso.

– Estou bem – ele rebateu. Ele não estava nada bem. – Miller é maluco. Como permitiram que ele saísse da prisão?

Hans não respondeu. Levantou e andou até colocar a mão no ombro de Sean.

– Nós a encontraremos.

– Droga! – Sean refreou a raiva. Seu medo não era o de encontrar Lucy.

Seja corajosa, Lucy. Eu a encontrarei.

– Ele é chauvinista? – Sean perguntou, indicando as anotações de Hans. – Ele faz isso porque se considera melhor do que as mulheres?

– Isso parece um tanto simplista, mas sim – Hans disse. – Acho que ele acredita que as mulheres são, naturalmente, mais frágeis que os homens e devem ser subservientes, por isso precisam ser treinadas. Uma coisa a respeito de todas as suas vítimas, de acordo com o psicólogo que trabalhou com elas depois dos ataques, é que todas elas sofriam de baixa estima. Elas se consideram muito pouco atraentes ao sexo oposto, por serem magras, gordas ou feias demais. Ele visava às rejeitadas. Elas são mais vulneráveis aos avanços de um homem mais velho e bem-apessoado em uma posição de autoridade.

– Lucy não se encaixa nesse perfil – Sean disse.

– Não, não se encaixa.

Sean levantou a cabeça. Ele detectou algo na voz de Hans.

– O que foi? – exigiu saber. – O que está pensando?

– Sabe alguma coisa sobre a mãe dele? – Hans perguntou.

Sean fechou a cara, não gostando nem um pouco do rumo daquela conversa.

– Christina Lyons. Ela voltou a usar o nome de solteira depois do divórcio. Ela era uma corretora de imóveis de sucesso em San

Francisco, e também artista. Era dona de uma galeria de arte, vendia o próprio trabalho e o de outros artistas locais.

– Encontraram o obituário dela?

– Eu o consegui, mas ainda não li... – Sean vasculhou os arquivos de computador. – Aqui está – examinou-o. – Não sei o que devo procurar.

– Leia as duas últimas sentenças. É normalmente onde se mencionam os parentes.

Sean foi até o final e leu:

– Christina morava com sua parceira há doze anos, Nikki Broman. Doações em vez de flores devem ser enviadas à Associação Nacional de Câncer de Mama – Sean franziu o cenho. – Ele tem raiva das mulheres porque a mãe dele era lésbica?

– Não, não exatamente. Acho que ele tem raiva das mulheres porque a mãe era uma mulher de sucesso que não precisava de um homem ao seu lado. Além disso, como o filho sequer foi mencionado no obituário, ele provavelmente foi deserdado. E quanto ao obituário de Paul Miller? O que ele fez da vida?

Sean procurou o obituário do pai e deu uma olhada.

– Ele era um eletricista aposentado.

– Quantos anos ele tinha quando morreu?

– 49.

– Um pouco jovem para se aposentar.

– Ele vivia em um bairro pobre em Baltimore. Deixou um filho, Peter Miller, de Baltimore... – Sean levantou os olhos da leitura. – Não sei de nenhuma propriedade dele em Baltimore, só a casa em Wilmington.

– Se ele morava em um bairro pobre, talvez não fosse o dono da casa.

– Aluguel.

– O pai chegou a ter casa própria?

Sean foi verificar.

– Sim, mas a perdeu... Seis meses depois que Christina foi embora.

– Ela o sustentava – Hans olhou para o teto. – Ela o sustentava, foi embora, ele se mudou para uma casa alugada simples em uma região ruim. Por que ela não levou o filho?

– Ele tinha 14 anos. Talvez acreditasse que seria melhor para ele ficar com o pai? – Sean sugeriu.

– Ou ela tinha medo. 14... Puberdade. Pergunto-me se ele dava sinais precoces de ser um assassino serial...

– O quê? – Sean levantou-se. – De onde isso surgiu? Ele é um estuprador, um manipulador. De onde veio esse *assassino serial*?

– Do cachorro morto da garota que não quis mais obedecer. Não se acorda certa manhã e se decide matar um cachorro de alguém. Ele já devia ter feito isso antes. Matar animais é um dos três traços comuns aos assassinos seriais. Pode pesquisar incêndios culposos em Baltimore no período em que Miller tinha de 14 a 18 anos? E mapeá-los?

– Não, mas Jayne pode – Sean mandou um e-mail para ela, embora ainda fosse 4h30 na Califórnia. Depois perguntou: – O que isso significa para Lucy? Se ela não se encaixa no perfil das vítimas de estupro, isso significa que ele vai matá-la?

– Sim – Hans disse.

Sean empalideceu.

– Você não pode saber...

– Mas não hoje. Nem amanhã. Ele quer ensinar alguma coisa para ela. Eu... – ele interrompeu a si.

– Fale! – Sean ordenou. – Eu preciso saber.

– Preciso falar com Noah.

*

Lucy não saberia dizer quanto tempo tentou fazer a moça falar com ela. Quando estava para desistir, a jovem disse com voz rouca:

– Meu nome é Carolyn.

Lucy suspirou de alívio. Finalmente.

– Por que não quis falar comigo?

Ela não disse nada por um longo minuto, depois sussurrou:

– Ele vai me machucar.

– Há quanto tempo está presa aqui?

– Shh!

Lucy sussurrou:

– Dias? Semanas?

– Acho que seis dias. Sete talvez. Ele matou uma mulher no celeiro. Atirou atrás da cabeça dela – a voz de Carolyn se partiu, e ela se enroscou em um canto. – Eu sou a próxima.

Lucy quase não a ouviu.

– O quê?

– Shh. Ele me disse que quando trouxesse outra fêmea era porque eu o teria desapontado. Ele vai me matar hoje à noite.

– Ele a estuprou?

A jovem balançou a cabeça.

– Ele não tocou em mim desse jeito.

– Quem é ele? Qual o nome dele?

– Eu não sei. Eu estava indo para o carro depois do trabalho e comecei a passar mal. Eu estava sentada no banco do motorista, fechei os olhos... E acordei aqui.

– Onde estamos?

Carolyn deu de ombros.

– Moro em Greensboro.

– Sou de Georgetown. Preste atenção. Temos que sair daqui. Você foi a um celeiro? O que mais há por perto?

– Nada. Não há outras casas. Não vi nenhuma estrada.

– Vou encontrar um modo.

– Não temos sapatos – ela indicou os pés. – Há neve lá fora.

– Prefiro morrer lá fora a viver aqui – Lucy disse e olhou para a algema. Sair dali não seria fácil.

*

Eu odeio aquela fêmea.

Ela é desafiadora. Outras se mostraram desafiadoras, vez ou outra, mas há alguma coisa nessa que me irrita.

Caminho sobre a neve até o celeiro. O frio clareia minha mente. Lembranças dos castigos me acalmam.

Quero domá-la. Não sei se é possível. O modo como ela me olha... Há algo naqueles olhos. Ela não é como as outras.

Eu sabia muito bem que ela era diferente. Durante anos vim escolhendo mulheres de um tipo específico. Das doze, dez haviam sido domadas antes de morrerem. Duas morreram durante o treinamento.

Suspeito que essa não será treinada. Não gosto dela.

Meu pai pode ter tido razão. Algumas mulheres jamais deveriam ter nascido.

Meu pai tentou agir como homem, mas não era. Ele deixou a mulher dele conseguir um emprego, e onde isso o levou? Ela o abandonou. Ela o deixou porque não precisava dele.

Lembro-me daquela manhã. Ela me acordou e disse para eu fazer as malas. Disse que estávamos deixando o papai. Perguntei o motivo. Ela disse que ele bateu nela e ela estava com medo. Eu disse que ela merecia. Ela se considerava melhor do que papai e foi por isso que ele bateu nela. Ela chorou e me disse que eu não era filho dela.

Desejei não ser. Ela era uma aberração. Ela costumava ser feliz preparando o jantar, limpando a casa, me levando para a escola. Depois conseguiu um emprego. E fez amigos que não incluíam a mim e ao meu pai. Ela nos abandonou no coração antes de sair da nossa vida.

Foi tarde... Fiquei feliz com a morte dela. O câncer comeu o coração dela, a alma, tomou conta do corpo e a fez sofrer.

Fui ao enterro e disse à vagabunda dela que fiquei feliz com a morte dela. A mulher gritou comigo e tentou fazer com que eu fosse preso. Fui embora.

Meu pai era fraco. Bebia. O elixir dos tolos. Se ele fosse homem de verdade, teria mantido o emprego e sustentado a família. Mamãe jamais teria ido trabalhar; ela jamais teria me abandonado.

QUARENTA E UM

– Encontramos 26 incêndios não solucionados em Baltimore durante esse período – Sean informou a Hans. – Dois mortos.

– Quantos dentro do raio de 8 quilômetros da primeira casa em Wilmington e da segunda depois que a mãe foi embora?

Sean digitou rapidamente.

– Um perto da casa da mãe, 14 em um raio de 8 quilômetros da casa alugada pelo pai.

– Estou surpreso que os investigadores não o tenham percebido. Eles costumam investigar adolescentes do sexo masculino na região quando há vários casos próximos.

Sean ficava cada vez mais frustrado. A cabeça doía e ele estava doido para pegar o carro e sair procurando por Lucy, mesmo sabendo que isso seria inútil. Sempre foi um escravo da ciência da computação; tudo podia ser encontrado através da internet. E, normalmente, ele era paciente com as suas pesquisas. Mas naquele dia? Depois de Lucy estar desaparecida por *14 horas*? Sentia-se inútil e completamente perdido. Queria ter Lucy de volta a salvo, mas não os via mais próximos de encontrá-la.

Dillon desceu a escada. Foi até a cafeteira e serviu-se de café.

– Deveria ter me acordado – disse a Sean. – Alguma novidade?

– Não. Quero saber mais a respeito da ex-mulher dele, mas não a encontro em lugar algum – Hans disse.

– Se ela percebeu que estava casada com um psicótico, – Sean disse – provavelmente trocou de nome e se mudou para longe.

– Tem razão.

Sean não queria ter razão.

Hans procurou nos arquivos.

– Estranho que ele tenha decidido lecionar, o que é considerado uma profissão feminina a menos que se lecione na faculdade. Eu diria que a tendência misógina aliada à experiência prévia em Ciência da Computação o colocou em um campo de tecnologia e ciência.

Sean não aguentou mais.

– Como *diabos* isso vai nos ajudar a encontrar Lucy? – Deu um pulo e foi para a porta.

Dillon observou Sean sair batendo a porta e ficou mais sério.

– Ele tem razão, – Dillon disse sofrendo – mas não sei o que mais fazer até Noah obter os registros financeiros de Miller.

– Ele me lembra o seu irmão Jack – Hans observou.

– Jack? – Dillon não via semelhança alguma.

– Um homem de ação. A dependência dele na tecnologia se dá porque ele a entende. Para ele, a tecnologia funciona; ele consegue encontrar o que precisa. Até hoje.

– Ainda não vejo Jack em Sean – Dillon disse. – Jack é um mercenário. Um soldado. Dá e recebe ordens. Sean não é um soldado.

– Não, mas não aceita muito bem receber ordens. Não disse que ele era irmão *gêmeo* de Jack...

Dillon arqueou uma sobrancelha.

– *Touché*.

– Você e eu encontramos respostas por meio da psicologia. Descobrimos coisas baseados no que sabemos das pessoas e da natureza humana. Sean e Jack? Eles veem fatos, eles agem. Sean só é um pouco... mais moderno e refinado que o seu irmão.

– Mas ele tem razão a esse respeito; nada disso está nos aproximando do paradeiro de Lucy.

– Está sim. Estamos perto.

*

Sean parou no ar frio, ainda que estivesse nevando de leve. Poderia piorar. Ligou para Duke, que atendeu no primeiro toque.

– Alguma novidade?

– Não sei onde Lucy está – Sean respondeu.

– Estou fazendo tudo o que posso...

– De todos os modos, legais ou não, eu preciso encontrar a ex-esposa de Miller. Ela era Rosemarie Nylander, depois...

– Tenho as informações dela comigo. Não conseguimos localizá-la nem com o nome de casada, nem com o de solteira.

– Provavelmente ela mudou de nome.

– Tenho certeza de que sabe disso, mas... – ele parou. – O FBI não vai gostar do nosso envolvimento.

– Quem se importa? Hans Vigo acha que se falarmos com Nylander, descobriremos onde esse psicopata está. Preciso da sua ajuda.

– Não conseguirei livrá-lo dessa se for pego com informações que não deveria ter acesso pelos meios legais.

– Nunca pedi que fizesse isso.

– Que estado?

– Virgínia, onde Nylander nasceu e foi para a faculdade, ou Delaware, onde eles moraram durante o casamento.

– Volto a ligar em dez minutos.

Sean desligou. Duke sabia o que Sean precisava: a descrição técnica detalhada dos computadores das cortes. Assim que ele soubesse que tipo de segurança e sistema as cortes empregavam, Sean poderia invadir os sistemas rapidamente e puxar a informação de que precisava: o nome atual de Rosemarie Nylander.

Ele invadia sistemas de segurança como modo de vida, mas as pessoas o pagavam para testar os seus sistemas. Não invadia sistemas sem permissão desde a faculdade, e não gostava dessa ideia. Não queria ir para a cadeia, mas um tempo de detenção não seria o maior risco. Sua licença de investigador particular seria revogada, ele não poderia chegar perto de computadores e a RCK da costa leste seria fechada.

Mas Lucy estaria viva e a salvo, e isso era tudo o que importava.

Àquela altura, ele estava no limbo. Eles sabiam exatamente quem a tinha sequestrado e o motivo; Miller tinha descoberto a armadilha do PMC. Contudo, mesmo com todos os debates, todas as pesquisas e todas as investigações, eles ainda não sabiam onde Lucy estava. Sua mente dizia que as investigações demandavam tempo, e que com 14 horas, contando a noite, quando os negócios e o governo não funcionavam, eles já sabiam bastante. Mas bastante não era o suficiente, e seu coração dizia que Lucy corria perigo imediato.

Dillon saiu.

– Está abaixo de zero – disse.

– E daí?

– Noah ligou. Eles conseguiram o mandado para obter as informações financeiras de Miller. Ele paga a hipoteca da casa em Wilmington com um cheque que lista uma caixa de correio em Wilmington como endereço. A companhia hipotecária acredita que esse seja o seu endereço principal.

– Isso não nos ajuda.

– Noah está falando com o banco agora. Em alguma parte dos arquivos está o endereço que nos leva até ele. Ou um cheque que ele tenha passado que possamos rastrear.

– O endereço que ele usa é o da casa em Wilmington – Sean disse. – É o que eu faria. É a casa dele, só que ele não mora lá. É apenas uma fachada.

– Então o quê? Estamos cobrindo todas as informações de que dispomos – a voz de Dillon saiu entrecortada e ele desviou o olhar.

Sean percebeu que sua raiva e seu pessimismo não estavam ajudando em nada.

– Temos mais informações a caminho – ele disse para Dillon.

– O que você está aguardando? – Dillon perguntou.

Sean não respondeu porque seu celular tocou.

– Duke, o que conseguiu?

– O nome dela é Marie Fitzgerald. Ela mora em Austin, Texas.

O coração de Sean deu um pulo.

– Duke, eu não queria que você se arriscasse...

– Não me arrisquei. Consegui a informação com um juiz em Virgínia que já nos ajudou no passado, por isso resolvi recorrer a ele. Sean, sei que você faria qualquer coisa, até mesmo arriscar o seu futuro, para salvar Lucy. Você é meu irmão, e eu não poderia permitir que você perdesse tudo pelo que lutou. Uma vez que se trilha uma estrada escorregadia, é difícil retornar para o caminho certo ao lado da lei. Já andamos muito perto do limite tolerável.

– Obrigado.

A confiança e a compreensão de Duke surpreenderam-no, mas talvez elas estivessem ali o tempo todo, era só Sean quem não via.

Ele disse para Dillon:

– Duke encontrou a ex-esposa de Miller. No Texas. Vamos falar com ela.

*

A porta se abriu e o captor de Lucy desceu as escadas com um chicote em punho. Bateu-o três vezes na direção de Carolyn, que gritou e se encolheu em um canto.

– Vou puni-la mais tarde – ele disse. – Sei quem é a culpada.

O coração de Lucy batia tão alto que ela não conseguia pensar. Tentou se afastar da grade da jaula, mas claro que seus esforços eram inúteis. Ele a atingiu com o chicote, cortando sua orelha. Lucy refreou um grito.

Ele inclinou-se e abriu a algema, deixando uma ponta amarrada na barra. Depois andou até a ponta oposta da jaula e a abriu.

– Saia rastejando – ele ordenou.

Lucy não se moveu.

Ele a chicoteou entre as barras da jaula.

– Mexa-se, fêmea! Mexa-se!

Ela gritou e rastejou o mais rápido que pôde, longe do chicote, em direção à porta.

Ele sorriu.

– Muito bom – disse como um pai orgulhoso.

Ela levantou-se devagar, usando a lateral da jaula como apoio. Ele a chicoteou nas costas e nas pernas e ela caiu de joelhos de novo.

– Só vai se levantar quando eu ordenar que se levante.

Que *diabos* aquele maluco estaria pensando? Lucy engoliu a dor e percebeu que ele usava o chicote com muita moderação, para impingir dor, mas que não era permanente.

Fêmea.

Ele a tinha chamado de *fêmea*. Por que aquilo? *Fêmea*?

– Pode se levantar.

Ela levantou-se lentamente. Não via nenhuma pistola, a única arma evidente era o chicote. Mas ela estava fraca por causa das drogas e dos machucados. Não conseguiria lutar com ele, ainda não. Poderia sair correndo. Mas será que o ultrapassaria? Em seu auge, sim. Mas talvez não tivesse outra escolha. Teria de aproveitar a primeira chance para escapar.

Olhou para Carolyn. Não poderia deixá-la. Ele a mataria. Mesmo se Lucy conseguisse ajuda, ele a mataria.

Ela precisava levar Carolyn e encontrar um carro. *Certo.* Um carro com chaves na ignição, só à sua espera.

Lembrou-se dos pés descalços. Olhou ao redor, mas não viu seus sapatos em lugar algum.

– Ande – ele ordenou e indicou a escada.

Lucy obedeceu, com o homem às suas costas.

– Qual o seu nome? – ela perguntou.

O chicote atingiu-a no ombro e ela tropeçou, agarrando-se ao corrimão frágil de madeira para não cair.

– Se quiser falar, levante a mão e eu darei a minha permissão.

Ainda que ele não parecesse louco, ele era completamente insano. Todavia, falava com clareza. Os olhos não estavam nem vermelhos, nem lacrimejantes, ele não dava indícios de ter abusado de drogas. E isso a assustava ainda mais.

No alto da escada, ela levantou a mão.

– Fale, fêmea.

– Como devo chamá-lo?

– Professor – ele respondeu.

Num vermelho vivo, o relógio digital sobre a bancada de uma cozinha gasta e antiga mostrava que eram 9h37. Ela olhou ao redor, mas não viu nenhum telefone. Não via nada que pudesse usar como arma. Nenhuma faca, nenhuma pistola... Como se ele fosse deixar qualquer coisa assim à mostra.

– Tenho algo para mostrar para você – ele disse. – Vamos para fora. Fará o que eu mandar, ou será punida. Entendeu?

– Sim – ela respondeu.

A casa tinha dois andares, era uma antiga casa de fazenda. A mobília era antiga, dos anos 1940 ou 1950. Dos avôs dele? Estava limpa, coberta de plástico, e também havia tapetes plásticos no chão.

Você vai para fora! Pode correr.

Estava descalça.

E não poderia abandonar Carolyn.

Ele abriu a porta e eles pisaram na varanda. A neve tinha parado de cair, somente alguns flocos desgarrados voavam ao vento, mas logo viria mais. O ar estava frio e úmido, a luz da casa refletia a névoa cinzenta pesada que os envolvia.

– Ande – ele disse. – Vamos até o celeiro.

Ela não via nada na neblina espessa. Quando pisou na neve, se retraiu. Teria queimaduras de frio só de andar até o celeiro. Se havia uma fazenda, deveria existir mais por perto, certo? Também não viu um carro, os pés estavam queimando com o frio, em seguida começaram a ficar dormentes.

Mal conseguia caminhar. Abraçou-se, tentando preservar um pouco do calor, porém quanto mais tentava, mais frio sentia.

O celeiro se assomou diante deles, uma estrutura grande sem pintura. Quando ele abriu a porta, um mau cheiro familiar a assaltou: sangue. Aquilo seria um matadouro? Era uma fazenda, o sangue poderia ser de porcos ou vacas...

– Vá até a quinta baia à direita.

Ela levantou a mão. Ele pareceu satisfeito por ela ter seguido suas ordens.

– Pode falar.

– Por que está fazendo isso? Não o conheço, não entendo...

Ele atingiu-a com o chicote no pescoço. A chicotada ardeu e ela sentiu lágrimas nos olhos.

– Você não entende porque é burra. Mulheres como você precisam de orientação. Você precisa ser mantida na linha porque não tem juízo.

Ela mordeu o interior da boca para não cuspir nele.

– Você sabe exatamente quem eu sou. Acha que é melhor do que eu porque pode dar ordens a bastardos paus-mandados para perseguirem homens que você não gosta. Se você tivesse sido uma das minhas alunas, teria aprendido a ser uma fêmea obediente e adequada.

Uma repentina onda de reconhecimento assolou Lucy. Ela não tinha reconhecido o rosto dele, mas havia visto uma foto dele uma vez.

Se você tivesse sido uma das minhas alunas...

Peter Miller. O professor que foi para a prisão por estupro estatutário. Ele foi um dos criminosos em condicional que ela tentou mandar de volta para a prisão, mas que não foi ao encontro marcado.

– C-como me encontrou?

– Sou mais esperto do que você. Sei navegar na internet muito melhor do que você. Mas eu não precisei invadir a organização que tentou me mandar de volta para a prisão. Eu li os jornais e fiquei sabendo dos outros criminosos em condicional que tinham sido presos. Somei dois mais dois. Isso está acima de você, não? Um dia, entrei no seu escritório. Foi fácil. Fiz amizade com uma das voluntárias, você deve se lembrar dela. Stacy Swanson. Falamos sobre os convites para a festa de arrecadação de fundos da qual você participou na semana passada. E eu ouvi. Prestei atenção. E foi então que percebi que era você.

Lucy estava tremendo. Ela saberia se Miller estivesse no escritório, não saberia? Exceto pelo fato de não o reconhecer. Ele mudou, e não só em uma coisa. Mudou várias. O cabelo. Os olhos. A aparência do rosto.

Stacy Swanson... Ela se lembrava da moça; ela costumava ir uma vez por semana, mas fazia um tempo que ela não aparecia.

Ele sorriu, mas a expressão do rosto dele era mais aterrorizante do que quando ele se mostrava sério.

– Sei como fazer as pessoas enxergarem o que eu quero que elas vejam.

Ela sussurrou:

– Você matou Cody.

O sorriso dele desapareceu e ele não respondeu.

– Ande até a quinta baia.

Ela se virou e cambaleou como se estivesse embriagada, os pés queimavam, mal suportando o peso do corpo.

– Vire para a direita e fique de frente – ele disse, a voz dele estava longe.

Ela obedeceu, e ele acendeu as luzes do teto.

Um corpo decapitado estava largado sobre um monte de feno. A parede de trás estava salpicada de sangue, de pedaços de ossos e de massa cinzenta.

Lucy não sabia o que era pior: ver o corpo ou as manchas ao redor. Sangue em todas as paredes.

Ela gritou e ele gargalhou.

– Esta foi a lição número um. Faça exatamente o que eu mandar, ou estará na próxima baia. Stacy não fez exatamente o que eu mandei.

Lucy correu, com o pensamento fixo em voltar para a casa antes dele e trancá-lo do lado de fora o tempo suficiente para encontrar um telefone e ligar para a polícia. Os pés estavam adormecidos por causa da neve, mas ela correu, ordenando-se a seguir em frente.

É vida ou morte; corra, Lucy!

Ele a perseguiu. Estava de sapatos, mas pior, tinha o chicote. Ela ouviu o açoite agudo no ar frio.

Ele diminuiu a distância e atingiu-a com o chicote. Ela caiu de joelhos.

Ela tentou se levantar, depois rastejar, mas ele estava ao seu lado, e Lucy acreditou, naquele instante, que sua vida tinha chegado ao fim.

*

Eu a amarro como a um animal e a arrasto na neve de volta à casa.

– Segunda lição: não corra.

Ela está gritando enquanto eu caminho, mas ninguém pode ouvi-la, por isso deixo que grite. Ela vai perder a voz. A maioria perde depois de um ou dois dias de barulhos fúteis. Não há ninguém por perto. Ninguém virá. Ninguém se importa. Ninguém além de mim.

Eu a arrasto pela escada e agora ela chora. Eu a coloco na jaula. Ela chora e não se mexe. Eu a prendo à grade porque não confio nela. Ela não é como as outras mulheres. Ela está maculada.

Mas vai aprender.

Subo a escada e apago a luz. Ouço os soluços dela. Em seguida, a fêmea exclama:

– Vou matar você! Seu bastardo! Vou matar você!

Eu congelo.

Ela praguejou contra mim. Ela falou sem a minha permissão.

Volto a acender a luz. Desço a escada e a encaro por entre as grades. A raiva de dentro cresce, borbulha.

A audácia da fêmea em falar comigo de tal modo!

– O que quer de mim? – a fêmea grita. Ela tem medo, mas também é desafiadora.

Quero que ela sinta medo.

– Não lhe dei permissão para falar – eu digo.

Ponho a mão no bolso e ligo a Taser. Deixo-a carregar. Ela me olha, os lábios estão roxos pelo frio de lá de fora, o rosto está rubro, o corpo treme incontrolavelmente. Ela está esfregando os pés machucados. Miro a Taser. Atiro.*

---

* Arma de eletrochoque capaz de liberar uma descarga elétrica a fim de imobilizar uma pessoa momentaneamente.

Ela convulsiona. A cabeça bate na grade uma vez, duas. Ela tenta se segurar, mas a mão não obedece. Ela cai no chão sujo, paralisada.

Olho para a outra fêmea.

– Você falou com ela, mesmo eu tendo proibido. Não volte a falar com ela. Nenhuma palavra. Ainda estou decidindo quem merece os meus ensinamentos. Obedeça-me e você sobreviverá.

Ao menos mais alguns dias.

Subo a escada, apago a luz e fecho a porta atrás de mim.

QUARENTA E DOIS

Sean estava com Marie Fitzgerald no "viva-voz" em seu escritório. Hans, Dillon e Kate estavam sentados do outro lado da escrivaninha. Sean deixou que Hans, em sua voz calma e bom raciocínio, explicasse a situação para a ex-mulher de Miller. Sean olhou para a foto dela nos tempos de universidade. Ela era uma loira bonita e doce.

A primeira pergunta dela foi:

– Como me encontraram?

Ela pareceu alarmada.

Hans disse:

– Prometo que ele nunca saberá onde você está e qual é o seu nome.

– Como posso confiar em você?

– Sei que é difícil e, se quiser, pode verificar minhas credenciais com o diretor-assistente do FBI, Rick Stockton. Podemos esperar.

Sean queria gritar *não, não podemos esperar!*, mas se conteve. Em vez disso, disse:

– Marie, você sabe que Peter Miller é um bastardo sádico e doentio, e ele vai matar a mulher que eu amo se você não nos ajudar a encontrá-lo.

Sean não notou a troca de olhares entre Kate e Dillon, mas ele percebeu, naquele instante, que amava Lucy. Pensar que poderia perdê-la o deixava quente e frio ao mesmo tempo, retorcia o seu estômago.

Marie disse:

– Conheci Peter na faculdade. Ele era doce. Das antigas. Abria portas e me tratava como uma princesa. Meu pai era pastor em uma pequena cidade, um homem humilde e temente a Deus. Pensei que Peter fosse igual. Nós dois queríamos filhos, nós dois queríamos ficar em casa para criá-los. Ainda sou a mesma garota de uma pequena cidade com valores conservadores, mas não sou mais um capacho. Nós no casamos no último ano da faculdade. Pensei estar apaixonada. Talvez estivesse, ou talvez eu estivesse amando a ideia de ter um marido perfeito e prestativo que honestamente levava em consideração todas as minhas necessidades. Como em uma noite em que fiquei doente e ele ficou acordado ao meu lado, passando um pano úmido no meu rosto para aliviar a febre alta. Ele me dizia que eu era o anjo dele.

Hans perguntou:

– O que aconteceu que o fez mudar?

– Isso é estranho: nada. Ele sempre foi... o que disse mesmo, senhor Rogan? Um bastardo sádico e doentio. Eu só não enxergava isso. Com toda a sua consideração e atenção, ele nunca me deixava longe das suas vistas. Eu não tinha amigos que não fossem amigos dele, e os poucos que tínhamos eu não podia ver sem ele. Eu não entendia isso no início. Nos mudamos para Wilmington depois da formatura porque ele conseguiu emprego como professor em uma escola. Eu fiquei entediada. Limpar, cozinhar e assar era tudo o que eu fazia. Pedi a ele se eu podia participar de um clube de leitura de livros. Sei o que estão pensando, por que eu teria de pedir? Mas as coisas eram assim. Ele tomou o lugar do meu pai em muitos aspectos. Sempre pedi permissão a papai, mas papai sempre disse sim. Ele queria que eu fosse para a universidade, que aprendesse coisas novas, que fosse capaz de pensar por mim mesma. Peter... Ele queria cuidar de mim. Não queria que eu tivesse uma vida separada da dele. Não foi bem assim. Foi mais extremo: ele não permitia que eu tivesse a *minha* vida. Implorei. Precisei de meses para provar que o clube do livro não interferiria no nosso relacionamento. Ele conheceu todas as mulheres, provavelmente verificou a vida delas para descobrir sabe lá Deus o que as tornaria mais aceitáveis. Por fim, eu pude participar. Era uma noite por semana, às segundas-feiras.

Sean perguntou:

– Ele a seguia, não?

– Sim – Marie disse. – Eu não sabia, mas ele esperava do lado de fora da casa de quem quer que fosse a reunião da noite e vigiava. Tentei convencê-lo a sair com o marido das outras mulheres; eles sempre assistiam aos jogos de futebol às segundas ou iam a bares. Eu realmente gostava daquele pessoal, mas Peter se recusou. Quando descobri que ele me vigiava, nós tivemos nossa primeira briga. Em dois anos de casados, nós nunca brigamos. Porque eu concordava com tudo, mesmo com as regras ridículas dele. Eu só queria fazer o meu marido feliz... Mas percebi que Peter não era nada parecido com o meu pai, não era nada do que pensei que fosse. Demorei meses até contar às meninas como Peter estava começando a me assustar. E eu só contei por causa do que ele fez... – a voz dela sumiu.

– O que ele fez, Marie? – Hans perguntou depois de um momento.

– Ele leu a minha cópia de *Dormindo com o inimigo*, de Nancy Price. Houve um filme com Julia Roberts, mas o livro era muito melhor. E... Peter... Simplesmente surtou. Ele me empurrou na cama e arrancou as páginas uma a uma. Uma a uma, metodicamente. Depois rasgou cada página em pedacinhos. Ele levou horas. Eu não me mexi, não conseguia... Havia algo no olhar dele... Fiquei aterrorizada... Pedi às meninas do clube que me encontrassem para almoçar no dia seguinte, enquanto Peter trabalhava, e elas me convenceram a deixá-lo. Contei tudo a elas, tudo saiu como uma torrente... O fato de eu não poder usar maquiagem fora de casa a menos que ele estivesse comigo. De eu só poder usar vestidos. E sobre a obsessão dele.

Quando ela não continuou, Hans perguntou:

– Que obsessão?

– Peter foi o meu primeiro. Eu era virgem, e ele gostava disso. Meus pais me educaram para que eu me resguardasse para o meu marido, e Peter respeitava isso. Nunca tentou nada antes da noite de núpcias. Mas depois daquela noite, ele me fazia tomar banho antes de nos relacionarmos. E depois. E quando fazíamos sexo, era algo muito mecânico, como se ele fosse um robô fazendo os movimentos esperados. Não havia afeto. Certa vez, no começo do nosso casamento, eu tomei vinho no jantar. Raramente bebo, duas taças me deixam tonta. Tentei fazer algo diferente na cama, algo que eu tinha lido, e ele me chamou de prostituta – a voz dela enfraqueceu e ficou repleta de emoção. – Ele me disse que contaria ao meu pai que eu era suja caso eu voltasse a fazer algo do tipo. Eu me senti tão envergonhada, tão humilhada...

Hans disse:

– Marie, você sabe que Peter é um homem profundamente perturbado. Ele gostava de torturar psicologicamente as mulheres.

– Não entendo. Vocês disseram que ele sequestrou alguém. Mas talvez ela tenha ido porque quis. Ele é muito persuasivo.

– Ela foi sequestrada – Sean disse. – Sabe que ele esteve na prisão por estupro?

– Peter? – ela pareceu chocada.

Hans explicou:

– Estupro estatutário. Com as meninas da escola onde ele lecionava.

– Oh, Deus, isso é horrível. Eu não sabia. Cortei os laços com todos, mesmo com as mulheres do clube do livro.

– Por que mudou de nome? – Dillon perguntou. – Ele a ameaçou?

– Eu disse a ele que queria o divórcio. Minhas amigas não permitiram que eu fizesse isso sozinha, foram comigo, e ele me deixou ir. Pensei que tivesse sido fácil demais, mas que talvez ele tivesse entendido; felizmente, porém, minha amiga Becca não acreditou. O irmão dela era policial, e ele me deixou ficar com ele. Quartos separados, nada aconteceu entre nós... Na época, quero dizer. Consegui meu emprego como secretária no departamento de polícia por causa de Jimmy, e me senti segura pela primeira vez em anos. Não tive notícias de Peter por vários meses. Pedi ao meu advogado que entregasse a papelada do divórcio. Peter entrou na delegacia no dia seguinte com um envelope. Ele o entregou para mim e disse: "Você é minha mulher. Sempre será a minha mulher, mesmo sendo uma vadia imunda. Venha para casa agora, aceite o seu castigo e eu a perdoarei" – ela respirou fundo. – Eu não fui. Ele me encarou tão longamente que seis policiais o cercaram. Eles o acompanharam para fora, e Jimmy disse que eu precisava de um mandado de segurança. Abri o envelope. Lá dentro estavam os pedaços rasgados da papelada. E havia uma foto de Jimmy me abraçando. Peter ficou me espionando. Aquele foi o dia em que meu pai morreu, ele tinha estado em uma casa de repouso por dois anos por causa do câncer, e o diretor da instituição me telefonou contando que ele tinha morrido enquanto dormia. Não havia nada de sexual naquele abraço! Jimmy só era um bom amigo!

– Marie, – Hans disse – você não tem de justificar nada, entende? Você não fez nada de errado.

– Entrei em pânico. Eu disse que nenhum mandado o deteria. Não sei por que fiquei com tanto medo, uma vez que Peter jamais me feriu fisicamente. Mas eu sabia que ele me mataria. Eu simplesmente sabia. Jimmy me ajudou a trocar de nome legalmente e eu me mudei para o Arizona. Eu me sentia muito só. Eu não tinha família e tinha muita dificuldade para fazer amigos. Liguei para Jimmy depois de seis meses e ele voou para lá, e foi então que percebemos o quanto gostávamos um do outro. Ele conseguiu um emprego em Austin como detetive de polícia e nos casamos um ano mais tarde. Tenho dois lindos filhos, e não quero que eles se machuquem. Por favor, por favor...

– Marie, Peter nunca saberá. Mas precisamos saber onde ele está mantendo Lucy.

– Eu não sei. Estou dizendo a verdade, nunca mais falei com ele desde que saí de Wilmington.

– Sabemos disso, – Sean disse – mas ele não tem nenhuma propriedade sob o nome dele em Maryland, Delaware ou na Virgínia. Estamos procurando em outros estados. Tentamos os nomes dos pais dele, dos avôs, não encontramos nada. Ele tem de estar em algum lugar. Talvez com um amigo? Um primo? Uma casa de veraneio?

– Não sei...

Dillon disse:

– Teria de ser um lugar em que ele se sentisse seguro, onde ele poderia ir quando estivesse sob estresse. Um lugar que o lembrasse do que é de fato importante. Muito particular. Retirado.

– Como a casa da fazenda da bisavó dele?

– Sim – Dillon disse, se inclinando para frente. – Onde fica?

– Em Warrenton. Só fui lá uma vez; ele me levou quando nos formamos, a caminho de Wilmington. Ficamos alguns dias apenas. Ninguém morava lá. A propriedade estava sob custódia por causa de alguma disputa familiar antes mesmo do nascimento de Peter. Era um lugar velho e arrepiante, mas Peter o adorava. Ele disse que estava poupando para reformar a casa e que era ali que ele queria criar a família. Eu não disse nada porque achei que nunca viveríamos ali.

– Onde fica?

– Não sei. Em Warrenton, é tudo o que lembro.

Sean perguntou:

– Qual o nome do fundo de custódia?

– Não sei.

– A bisavó dele era Miller também?

– Não, o nome dela era Adeline Harker.

Sean começou a digitar no computador.

Hans disse:

– Obrigado, Marie. Se ainda está preocupada com a sua segurança, peça ao seu marido para me telefonar. Posso explicar a ele tudo o que está acontecendo. Eu lhe dou a minha palavra: seu ex-marido nunca a encontrará.

– Espero que a encontrem.

– Nós encontraremos, graças à sua ajuda.

Hans desligou o telefone. Sean trabalhava na busca da propriedade enquanto Kate ligava para Noah.

– Bristow Road! – Sean exclamou. – Fundo da Família Harker. Fica a menos de um quilômetro do Aeroporto Airlie. Vamos.

– Sean... – Dillon começou.

– É aqui que ela está – Sean disse. – Sei disso. É perto o bastante, isolado... Eu vou.

– Todos nós vamos, mas não pode voar neste tempo.

– Por que diabos não? Não posso dirigir para lá mais rápido do que irei voando. Não está nevando agora, mas as estradas estão péssimas, e nós levaríamos uma hora em boas condições. Nós podemos aterrissar em quarenta e cinco minutos.

Ele levantou-se, pegou a carteira e a jaqueta, depois abriu o armário e apanhou uma sacola de viagem.

– O que é isso? – Dillon perguntou.

Sean estava ansioso.

– Minha mala de emergência – e saiu do escritório.

Hans levantou a sobrancelha e disse sarcástico:

– É mesmo, ele não se parece em nada com Jack...

*

Noah desligou o telefone e disse para Abigail:

– Kate e Hans acabaram de falar por telefone com a ex-mulher de Miller.

– Como eles a encontraram?

– Não perguntei, mas tenho certeza de que os Rogan têm alguma coisa a ver com isso – ele não reclamou, porém. A vida de Lucy corria perigo.

Ele olhou para o relatório que tinha acabado de receber do Departamento de Polícia de Wilmington. Três mulheres desaparecidas. Miller era suspeito por ter sido condenado por estupro estatutário, mas eles não tinham provas, nenhuma evidência. A única prova ínfima que tinham era a declaração de uma testemunha descrevendo o carro de Miller naquela época. Mas o carro era de fabricação comum, e não havia motivo aparente. Um breve interrogatório com Miller mostrou-se inútil.

Mas se Miller estivesse relacionado às mulheres desaparecidas, definitivamente ele era mais perigoso e experiente do que imaginavam.

– O que é isso? – Abigail perguntou.

– Eu conto no carro.

Saíram da sede do FBI.

– Onde Miller está?

– Warrenton. Espero que eles estejam certos; a família de Miller tem uma propriedade lá sob custódia.

– Vamos levar mais de uma hora para chegar lá.

– Kate está voando com Hans, Rogan e Dillon. Vou telefonar para a nossa unidade tática do escritório do Norte da Virgínia. Eles estão mais próximos, mas vão precisar de alguns minutos para se mobilizar.

Noah conduziu o carro para a estrada. Não estava nevando, mas a visibilidade era péssima.

– Não consigo acreditar que Sean está voando com esse tempo.

– Você faria a mesma coisa – Abigail observou.

– Acho que não me conhece tão bem assim.

Abigail sorriu.

– Acho que sim. Não se trabalha com um cara por uma semana, mesmo alguém tão fechado quanto você, sem entendê-lo no fim.

Noah balançou a cabeça e falou com o escritório da Virgínia do Norte. Estavam localizados em Manassas, muito mais perto do lugar alvo.

– Eles se mobilizarão em quinze minutos e enviarão uma equipe para lá, mas nós devemos chegar em uma hora, uma hora e dez por causa das condições da estrada – ele rapidamente mandou uma mensagem para Kate e Hans, juntamente com o número e o nome do agente local.

Em seguida, informou Abigail sobre as mulheres desaparecidas em Wilmington.

– Acha mesmo que Miller está envolvido no desaparecimento delas?

– Não sei, mas não deixa de ser suspeito.

– Sabe o que eu acho?

– Não me faça adivinhar.

– Acho que ele vem jogando desse jeito há um bom tempo. Só três mulheres? Aposto como há mais, em toda a região. Elas tinham o mesmo tipo físico?

– Loiras tímidas com menos de 30 anos.

– Se parecem com a ex-mulher dele – Abigail observou.
– Lucy não se encaixa nesse perfil.
– Mas Lucy estava tentando mandá-lo de volta para a prisão.

*

Sean aterrissou no Aeroporto Airlie quarenta e dois minutos mais tarde, pouco antes do meio-dia. As estradas que partiam do aeroporto estavam em piores condições do que ele imaginava, e cada minuto do trajeto doía nele, pois era um minuto a mais em que Lucy ficava nas mãos daquele filho da mãe.

– Quando Noah deve chegar? – ele perguntou a Hans.

– Ele ainda deve demorar uns quarenta e cinco minutos. O esquadrão tático está a caminho. Devem chegar em dezoito minutos.

Dillon perguntou:

– Como vamos dirigir até lá? Não poderemos caminhar um quilômetro...

Sean balançou a cabeça.

– Confie em mim.

Ele manobrou o avião na direção dos hangares. Não havia ninguém ali, aquele era um aeroporto particular e ele teria de usar a lábia para evitar ser multado, mas não se importava com isso. Encontrou o que procurava.

Abriu a trava de um Ford modelo mais antigo que estava estacionado ao lado do hangar.

– Você não vai...

– Nós o traremos de volta – Sean disse. Olhou embaixo do volante, puxou uma alavanca e ligou a fiação. Em menos de um minuto a caminhonete estava funcionando. – Vamos pegar Lucy.

QUARENTA E TRÊS

Sean, Kate, Dillon e Hans aproximaram-se da propriedade Harker pelo norte, onde estariam encobertos por um celeiro grande e abandonado. Sean via a casa a cinquenta metros dali. Um dia ela foi branca, mas atualmente estava desgastada pelo tempo. Pareceria singular, com uma cerca ao redor da varanda e um balanço perto da porta de entrada, se aquele suíno do Miller não estivesse aprisionando Lucy ali.

Pelo menos eles presumiam que ela estivesse lá dentro. A garagem do outro lado poderia ser o cativeiro de Lucy. E também teriam de vasculhar o celeiro.

– A SWAT está a treze minutos daqui – Kate disse. – Podemos solicitar um helicóptero para que fique aguardando no Airlie, e eles chegam aqui em cinco minutos depois do contato. Sean, você e eu vamos vasculhar o celeiro. Hans, ligue para o líder da equipe da SWAT e passe para ele o *layout* da nossa localização. Mantenha a linha aberta.

Ela gesticulou para Sean. Os dois empunharam as pistolas e caminharam ao redor do celeiro até a porta de entrada. A porta grande estava encostada.

Uma marca profunda na neve da casa para o celeiro, ou vice--versa, estava fresca. Parecia que algo pesado tinha sido arrastado na neve, já que se via parte da grama gelada por baixo. Kate chamou a atenção dele e se direcionou para a porta, depois levantou três dedos. Ele assentiu.

Um. Dois. No três entraram silenciosamente e ao mesmo tempo no celeiro; Sean mirando o alto, Kate abaixada, as armas em punho, fazendo uma varredura de um lado para o outro, tentando avaliar perigos em potencial.

Não viram ninguém, nem ouviram nada. Mas um cheiro desagradável permeava o ar junto com feno mofado e odor de animais, algo mais fresco.

Passaram de baia em baia meticulosamente.

Kate abafou um grito e Sean correu para junto dela. Ele viu um torso sem cabeça no chão e uma ratazana correndo da abertura no corpo em que um dia ficou a cabeça da mulher.

Por um átimo de segundo a semana anterior passou pela mente de Sean, e uma sensação indescritível de perda e desespero o acometeu.

Mas não era Lucy.

– Lucy! – Kate exclamou. – Oh, meu Deus!

– Não é Lucy – Sean disse.

Kate balançou a cabeça.

– Oh, Deus, desculpe, é que eu só...

– Esperava o pior.

A pobre mulher estava morta há vários dias, porém, mais do que o estado do corpo, era a sua estrutura que dizia que não era Lucy. A moça era mais pesada e mais baixa que ela.

Sean levantou o olhar e viu as manchas na parede. Ele vasculhou as outras baias e viu marcas semelhantes, algumas tão antigas que se misturavam à pintura vermelha desgastada. Pelo menos nove. Não viram outros corpos, mas, ao que tudo indicava, as baias eram criptas, e os corpos estavam enterrados lá. O chão estava muito duro naquela época, mas no verão...

– Nós não temos que esperar – Sean disse.

– Precisamos saber exatamente onde ela está – Kate disse. – Se invadirmos a casa, ele pode matá-la.

Sean apanhou binóculos térmicos da mala e virou-se para Kate com eles, que o fitou com inveja.

– Nós não recebemos desses...

– Eles são caros, e provavelmente custam o dobro para o governo.

– A que distância você consegue enxergar?

– Daqui até a casa. Mas não verei o outro lado da casa com clareza. Quanto maior o número de paredes que o infravermelho tem de atravessar, mais o sinal se torna mais fraco e menos confiável.

Ele refez os passos até a entrada do celeiro e olhou pelos binóculos. O frio ajudava. Ele viu um sinal de calor no segundo andar.

– Uma pessoa no alto.

– Uma?

Sean olhou para a casa sem o apetrecho.

– Existe um porão. Tenho de me aproximar para conseguir um ângulo melhor... Com a interferência do chão, não consigo ver bem daqui de longe.

– Vamos reagrupar – Kate olhou de relance para o relógio. – A SWAT está a sete minutos.

Quando voltaram para trás do celeiro, Hans disse:

– Estão estimando doze minutos agora. Depararam-se com uma estrada coberta de neve.

– Há um corpo no celeiro, morto há cerca de uma semana – Kate disse. – E evidências de outros. Sean viu uma pessoa no segundo andar. Ele precisa se aproximar para conseguir ver o porão. Sean e eu vamos dar a volta na casa. Hans e Dillon, deem a volta por trás das árvores que margeiam a casa e fiquem de vigia. Assim que confirmarmos que Lucy está lá dentro, nós agiremos. Hans, você ainda está com a linha aberta?

– Sim, a SWAT está ouvindo.

– Ok. Mantenha-os informados a respeito da situação e da localização. E nos deem cobertura. – Ela deu um beijo rápido em Dillon e se virou para Sean. – Pronto?

Ele assentiu.

Andaram na proteção das árvores até estarem em linha reta com o porão. Embora estivessem expostos nos trezentos metros que os separavam da casa, eles atravessaram sem incidentes. Sean aproximou-se de uma janela do porão, quase totalmente obstruída pela neve. Ele não conseguia enxergar através do vidro, mas conseguiu um ângulo para usar os binóculos e assim avaliar se havia alguém embaixo.

Ele viu duas marcas de calor. Duas. Será que Miller tinha descido? Uma estava sentada, a outra, deitada. Seria um cachorro? Talvez um cão de guarda? Não. Era definidamente uma figura humana, os braços eram óbvios. Corpo magro, mas estava enrodilhado como que para manter o calor. Ele mostrou para Kate. Ela ficou perplexa. Ele vasculhou a casa de novo. Também havia a marca de calor no segundo andar.

Kate sussurrou no rádio.

– Hans, há duas pessoas no porão, uma no segundo andar – ela gesticulou para a varanda.

Sean balançou a cabeça.

– Janela.

Ele começou a afastar a neve, mas logo percebeu que a janela era pequena demais para ele ou Kate passar.

Kate sussurrou:

– Subimos as escadas. Eu vou pela direita, você, pela esquerda, e procuramos uma entrada. Mantenha a comunicação aberta.

Ele assentiu, guardou os binóculos e pegou a arma.

Subiram as escadas de trás.

*

A cabeça de Lucy latejava por causa do ataque, e o corpo doía por ter sido arrastada na neve e pela escada abaixo. Sangrava na cabeça e o corte no braço necessitava de pontos.

Ela olhou pela janela do outro lado do porão. Alguma coisa estava diferente, estava mais claro, parte da neve tinha sido retirada. Mas ela não conseguia ver nada lá fora, e a sua visão estava embaçada. Suspeitava ter sofrido uma concussão, mas não podia deixar que nenhum ferimento a desacelerasse. Ela precisava de um plano.

– Carolyn! – sussurrou.

Nenhuma resposta.

– Não obedeça a ele! Por favor, preciso da sua ajuda. Você está aqui há mais tempo, deve conhecer alguma saída.

Carolyn não falava. As ameaças de Miller tinham funcionado. Lucy implorava, mas Carolyn fingia não ouvir.

– O nome dele é Peter Miller. Ele está sob condicional após ter cometido estupro estatutário. Ele estuprou seis alunas do Ensino Médio. Alunas dele. Só duas testemunharam, e tenho certeza de que elas morriam de medo dele. Mesmo assim, elas o fizeram! Elas o enfrentaram! Você tem de fazer isso. Por favor, Carolyn, não vou conseguir fazer isto sozinha!

Carolyn choramingou, depois sussurrou tão baixo que Lucy mal a ouviu.

– Não quero morrer.

Lucy suspirou e refreou as lágrimas.

– Nem eu. Ele tem uma arma?

Nenhuma resposta.

– Ok, vamos fazer assim, vá mais para perto do aquecedor para que eu possa enxergá-la. Balance a cabeça para dizer sim ou não. Desse modo você não estará falando.

Carolyn demorou um minuto para aquiescer.

– Vamos lá, ele tem uma arma?

Carolyn fez que sim.

– Ótimo! Onde ela está? – nenhuma resposta. – Ele fica com ela?

Ela negou.

– Onde... – aquilo era ridículo, mas Lucy entendia o que era sentir medo, e Carolyn não conseguiria superar a lavagem cerebral imposta por Miller da noite para o dia. – Na cozinha?

Não.

– No quarto dele?

Ela deu de ombros.

– Você viu a arma em algum lugar?

Sim.

Ela relembrou a casa pela qual havia passado pela manhã. Estava imaculadamente limpa. Limpa e arrumada. A cozinha, a sala de estar, a escada... Mas havia a porta de um armário perto da entrada. De fácil acesso, bem de onde alguém poderia se aproximar da casa.

– No armário perto da entrada?

Sim.

– Certo, precisamos dessa arma.

Carolyn balançou a cabeça, depois levantou dois dedos.

– Ele tem duas armas? No mesmo lugar?

Não. Depois ela sussurrou:

– Sala.

Lucy sorriu.

– Ótimo. Obrigada. Duas armas... Isso me dá opções – *se sairmos desta maldita gaiola.* – Você não tem de fazer nada, exceto distraí-lo. Se ele vier nos ver, qualquer uma de nós, nós vamos sair pela porta, você corre.

Carolyn balançou a cabeça vigorosamente.

– Você tem de fazer isso. Ele irá atrás de você e eu poderei pegar a arma. Sei usá-la. Não vou errar o tiro. É a única saída que vejo para esta situação. A menos que você queira que eu corra e você pegue a arma – Lucy não gostava nem um pouco disso. – Sabe atirar?

O lábio inferior de Carolyn tremeu e ela balançou a cabeça.

– Por favor, Carolyn.

Ouviram passadas do segundo para o primeiro andar. Carolyn choramingou e se encolheu de volta ao seu canto.

Lucy preparou-se para a entrada de Miller e para os abusos dele. Mas ele não apareceu.

Em seguida, o silêncio. Isso assustou-a muito mais.

*

Fico diante da porta da frente. Há quanto tempo estou aqui, não sei, mas espero. De sentinela. Protegendo as minhas mulheres dos predadores. Espero. Ouço. Meus olhos estão fechados porque eles podem me enganar.

Ouço.

Um rangido.

Alguém na varanda.

Abro os olhos. O céu está cinzento, a neblina desce no vale, por isso só vejo a silhueta do celeiro. A neve cobre a terra tão completamente que enxergo a mínima imperfeição.

A trilha profunda que fiz ao arrastar a fêmea desobediente de volta à jaula. Minhas passadas de antes da casa para o celeiro.

Com cuidado, vou para os fundos da casa. Espio pela fresta da cortina. Um par de pegadas na neve fresca, da floresta para a minha casa. Há outra trilha mais ao longe. Não vejo ninguém.

Mas ouço uma passada.

Um rangido.

Miro na direção do som e atiro pela janela.

QUARENTA E QUATRO

Kate caiu e rastejou até o lado oposto da varanda. Sean praguejou em silêncio ao se abaixar na neve. Kate fez-lhe um sinal de que estava bem, mas Sean sabia que ela tinha sido atingida.

Sean moveu-se o mais rápido que podia pela neve, ao redor da casa, a varanda protegendo-o, mas ele não subiu a escada. Em vez disso, ergueu-se sobre a cerca da casa e achatou o corpo ao longo da construção. Espiou através da fenda entre as cortinas e viu Miller parado perto da porta dos fundos, olhando pelas cortinas na direção que Kate tinha tomado.

Sean abaixou-se e caminhou silenciosamente para a porta da frente. Tentou girar a maçaneta. Trancada.

Em seu fone de ouvido ouviu Hans dizer:

– SWAT, cinco minutos.

Sean não se arriscaria em responder e permitir que Miller o ouvisse. Se conseguisse entrar e resgatar Lucy antes da chegada da SWAT, ele poderia protegê-la e surpreender Miller caso ele descesse até o porão. Precisava entrar.

Sean segurou a pistola com a mão direita e apurou os ouvidos. Não ouviu movimento algum. Imaginou o interior da casa do seu ponto de observação à janela. A entrada não se via pela porta de trás. Se Miller ainda estivesse ali, Sean poderia entrar. Se não...

Sussurrou no microfone:

– Preciso de uma distração nos fundos.

– Copiado – Hans respondeu.

Um instante depois, um único tiro foi disparado na linha de árvores onde Hans e Dillon estavam. Houve movimentação na casa; Miller passou correndo pela porta da frente e subiu as escadas.

Sean rapidamente destrancou a porta e ouviu Miller correndo pelo corredor superior. Meio minuto depois ele atirou da janela de cima.

Sean fechou a porta.

– Entrei – ele sussurrou. – Vou atrás de Miller.

– Negativo – Kate disse.

Sean ignorou-a. Lucy estava no porão, Miller no segundo andar. Sean, entre os dois. Miller era o alvo mais óbvio.

Encostou as costas na parede na base da escada. Havia silêncio, após o último estampido do rifle. Na ponta da escada, com a pistola em punho, Sean começou a subir.

A escada fazia uma curva na metade do caminho. Sean parou para espiar.

Área limpa.

Moveu-se rapidamente, com os ouvidos atentos, e de repente Miller correu na direção oposta do corredor. Miller o viu ao mesmo tempo em que Sean disse:

– Solte a arma, Miller. Agora.

Miller mergulhou noutra porta e Sean ouviu passos apressados descendo a escada.

Droga! Havia outra escadaria.

Sean pulou por sobre o corrimão e Miller atirou nele da cozinha. Ele errou, em seguida foi para uma porta.

O porão.

Sean atirou em uma sucessão rápida. Acertou Miller na mão, que deixou a arma cair.

Miller correu de volta para a direção em que veio. Sean disse:

– Ele está fugindo e está ferido – Sean hesitou. Queria ir atrás de Miller, mas se ele desse a volta, talvez tivesse outro acesso para o porão. Ele poderia estar deixando Lucy desprotegida.

Sean abriu a porta destrancada e desceu um degrau com cautela. O porão estava mal-iluminado, a luz tênue entrava pelas janelas estreitas.

– Lucy? – ele chamou, mais alto do que pretendia. Missões de resgate podiam fazer parte da rotina dos seus irmãos, mas não da dele. Ele costumava ser o cérebro por trás das operações, e não uma parte operante.

No entanto, naquele caso, ele não tinha alternativa.

– Sean! Oh, Deus, Sean!

Ele fechou a porta no alto da escada para perceber a entrada de Miller. Encontrou o interruptor de luz e acendeu duas lâmpadas fluorescentes, uma sobre a porta, outra no meio do porão.

Ele viu a jaula. E Lucy olhando para ele por detrás das grades.

O peito de Sean contraiu-se com uma fúria tão poderosa que ele quase tropeçou ao descer a escada.

– Lucy! – ajoelhou-se ao lado dela, enquanto ela esticava os braços para fora da grade para segurá-lo pelo pescoço.

Ele beijou-a e segurou o rosto dela com uma mão. Sangue seco sujava o rosto e o cabelo dela. Ela tinha um corte no braço que parecia profundo e o suéter estava rasgado em diversos pontos. Ela estava com tanto frio que o corpo inteiro tremia. Ele viu que os pés dela estavam descalços. Rapidamente tirou os sapatos e as meias, entregando-lhe as meias antes de voltar a calçar os sapatos.

– Onde está Miller? – Lucy perguntou ao vestir as meias.

– Não sei para onde ele foi. Eu atirei nele, mas ele foi para a parte de trás da casa. Ele não vai conseguir sair sem um confronto: a SWAT está a caminho; Dillon, Kate e Hans estão do lado de fora. Mas primeiro tenho de tirá-la desta jaula.

Lucy disse:

– E Carolyn – indicou o canto.

Uma loira fitava-o com olhos azuis arregalados. A semelhança com a jovem Rosemarie Nylander, ex-mulher de Miller, era imensa.

Lucy disse:

– Ele bagunçou a cabeça dela. Isso não vai ser fácil.

Ele avaliou o cadeado de combinação na porta da jaula. Entregou uma ferramenta para Lucy e disse:

– Consegue se livrar das algemas?

Ela assentiu e começou a lidar com as algemas.

Sean foi para junto do cadeado. Encostou o ouvido no cadeado e ficou ouvindo o clique enquanto girava a combinação.

– Sean, está sentindo um cheiro diferente?

– Shh – ele tinha de se concentrar ou perderia o som e não notaria o clique.

Um. Um número no lugar, depois girou para o outro lado, e prestou atenção...

Lucy libertou-se das algemas, depois rastejou para junto de Carolyn.

– Nós vamos sair daqui, Carolyn. Você vem com a gente. Não vou deixar que ele a machuque de novo.

Sean concentrou-se no cadeado... Mas então sentiu o cheiro que Lucy comentou.

Olhou para cima das escadas. A fumaça passava por debaixo da porta. Lucy arfou e Carolyn choramingou.

– Sean, você tem de sair... Vá...

– Não sem você.

– Sean... – Lucy saiu de perto de Carolyn e segurou a mão dele.

– Lucy, eu não vou – ele beijou-a entre as barras. – Agora quietinha, que eu preciso ouvir.

Mas ele também ouvia o fogo se avolumando acima deles enquanto se concentrava na tranca.

Clique.

Ele tinha conseguido o segundo número. Estava se concentrando no terceiro quando ouviu uma saraivada de balas no andar superior.

– Preciso de uma arma – Lucy disse.

– No meu tornozelo – ele orientou.

Sean sentiu Lucy tirar a pistola do coldre e a viu mirar para a porta.

Ele tinha de ir devagar, pois, caso perdesse o clique, teria de recomeçar. Mas os barulhos de cima atrapalhavam a sua concentração.

Lucy vigiava a porta, já que Sean estava de costas para ela. Ela ouviu vozes e gritos, em seguida a porta se abriu, a fumaça da cozinha invadiu o porão. Os estalidos do fogo crescente a aterrorizavam. Ela não sabia como eles conseguiriam sair. Mirou a arma, rezando para que fosse a SWAT, ou Kate ou qualquer um...

Era Miller. Ele estava sangrando, mas empunhou a arma e atirou na mesma hora em que Lucy disparou. Alguma coisa raspou no seu tornozelo, mas ela não parou de apertar o gatilho da 9 mm até não ter mais balas. Miller a encarou ao cair tropeçando pela escada, despencando em um baque letal enquanto ela ouvia a crepitação do fogo.

Virou o pescoço para ver Sean. Ele estava caído no chão.

– Não!

O cadeado estava aberto e ela tirou-o da jaula, abrindo a porta para rastejar para fora.

– Sean! Não, maldição, não!

– Estou bem – a voz dele saiu fraca.

– Onde foi atingido?

– No colete – ele se sentou, não sangrava, mas estava obviamente abalado e sem fôlego, mas então puxou Lucy para um abraço apertado.

Lucy arrastou-se para o lugar em que Miller jazia ao pé da escada depois dos tiros que ela disparou. Afastou a pistola dele, mesmo que ele estivesse obviamente morto.

– Temos que ir – Sean disse. – Carolyn!

A moça não se mexeu, só o fitou, praticamente catatônica.

– Ela está ferida?

Lucy rastejou para dentro da jaula de novo.

– Carolyn, nós temos que sair *agora*.

Carolyn balançou a cabeça.

– Ele está morto! Eu o matei. Por favor, Carolyn. Você não quer morrer. Eu não quero morrer. Nós temos que ir!

Carolyn hesitou, e Lucy agarrou-a por debaixo dos braços e arrastou-a para fora. Carolyn gritou de dor, mas Lucy não parou. Ela sabia que a moça estava machucada, mas sair da casa em chamas era o mais importante.

– Sean, – Lucy disse – você consegue carregá-la?

– Você consegue andar?

– Sim – ela não sabia se conseguiria. Tocou o tornozelo e percebeu que ele sangrava. Doía, mas ela deduziu que o ferimento fosse superficial. – Vá, ela está muito fraca.

Sean estava obviamente dividido, mas suspendeu Carolyn e a colocou sobre o ombro. Lucy se pôs de pé. Tentou andar, mas a perna esquerda não sustentou o peso. Sean se virou para trás, com a expressão carregada de pânico.

– Vá! – ela exclamou. – Estou logo atrás.

Lucy rastejou pelo chão atrás de Sean. Ele subiu a escada e passou pela porta. Ela estava na metade da escada quando o teto começou a ceder sobre ela e ela gritou. O fogo estava tão forte que ninguém devia tê-la ouvido. A madeira queimando, os estalidos e as crepitações... Lucy tossiu e segurou o corrimão para se erguer. Saltitou no pé saudável, usando o corrimão como apoio.

Labaredas de fogo apareceram na porta. O corrimão de madeira, enfraquecido pela queda de Miller, rapidamente pegou fogo. As escadas estalavam e ela temia que os degraus despencassem a partir do topo, fazendo-a cair no fundo e deixando-a sem saída.

Sean reapareceu no alto da escada. Ele parou na plataforma do alto e a escada balançou dramaticamente. Ele deu um passo para trás.

– Lucy, depressa!

Ela largou o corrimão ardente e rastejou nos degraus que oscilavam. Sentiu tudo se mover para baixo e se esticou na direção de Sean...

Ele a segurou pelo pulso enquanto a escada despencava. Ele tossia, o rosto estava preto de fuligem, mas a suspendeu, forçando cada músculo do pescoço e dos braços. Os dois caíram no chão da cozinha tossindo. O calor das chamas que devoravam a casa era intenso.

– Lucy – Sean tossia enquanto eles se arrastavam de barriga no chão pela cozinha esfumaçada.

Uma figura vestida toda de preto entrou. Ele usava uma máscara da SWAT. Pegou Lucy por debaixo dos braços e empurrou-a pela porta para fora da casa.

– Sean! – ela exclamou.

– Vou pegá-lo.

Os olhos ardiam e ela não conseguia enxergar com nitidez, mas reconheceu a voz. Noah Armstrong. Ele correu pela escada da varanda e entrou na casa em chamas.

Ela viu tudo, aterrorizada com a ideia de perder Sean, e que Noah pudesse morrer tentando salvá-lo. Miller devia ter usado algum acelerador, que, aliado ao estado e à idade da casa de madeira velha e gasta, permitiu que o fogo se espalhasse em questão de minutos.

O teto cedeu e a casa pareceu mudar de posição ao balançar. Ela tossiu e Dillon de repente estava ao seu lado, colocando uma máscara de oxigênio portátil em seu rosto.

Ela respirou fundo algumas vezes, depois a afastou.

– Lucy, você está sangrando.

– Estou bem.

Dillon abraçou-a com força.

– Sean...

– Noah vai tirá-lo de lá. Você está bem mesmo?

Ela não conseguia responder. Só olhava para a porta. *Por favor, por favor!*

A casa continuou a despencar.

Sean e Noah não saíram.

– Não – ela gemeu. – Não!

Dillon abraçou-a, tentando amparar o rosto dela, mas ela o afastou.

– Lucy...

Ela tinha sentido tanto frio no porão, agora parecia queimar de dentro para fora.

O lugar parecia um inferno. Cada prancha de madeira ardia em chamas. E então a casa caiu com o peso do segundo andar, forçando a estrutura inteira a desabar.

Ela ficou de boca aberta vendo aquilo acontecer. Sean.

Não. Oh, Deus, por favor.

Dillon apertou a mão dela.

– Lucy, você precisa de cuidados médicos. Por favor. Você está sangrando.

Ela olhou para a neve derretida, viu gotas de sangue caindo do braço, do tornozelo, da cabeça. Lágrimas de sangue derramadas por uma perda que ela não conseguia compreender. A esperança de um futuro dizimada pela crueldade do destino.

Kate ajoelhou-se ao lado dela. Lucy fitou-a.

– Por quê? – era a eterna pergunta para a qual ela nunca tinha resposta. Nem Kate.

Dillon abraçou as duas, mas Lucy não sentiu nada. Estava morrendo por dentro.

Hans correu na direção deles.

– Eles saíram pelos fundos!

Lucy fitou-o descrente. Seria apenas uma ilusão? Ela tinha visto a casa desmoronar.

– Tem certeza?

– Absoluta. Sean e Noah estão bem. Assim como a garota que você salvou. Ela já está no helicóptero.

Dois membros da equipe da SWAT flanqueavam Noah, que tirou a máscara, o rosto completamente sujo de fuligem, e Sean, que agora usava a máscara de Noah, conforme avançavam pela neve que derretia para a área de triagem próxima à van da SWAT. Dillon ajudou Lucy a se levantar e ela coxeou até Sean.

Ele foi direto para ela e abraçou-a com força.

QUARENTA E CINCO

Quatro dias depois

Lucy mancou escada abaixo, o pé esquerdo estava enfaixado, assim como o braço direito. Os pontos coçavam, mas ela não podia fazer nada a respeito.

Sean estava embaixo, na escada, à sua espera. Ele parecia cansado, mas além de alguns hematomas, estava novinho em folha.

Ela beijou-o e ele sorriu. Ele passou a mão pelos cabelos sedosos, beijando-a novamente, longa e suavemente, segurando-a perto de si.

– Estão todos aqui?

Ele assentiu.

Ela inclinou a cabeça.

– Você está bem?

Ele afastou o colarinho da camisa dela e fechou o rosto ao ver a marca da chicotada de Miller. Ela puxou a roupa para esconder a marca vermelha, mas Sean a segurou pela mão e a beijou.

– Eu sinto muito.

Ela balançou a cabeça.

– Não. Não...

– Eu deveria ter ido para a igreja com você. Eu jamais deveria tê-la deixada sozinha.

Lucy tocou no rosto dele.

– Nós não sabíamos. Você não tinha como saber. Todos nós acreditávamos que Mick Mallory tivesse matado Cody.

As palavras dela não atenuavam a sua culpa, ainda que ela não o culpasse, não culpasse qualquer outra pessoa que não Peter Miller.

– Falei com Carolyn hoje de manhã – ela disse.

– Ela já está falando?

– Não muito. Falei mais com a mãe dela, que voou da Pensilvânia para ficar com ela. Ela vai receber alta do hospital hoje. Vai ter muito trabalho a fazer, mas Dillon a está ajudando a encontrar o melhor tipo de ajuda. E eu disse a ela que ela é uma sobrevivente. Ela venceu porque está viva, e Peter Miller morreu. Não sei se isso vai ajudá-la, mas é o que me faz atravessar cada dia.

Sean beijou-a de novo.

Kate pigarreou do outro lado do corredor.

– Vocês podem vir até aqui? Noah tem de voltar para a sede para uma reunião com a promotoria, e todos estamos com fome.

Lucy e Sean seguiram Kate até a cozinha, onde todos os envolvidos no caso estavam se servindo do bufê que Dillon trouxe do restaurante favorito de Lucy. Abigail, Noah, Hans... Estavam todos lá. A mão direita de Noah sofreu queimaduras e estava enfaixada.

Depois que todos se sentaram, Dillon fez uma breve oração de graças. Comeram em silêncio, até Lucy perguntar a Noah:

– Preciso saber o que aconteceu na fazenda. Quantas?

Ela não precisou elaborar a pergunta.

– Foram encontrados os restos mortais de doze mulheres – Noah disse. – Sete só dos últimos seis meses. As outras foram de antes da prisão dele – ele sorveu um gole de água.

Comeram em silêncio um pouco mais, depois Noah continuou:

– A promotoria vai negociar um acordo com Mallory e Buckley.

Lucy fechou os olhos. Sean procurou a mão dela debaixo da mesa e a apertou.

– Eu esperava por isso.

– É esse o motivo da minha reunião hoje. Estamos procurando abafar o caso. Não preciso lhe dizer o que aconteceria se o público descobrisse que dois antigos agentes do FBI se tornaram vingadores assassinos.

– Metade da população os apoiaria, a outra metade difamaria o departamento – Lucy disse. – Eu entendo.

Kate disse:

– Mas Mallory nunca mais sairá da prisão.

Noah respondeu:

– Eles ainda estão tratando dos detalhes, mas estão pensando em oferecer de quinze anos a pena perpétua para Buckley e prisão perpétua para Mallory sem o benefício do *sursis*. Mallory mostrou-se disposto a cooperar do início, mas foi preciso que acontecesse o caso de Miller para que Buckley dissesse ao advogado que queria fazer um acordo.

– E quanto ao motivo que levou esses criminosos em condicional a serem assassinados? – Kate perguntou.

Noah e Hans trocaram um olhar. Hans respondeu com cautela:

– É melhor deixar algumas perguntas sem resposta.

Eles suspeitavam, Lucy percebeu, mas talvez não pudessem provar. Ou não quisessem.

– Não pense demais nisso – Noah sugeriu. – Não há prova definitiva, e nem Buckley, nem Mallory tem mais nada a acrescentar às declarações feitas.

– O que vai acontecer ao PMC? – Lucy perguntou. – Nosso trabalho era bom e...

– Ele será fechado. Precisam fazer isso – Noah acrescentou. – Mas Hans está se esforçando para que o trabalho desenvolvido por vocês, exceto o de rastreamento dos condenados em condicional, continue.

Ela virou-se para Hans.

– Vai mesmo fazer isso?

– Tenho amigos em uma organização semelhante sediada no Texas. Nosso escritório de lá tem trabalhado bastante com eles, e eles não estão sob os holofotes. Assim que conseguirmos a autorização do Departamento de Justiça, todos os arquivos do PMC serão enviados para eles.

– Obrigada – Lucy disse, ainda que essa notícia também fosse um pouco triste.

– Há mais uma coisa – Noah disse. – Perguntei a Mallory onde a caixa de joias com os *souvenires* de Adam Scott estava. Ele não gostou muito, mas acabou entregando a chave de um cofre. Ele tinha uma exigência, a qual eu concordei, desde que você também aceite.

– Ele não tem direito de pedir nada a Lucy – Dillon interveio.

– Não, ele não tem, mas... Basicamente ele pediu que você fosse pegá-la e decidisse se as famílias deveriam receber os itens de volta.

O garfo caiu dos seus dedos.

– Por quê?

Hans respondeu:

– Ele disse que nunca quis ferir ninguém, e se as famílias forem sofrer mais vendo as joias, você saberia o que fazer.

Lucy não sabia como os sobreviventes poderiam reagir. Alguns poderiam querer ter de volta as joias, outros não.

Noah disse:

– As peças foram recuperadas durante o processo de investigação federal, e a regra do departamento é devolver todos os itens pessoais desnecessários para julgamento às famílias das vítimas. No entanto, identificar o que pertenceu a cada vítima pode ser complicado.

Lucy sabia que isso não era bem verdade. A maioria das famílias saberia que item de uso pessoal estaria faltando na recuperação dos corpos. Mas Noah estava lhe dando uma escapatória.

Todos fitavam-na.

– Lucy, você não tem de fazer nada, nem mesmo se decidir agora – Sean disse baixinho.

– Eu gostaria de ver a caixa antes de tomar uma decisão.

*

Noah levou Lucy até o banco após o almoço.

– Espero que não chegue atrasado por minha causa – ela disse.

Ele balançou a cabeça.

– Não vou me atrasar muito.

Estavam estacionados atrás do banco. O céu ainda estava cinzento, e o dia, bem frio. Em alguns dias atrás, Lucy pensou que o inverno nunca terminaria. Ela sentia saudades de San Diego, das praias e dos meses quentes.

– Obrigada – ela disse.

Ele surpreendeu-se.

– Pelo quê? Foi só um pequeno desvio.

– Pela semana passada. Por salvar a minha vida, a de Sean...

Ele levantou a mão.

– Não. Sei o que você fez. Colocou a vida daquela moça, Carolyn, à frente da sua. Eu queria falar com você a respeito disso – ele pegou um envelope do bolso e o entregou a ela.

Ela franziu o cenho, mas o pegou. O endereço do destinatário era o da sede do FBI, mas o envelope não foi selado.

– Quer que eu abra isto?

– Sim.

Subitamente nervosa, ela abriu o lacre do envelope e puxou uma única folha de dentro.

Prezada senhorita Kincaid,

O comitê de seleção do Federal Bureau of Investigation revisou o seu processo e avaliou o seu exame escrito. O seu exame esteve entre o 1% dos melhores colocados, no seu grupo de testes. Essas notas sozinhas não garantem que o candidato continuará o processo de seleção. O FBI leva em consideração uma variedade de informações sobre cada candidato, incluindo, mas não só, verificação de antecedentes, notas em exames, educação e habilidades específicas.

Você foi selecionada pelo comitê de seleção para participar da entrevista individual, o próximo passo no processo seletivo. A concessão da entrevista não garante que o candidato tenha conseguido uma vaga no FBI, tampouco que a entrevista seja a etapa final no processo de seleção. Sua entrevista está marcada na:

Sede Nacional do FBI
Terça-feira, 15 de fevereiro de 2011
Às 10h30

A maioria das entrevistas dura de quarenta e cinco minutos a uma hora, mas, por favor, reserve um tempo adicional. Um questionário será enviado à sua residência, sua assinatura é obrigatória. O questionário deve ser devolvido ao menos sete dias antes da entrevista agendada.

Parabéns!

Lucy releu a carta duas vezes.

– Mas como... Não estou entendendo. Por que você estava com isto?

– Perguntei a Kate em que parte do processo você estava e ela me disse que você estava aguardando uma resposta a respeito da entrevista, mas que não queria nenhum favor da parte dela ou de Hans. Isso não me incluía. Tudo o que fiz foi dar alguns telefonemas para descobrir onde estava a sua carta. Você conquistou isto, Lucy. Não arranjei esta entrevista para você. Só o que fiz foi colocá-la no topo da lista.

Ela inclinou-se na direção dele e abraçou-o.

– Obrigada – ela engoliu as lágrimas que ameaçavam surgir. – Isso significa muito para mim – ela franziu o cenho.

– O que foi? Espero que essas lágrimas sejam de alegria.

Ela apertou os dedos contra os olhos para enxugá-las.

– Talvez eu esteja com dúvidas.

– Não tenha. Você é mais inteligente do que a metade dos agentes com quem fui para Quantico. E você tem bom senso e compaixão.

– Eu entrei em pânico...

– Não enxerguei o seu pânico. Ninguém viu, o que significa que você controlou o seu medo. Todos nós sentimos medo de vez em quando. A Força Aérea me preparou para que eu controlasse meu medo, porque isso é o que os soldados têm de fazer para sobreviver. Mas isso não significa que ele não esteja lá, e o medo, quando controlado, nos torna mais espertos – Noah hesitou, depois disse: – Eu estava cético quanto a você antes de nos conhecermos. Eu sabia do seu passado, e eu não achava que você pudesse se tornar uma agente do FBI. Abigail me disse para não julgá-la antes de conhecê-la, mas fiz isso mesmo assim. Um dos perigos desta profissão: julgamentos apressados. Mas você não é nada do que eu esperava, e percebi que precisamos de mais pessoas como você no departamento.

Lucy respirou fundo. O apoio de Noah a encheu de uma alegria que a surpreendeu. Deu um amplo sorriso.

– Muito obrigada.

*

Dentro do banco, dez minutos mais tarde, Lucy estava sozinha em uma salinha, com o cofre de Mick Mallory aberto diante dela. Dentro dele havia uma antiga caixa de estanho com terra entranhada nas fendas do desenho intricado.

Não queria tocar nela. Ela ficou parada só olhando por tanto tempo que o gerente do banco entrou só para se certificar de que ela estivesse bem. Lucy assentiu, e depois que o gerente saiu, prendeu a respiração e levantou a caixa do cofre.

Nenhum cuidado foi tomado com as joias. Estavam todas misturadas, as correntinhas todas enroscadas umas nas outras. Com exceção de uma caixinha branca.

Ela pegou a caixinha e deixou-a de lado, soltando a respiração. Nada dali poderia atingi-la. Ela viu o seu anel, aquele que Adam Scott tirou do seu dedo. A bile subiu à garganta, e ela soube que tinha razão. Não o queria de volta.

Mas e se ela estivesse morta? Seus pais o quereriam de volta? Seria um lembrete da sua vida ou da sua morte? Ela não tinha como tomar aquela decisão. Não o faria pelos outros.

Estava para recolocar a caixinha branca na caixa, pretendendo dizer a Noah que deixasse que o departamento contatasse as famílias perguntando se desejavam recuperar as joias, mas a curiosidade sobre o conteúdo da caixinha branca a incitou a abri-la. Scott considerava aquilo importante. Especial. Por quê?

Dentro dela havia um medalhão de ouro. Ela não sabia muito a respeito de joias, mas aquela parecia verdadeira.

Pegou o medalhão de dentro da caixa e segurou-o. Estava manchado e precisava ser limpo, mas era sólido. Na frente estavam gravadas as letras MEP.

Ela sentiu o sangue gelar.

Abriu o medalhão para ver se estava certa, mesmo tendo certeza de que estava.

Agora ela sabia a verdade. Pior, Mallory sabia que ela reconheceria aquilo. Ele colocou uma escolha impossível em suas mãos.

Lucy desejou jamais ter aberto aquela caixa.

*

Sean não perguntou a Lucy por que ela precisava ir à Câmara do Senado no fim da tarde de segunda-feira. Ele simplesmente a levou para lá. Nem mesmo reclamou quando ela lhe disse que precisava subir o prédio sozinha, embora aceitasse sua ajuda para entrar.

– Você se importa em esperar aqui embaixo? – ela perguntou, depois de passarem pela segurança.

– Não vou sair até você voltar. Faça o que tem de fazer, eu estarei aqui.

Ela beijou-o de leve, depois se virou e caminhou de muletas até o elevador.

Entrou no escritório do senador Jonathon Paxton e a recepcionista, Ann Lincoln, disse:

– Lucy! O que aconteceu?

– Sou uma desastrada – ela disse, recusando-se a explicar os eventos da semana anterior para qualquer um. – O senador está à minha espera.

– Ele ainda está na tribuna...

– Ele disse que subiria quando eu chegasse. Posso esperar na sala dele?

– Só um instante, por favor – Ann disse e ligou para o senador.

Lucy olhou para as fotos nas paredes. O senador Paxton assinando a Lei de Jessie, com a mãe de Jessie ao seu lado. O senador em um comício apoiando a legislação a fim de estender as penas dos molestadores infantis. O senador no serviço memorial da filha, a foto dela de escola ao fundo daquela foto.

Monique Paxton se parecia muito com Lucy. Ela sempre soube da sua semelhança com a filha falecida do senador, e suspeitava de que fosse esse o motivo pelo qual ele se afeiçoou a ela e a ajudou no decorrer dos anos.

Mas agora... Talvez houvesse outros motivos.

Ann disse de sua mesa:

– Jonathon disse que você pode esperar na sala dele. Ele já vai subir.

– Obrigada.

Ela entrou na sala e fechou a porta. Seu coração batia forte. Talvez ela não merecesse ser agente do FBI.

Mas pensando bem, ela não teria como provar que o senador Paxton estava por trás do grupo de vingadores.

Quando viu o medalhão, tudo ficou claro como água. O envolvimento do senador com o PMC. Seu relacionamento pessoal com Fran Buckley. Sua fortuna pessoal e como ele a usava.

Monique, a filha do senador Paxton, foi a primeira vítima de Adam Scott. Não foi coincidência Mallory querer a caixa que continha o medalhão de Monique, o medalhão que o pai deu a ela no seu décimo sexto aniversário. Mallory sabia o que existia dentro da caixa de Adam Scott.

Mas aquilo era evidência circunstancial, e tanto Buckley quanto Mallory não disseram uma palavra sequer a respeito de Paxton. A menos que um deles o denunciasse, e Lucy não achava que nenhum deles o faria, o envolvimento de Paxton não passaria de um boato imaterial.

Uma das coisas que Mallory disse a Lucy quando ela falou com ele a havia incomodado.

Não lamento a morte de Morton.

Uma maneira estranha de se expressar. Seu inconsciente havia captado, mas ela só percebia a importância da frase agora. Mallory disse *eu matei* em relação às outras vítimas, mas não em relação a Morton. Não havia dúvida da presença de Mallory lá, as evidências provavam assim como a sua declaração, e Noah disse que ele tinha assinado uma declaração identificando cada homem que matou. Inclusive Morton.

Mas ao falar, expressou-se de modo diverso. Para o benefício dela.

"Não lamento a morte de Morton."

Mallory não puxou o gatilho. O motivo pelo qual Morton foi atraído para D.C. foi para que o senador pudesse matá-lo.

De repente Lucy percebeu que não queria falar com o senador Paxton. O que ele fez era errado, mas ela não podia confrontá-lo, e nem contar a ninguém o que ela tinha certeza absoluta. Que ele era culpado por um assassinato.

Ela não podia nem odiá-lo por isso.

Rabiscou um bilhete e deixou a caixa na cadeira dele, depois saiu pela porta lateral, a que conduzia direto para o átrio. E não olhou para trás.

O senador Paxton entrou na sala.

– Lucy, eu...

Ele ouviu o clique na porta lateral e franziu o cenho. Quase foi atrás dela, mas, em seguida, viu algo na sua cadeira.

Com o coração acelerado, ele pegou a caixinha branca. Não podia ser... Ele tirou a tampa e fitou o medalhão de ouro com as lágrimas rolando pelo rosto. "Monique."

A mãe de Monique morrera de câncer quando ela era ainda criança, e Paxton a criara sozinho. Não muito bem, porém. Ele a amava mais do que tudo, mas esteve tão envolvido na carreira que não prestou muita atenção nela. Ele não se envolvia no seu dia a dia. Foi um pai distante, tão distante que não soube que ela viajava mais de 100 quilômetros todos os finais de semana para visitar o namorado, Adam Scott.

Ele a amava, mas não tinha percebido o quanto ela lhe era importante até ela ter desaparecido.

Durante anos acreditou que ela tivesse fugido, e ele a culpou, depois culpou a si mesmo. Ele a queria de volta para poder implorar perdão pelos seus erros como pai. Isso até seis anos antes, quando descobriu o que de fato aconteceu com ela. Roger Morton negociou essa informação, bem como todos os dados financeiros, em troca de uma pena branda. O senador Paxton apoiou a decisão porque precisava saber a verdade.

Durante todo o tempo em que procurou por ela, ela já estava morta.

Ele abriu o medalhão. Do lado direito havia uma foto de Monique no seu décimo sexto aniversário, com seu lindo sorriso radiante. Do lado esquerdo havia uma foto dele, segurando-a recém-nascida nos braços.

Havia um pedaço de papel na cadeira. Ele o pegou, depois se sentou pesadamente, ainda segurando o medalhão de Monique, com um gemido de agonia e pesar se formando fundo em seus pulmões.

Diversos minutos mais tarde, ele desdobrou o papel.

Isto pertence a você.

QUARENTA E SEIS

Lucy relaxou pela primeira vez em... muito, muito tempo. Enroscou-se diante da lareira de Sean na quinta-feira de manhã. Ele perguntou se ela queria a lareira acesa, considerando-se o incêndio da semana anterior, mas aquilo não a deixou mais medrosa em relação ao fogo assim como o que lhe aconteceu seis anos antes não a deixou mais assustada em relação aos homens.

Sean sentou-se ao lado dela, entregando-lhe uma xícara de café. Ele usava calça de moletom, sem nenhuma camiseta. Lucy vestia seu pijama mais confortável e estava enrolada em uma coberta. Ela inclinou a cabeça para trás para beijá-lo.

– Eu poderia me acostumar a ser mimada.

– Vá em frente, então – Sean retribuiu o beijo.

Ela suspirou.

– Patrick volta amanhã.

– E?

Ela franziu a testa e ficou olhando para a xícara.

– Lucy, fale comigo.

– Ele é meu irmão.

– Mesmo? Também é o meu sócio.

– Exato.

– Exato... O quê?

Ela inclinou-se para frente para apoiar a xícara na mesa de centro, depois virou-se e sentou-se no colo dele. Beijou-o apaixonadamente, apoiando as mãos no peito dele. Sean reagiu trazendo-a para perto, as mãos subindo por baixo da parte de cima do pijama, as palmas ásperas ao encontro da pele nua.

Ela interrompeu o beijo um minuto depois, corada e sorrindo.

– Isso é *o quê*.

Sean precisou de um minuto para entender. Mais ou menos.

– Não quer que seu irmão saiba que estamos juntos?

– Acho que isso vai ser difícil de esconder, já que Dillon e Kate sabem que passei a semana aqui. É só que... Quero fazer isso da maneira certa.

– Eu pensei que *estivesse fazendo* certo – Sean disse com um sorriso sensual, com as mãos descendo sob as calças do pijama.

Ela revirou os olhos, depois riu quando ele fez cócegas.

– Adoro ouvir o seu riso, Lucy. Você não ri com muita frequência.

– Então você terá o que almejar, não?

– Você quer ir devagar. Eu entendo.

– Não devagar demais. Mas também não posso me mudar para cá, e não é só porque Patrick está voltando. Embora esse seja um motivo. Você está fazendo a empresa decolar, e já está atrasado por conta das duas últimas semanas em que se viu envolvido nessa minha confusão.

Sean franziu o cenho.

– Não foi uma confusão sua. Se acredita mesmo por um segundo que eu não queria...

Ela balançou a cabeça.

– Não, não foi isso o que eu quis dizer. Sei que o seu negócio é importante para você. Quer provar ao seu irmão que você consegue, mais até do que provar a si mesmo. Não só respeito isso, como também entendo. Eu sinto como se tivesse que provar o tempo inteiro para a minha família que eu cresci, que sou capaz de tomar as minhas próprias decisões, que sou mais forte do que eles imaginam. Eles vêm me protegendo há muito tempo, e eu os amo por isso, mas finalmente estou começando a minha vida. Tenho a entrevista com o FBI daqui a três semanas. Isso é assunto *meu*, não é de Dillon, nem de Patrick, e de ninguém mais da minha família. Tenho que ser bem-sucedida ou fracassar com os meus méritos.

– Você conseguirá – Sean passou os dedos pelo rosto dela.

Ela beijou-o, com o peito inflado pela confiança depositada.

– Por isso quero que se concentre nos seus negócios enquanto eu me concentro na minha entrevista. Se tudo correr conforme o planejado, eu irei para Quantico até o final do ano. Serão vinte e uma semanas de treinamento e...

– Shh – ele colocou um dedo sobre os lábios dela. – Eu entendo, Lucy. Não vou à parte alguma. Você foi a melhor coisa que me aconteceu. Você me transformou em uma pessoa melhor. Quero você na minha vida, mas compreendo que queira dar um passo de cada vez. Passo número um – ele beijou-a. – Descobrimos que gostamos um do outro – sorriu. – Passo número dois – começou a desabotoar a blusa do pijama dela. – Descobrimos que estamos atraídos um pelo outro – mais um botão desabotoado. – *Muito* atraídos.

Os dedos resvalaram o peito nu ao descerem para o terceiro botão.

– Passo número três – ele desabotoou o quarto e último botão. – Nós nos divertimos juntos. Você tem uma vida importante para você. Eu tenho uma importante para mim. Essas vidas são compatíveis – ele beijou um seio, depois o outro.

Lucy prendeu a respiração.

– Passo número quatro, – Sean disse com voz rouca – somos extremamente compatíveis na cama.

– Não estamos na cama – Lucy sussurrou.

– Não, não estamos. Precisamos ir para o passo número cinco.

– Que seria?

– Qual a nossa compatibilidade no sofá? – ele sorriu e beijou-a. Lucy recostou-se nele, com o peito nu pressionado contra o dele.

– Espero que passemos – ela sussurrou no ouvido dele.

– Acredito em segundas chances – ele segurou o rosto dela entre as mãos e ela o fitou, com um afeto profundo emanando de um para o outro.

O coração dela deu um salto.

Seria amor?

Ela não ousava ter esperanças, não assim, tão cedo. Mas seu coração se abria para as possibilidades do que uma vida ao lado de Sean poderia ser.

– Lucy, estou disposto a dar quantos passos forem necessários com você. Somos bons juntos. Eu sei disso, você sabe disso. Por isso se alguns passos demorarem mais do que outros, tudo bem por mim. Como eu disse antes, não vou à parte alguma.

Ela engoliu as emoções, temendo começar a chorar porque Sean era a melhor coisa que já lhe acontecera.

– Estou tão feliz em ter você na minha vida – ela disse e beijou-o. E mais uma vez. Prendeu os lábios dele e sorriu. – Agora, – disse, recostando-se – vamos nos aproveitar do nosso último dia sozinhos aqui. Estamos no passo número quatro, certo?

Sean balançou a cabeça.

– Podemos voltar para o passo quatro, se quer se certificar de que o fazemos direitinho, mas estamos no passo cinco. O sofá.

– Certo – ela concordou, tirando a blusa do pijama. – Seremos compatíveis no sofá?

– Meu palpite é de que somos muito compatíveis. Mas talvez eu tenha de testar essa teoria, indo do passo quatro ao cinco algumas vezes. Só para ter certeza.

Sean abraçou Lucy e beijou-a, as mãos passeando pelo corpo, sem conseguir parar, quase desacreditando que tinha aquela mulher maravilhosa na sua vida. Que ela era sua. E que era bem possível que eles tivessem um futuro juntos.

Era tudo o que ele mais desejava, e Lucy também. Ela só não estava pronta para admitir isso. Mas ele esperava convencê-la logo de que ela queria a mesma coisa.

E depois disso, eles começariam o felizes para sempre dela.

PRÉVIA DO PRÓXIMO VOLUME

BEIJE-ME ANTES DE MORRER

Enquanto o vento frio rodopiava a seu redor, a agente do FBI Suzanne Madeaux levantou a ponta da lona amarela – característica de cenas de crime – que cobria a garota morta e praguejou num sussurro.

A desconhecida devia ter entre 16 e 20 anos, seu cabelo loiro tinha mechas cor-de-rosa. O vestido de festa da adolescente também era rosa, e Suzanne se perguntou se ela teria mudado a cor das luzes para combinar com o modelito. Não havia sinais externos de agressão sexual ou *causa mortis* aparente. Ainda assim, não havia dúvidas de que aquela era mais uma vítima do assassino que Suzanne tinha sido designada para deter.

A garota só calçava um sapato.

Abaixando a lona, Suzanne inspecionou a cena, tentando em vão manter o longo cabelo loiro escuro longe do rosto. O vento incessante uivava no estacionamento deteriorado e cheio de mato do armazém abandonado no Brooklyn. Algumas árvores ali perto tinham sido derrubadas pelo vento; pequenos galhos e ramos espalhavam-se pelo pavimento. O vento, muito provavelmente, destruíra também qualquer evidência fora do corpo da moça.

Embora o corpo não parecesse ter sido escondido intencionalmente, o mato na altura da cintura e uma pequena construção que um dia abrigou um gerador ou latas de lixo escondiam-na do olhar curioso de um passante qualquer. Suzanne afastou-se da estrutura grossa e olhou na direção da baía Upper. A minúscula baía Gowanus ficava ao norte, e o horizonte de Nova Jersey, a oeste. À noite, se não estivesse frio, o lugar poderia ser muito bonito, com as luzes da cidade refletindo na água.

Um policial à paisana da New York Police Department, a NYPD, aproximou-se com um meio sorriso que Suzanne não chamaria de amigável.

– Ora, se não é a Mad Dog Madeaux*. Ouvimos falar que este era um dos seus.

Suzanne revirou os olhos. Mesmo de olhos fechados reconheceria Joey Hicks pelo sotaque nova-iorquino propositalmente exagerado.

– Não é nenhum segredo – ela disse, fazendo anotações para não ter que conversar.

Hicks não era mais velho do que ela. Em boa forma, provavelmente se considerava bonito, levando-se em conta seu modo de andar. Ela tinha de admitir que ele tinha lá certo charme, mas a atitude "todos os federais são cretinos" que ele demonstrara na primeira vez em que se viram, anos atrás, num caso de homicídio, colocara-o permanentemente em sua lista negra.

Ela olhou ao redor procurando o supervisor dele, mas não viu Vic Panetta. Preferia lidar com o policial mais experiente, de quem de fato gostava.

– Quem encontrou o corpo? – Suzanne perguntou.

– Um segurança.

---

* Optamos por não traduzir o apelido, mas significa alguém "durão", que briga e esbraveja como um "cachorro louco". (N.E.)

– O que ele disse?

– Ele a encontrou durante a ronda da manhã, lá pelas cinco e meia. Já eram onze horas.

– Por que ninguém a levou ao necrotério?

– Não temos nenhum carro disponível. O legista está a caminho. Mais uma hora, pelo que disseram. A polícia de Nova York não tem os mesmos recursos que vocês, federais.

Ela ignorou a farpa.

– O que o segurança fazia aqui ontem à noite? Ele patrulha mais de um prédio?

– Sim – Hicks consultou o bloco de anotações. Apesar de Suzanne não gostar dele, ele era um tira razoável. – Ele bateu o ponto às quatro da manhã, para seu turno de doze horas. Faz um rodízio entre as propriedades vazias ao longo do Sunset Park e ao redor da baía. Ele disse que não se atém a um roteiro específico porque os vândalos ficam de olho nisso.

– E quanto ao segurança noturno?

– À noite ou é o Thompson ou é o Bruzzini. De acordo com o segurança, Bruzzini é um relapso.

– Preciso dos contatos deles – ela hesitou, mas, ao se lembrar da ordem do superior para que fosse mais educada com a polícia, acrescentou: – Agradeço a ajuda.

– O inferno congelou desde a última vez em que trabalhamos num caso? – Hicks riu. – Vou chamar Panetta. Aposto como ele vai, pelo menos, fazer de conta que quer brigar por jurisdição – disse e afastou-se ainda sorrindo.

Suzanne ignorou-o. Não haveria nenhuma disputa por jurisdição; depois do terceiro crime semelhante, uma força-tarefa do FBI com a polícia de Nova York tinha sido formada. Seu supervisor estava encarregado administrativamente, e ela era a oficial responsável do FBI. Panetta era o detetive de maior senioridade da NYPD.

Cansada do cabelo voando ao redor do rosto, Suzanne tirou do bolso um boné dos Mets e afundou-o na cabeça o máximo que a massa volumosa de cabelos permitia. Terminou de escrever suas observações e os poucos fatos que sabia no bloco de anotações.

Esta vítima, a quarta, era a primeira encontrada no Brooklyn. A primeira, uma caloura universitária, fora assassinada no Harlem, numa rua popular entre os sem-teto invasores e a turma das festas, porque todos os prédios eram tampados. Isso foi na véspera do Halloween. A segunda vítima foi encontrada no sul do Bronx, ironicamente de frente para a Ilha Rikers*, em 2 de janeiro. A terceira vítima, a que chamou a atenção do FBI para os assassinatos em série, foi morta em Manhattanville, perto da Columbia University, dezoito dias atrás. Até a força-tarefa ser formada e todas as evidências partilhadas, para todos os efeitos, Suzanne vinha trabalhando no caso há menos de duas semanas.

Além do desaparecimento de um sapato e da idade das vítimas, todas jovens com menos de 21 anos, outros dois fatos em comum se destacavam: todas tinham sido sufocadas com uma sacola plástica que o assassino levava embora consigo e todas foram assassinadas próximo a prédios abandonados com evidências de uma festa recente.

Festas secretas ou underground não eram nenhuma novidade. Algumas até eram relativamente inofensivas com bebidas, música eletrônica e drogas recreativas, enquanto outras eram muito mais desvairadas. As raves nos Estados Unidos começaram no Brooklyn, em túneis de trem subterrâneos abandonados e, apesar de ainda existirem, o pico de popularidade já havia passado há algum tempo. A nova moda eram as festas do sexo regadas a bebidas e drogas pesadas. Música e dança eram precursores para sexo com múlti-

* Ilha-prisão situada entre o Bronx e o Queens. (N.T.)

plos parceiros anônimos. Mesmo antes desses homicídios, foram registradas diversas mortes relacionadas ao uso de drogas. Se o padrão se confirmasse, as provas dentro do armazém indicariam que a moça desconhecida teria participado desse último tipo de festa, que o detetive Panetta chamava de "raves extremas".

A imprensa tinha batizado o assassino de Estrangulador de Cinderelas quando alguém com informações confidenciais deixou vazar o fato de que as vítimas eram encontradas sem um dos sapatos. A informação poderia não ter vindo de um policial, já que dúzias de pessoas trabalham numa cena de crime, mas muito provavelmente veio do departamento de polícia. A imprensa parecia não se importar com o fato de que as vítimas não eram estranguladas, mas sim asfixiadas. Porém, Asfixiador de Cinderelas não soaria tão bem no noticiário das onze.

Suzanne tinha enviado um memorando a todas as empresas de segurança particulares nos cinco distritos da cidade, pedindo que fossem mais proativos em relação à interrupção de qualquer festa em locais abandonados, mas o trabalho parecia inútil; para cada local fechado, outros dois surgiam.

Apesar de somente duas das três primeiras vítimas serem universitárias, ela contatou todas as faculdades e colégios locais para avisar os alunos de que havia um assassino visando a jovens nesses tipos de festa. Infelizmente, Suzanne suspeitava que fosse praticamente impossível transpor a crença do "isso jamais vai acontecer comigo" das jovens. Ela quase conseguia ouvir as justificativas delas. *Não vamos sozinhas. Não vamos sair com um desconhecido. Não vamos beber demais.* As mesmas desculpas de sempre. Suzanne não entendia por que elas não podiam simplesmente se divertir em festas "normais", dentro dos dormitórios ou das fraternidades, principalmente quando se tratava de uma questão de vida ou morte. Claro que esses locais também tinham problemas, mas dificilmente haveria um assassino em série percorrendo seus corredores.

– Suzanne!

Ela levantou o olhar e acenou para Vic Panetta, que se aproximava. Ela gostava do italiano magrelo. Ele tinha exatamente a sua altura, 1,75 metro, e usava um casaco novo de lã cinza chumbo que combinava com seus cabelos.

– Olá, Vic – cumprimentou-o quando ele se aproximou. – Casaco novo?

Ele respondeu sem emoção:

– Presente de Natal da minha esposa.

– É muito bonito.

– É um pouco caro por causa de uma etiqueta que ninguém vê – resmungou ele. Gesticulou para a lona e disse: – Fotografamos a área, depois colocamos a lona sobre o corpo para não perder ainda mais provas.

– Bem, do jeito que o vento soprou sem trégua nos últimos dias, acho que já perdemos.

– Já deu uma olhada?

– Por alto.

– Percebeu que falta um sapato?

– Claro.

– Pode estar debaixo do corpo.

– Acha mesmo?

– Não – ele balançou a cabeça e pegou o celular no bolso do casaco. – Boas-novas. O legista está a caminho. Deve chegar em dez minutos.

Já era hora, Suzanne pensou sem dizer nada.

– Hicks me disse que você conversou com o segurança que encontrou o corpo.

– Sim. Ele é um ex-policial da NYPD, aposentado por invalidez, trabalha três dias na semana. Leva o trabalho a sério. Falou um monte a respeito do vigia noturno.

– Preciso saber de alguma coisa?

– Ele suspeita que Ronald Bruzzini receba propina. Ele tem dinheiro demais para a profissão que tem. Mas não há nenhuma prova concreta disso.

– O seu homem sabia das festas?

Panetta balançou a cabeça.

– Só depois que aconteciam, pois ele não trabalha à noite. Ele acredita que Bruzzini finge que não vê certas coisas, pois praticamente toda semana aparecem novas evidências de festas. Hicks e eu vamos investigar os dois vigias noturnos.

– Então acha que esta foi uma das raves extremas? – brincou ela.

Ele revirou os olhos e suspirou exasperado.

– Pode crer. Eles limparam um pouco dentro, mas deixaram o lixo do outro lado da construção. O vento espalhou tudo. A unidade de Cenas de Crimes está trabalhando tanto dentro quanto fora, porém a contaminação é um grande problema. Estamos colhendo impressões digitais, mas conseguir alguma coisa que preste...

– Eu sei. Mais de uma centena de jovens drogados, uma confusão absoluta, recursos limitados. Se precisar do nosso laboratório, é só falar.

– Pode deixar.

A polícia de Nova York tinha um laboratório de criminalística razoável, e por se tratar de um caso local, ela preferia manter as provas ali. Panetta era um veterano respeitado e bem quisto por todos há 22 anos. Por conta da experiência, ele manejava bem o sistema e costumava conseguir os resultados com maior rapidez do que se Suzanne enviasse as provas para o laboratório em Quantico.

– A imprensa vai cair matando – resmungou Panetta.

– Sem comentários.

Ela nunca falava com a imprensa, especialmente depois das críticas violentas que recebera cinco anos atrás, durante o caso do desaparecimento de uma criança. A situação fez com que ela aparecesse no noticiário noturno e seu nome fosse parar no Departamento de Responsabilidade Profissional. Além disso, recebeu a irritante alcunha de "Mad Dog Madeaux".

– Temos um punhado de nada – disse Panetta.

Havia um monte de evidências físicas nos corpos encontrados, mas nada que pudessem usar para rastrear o assassino. As três primeiras vítimas tiveram pelo menos dois parceiros sexuais durante as 24 horas que antecederam as mortes, mas o DNA encontrado ou fora contaminado ou não identificado no sistema. Tinham provas contra sete homens até o momento, mas nenhum deles tivera contato comprovado com mais de uma vítima, sugerindo que o assassino se esforçava para não deixar nenhum DNA, e possivelmente não teve relação sexual com elas. Devido aos múltiplos parceiros sexuais e à natureza extrema das festas, o legista não conseguia determinar se as vítimas tinham sido estupradas ou se tinham feito sexo consensual.

Sem terem provas conclusivas, bem como o motivo do assassino, ficava muito mais difícil delinear seu perfil. Um sádico sexual tem um perfil diferente de, por exemplo, um homem que mata prostitutas porque as considera vagabundas. Assassinos seriais que estupram e matam suas vítimas teriam um perfil completamente diverso daqueles que não molestam as vítimas. A força-tarefa não conseguia nem mesmo determinar se o culpado era um dos frequentadores das festas ou se simplesmente ficava nas redondezas esperando garotas desacompanhadas para atacar.

Além disso, o que quer que fosse usado para asfixiar as garotas era levado embora pelo assassino, juntamente com um único sapato, e os corpos não eram transferidos de lugar. Elas já estavam mortas ao caírem no chão.

Panetta disse:

– A propósito, essa daí não morreu ontem à noite.

– Não verifiquei o corpo atentamente.

– O segurança diurno só trabalha de quarta à sábado. Ele duvida que os outros dois façam mais do que dar uma passada apressada pelas propriedades. Nossa desconhecida pode estar aqui desde sábado à noite.

– Por quê?

– Nosso ex-policial passou por aqui no sábado à tarde, e ela não estava aqui.

– E você não acha que ele pode ser o assassino? – perguntou em tom de brincadeira.

– Acho que não, mas vou investigá-lo mesmo assim. Dei uma boa olhada no corpo, a rigidez cadavérica já está fragmentada. Ela provavelmente está aqui há mais de 48 horas. O legista deve poder nos dar uma hora mais aproximada.

– Deixarei os dados forenses em suas mãos mais do que capazes. Preciso da identidade dela o mais rápido possível e, nesse meio--tempo, vou repassar os casos das outras três vítimas e conversar novamente com os amigos delas. Alguém sabe de alguma coisa. Estou ficando furiosa com esses universitários que ficam de bico fechado só para não entrar em apuros por causa das drogas ilegais e dessas festas, mas que parecem pouco se importar que haja um assassino entre eles.